벨파스트의 망령들

THE GHOSTS OF BELFAST

Copyright ⓒ 2009 by Stuart Neville
All rights reserved.

Korean translation copyright ⓒ 2020 by NEVERMORE BOOKS
Korean translation rights arranged with SOBEL WEBER ASSOCIATES, INC.
through EYA(Eric Yang Agency).

이 책의 한국어판 저작권은 EYA(Eric Yang Agency)를 통한 SOBEL WEBER ASSOCIATES, INC.와의
독점계약으로 '네버모어'가 소유합니다.
저작권법에 의하여 한국 내에서 보호를 받는 저작물이므로 무단 전재 및 복제를 금합니다.

스튜어트 네빌 장편소설
이주혜 옮김

STUART NEVILLE

벨파스트의 망령들
누구나 대가를 치른다! 언젠가는 반드시.

the GHOSTS OF Belfast

NEVERMORE

Media Review

"최근 10년간 최고의 스릴러 데뷔작일 뿐만 아니라, 장르를 막론하고 근래 최고의 아일랜드 소설 중 하나다."
베스트셀러 《다크 할로우》, 《킬링 카인드》의 작가, 존 코널리

"스튜어트 네빌의 소설은 아일랜드의 평화의 취약함에 대한 냉정하고 명료한 평가이자, 정통 누아르 픽션의 드문 예시다."
〈뉴욕 타임스〉

"여름을 위해 완벽하다. 특히 비교적 평화로운 시대에 사는 것이 얼마나 큰 축복인지 생각해보고 싶다면 더욱 그렇다."
〈슬레이트〉

"최근 몇 년 사이 읽은 최고의 소설. 《벨파스트의 망령들》은 전속력으로 질주하는 테러 여행이다."
베스트셀러 《블랙 달리아》, 《L.A. 컨피덴셜》의 작가, 제임스 엘로이

"《벨파스트의 망령들》은 실현된 대의명분과 종파 간 증오에서 비롯된 왜곡된 집단행동에 관한 치밀하고 긴장감 넘치는 스릴러다."
모린 코리건, 〈NPR.org〉

"스튜어트 네빌은 헤닝 만켈에게 전하는 아일랜드의 대답이다."
베스트셀러 《밤의 파수꾼》의 작가, 켄 브루언

"스튜어트 네빌은 전 IRA 암살자가 과거를 극복하려는 노력을 치밀한 구성과 감정적 공감을 불러일으키는 묘사를 통해 수십 년간 여전히 폭력과 테러리즘에서 벗어나지 못하는 북아일랜드의 실제 모습에 대한 예리한 통찰을 보여준다."
〈LA 타임스〉

"훌륭한 소설이자 몰입할 수밖에 없게 만드는 스릴러. 진정으로 엄청난 데뷔작이다."
《Ten Lords-A-Leaping》의 작가, 루스 더들리 에드워드

"스튜어트 네빌은 비정규군이 자행하는 뒤틀린 행동의 정곡을 찌른다."
《The Informer》의 작가, 션 오캘러헌

"믿기 힘든 데뷔작. 탁월한 상상력과 문장력의 산물인 스튜어트 네빌의 《벨파스트의 망령들》은 심장을 요동치게 하는 스릴러이자 책임감과 복수에 관한 놀라운 고찰이다."
베스트셀러 《Trust Me》의 작가, 제프 애버트

"스튜어트 네빌은 작가로서 크게 성공할 것이다. 이 책은 배경이 된 장소와 시간을 용감하고 치열하고 진실되게 그려낸 놀라운 소설이다. 나는 이 책이 밀리언셀러가 되기를 진심으로 바란다."
〈크라임스프리〉

"스튜어트 네빌은 폭력의 후유증이 얼마나 오래 지속되는지, 그리고 거기에 연루된 각 개인이 치러야 할 대가가 어떤 것인지에 대한 독보적이고 현실적인 관점을 전달한다. 또한 《벨파스트의 망령들》은 아일랜드의 정치적 상황, 북아일랜드의 불안한 휴전, 속죄, 죄책감, 책임감을 통찰력 있게 파헤친다."
올린 코그딜, 〈미스터리 신〉

"스튜어트 네빌은 그 지역의 가장 어두운 시기를 겪은 젊은 세대 작가에 속하지만, 그의 첫 번째 소설 《벨파스트의 망령들》이 충격적으로 묘사하듯이 그 역사를 견뎌낸다. 끔찍한 광경의 이면에서, 스튜어트 네빌은 이 후회하는 살인자를 통해 이 시대의 살인과는 다른 것이라고 우리를 설득하려 한다."
〈워싱턴 포스트〉

"스튜어트 네빌의 데뷔작은 폭력적인 사람들이 따랐던 아일랜드의 '독립전쟁'과 범죄의 잔인성을 피건의 유령들만큼이나 가차없이 묘사한다. 그는 예리한 문체를 통해 독자들을 이 인정사정없는 장소로 데려가 붙잡아둔다. 이 소설은 훌륭하게 구성된 냉혹하고 거침없는 범죄 픽션이다."
〈커커스 리뷰〉

"놀라운 데뷔작. 강한 감정이 솟구치는 흥미진진한 스릴러이자 북아일랜드의 불안전 휴전 속에 유지되는 복잡한 정치적 권모술수와 네트워크에 대한 통찰력 있는 내부자의 경험이다."
〈퍼블리셔스 위클리〉

"강한 흥미를 불러일으키는 이 훌륭한 데뷔작에서, 스튜어트 네빌은 '아일랜드 독립전쟁' 동안 벨파스트를 엄습한 삶의 공포를 환기시키고, 여러 차례에 걸쳐 살인자인 피건을 동정심을 유발하는 캐릭터로 만들어낸다. 이 소설에 대한 주변의 논란은 충분한 그럴 만한 이유가 있고, 독자들은 《벨파스트의 망령들》의 다음 편을 기대할 것이다."
〈라이브러리 저널〉

"폭발적이고 몰입하게 만드는 소설 《벨파스트의 망령들》은 책임과 불가피성, 그리고 전쟁에 관한 치열한 사색이다. 스튜어트 네빌의 풍부한 어휘 속에서 안일함이란 찾아볼 수 없다."
〈세크라멘토 뉴스 앤 리뷰〉

"《벨파스트의 망령들》은 유혈이 낭자한 본격적 범죄 스릴러에 숨겨진 복수와 화해에 대한 이야기이다. 이 소설을 이끌어가는 요소는 격렬한 대화와 '아일랜드 독립전쟁'으로부터 회복하는 북아일랜드의 엄연한 정치적 현실이다. 마주칠 수밖에 없는 잔혹한 과거, 그리고 이를 통해 '깨끗해질 수 있는' 현재에 대한 비유로 이 근사한 책을 읽기란 어렵지 않은 일이다."
〈밀워키 저널 센티넬〉

"그의 놀라운 데뷔작에서, 스튜어트 네빌은 폭력의 후유증이 얼마나 오래 지속되는지, 그리고 거기에 연루된 각 개인이 치러야 할 대가가 어떤 것인지에 대한 독보적이고 현실적인 관점을 전달한다. 또한 《벨파스트의 망령들》은 아일랜드의 정치적 상황, 북아일랜드의 불안한 휴전, 속죄, 죄책감, 책임감을 통찰력 있게 파헤친다. 스튜어트 네빌은 공감할 수 있는 동시에 야만적인, 다양한 감정이 이입되는 이야기를 전달한다. 그는 유령에 대한 피건의 환각을 결코 진부하거나 어리석은 것으로 만들지 않는다. 동향인인 존 코널리처럼 스튜어트 네빌은 초자연적인 현상을 계속 믿도록 만든다. 《벨파스트의 망령들》은 잊혀지지 않을 데뷔작이다."
〈사우스플로리다 선 센티널〉

"혹시 스튜어트 네빌의 '벨파스트 누아르' 시리즈를 전혀 읽은 적이 없다면, 자신을 되돌아봐야 한다."
〈그리프트 매거진〉

"매우 뛰어난 스릴러. 참을 수 없는 긴장감, 속이 뒤틀릴 만큼 간담이 서늘한 이 시대의 미래 고전."
〈옵서버〉

"스튜어트 네빌의 신랄한 데뷔작 스릴러는 북아일랜드의 불안한 여정에 대한 일면으로, 분쟁 후 평화를 유지하는 화해와 위선의 이면에 여전히 도사리고 있는 고통을 훌륭하게 보여준다."
〈메트로〉(영국)

"스튜어트 네빌은 존 코널리와 스티븐 킹의 콜라보레이션과 흡사한, 페이지를 넘기게 하는 스릴러를 창작하는 과정에서 범죄 소설과 공포의 비유적 표현을 믿을 수 있는 것으로 조화시키는 재능을 보유하고 있다."
〈선데이 인디펜던트〉 (아일랜드)

"눈을 떼지 못하게 하는 오리지널 스릴러."
〈선데이 타임스〉

"스튜어트 네빌은 정의와 자비라는 복잡한 문제에 대해 독특하고 비극적으로 끝까지 숙고할 수 있는 능력을 갖추고 있다."
〈아이리시 타임스〉

"더없이 멋진 데뷔작. 제임스 엘로이의 속도로 전개되는 탄탄하고 긴장감 넘치는 구성."
〈핫 프레스〉

"북아일랜드 문학을 종종 한정시키는 경계 안에 머물기를 거부하는 음울한 스릴러. 스튜어트 네빌은 틀에서 벗어나 솔직하면서도 신선한 소설을 창작한다. 처음부터 마지막까지 심장이 쿵쾅거리게 하는 스릴러를 원한다면 스튜어트 네빌의 첫 작품에 실망하지 않을 것이다."
〈얼스터 태틀러〉

"유령이 없는 곳은 황량하다."
존 휴이트

TWELVE 1

한 잔만 더 마시면 나를 건드리지 않겠지. 제리 피건은 매번 술을 삼키기 전 자신에게 말했다. 화끈거리는 위스키에 뒤이어 시원한 기네스 흑맥주를 들이키고 테이블 위에 잔을 올려놓았다. 고개를 들면 저들은 *사라져 있을 거야.*

그대로 있다, 여전히 그를 쳐다보고 있다. 엄마의 팔에 안겨 있는 아이까지 모두 열둘.

이제 많이 취했다. 더 이상 마실 수 없을 정도가 되면 바텐더 톰에게 문까지 안내해달라 할 것이고, 그러면 열두 유령은 피건을 따라서 벨파스트의 거리를 지나, 그의 집으로 따라가 계단을 올라 침실로 함께 들어갈 것이다. 운 좋게 충분히 취하는 날에는 그들의 고함소리가 참을 수 없을 정도로 커지기 전에 기절하듯 잠들 수 있었다. 그들은 피건이 홀로 잠들기 직전에만 소리를 냈다. 아이가 울기 시작하면 상황은 최악이었다.

피건은 톰이 볼 수 있도록 빈 잔을 치켜들었다.

"충분히 마신 거 같은데, 제리? 집에 가야지, 다들 갔잖아."

"한 잔만 더."

피건은 혀가 꼬이지 않도록 애쓰며 말했다. 그는 톰이 거절하지 않으리라는 것을 알고 있었다. 피건은 웨스트벨파스트에서 여전히 존경받는 사람이었다. 술 문제만 제외하면 그랬다.

역시나 톰은 한숨을 내쉬며 술 분량기*에 잔을 가져다 댔다. 그는 위스키를 내주고 얼룩진 테이블에서 잔돈을 셌다. 카운터로 걸어가는 그의 신발에 노란 맥주색 더께가 끈끈하게 굳어 겹겹이 달라붙어 있었다.

피건은 잔을 들어 열두 유령을 향해 건배했다. 다섯 군인 중 하나가 미소를 지으며 고개를 끄덕였고, 나머지는 빤히 쳐다볼 뿐이었다.

"빌어먹을 놈들."

열두 유령은 반응하지 않았지만, 톰이 어깨너머로 뒤돌아보았다. 그는 고개를 절레절레 젓고는 카운터 쪽으로 계속 갔다.

피건은 유령들을 하나씩 쳐다보았다. 다섯 군인 중 셋은 영국군이었고 둘은 얼스터 방위대** 소속 이었다. 다른 하나는 빳빳한 왕립 얼스터 보안대*** 제복을 깔끔하게 차려입은 경찰이었고, 친영국계 얼스터 자유군**** 청년도 둘 있었다. 나머지 넷은 운 사나운 일반인이었다. 피건은 그들을 죽이던 순간을 모두 기억했지만, 가장 선명하게 떠오르는 것은 민간인들이었다.

얼굴이 둥근 정육점 주인은 피투성이 앞치마를 하고 있었다. 피건은 정육점에 소포를 배달했고, 아기가 탄 유모차를 밀고 들어오는 여자를 위해 문을 잡아주었다. 그들은 미소로 인사를 주고받았다. 그는 움직이기 시작한 차 안으로 뛰어들며 폭발의 열기를 느꼈다. 폭발은

---

* 술집에서 위스키 등의 독한 술의 양을 잴 때 쓰는 도구.
** Ulster Defence Regiment: 1970년에 발족한 영국 육군에서 가장 큰 보병 연대.
*** Royal Ulster Constabulary: 1922년에서 2001년까지 북아일랜드를 관할한 경찰 조직.
**** Ulster Freedom Fighters: 북아일랜드에서 가장 규모가 큰 얼스터 왕당주의 준군사조직인 얼스터 방위협회가 준군사 타격을 가할 때면 사용하던 이름.

그들이 정육점을 떠난 뒤 5분 뒤에 일어나야 했다.

나머지 하나는 어린 소년이었다. 소년이 권총을 보았을 때의 눈빛을 아직도 기억했다. 그 소년이 지금 탁자 맞은편에 앉아 여전히 같은 눈빛으로 그를 뚫어지게 쳐다보고 있었다.

그는 눈을 마주칠 수 없어 시선을 떨어뜨렸다. 탁자 위에 눈물이 고였다. 퀭한 눈에 손가락을 갖다 대었고, 자신이 울고 있음을 깨달았다.

"오, 맙소사."

그는 소매로 테이블을 닦고 코를 훌쩍여 눈물을 삼켰다. 술집의 퀴퀴한 공기가 벽의 회갈색 페인트처럼 목구멍 안쪽에 두껍게 엉겨 붙었다. 그는 자신을 책망했다. 동정을 바라지도, 그런 걸 누릴 자격도 없었다. 스스로를 동정하지도 않았다. 피건보다 더 나약한 이들도 자신이 저지른 일을 안고 살아가는 것처럼 그도 그럴 뿐이었다.

어깨에 슬며시 올라온 손에 그가 깜짝 놀랐다.

"갈 시간이야, 제리."

마이클 맥케나였다. 톰은 카운터 뒤편의 술 저장실로 슬그머니 사라졌다. 맥케나가 아무것도 보지도 듣지도 말라며 돈을 쥐여 주었기 때문이다.

피건은 이 정치인이 자신을 찾아올 줄 알고 있었다. 맥케나는 말끔한 재킷과 바지 차림에 교양 있어 보이는 고급 브랜드 안경을 썼다. 30년 전 피건과 함께 거리를 쏘다니던 10대 소년과는 전혀 달랐다. 부유함은 그에게 잘 어울렸다.

"가려던 참이었어."

"마저 마셔. 집까지 태워줄게."

맥케나는 희고 고른 이를 드러내며 미소 지었다. 그는 카메라에 잘

나오기 위해 이를 교정했다. 당 지도부는 그를 의회에 추천하기 전 이를 교정하라고 요구했다. 얼마 전만 해도 스토몬트*의 의석을 차지하는 것은 당 정책에 어긋나는 일이었다. 하지만 시대는 변하는 법이다. 비록 사람들은 변하지 않더라도.

"걸어 갈게. 몇 분 안 걸려."

"괜찮아. 어차피 할 얘기도 있고 하니까."

피건은 고개를 끄덕인 뒤 흑맥주를 한 모금 더 마셨다. 맥주를 입에 머금은 사이 소년이 앉아 있던 자리에서 일어나 탁자 반대쪽으로 갔다. 그는 금세 소년을 찾았다. 깡마른 소년은 죽던 날처럼 웃통을 벗은 채 맥케나의 뒤로 슬금슬금 다가갔다.

소년은 맥케나의 머리를 가리켰다. 그리고 총을 쏘고 그 반동으로 손이 위로 젖혀지는 시늉을 했다. 입으로 파열음이 나는 모양을 만들었지만 아무 소리도 나지 않았다.

피건은 맥주를 삼키고 소년을 바라보았다. 한 가지 기억이 다른 기억으로 이어지며 마음속에서 뭔가가 요동쳤다. 몸 한가운데서 냉기가 심장박동과 함께 울렸다.

"그 소년 기억해?"

피건이 물었다.

"그만해, 제리."

맥케나가 경고하듯 말했다.

"오늘 소년의 어머니를 만났어. 묘지에 있는데 다가오셨지."

"알아, 들었어."

맥케나가 피건의 손에서 잔을 뺏으며 말했다.

---

*Stormont: 벨파스트 교외에 위치한 도시. 북아일랜드 의회가 있음.

"내가 누군지 안다고 하더군. 내가 한 짓도. 그리고…."

"제리, 그 애 어머니가 뭐라고 했는지 알고 싶지 않아. 네가 그 여자에게 뭐라고 했는지가 더 궁금해. 우리가 해야 할 얘기가 바로 그거야. 하지만 여기선 안 돼. 가자고, 당장."

맥케나는 피건의 어깨를 잡아끌었다.

"그 애는 아무 짓도 하지 않았어. 사실이야. 경찰에게 그들이 이미 알고 있는 사실 말고는 아무 말도 하지 않았어. 그렇게 죽을 이유가 없었다고. 맙소사, 겨우 열일곱 살이었잖아. 우리가 그럴 필요까지는…."

맥케나가 짐승 같은 본성을 드러내며 한 손으로 피건의 얼굴을 움켜잡고 다른 손으로 성긴 머리카락을 잡아챘다.

"망할, 그 입 닥쳐. 사람 가려가며 말해야지."

피건은 너무나도 생생히 기억했다. 맥케나의 사납고 파란 눈을 들여다보는 순간 모든 것이 떠올랐다. 그는 TV에 나오는 맥케나가 아닌 바로 이 모습을 기억했다. 망치로 소년을 내리치는 맥케나의 얼굴은 강렬한 희열로 불타는 듯했다. 그는 새빨간 핏방울이 잔뜩 튄 얼굴로 소년을 끝내버리라며 피건에게 22구경 권총을 건네주었다.

피건은 맥케나의 손목을 비틀어 떼어낸 뒤 솟구치는 분노를 억눌렀다. 피건의 손을 뿌리치는 맥케나의 입술에 미소가 돌아왔지만 그뿐이었다.

"자, 어서. 밖에 차 있으니까 집까지 데려다줄게."

열두 유령은 그들을 거리까지 따라 나왔고, 소년은 맥케나 가까이에 붙어 있었다. 맥케나는 당의 높은 자리까지 올랐지만 경호원을 대동할 수준은 아니었다. 주황빛 가로등 아래에서 번쩍거리는 메르세데스는 총알과 폭탄을 막을 수 있는 장갑 설비가 되어 있었다. 맥케나는 아마도 운전석에 앉으며 안전함을 느낄 것이다.

"오늘은 중요한 날이야."

맥케나는 차를 출발시켰고, 따라 나온 유령들은 그런 모습을 물끄러미 바라보았다.

"스토몬트에 있는 사무실을 정리하는 중이거든. 내 책상이랑 전부다. 누가 예상했겠어? 우리 같은 사람이 의회에 들어가게 되다니. 아내한테는 비서 일을 얻어 줬어. 영국인들이 이번 일에 엄청난 돈을 쏟아 붓고 있어서 내가 돈을 뜯어내는 게 거의 미안할 정도야."

맥케나는 피건에게 미소를 지어 보였다. 피건은 대꾸하지 않았다.

피건은 최대한 뉴스와 신문을 피했지만, 지난 두 달은 폭풍 같은 변화의 시기였다. 해가 바뀐 다섯 달 전만 해도 그들은 가망이 없다고 했다. 정치판이 손쓸 수 없을 정도로 망가졌다는 것이었다. 하지만 지각변동이 일어나고 협상이 타결되고 또 한 번의 선거가 치러졌다.

그동안 유령들은 피건에게 더 가까이 모여들었다. 그들이 얼굴과 형체를 갖추는 일도 전보다 잦아졌다. 이제 피건은 그들이 항상 보였고, 그들이 사라질 때까지 위스키에 취해야 했다. 편히 잠자던 날은 이제 먼 기억이었다.

그들이 따라다니기 시작한 것은 7년 전, 피건이 메이즈 교도소에서 출소하기 몇 주 전부터였다. 출소 날짜가 적힌 서류를 막 받은 즈음이었다. 그는 긴장하며 봉투를 열었다. 감옥 밖의 정치인들은 그를 비롯한 수백 명에게 자유를 안겼다. 그와 같은 사람은 정치범이라 불렸다. 살인범, 도둑, 강도, 협박범 같은 범죄자가 아니라 그저 주변 환경의 희생자일 뿐이었다. 피건이 서류에서 눈을 들었을 때 유령들이 그를 지켜보고 있었다.

피건은 교도소 심리학자에게 그들에 대해 털어놓았다. 브래디 박사는 죄책감 때문이라고 했다. 그는 '현현'이라는 단어를 사용했다. 피건은 사람들이 때때로 왜 사물을 있는 그대로 부르지 않고 어렵게 표현하는지 궁금했다.

맥케나는 캘커타스트리트에 있는, 테라스가 딸린 피건의 아담한 집 연석에 차를 댔다. 똑같이 생긴 빨간 벽돌 주택 20여 채가 단조로우면서도 깔끔하게 줄지어 서 있었다. 유령들은 인도에서 서성거렸다.

"잠깐 들어가도 될까?"

맥케나의 미소가 자동차의 실내등 아래에서 빛났다. 눈 주위에는 친절해 보이는 주름이 활 모양을 그렸다.

"안에서 얘기하는 게 좋겠지?"

피건은 어깨를 으쓱한 뒤 차에서 내렸다. 열두 유령은 그가 들어갈 수 있도록 길을 열어주었다. 피건은 잠긴 문을 열고 안으로 들어갔고 열두 유령은 맥케나를 앞질러 들어갔다. 피건은 곧바로 제임슨 위스키와 물병이 놓여 있는 탁자로 향했다. 그는 맥케나에게 술병을 들어 보였다.

"아니, 난 됐어. 너도 그만 마셔야지."

피건은 그를 무시한 채 잔에 위스키와 물을 손가락 두 개 높이씩 따랐다. 그리고 쭉 들이켠 뒤 손으로 의자를 가리켰다.

"아니, 괜찮아."

맥케나가 말했다. 그의 머리는 깔끔하게 정돈되어 있었고 피부는 까무잡잡하고 매끈했다. 오직 왼쪽 눈 아래에 있는 흉터만이 과거의 그를 상기시킬 뿐이었다.

열두 유령은 가구가 드문드문 배치된 방 안을 어슬렁대다가 어둠 속을 드나들며 두 남자를 뜯어보았다. 맥케나가 구석에 세워져 있는 기타를 들여다보는 동안 소년은 그의 주변에서 서성거렸다. 맥케나는 기타를 들어 이리저리 살폈다.

"언제부터 기타를 쳤지?"

"치는 거 아냐, 내려놔."

맥케나는 사운드홀 안의 라벨을 읽었다.

"마틴이라. 오래된 거 같네. 이게 왜 여기에 있지?"

"친구 거였어. 고치는 중이야. 내려놔."

"어떤 친구?"

"교도소에서 만난 사람. 제발, 내려놓으라니까."

맥케나는 기타를 구석에 내려놓았다.

"친구가 있는 건 좋지, 제리. 친구는 소중한 거야. 친구의 말에 귀를 기울이라고."

"하고 싶단 얘기가 뭐지?"

피건은 의자에 몸을 들이밀었다. 맥케나는 피건의 손에 들린 술을 보며 고개를 까딱했다.

"그보다도 우선 그만 좀 마셔, 제리."

피건은 맥케나와 눈을 마주친 채 잔을 비웠다.

"여기 사람들은 너를 존경하잖아. 넌 공화당의 영웅이야. 청년들은 존경할 수 있는 우상이 필요해."

"존경이라고? 무슨 소리야?"

피건은 커피 테이블 위에 잔을 내려놓았다. 잔에 맺힌 물방울의 냉기가 손바닥에 남았고, 그는 손을 비벼 손가락 사이의 물기를 닦아냈다.

"난 존경받을 일 한 적 없어."

맥케나의 얼굴이 벌게졌다.

"정치범으로 12년이나 복역했잖아. 인생의 12년을 명분을 위해 희생한 거야. 공화당원이라면 존경할 수밖에 없지. 그런데 그걸 다 날려버리고 있잖아, 제리. 사람들이 눈치채기 시작했어. 매일 술집에서 진탕 취해서 혼자 중얼거리는 거."

"혼잣말이 아니야."

피건은 유령들을 가리키려다 그러지 않기로 했다.

"그럼 누구한테 말하는 건데?"

맥케나의 목소리에 짜증이 섞인 비웃음이 들어 있었다.

"내가 죽인 사람들, 우리가 죽인 사람들."

"말 조심해, 제리. 난 누구도 죽인 적 없어."

피건은 맥케나의 파란 눈을 쳐다보았다.

"맞아, 너나 맥긴티 같은 자들은 더러운 일을 직접 하기엔 항상 너무 영리했어. 대신 나 같은 얼간이를 이용했지."

맥케나는 떡 벌어진 가슴에 팔짱을 끼었다.

"티끌 하나 없는 사람은 없어."

"그래서? 할 얘기가 있다고 했지. 뭔데?"

소년은 방 안을 둥글게 도는 맥케나를 따라갔고, 피건은 그에게서 눈을 떼지 않기 위해 의자에서 몸을 비틀어야 했다.

"네가 그 여자에게 뭐라고 했는지 알아야겠어."

"아무 말 안 했어. 난 말이 많지 않다는 거 너도 알잖아."

"그래, 말이 없지. 하지만 믿을 만한 정보에 의하면 앞으로 며칠 내로 경찰이 던개넌 근처의 습지를 파헤치기 시작할 거래. 그 소년을 묻은 장소 말이야. 그 애 엄마가 알려줬다더군."

맥케나는 방 가운데로 이동해 피건을 내려다보았다.

"그 여자가 어떻게 안 거지, 제리?"

"그게 중요해? 젠장, 시체 흔적도 없을 거야. 20년도 더 됐잖아."

"중요하지. 입을 열면 배신자가 되는 거야. 배신자가 어떻게 되는지는 너도 알겠지."

피건은 의자 팔걸이를 손가락으로 꽉 쥐었다. 맥케나는 허벅지에 손을 대고 몸을 앞으로 기울였다.

"이유가 뭐야, 제리? 왜 말했어? 그게 무슨 소용이 있을 거라 생각한 거야?"

피건은 거짓말을 지어내려 했으나 떠오르지 않았다.

"그 애가 나를 내버려둘지도 모른다고 생각했어."

"뭐?"

"그 애가 사라질 거라고 생각했다고."

피건은 맥케나의 머리를 손가락으로 가리키고 있는 소년을 바라보았다.

"나를 편안하게 내버려둘 거라고."

맥케나가 한 걸음 물러섰다.

"누가? 그 소년?"

"하지만 그 애는 다른 걸 원했어."

"젠장, 제리. 너 대체 어떻게 된 거야? 병원에 가서 치료를 받아야겠어, 당장. 아니면 당분간 좀 떠나 있거나."

피건은 자신의 손을 내려다보았다.

"그럴지도 모르지."

맥케나는 피건의 어깨에 손을 올렸다.

"들어봐. 내 정보원은 그 누구도 아닌 나한테만 보고해. 내가 맥긴티에게 이 일을 발설하지 않은 단 한 가지 이유는 네가 지금까지 내 좋은 친구였기 때문이야. 네가 그 여자에게 입을 연 사실을 맥긴티가 알게 되면 경찰들이 찾는 게 네 시체가 될 거라고."

피건은 어깨를 잡고 있는 맥케나의 손을 밀쳐내고 싶었지만 가만히 있었다.

"물론 네가 날 도와주면 얘기가 달라질 거야. 네게 맡길 일이 있어. 맥긴타가 관여하고 있지 않은 거래가 있는데, 네가 술을 끊고 정신을 차리면 내게 큰 도움이 될 거야. 그러면 난 네가 그 소년의 어미에게 뭐라고 말했는지 맥긴타에게 알리지 않을 수도 있어."

"내 말 알아듣겠어, 제리?"

얼굴이 일그러지는 소년의 주위로 다른 유령들이 모여들었다.

"응."

피건이 대답했다.

"그래야지."

맥케나가 미소 지었다.

피건이 일어섰다.

"화장실 좀."

맥케나는 뒤로 물러나며 말했다.

"얼른 갔다 와."

피건은 계단을 올라 화장실로 갔다. 문을 잠갔지만 유령들은 여느 때처럼 그를 따라 들어왔다. 소년만 보이지 않았다. 피건은 최대한 그들을 무시한 채 똑바로 서서 방광을 비우는 데 집중했다. 혼자 있어야 할 곳에서도 열두 유령과 함께 있는 것에 익숙해진 지 오래였다.

물을 내리고 손을 씻은 뒤 문을 열었다. 층계참에 소년이 기다리며 서 있었다. 그는 침실의 어둠을 빤히 바라보았다. 피건은 혼란에 빠져 잠시 가만히 서 있었다. 관자놀이가 웅웅거렸고, 복부에서는 냉기가 스멀거렸다. 소년은 방 안을 가리켰다.

"뭐?"

소년은 이빨을 드러내며 앙상한 팔을 홱 움직여 문 쪽을 가리켰다.

"알았어."

피건은 어깨너머를 돌아보며 침실로 들어갔다. 소년은 어둠 속으로 그를 따라가서 침대 발치에 무릎을 꿇었다. 그리고 침대 아래쪽을 가리켰다. 피건은 바닥에 무릎과 손을 대고 엎드려 침대 밑을 들여다보았다. 층계참에서 희미하게 새어 들어온 빛이 숨겨져 있던 오래된 구두 상자를 비추었다. 피건은 의아한 표정으로 고개를 들었다. 소년이 머리를 끄덕였다.

피건은 팔만 뻗으면 닿을 거리에 있는 상자를 잡아당겼다. 상자 안에서 묵직한 것이 움직였고, 피건의 심장박동이 빨라졌다. 뚜껑을 열자 지폐 냄새가 풍겼다. 동그랗게 말린 20유로, 50유로, 100유로 지폐가 잔뜩 들어 있었다. 얼마인지는 몰랐다. 피건은 돈을 세어본 적이 없었다. 상자 안에 뭔가 다른 것, 차갑고 검은 뭔가가 지폐 사이로 반쯤 드러났다. 만지고 싶지 않은 물건이었다. 어둑한 방 안에서 그와 소년의 눈이 마주쳤다.

"안 돼."

소년이 상자의 물건을 손가락으로 쿡 찔렀다.

"안 된다니까."

피건은 희미한 목소리로 다시 내뱉었다. 소년은 입을 벌리고 손으로 머리카락을 쥐어뜯었다. 피건은 소년이 비명을 지르기 전에 상자에서 발터 P99 권총을 꺼냈다. 소년은 이를 번득이며 만면에 미소를 띠었다. 그는 슬라이드를 당겨 첫 발을 장전하는 시늉을 했다. 피건은 소년과 권총을 번갈아 쳐다보았다. 소년은 고개를 끄덕였다. 피건이 슬라이드를 당겼다 놓자 기름칠된 부품이 함께 움직이며 짤깍 소리가 났다. 총은 마치 오랜 친구와 악수할 때처럼 피건의 손에 단단히 잡혔다. 소년은 미소를 짓고 일어나서 층계참으로 향했다. 피건은 권총을 내려다보았다. 출소 몇 주 후 오직 방어의 목적으로 총을 샀고 닦을 때만 상자에서 꺼냈다. 그는 가드 안에 구부러져 있는 방아쇠를 손끝으로 찾아냈다. 소년은 문간에서 기다렸다. 피건은 소년을 따라 계단을 내려갔다. 소년의 여윈 몸에는 아래층의 빛이 닿지 않는 것 같았다.

피건은 아래층으로 천천히 내려가기 시작했다. 복부에서 울컥하는 기운과 함께 음울한 기억과 오래전 끊긴 목소리, 피투성이 얼굴이 떠올랐다. 다른 유령들은 서로를 쳐다보며 뒤를 따랐다. 아래층에 맥케나의 뒷모습이 보였다. 그는 피건 어머니의 옛날 사진을 들여다보고 있었다. 젊고 예쁜 시절의 그녀가 문에 서 있는 모습이었다.

소년은 방 안 맞은편에서 20여 년 전에 자신을 망치로 때려죽인 맥케나를 처형하는 시늉을 또 한 번 했다.

피건의 심장이 쿵쾅거리고 허파가 들썩거렸다. 맥케나에게 들릴 만큼 큰 소리였다.

소년은 피건을 향해 미소 지었다.

"네 말을 들어주면 날 내버려둘 건가?"

소년은 고개를 끄덕였다.

"뭐라고?"

맥케나는 액자를 내려놓았다. 그는 목소리가 들린 쪽으로 돌아섰고, 자기 이마에 겨누어진 총을 보자 그대로 얼어붙었다.

"여기서는 안 돼."

소년의 미소가 사라졌다.

"내 집에선 안 돼. 다른 곳으로 가야겠어."

다시 미소가 돌아왔다.

"젠장, 제리."

맥케나가 손을 들어 올리며 짧고 불안한 웃음을 내뱉었다.

"뭐 하는 거야?"

"미안해, 마이클. 어쩔 수 없어."

맥케나의 미소가 싹 가셨다.

"무슨 소리야, 제리. 우리는 친구잖아."

피건의 머릿속이 맑아져 있었다.

"네 차에 타야겠어."

피건은 몇 달 만에 처음으로 손이 떨리지 않았다. 맥케나의 입이 일그러졌다.

"웃기는 소리 마."

"네 차에 타야겠어. 넌 앞에, 난 뒤에."

"넌 제정신이 아냐. 후회할 일 저지르기 전에 총 내려놔."

피건은 맥케나에게 더 가까이 다가갔다.

"차에 타."

맥케나가 손을 뻗었다.

"그만해, 제리. 진정하자고, 알겠어? 총을 주면 내가 치울게. 그리고 같이 한잔하자."

"차에 타라고 했어."

"그만하라니까, 제리. 총 이리 줘."

맥케나는 총을 붙잡으려 했으나 피건은 팔을 굽혀 피했다. 그는 총을 다시 맥케나의 이마 가운데에 겨누었다.

"하긴, 넌 항상 미친놈이었어."

맥케나는 피건에게 시선을 고정한 채 문으로 향했다. 맥케나는 문을 열고 거리로 나와 양쪽을 둘러보며 혹시 보는 사람이 있을지 기대했다. 맥케나의 어깨가 축 처졌고, 피건은 목격자가 없음을 눈치챘다.

이웃 사람들이 커튼 사이로 밖을 엿볼 만한 동네는 아니었다. 맥케나가 차에 다가가자 메르세데스의 잠금장치가 키를 감지해 윙윙댄 뒤 찰칵 소리를 냈다.

"뒷문 열어."

피건이 말했다. 맥케나는 시키는 대로 했다.

"앞에 타. 내가 들어갈 때까지 문은 열어둬."

피건은 맥케나가 운전석에 앉을 때까지 머리에 총을 겨누었다. 피건은 뒷좌석에 미끄러지듯 올라앉으면서 맨손으로 가죽 시트를 만지지 않도록 조심했다. 그는 손수건을 이용해 문을 닫았다. 맥케나와 동행한 것을 톰이 목격했으므로 조수석의 지문은 문제되지 않았다. 맥케나는 운전대에 손을 올려놓은 채 조용히 앉아 있었다.

"문 닫고 출발해."

메르세데스의 대형 엔진이 우르릉 소리를 내며 시동이 걸리고 맥케나는 차를 출발시켰다. 피건은 인도에 서서 쳐다보고 있는 열두 유령을 뒤 차창을 통해 흘낏 보았다. 소년은 도로에 나와서 손을 흔들었다. 피건은 어둠 속에 납작하게 누웠다. 총구는 운전석 뒤, 맥케나에게 심장이 있다면 위치해 있을 그 자리를 정확히 겨누었다.

2

피건은 부두 주변의 거리에 인적이 없다는 것을 알고 있었다. 뒤쪽의 고가 고속도로 M2와 M3가 만나는 곳에서 간간히 들려오는 자동차 소리와 메르세데스의 엔진이 식으며 탁탁거리는 소리가 섞여 들렸다. 앞쪽에는 라간 강이 벨파스트 호수로 흘러들어가고 오디세이 빌딩의 불빛이 물에 비쳐 어른거렸다. 건물 안 나이트클럽은 피건 같은 사람을 기억하거나 신경 쓸 이유가 전혀 없는, 젊고 부유한 자들만 가득했다.

오디세이 너머 오래된 조선소 위에 거대한 고공 크레인 삼손과 골리앗이 우뚝 솟아 있었다. 퀸즈아일랜드 반대편에서는 경비행기 한 대가 시 공항 주변을 선회했다. 공항은 술로 자멸한 축구 선수의 이름을 따서 위대한 조지 베스트로 변경되었다. 비행기의 엔진이 윙윙 소리를 냈다. 맥케나의 어깨는 숨을 쉴 때마다 오르락내리락했다. 피건은 좌석 뒤쪽에 총을 고정한 채 맥케나의 뒤에 몸을 일으켜 앉았다. 땀으로 젖은 셔츠가 어깨뼈 위에서 미끄러졌다. 그는 차를 세워둔 공터 주변을 둘러보았다. CCTV도, 사람도 없었다. 유일한 목격자는 쥐뿐이었다.

그리고 유령들이 있었다.

그들은 어둠 속에서 어슬렁대며 보고 기다릴 뿐이었다. 하지만 소년은 예외였다. 그는 운전석 문에 붙어 눈 주위에 손을 오므려 대고 유리를 통해 맥케나를 바라보았다.

"저길 봐. 저길 이제 타이타닉쿼터라고 불러. 말이 돼?"

맥케나가 크레인 주변의 토지 구역을 가리켰다. 피건은 대답하지 않았다.

"저 땅에서 엄청난 돈이 벌린대. 좋은 시대야, 제리. 각종 계약에 보상금, 부동산까지. 모두가 손을 못 뻗어서 안달이야. 하지만 맙소사, 물에 띄우자마자 가라앉은 배의 이름을 붙이다니, 웃기지 않아? 항해 역사상 최악의 재앙을 갖다 붙여놓고 자랑스러워하는 꼴이라니. 벨파스트에서나 가능한 일이겠지?"

맥케나는 잠시 말을 멈추고 물었다.

"원하는 게 뭐야, 제리?"

"전화해."

"누구한테?"

"톰. 가게 문 닫으라고 해. 나를 데려다주고 부두에 사람을 만나러 간다고 해. 누구냐고 물으면 거래 일로 만나는 거라고 말해."

맥케나는 두려움을 감추려고 소리 내 웃었다.

"내가 왜 그래야 돼? 뭐 때문에 그런 전화를 하겠어?"

"하지 않으면 널 죽일 거니까."

"하든 안 하든 죽일 거잖아."

피건은 백미러를 올려다보았다. 어둠 속에서 맥케나의 눈을 간신히 찾을 수 있었다. 그의 안경에 강 건너의 빛이 반사되었다.

"죽는 데도 종류가 있어, 마이클. 아주 다른 두 가지가 있다는 걸 너도 잘 알잖아."

"맙소사. 오, 젠장, 제리. 난 못 해."

맥케나가 숨을 내쉬며 어깨를 떨었다. 피건은 총구를 올려 맥케나의 목덜미를 눌렀다.

"해."

맥케나는 머리를 숙이고 한숨을 쉬었다. 휴대전화 화면이 차 안을 청록색 빛으로 채웠다. 그는 신호음이 들리는 휴대전화를 떨리는 손으로 귀에 댔다.

"그래…. 톰, 문 닫고 현금은 가져가…. 제리는 괜찮아. 침대까지 데려다줬어. 난 부두에 와 있어…. 사람 만나러…. 일 때문이지, 뭐. 끊어야겠어. 현금은 내일 가지러 갈게…. 그래, 알았어…. 내일 봐."

휴대전화에서 삐 소리가 나고 화면의 은은한 불빛이 꺼졌다.

맥케나는 고개를 돌렸다.

"우리 어릴 적 기억나, 제리?"

피건은 땀과 두려움의 냄새를 맡았다. 맥케나와 자신의 것이었다. 그렇지 않아도 피건의 머릿속에는 많은 기억이 떠오르고 있었다. 맥케나가 말을 이었다.

"우리가 영국 놈들한테 벽돌을 던졌다가 잡혔을 때 기억나? 몇 살이었지, 열여섯? 열일곱? 내가 제일 먼저 던지고 도망갔지. 겁쟁이 패치 토너는 너무 무서워서 벽돌 하나 던지지 못하고 나를 쫓아왔고."

그는 피건을 보기 위해 목을 굽혔다. 피건은 맥케나가 정면을 보도록 그의 뒤통수를 총구로 찔렀다. 앞에는 소년을 제외한 유령들이 서 있었다. 소년은 여전히 운전석 창문으로 들여다보고 있었다. 맥케나는 웃으며 말을 이었다.

"하지만 넌 아니었어. 그 누구도 겁낸 적이 없었지. 넌 네가 할 일을 하고야 말았어. 그놈들 눈의 흰자위를 보기 전에는 포기하지 않았지. 네가 벽돌로 얼굴을 맞혔던 거 기억날 거야. 랜드로버 위로 고개를 빠끔히 내민 놈의 코를 정통으로 맞췄잖아. 피가 사방으로 튀고."

"그만해."

온갖 기억이 피건을 괴롭혔다.

"그리고 그 자식들이 우릴 폴즈까지 쫓아왔지. 맙소사, 기억나? 너하고 나는 키득거리는 동안 겁쟁이 패치는 소리를 지르며 엄마를 찾았잖아."

피건은 총으로 맥케나의 머리를 더 세게 눌렀다.

"그만하라니까."

"그리고 그놈들이 우릴 브라이튼스트리트에 몰아넣었지. 젠장, 엄청 얻어맞았잖아. 생각나지? 먼지 나게 두들겨 맞았던 거. 그리고 말이야… 겁쟁이 패치가 잡혀서 오줌을 흠뻑 지렸던 거 기억해?"

웃는 맥케나의 어깨가 들썩였다. 피건의 입술에 미소가 짧게 어렸다. 그는 총을 들고 있지 않은 손으로 미소를 닦아냈다.

"오줌 쌌다고 팔을 부러뜨렸지."

"그래, 맞아. 그리고 우린 다음 날 조직에 들어갔어. 네 어머니 가슴을 무너뜨렸지, 맞지?"

맞장구치는 맥케나의 웃음소리가 목구멍 안에 잠겼다.

"됐어, 그만해."

피건의 눈이 불타올랐다. 갑자기 맥케나의 목소리가 으르렁대듯이 바뀌었다.

"내가 널 넣어준 거야, 제리. 내가. 너를 맥긴티 일당에 넣어준 게 바로 나라고. 넌 나 아니면 절대 들어가지 못했어. 잊지 마. 내가 없었다면 넌 실업수당이나 받는 별 볼일 없는 애일 뿐, 아무것도 아니었어."

"맞아. 그리고 내가 아무것도 아니었다면, 내가 아무것도 하지 않았더라면, 그 사람들은 살아 있겠지. 소년도 살아서 가정을 꾸렸겠지. 우리가 뺏은 거야. 너하고 내가."

맥케나의 목소리가 차 안에 울렸다.

"그 새끼는 배신자야. 경찰에 다 일러바쳤다고. 그놈은 입을 여는 순간 죽은 거야."

잠시 침묵이 흘렀다.

"제리, 지금 무슨 짓을 하고 있는지 생각해봐. 녀석들은 평화 협정이든 아니든, 스토몬트 정부든 뭐든 그냥 내버려두지 않을 거야. 널 추적할 거라고."

피건의 뺨에 따뜻한 눈물이 흘러내렸고, 그는 짠맛을 느꼈다.

"아, 다시는 안 하겠다고 맹세했는데."

"그럼 하지 마, 제리. 이봐, 아직 늦지 않았어. 넌 취했고 우울한 상태야. 제정신이 아니라고. 지금 멈추면 아무 문제없어."

"미안해."

피건은 고개를 저었다.

"30년이야, 제리. 우리가 알고 지낸…"

총성이 한 번 울리고, 앞유리가 붉은색과 회색으로 물들었다. 맥케나는 운전대로 고꾸라졌고 메르세데스의 경적이 밤공기를 요란하게 갈랐다. 피건이 손을 앞으로 뻗어 그의 몸을 의자로 젖히자 정적이 그들을 삼켰다.

피건은 차에서 내려 손수건을 대고 운전석 문을 열었다. 물에 희미하게 비치는 빛 속에서 피건은 자신을 올려다보는 맥케나의 멍한 눈을 바라보았다. 깨져버린 명품 안경이 한쪽 귀에 걸려 있었다. 피건은 확실히 하기 위해 심장에 한 발 더 쏘았다. 날카로운 총성이 물결을 일으키며 라간 강을 가로질러 반짝이는 건물 쪽으로 퍼졌다.

피건은 눈에서 축축한 온기를 닦아내고 주변을 둘러보았다. 어두운 곳에서 모습을 드러낸 유령들은 서로 떠밀며 열린 차 문 앞에 자리를 잡고 피건과 시체를 번갈아 바라보았다. 피건은 유령을 하나씩 살피며 다시 어둠 속으로 사라지는 그들을 셌다.

그중에 소년은 없었다. 하나가 사라졌다.

열하나가 남았다.

ELEVEN 3

"저 사람이야."

맥솔리가 얼룩진 종이의 흐릿한 사진을 보며 말했다. 우체국 문을 열쇠로 열고 있는 노인의 모습이었다. 데이비 캠벨은 확인을 위해 탁상 위의 페이지를 넘겼다.

쉬운 목표물이군. 안 봐도 뻔해.

캠벨은 생각했다.

맥솔리는 맥주를 후루룩 마시고 입을 깨끗이 훔쳤다. 그는 적어도 열다섯 살은 어린 사람들이 입는 청바지를 입고 있었다. 휴즈와 코미스키는 건너편 부스에서 빈둥거렸다. 이제 겨우 점심 시간이었지만 그들의 눈은 술로 벌써 빨개져 있었다. 맥솔리가 그들에게 다가왔다.

"너희 둘은 마누라를 잡아. 나랑 데이비가 노인네를 처리할 테니까."

캠벨은 창문 너머로 햇볕이 쨍쨍 내리쬐는 주차장을 내다보았다. 녹슨 차 두 대가 서 있었고 뒤로 산이 보였다. 던도크 외곽 도로에는 차들이 다니지 않았다. 새 고속도로 건설로 우회로가 생겨 플레이어스 여관의 손님이 줄어든 탓에 유진 맥솔리는 누가 엿들을 걱정 없이 계획을 크게 이야기할 수 있었다. 몇 달 후 4차선 도로가 완성되어 더

블린 중심부터 북쪽 국경 바로 너머에 있는 뉴리, 그리고 벨파스트까지 연결되면 항구 도시 던도크는 그저 지나치는 지역이 될 것이고 플레이어스 여관도 마찬가지였다.

버스를 타고 더블린에 가다가 내린 여행객 무리는 벽에 걸린 게일릭 풋볼* 기념품에 시선을 뺏기곤 했다. 그들은 이가 빠진 기름투성이 접시에 음식이 나오기 전까지는 여기 음식이 얼마나 형편없는지 알지 못했다. 기껏해야 그런 손님만 올 뿐이니 바에 진열된 축구 유니폼과 트로피도 영광을 잃어 보였다. 여관 주인의 아버지 조 그리븐 1세는 샘 맥과이어 컵에서 우승한 1957 라우스 팀 소속이었고, 조 그리븐 2세는 이 사실이 잊히지 않도록 기를 썼다. 글래스고에서 태어나고 자란 캠벨은 게일릭 풋볼에 관심이 없었다. 조 그리븐 2세 역시 현명하게도 그들의 대화에 관심이 없었으므로 바 반대편의 소리가 들리지 않는 곳에 머물러 있었다.

코미스키가 몸을 들이밀며 캠벨 앞에서 손가락을 흔들었다.

"이 자식은 왜 가는 거야? 왜 내가 이 멍청이와 같이 있어야 해?"

캠벨은 손을 뻗어 그 손가락을 잡았다.

"부러뜨리기 전에 내 얼굴에서 치워."

맥솔리가 그들의 손을 떼어 놓으며 나무랐다.

"그만해. 데이비는 정신이 박혀 있으니까 나랑 같이 가는 거야. 빈둥거리며 엉덩이 긁을 줄밖에 모르는 너희들은 주둥이 닫고 시키는 대로 해."

"젠장, 맘대로 해."

코미스키가 말했다. 그는 뒤로 기대 앉아 팔짱을 끼었다.

---

* Gaelic Football: 주로 아일랜드에서 하는 축구 비슷한 경기.

캠벨은 상대방이 눈을 피할 때까지 시선을 떼지 않았다. 맥솔리가 구할 수 있는 녀석들이 이것밖에 안 된단 말인가? 우체국을 털면 제대로 된 무기를 구할 충분한 현금이 나오겠지만, 그 무기를 코미스키 같은 놈의 손에 쥐여준들 무슨 소용이 있겠나? 자기 발가락이나 쏠 게 뻔한데.

캠벨은 자신이 이런 자들과 도대체 뭘 하고 있는 건지 생각한 적이 한두 번이 아니었다. 그들은 스스로를 공화주의자라 칭하며 국경 북쪽의 변절자들과는 달리 대의에 충실하다고 주장했지만 현실은 맥주를 한 잔씩 돌리는 것도 어려울 정도로 체계가 부실했다.

9년 전에 일어난 초유의 사건으로 반체제 공화주의자들은 거의 전멸할 뻔했다. 북아일랜드 평화 협정이 서명된 지 몇 개월 지나지 않은 1998년 여름날 오후, 처참한 오모 폭탄 테러 사건으로 민간인 29명과 엄마 배 속의 쌍둥이가 목숨을 잃었다. 이로 인해 반체제 공화주의자들이 그나마 보유했던 지지 여론조차 하룻밤 새 증발해버렸다. 하지만 그들 측에 더 많은 보병이 흘러 들어가면서 북쪽의 변화도 그 규모가 커져갔다. 운동권이 일손을 필요로 하지 않게 되자 그들은 다시 쓸모 없어지는 것이 두려웠다. 평화 조성 과정에서 많은 사람들이 일거리를 잃었고, 그들은 쉽게 악마의 꼬임에 넘어갔다.

캠벨이 아일랜드인이 아니라는 것을 알게 된 몇몇이 그의 합류를 반대했지만, 그의 명성은 그보다도 먼저 벨파스트에 도착해 있었다. 그가 국경을 넘어 던도크로 갔을 때, 맥솔리는 스코틀랜드 출신의 캠벨을 찾아내 자신의 오른팔로 삼았다. 반체제 공화당은 맥솔리의 조직과 유사한 집단으로 이루어져 있었다. 다양한 크기의 집단은 동일한 명분 아래 느슨하게 연결되어 있었다. 아마 올해 아니면 내년쯤, 그들은 힘을 합쳐 다시금 진정한 위협을 가할 터였다. 그때까지 그들은 계속 서로 다투며 시골 우체국이나 털고 지낼 생각이었다.

일은 일이지. 캠벨은 자신을 일깨웠다. 맥솔리가 계획을 열 번째로 읊자 그는 속으로 한숨을 쉬며 눈을 이리저리 굴렸다. 그의 눈이 카운터 위의 조용한 TV에 멈췄다. 익숙한 얼굴 사진이 보였고, 곧 흰색 종이 작업복과 마스크를 착용한 사람들이 메르세데스를 조사하는 영상으로 바뀌었다.

"저거 봐."

캠벨이 말했다.

계획에 몰두해 있는 맥솔리가 대꾸하지 않자 캠벨은 그의 어깨를 쳤다.

"왜?"

캠벨이 TV 쪽으로 고개를 까딱했다.

"저거 봐. 이봐, 조! 소리 좀 키워 줄래?"

여관 주인은 고분고분 그 말을 따랐고 RTÉ* 기자의 세련된 목소리가 흘러나왔다. "경찰 대변인은 마이클 맥케나 살인 배후에 대한 언급을 거부했지만, 보안 분석가들은 로열리스트**나 반체제 공화주의자가 주요 용의자라고 시사했습니다."

"참, 나! 내가 한 짓 아닌데."

맥솔리가 말하자 코미스키와 휴즈가 웃었다. 하지만 캠벨은 웃지 않았다. 찌릿한 흥분이 속에서 솟아올랐다. 그는 침을 꾹 삼키며 흥분을 억눌렀다. 기자의 보도가 이어졌다.

"당 지도부와 맥케나 사이에 균열이 있다는 소문이 있었으나 평론

---

* Raidió Teilifís Éireannepublican: 아일랜드의 국영 방송국.
** Loyalists: 영국의 종족 민족주의를 추구하는 개신교도 노동계층으로 구성된 당파. 북아일랜드의 영국 합병을 지지한다.

가들은 내부 불화설을 배제했습니다. 하지만 보안 분석가들은 마이클 맥케나의 피살이 가져올 정치적 파문에 대해 언급했습니다. 고위 공화당원이자 북아일랜드 스토몬트 행정부의 일원인 그의 죽음으로, 새로 형성된 정부가 자립을 도모하는 이 시기에 북아일랜드가 어렵게 얻은 협정이 불안해질 가능성이 대두되고 있습니다."

"젠장, 드디어 누군가가 마이클 맥케나를 죽였군. 하느님, 감사합니다. 그 비열한 자식의 얼굴을 TV에서 더 이상 보지 않아도 되겠어."

맥솔리가 말했다. TV 화면은 맥케나가 벨파스트 스프링필드로드에 있는 자신의 사무실 앞에서 인터뷰를 하는 기록 영상으로 바뀌었다. 휴즈와 코미스키는 카메라가 당 로고를 확대하자 야유를 보냈다. 북부 특파원의 "경찰 수사관들이 현장에서 계속 조사 중입니다."라는 멘트와 함께 보도가 끝났다.

"조사해봤자지. 수사관들이 뭘 찾아내겠어. 피투성이 자동차를 찾은 것도 놀라울 지경인데."

캠벨이 말한 뒤 손을 주머니에 집어넣어 휴대전화를 찾았다. 부재 중 전화가 있을지 궁금했다.

맥솔리는 코웃음을 쳤다.

"누구 짓이든 내가 한잔 사야겠어. 데이비, 너 맥케나와 아는 사이였지?"

"잘 알지. 내가 여기 오려고 떠날 때 달가워하지 않았어. 내가 벨파스트에 다시 나타나면 무릎을 박살 내버리겠다고 했지."

"그럼 누군가가 네게 호의를 베푼 셈이군."

"그럴 수도 있지. 그래도 문제가 있을 거야. 벨파스트 녀석들이 가만히 있지 않을 거라고. 누군가는 대가를 치르겠지. 그건 확실해."

맥솔리는 볼이 붉게 상기된 채 낄낄거렸다.

"기분이 꽤 좋아 보이네."

캠벨이 말했다.

맥솔리는 씩 웃으며 희끗한 머리를 뒤로 넘겼다.

"페니스가 두 개 달린 개가 오줌 쌀 가로등 두 개를 찾은 것만큼이나 행복해. 옛날 속담에 이런 게 있지, 데이비. '우리의 날이 올 것이다.(Tiocfaidh ár lá.)'"

그는 캠벨의 어깨에 팔을 두르고 가까이 기댔다. 그의 날숨이 캠벨의 거친 턱수염을 휘저었다.

"벨파스트 놈들은 너무 오랫동안 자기들 마음대로 해왔어. 그놈들은 돈을 벌고 우리는 버림받았지. 어때, 한 잔씩 돌릴 테니 마이클 맥케나를 죽인 자식이 누구든 건배를 보내자고."

캠벨은 맥솔리가 바로 갈 수 있도록 일어서며 맥솔리의 팔에서 떨어져 나온 것에 안도했다. 맥솔리는 바 쪽으로 가다 멈춰 캠벨에게 돌아왔다. 캠벨은 맥솔리가 내민 손을 잡았다. 맥솔리가 캠벨의 손가락을 쥐며 말했다.

"우린 너 같은 사람이 필요해, 데이비. 네가 함께 있어서 기쁘다는 말이야."

맥솔리는 캠벨의 손을 놓고 돌아섰다. 캠벨은 손을 청바지에 비벼 닦았다. 자리로 다시 돌아온 그는 휴즈와 코미스키의 시선을 느꼈다.

"왜?"

코미스키는 일그러진 미소를 지었다.

"맥솔리는 속일 수 있을지 몰라도, 데이비, 나는 못 속여. 기억해, 널 지켜본다는 거."

"그래?"

캠벨은 눈썹을 올리고 미소로 답했다.

"그렇다니까. 한 발짝만 삐끗해도 넌 끝장이야, 인마."

코미스키가 팔꿈치를 테이블 위에 올려놓고 손가락으로 권총 모양을 만들어 방아쇠 당기는 시늉을 했다.

"찰칵, 빵, 데이비."

"기대되는 바야, 친구."

캠벨은 코미스키가 알아들을 만큼 충분히 노려본 뒤 창문 너머 산으로 시선을 옮겼다. 벨파스트의 자동차 안에 누워 있는 마이클 맥케나의 시체를 떠올리자 달콤한 기대감과 차가운 불안감에 위장이 뒤틀리는 듯했다.

4

 피건의 맞은편 탁자에 경찰 두 명이 있었고 패치 토너는 그의 오른쪽에 앉아 있었다. 리즈번로드 경찰서 면회실은 병원처럼 단조롭고 간소했다.
 "맥케나 씨가 당신을 침대에 눕혀주고 나갔단 말입니까?"
 나이 많은 경찰관이 물었다.
 "피건 씨가 이미 대답한 질문입니다."
 토너가 말했다. 비쩍 마른 그는 구겨진 남색 정장을 서둘러 걸친 듯했다.
 "확인해야 하니 다시 대답해주세요."
 경찰관이 미소를 지으며 말했다.
 "제가 아는 한은 그렇습니다. 혼자 나갔어요. 저는 취해 있었고요. 베개에 머리가 닿자마자 곯아떨어졌어요."
 사실 전날 밤 피건은 거의 잠을 자지 못했다. CCTV 카메라를 피해 거리를 끝까지 빠져나갔다가 집으로 돌아오는 데 한 시간 반이 걸렸다. 집에서 두 구획 떨어진 빈집의 벽을 타고 뒷마당으로 들어가 무너져 가는 오두막의 나무널 밑에 총을 숨겼다. 그는 집으로 돌아와 곧바로 2층으로 올라갔다. 두 달 만에 평화롭게 누웠지만, 귓속이 울리고 소년의 야만스러운 미소가 떠오르자 천장만 멍하니 바라볼 뿐이었다. 빛이 커튼 사이로 새어 들어올 때까지 잠들지 못했다.

"좋습니다. 이 정도면 됐습니다."

경찰관이 말했다.

피건은 토너의 차로 걸어가며 물었다.

"어떻게 알고 나를 기다리고 있었던 거야?"

토너는 미소 지으며 말했다.

"내부에 사람을 심어뒀어. 몇 년 됐지. 주요 수사 팀이 너를 조사한다는 소식을 듣자마자 전화해줬어. 요즘은 별일 없지만, 아직은 유용한 녀석이야."

토너는 괜찮은 변호사 경력을 가지고 있었다. 덩치가 작고 마른 그는 빽빽한 콧수염만 빼면 피건이 기억하는 어린 시절과 다르지 않았다. 그는 언론과 인터뷰할 때마다 자신이 인권변호사라고 주장했지만, 피건은 그가 누구의 권리를 위해 싸우는지 정확히 알고 있었다. 재규어 자동차는 그 증거였다.

토너는 시동을 걸며 목을 가다듬었다.

"집에 데려다주기 전에 만날 사람이 있어."

"누군데?"

피건은 문손잡이 근처에 손을 올려 문을 열고 내뺄 준비를 했다.

"옛 친구."

토너는 차를 출발시키며 안심하라는 듯 미소를 지었다.

피건은 문손잡이에서 손가락을 뗐다. 그는 토너의 침묵이 고마웠다. 재규어는 리즈번가를 따라 북쪽으로 향하면서 보행자들을 위해 10여 미터마다 한 번씩 멈췄다. 길 양쪽으로 명품 부티크, 식당, 와인 바가 지나쳐갔고 학생들과 젊은 직장인들이 횡단보도를 건넜다.

저들은 이 도시가 자기 것인 줄 알겠지. 피건은 생각했다. 평화 구축이 망설임 없이 비싼 커피를 살 수 있는 것을 의미한다면, 아마도 저들이 맞을 것이다. 정장을 입은 젊은 여자가 귀에 휴대전화를 댄 채 재규어 보닛 앞을 건넜다. 피건은 문득 자신이 거리에서 삽으로 시체를 긁어내던 시절 저 여자가 태어나긴 했을지 궁금했다.

생각을 멈춘 그는 자신의 고통에 화가 났다. 몇 주 동안이나 시끄럽다가 조용해지니 오히려 불안했다. 유령들은 보이지 않았고, 이제 복부의 냉기와 내장이 꼬이는 느낌은 누그러졌다. 하지만 그는 맑아진 정신이 혼란스러웠다. 마이클 맥케나의 죽음도 7년간 그를 따라다닌 유령들을 사라지게 하지는 못할 것이었다. 열 한 개의 그림자가 그의 시선 너머 어딘가에서 기다리고 있을 것이다. 피건은 확신했다. 토너는 테이트애버뉴에서 좌회전해서 도시를 가로질러 그들의 지역인 서쪽으로 향했다.

오래된 켈트 지원회 건물은 전성기의 그것과는 거리가 멀었다. 삼색기와 축구공으로 꾸며진 입구 위 간판은 페인트가 벗겨져 썩은 나무가 드러났다. 쇠창살 뒤 지저분한 창문에는 페인트가 칠해져 있어 건물에 블라인드를 친 것처럼 보였다.

토너는 피건을 안으로 안내했다. 유일한 낮술꾼은 그들이 들어오는데도 신문에서 눈을 떼지 않았다. 어둑함 속에 김빠진 맥주와 담배 냄새가 가득했다. 결코 흡연을 금지할 수 없는 곳이었다.

그들은 지원회 뒤쪽으로 가서 축축하고 좁은 복도로 들어섰다. 복도 양쪽에 화장실 문이 있었고, 맨 끝의 문에는 '일반인 출입 금지'라고 적혀 있었다. 토너가 안쪽 방의 문을 열려는 순간 피건의 머리에 통증이 번쩍였다. 관자놀이 사이에서 포물선을 그리는 번개 같았다.

그는 걸음을 멈추고 벽에 기대섰다. 냉기가 사지에서부터 안쪽으로 얼음같이 차가운 거미줄처럼 기어들었다.

토너는 뒤를 돌아보며 말했다.

"이런, 제리, 왜 그래?"

피건은 심호흡을 했다.

"아무것도 아니야. 그냥 피곤한 것뿐이야."

그림자 열한 개가 복도를 따라 움직여 토너를 지나쳐 그 너머 어둠과 합쳐졌다. 토너는 피건에게 다가와 그의 어깨에 작은 손을 올렸다.

"얘기만 좀 나누고 싶다는 거야. 걱정할 거 없어."

토너가 말했다. 피건은 토너의 팔을 슬쩍 밀어냈다.

"걱정 안 해. 숙취 때문이야. 가자."

그는 토너를 지나쳐 문을 열었다. 안에서 기다리고 있는 사람을 본 피건은 가슴이 철렁했다.

빈시 카폴라의 대머리가 위에 매달린 알전구의 빛을 반사했다. 방 바깥으로 상자와 통 들이 옮겨져 있었고 방 가운데에 나무 의자가 하나 놓여 있었다. 비닐 시트로 덮인 바닥 위에서 카폴라는 넓은 어깨에 꽉 끼는 새 작업복을 입고 있었다.

"제리, 잘 지냈어?"

카폴라의 미소에 피건은 복부가 뒤틀렸다.

"응, 그럭저럭."

"난 차에서 기다릴게."

토너가 피건의 등을 두드리곤 온 길로 되돌아갔다.

"앉아."

카폴라가 말했다.

피건은 몸을 가리고 싶은 욕구를 억누르며 손을 무릎에 올려놓고 앉았다. 토너가 문을 닫으면서 생긴 외풍으로 천장에 달린 전구가 느릿느릿 움직였다. 카폴라의 그림자도 이를 따라 벽 위에서 흔들렸다. 다른 그림자들은 서로를 스쳐 지나며 형태를 잡아갔다. 피건은 눈 뒤쪽에서 올라오기 시작하는 통증을 이겨내려 침을 삼키고 눈을 깜빡였다.

"마이클 소식은 안됐지, 응?"

카폴라가 어두운 표정으로 말했다.

어두운 구석에서 두 형체가 걸어 나왔다. 오래전 죽은 두 청년이었다. 제복이 피와 검은 흙으로 얼룩져 있었다. 피건은 그들이 손으로 권총 모양을 만드는 중에도 카폴라에게 집중했다.

"그렇지. 다 끝난 줄 알았는데."

"절대 끝나지 않을 거야."

카폴라는 방 안을 서성거렸다. 얼스터 방위대원 둘도 그와 함께 움직였다.

"영국인들이 철수하지 않는 이상 말이야. 맥긴티와 나머지에게 내 입장을 확실히 했어. 난 지금 상황이 맘에 들지 않아. 경찰을 지원하고 스토몬트 정부에서 구경만 하는 것도 전부. 하지만 나는 무슨 일이 있어도 당과 함께 할 거야."

"넌 언제나 충성스러웠지."

피건이 말했다.

"그래, 충성."

카폴라는 그 단어가 마음에 든 듯했다. 그는 박수를 한 번 치고는 본론으로 들어갔다.

"마이클에게 무슨 일이 일어난 건지 알아봐야 해. 어젯밤 너를 집에 데려다줬다고 했지. 몇 시에?"

"12시 45분 정도. 그쯤일 거야."

"어디 간다고는 말 안 했고?"

"응, 별로 말을 하지 않았어. 내가 많이 취했었거든."

한때 카폴라가 피건의 명령을 받던 때가 있었다. 과거의 부하에게 지금의 약한 모습을 보이는 것은 부끄러운 일이었다.

"거래를 한다는 놈들에 대해서 아무 얘기 안 했어?"

피건은 덩치 큰 카폴라를 올려다보았다.

"어떤 놈들?"

"리투아니아 놈들."

카폴라는 역겨운 말을 뱉었다는 듯 입을 비틀었다.

"더러운 새끼들. 신께 맹세컨대 영국 놈들을 쫓아내도 소용이 없을 정도로 이곳엔 외국인이 너무 많아졌어. 염병할 리투아니아, 폴란드, 검둥이, 파키스탄, 중국 놈. 요즘 시내를 걸으면 아일랜드 억양을 거의 들을 수 없어. 전부 외국인이야. 더블린은 더해. 최근에 가본 적 있어?"

"아니."

"망할 외국 놈들이 사방에 널려 있고 더러운 놈들이 음식 서빙을 해. 검둥이들이 손으로 전부 만져대는 통에 더 이상 외식을 할 수가 없어."

카폴라는 몸을 부르르 떨었다.

피건은 마음속으로 기억을 좇으며, 소년이 맥케나에게 했던 것처럼 방위대원 둘이 카폴라의 대머리를 겨누어 처형하는 모습을 바라보았다. 기억이 제자리를 찾자 가슴에 숨이 턱 막혔다. 벨파스트에서 남서쪽으로 30킬로미터 떨어진 러간에서 일어난 일이었다. 지금 있는 방과 꼭 닮은 곳이었다.

얼스터 방위대는 한때 지역민 중에서 모집한 시간제 군사로 구성되었다. 그들은 경찰과 마찬가지로 거의 전부가 신교도였다. 또한 몇은 시골길과 소규모 촌락을 순찰하면서 권한을 남용해 구교를 목표물로 삼는 로열리스트였다. 마거알린 근처에서 여섯 명의 부대원이 매설된 지뢰를 밟았다. 두 명은 즉사했고, 두 명은 부상당했으나 살아서 길가에 있었으며, 두 명은 들판을 가로질러 도망갔다. 생존자를 제거하러 간 지역 청년 집단이 10분 만에 그들을 잡아서 러간 외곽의 주택 단지에 있는 술집으로 끌고 갔다. 카폴라와 피건은 한 시간이 채 되지 않아 술집에 도착했다.

빈시 카폴라는 운동권에서 그 누구보다도 정보를 얻어내는 데 능숙했다. 그는 덩치가 큰 대신 몸놀림이 느렸다. 고통을 제대로 가할 줄 알았고 그 분야에서는 일종의 예술가였지만, 싸움에는 젬병이었다. 피건은 만약을 위해 따라갔다.

얼스터 방위대원 청년 둘은 피를 심하게 흘리며 고통과 공포에 울고 있었다. 쩍 벌어진 그들의 입 안은 으깨져서 잇몸은 피로 가득했고 바닥에는 이빨이 흩어져 있었다. 그들은 그나마 알고 있던 사실을 한 시간 전에 모두 털어놓았으나 카폴라는 멈추지 않았다. 바닥에 무릎을 꿇고 펜치로 발톱을 뽑던 카폴라는 고문당하던 발이 갑자기 걷어차는 바람에 균형을 잃었다. 카폴라는 뒤로 쓰러졌고, 방위대 청년은 속박이 느슨해지자 발을 딛고 일어섰다. 카폴라는 누운 채로 꼼짝 못하고 방위대원을 올려다보았다. 피건은 방위대원이 한 발짝을 더 내딛기 전에 머리에 총알 구멍을 냈다. 아직 의자에 묶여 있던 다른 한 명은 동료의 몸이 바닥에 고꾸라지자 꽥 비명을 질렀다. 피건은 그의 관자놀이에 총알을 박아 입을 다물게 했다. 피건은 아직 피와 이빨 위에 널브러져 있는 카폴라를 내려다보면서 염병할 난장판을 치우라고 명령했다.

이제 피건은 가능성을 고려해보았다. 만일 카폴라가 물리적인 힘을 사용한다면 피건은 그를 다룰 수 있다고 확신했다. 하지만 탈출은 불가능했다. 다른 놈들이 쫓아올 게 분명했다. 일단 가만히 있기로 결정했다.

"난 아는 외국인이 없어서."

피건이 말했다.

"그럼 이놈도 모르겠군?"

카폴라는 벽장문을 열었다. 키가 크고 마른 남자가 손발과 입이 묶인 채 웅크리고 있었다. 그는 떨면서 그들을 쳐다보았다. 회색 정장이 붉게 얼룩져 있었다.

방위대원 청년 둘은 어두운 구석으로 돌아갔다. 피건은 그림자들 사이에서 그들을 놓쳤고, 눈 뒤의 고통은 잡음 수준으로 희미해졌다.

"몰라, 본 적 없어."

카폴라는 아래로 손을 뻗어 남자의 입에서 재갈을 당겼다. 그는 피건을 가리켰다.

"저 사람 알아?"

남자는 피건을 본 뒤 다시 카폴라를 바라보며 고개를 저었다.

"확실해?"

남자는 묶인 손을 들어 슬라브어인 듯한 말로 빌기 시작했다.

카폴라는 문틀 양쪽을 잡아 몸을 고정한 뒤 부츠 발로 벽장 안을 차면서 가죽이 살점에 부딪치는 소리에 맞춰 한 단어씩 끊어서 말했다.

"영어로… 말해. 더러운… 자식아…. 얼굴을… 뭉개버리기… 전에."

"제발!"

남자가 울부짖었다.

"제발 그만하세요!"

"나와."

카폴라가 금발머리를 한 움큼 쥐고 말했다. 그가 잡아당기자 남자가 비명을 지르며 끌려나왔다.

"의자 가져와, 제리."

피건은 일어서서 구석으로 갔다. 카폴라는 남자를 일으켜 의자에 앉히고 피건을 가리켰다.

"저 사람 알아?"

남자는 고개를 저었다.

"서로 전혀 모르는 사이야."

피건이 말했다.

카폴라는 손을 들어 옛 동지를 조용히 시켰다.

"좋아, 확실히 하고 싶었어. 이제 누굴 아는지 알아보자고."

남자의 겁먹은 눈은 피건과 카폴라 사이를 바쁘게 움직였다. 그는 숨을 얕게 몰아쉬었다. 씁쓸하고 퀴퀴한 냄새가 방 안에 가득했다.

"이자는 누구지?"

피건이 물었다.

"페트라스 아담쿠스."

카폴라가 말했다.

"인사해야지, 페트라스."

페트라스는 둘을 번갈아 쳐다보았다. 카폴라는 그의 뺨을 세게 한 대 때렸다.

"인사하라니까."

"안녕하세요."

페트라스는 작은 목소리로 말했다.

"잘했어. 그럼 본론으로 들어가 볼까. 왜 마이클 맥케나를 죽였지?"

페트라스는 그 말에 입을 쩍 벌렸다. 카폴라는 그의 뺨을 더 세게 때렸다.

"왜 마이클 맥케나를 죽였어?"

페트라스는 묶인 손을 들었다.

"아뇨, 아뇨. 마이클은 내 친구입니다. 우리는 사업을 합니다. 좋은 거래. 좋은 여자. 젊은 여자. 해치지 않았어요."

카폴라는 육중한 주먹을 뒤로 당겼다가 리투아니아인의 턱에 박아 넣었다. 물기가 섞인 둔탁한 소리와 함께 페트라스의 젖힌 머리가 의자 뒤로 늘어져 바닥에 세게 넘어졌고, 이미 부어 있던 입술에서 피가 뚝뚝 흘렀다.

카폴라는 피건을 보고 씩 웃었다.

"옛날 생각 나지?"

그가 주머니에서 펜치를 꺼내자 피건은 물었다.

"난 가도 되나?"

"왜, 이젠 생각 없나?"

"응."

"좋아. 너는 아무 관련 없다고 했으니 그거면 됐어."

카폴라가 말했다. 피건은 복도로 향하는 문을 열었다. 그의 관자놀이에서 불길이 솟아 어깨너머를 돌아보았다. 방위대원 청년 두 명이 카폴라의 대머리에 손가락을 겨누고 있었다.

"다음에 봐."

피건이 말했다.

"그래. 또 보자고, 제리."

카폴라는 리투아니아인을 의자에 다시 앉히며 말했다. 피건은 등을 돌려 복도를 통해 술집에서 나와 패치 토너가 기다리고 있는 재규어로 향했다.

5

 북아일랜드 부장관 에드워드 하그리브스 의원은 오후의 햇살 속에서 골프를 쳤다. 그는 손으로 햇빛을 가리고 세인트앤드루스의 올드 코스 위로 공이 날아가는 모습을 바라보았다. 공은 왼쪽으로 날아가서 천천히 떨어지기 시작했다. 그리고는 세 번 튕겨서 덤불 속으로 사라졌다.
 "젠장."
 그는 캐디를 쳐다보지도 않고 클럽을 건넸다.
 "운이 나빴습니다, 부장관님."
 세 번째 순서인 콤튼이 티를 놓으며 말했다. 그가 허리를 숙이자 허리 뒤쪽에 총이 불거져 나왔다. 하그리브스는 새 경호원이 예전의 뚱한 녀석보다 꽤 사근사근해서 마음에 들었다. 하지만 저렇게 골프를 잘 치는 경호원을 붙일 필요가 있었을까? 콤튼은 완벽한 스윙으로 두 개의 벙커 사이 그린에 정확히 공을 떨어뜨렸다.
 오늘은 지금까지도 끔찍했지만 더욱 끔찍할 것 같은 날이었다. 오전 8시, 하그리브스의 호텔 침대 머리맡에 있는 전화기가 울려 그에게 나쁜 소식을 전했다. 하그리브스는 마이클 맥케나를 몇 번 만나지는 못했지만, 늘 그가 무례하다고 생각했으므로 슬프지는 않았다. 하지만 그의 죽음은 수년간 힘들게 다져놓은 길을 망쳐 놓을 수도 있는 골칫거리였다. 물론 자신과 이전 장관들이 함께 만든 길을 말하는 것이지만, 어쨌든 그랬다.

맙소사, 그는 버림받은 그곳을 이번 달에 또 방문해야 할지도 몰랐다. 거기서 일주일을 꽉 채우고 돌아왔는데 그것으로 충분하지 않았단 말인가? 하그리브스는 가능했다면 그 끔찍한 불모지와 이미 수년 전에 단절해버렸을 것이다. 하지만 정부와 왕족 일부가 바다 건너 여섯 지역에 일종의 그릇된 의무감을 가지고 있었고, 이는 그가 감당해야 할 짐이었다.

이제 북아일랜드의 당파들이 드디어 자신들끼리 통치권을 공유하기로 합의했고, 하그리브스의 역할은 대부분 장관이 서명할 서류를 전달하는 것이었으므로 완전한 재앙 수준은 아니었다. 원주민들이 문제만 일으키지 않는다면 괜찮았다.

주머니에서 휴대전화가 진동했다. 두려워하던 전화였다. 그는 무거운 마음으로 전화를 받았다. 여자 목소리가 들렸다.

"경찰청장께서 얘기를 나눌 준비가 되셨다고 합니다, 부장관님. 보안 전화입니다. 말씀하십시오."

하그리브스가 말했다.

"안녕한가, 제프. 뭘 알아냈지?"

"특별한 건 없습니다."

하그리브스는 경찰청장을 좋아하지 않았지만 존중은 했다. 제프 필킹턴은 터프한 사람으로, 고위직에 오르기 전 맨체스터 거리에서 일했다. 그는 진짜 경찰 경력을 가진 소수의 경찰서장 중 하나로, 공립학교와 옥스브리지 학력을 이용해 은근슬쩍 그 자리를 차지한 게 아니었다. 그는 성격이 단호하고 외모가 거칠었지만 예리한 정치적

수완을 가지고 있었다. 언제 고함을 지르고 속삭여야 하는지를 알았다. 하그리브스는 만약 필킹턴이 경찰 고위직이 아니라 의회를 노렸다면 지금쯤 내각에 있을 것이라 확신했다. 필킹턴은 왕립 얼스터 보안대가 북아일랜드 경찰로 완전히 전환되었을 때 경찰 최고직에 오른 뒤, 그간 시험대를 거쳤다. 하지만 불가능한 일을 해내며 견뎌냈고 북아일랜드 사회 전체의 존경을 얻었다. 물론 그를 탐탁지 않아 하는 자들도 일부 있었다.

"누구 짓이었지?"

하그리브스가 물었다.

"로열리스트? 반체제자?"

"둘 다 아닌 것 같습니다. 가까운 거리에서 쐈고 몸싸움 흔적이 없었습니다. 알던 사람의 짓이 거의 확실합니다."

"그의 부하들 말인가?"

하그리브스는 공 쪽으로 걸었고, 콤튼과 캐디가 뒤를 따랐다.

"아닐 겁니다. 분열의 조짐은 없었습니다. 만약 있었다 하더라도 일을 키우고 싶지 않았을 겁니다. 스토몬트 정부가 이제 막 안정되기 시작한 지금은 아닐 겁니다."

"그럼 누구 짓인가? 장관께 보고해야 하는데."

"그는 리투아니아인들과 거래를 하고 있었습니다. 불법체류자들을 더블린에서 북아일랜드로 넘겼어요. 대부분 성매매 여성들이었죠."

"맥케나 집단이 그런 일까지 하는 줄은 몰랐군. 그런 건 로열리스트의 특기인 줄 알았는데."

"당의 공식 발표는 범죄 행위가 전혀 아니라는 것이지만 당은 개인적 활동을 관리하지 않습니다. 맥케나와 같은 사람은 더 자유롭게 할 수 있죠. 그들은 돈이 관련된 일이라면 뭐든지 할 겁니다. 당에서 뭐라고 하든 돈은 위로 흐르니까요."

사람들이 범죄자인 줄 알면서도 여전히 범죄자에게 표를 던진다는 사실은 항상 하그리브스를 놀라게 했다. 그는 세상에 냉소적인 유권자가 있기는 한지 의심스러웠다. 평균적인 북아일랜드 서민은 전문 정치 분석가보다 연설에 암시된 내용을 잘 이해했고, 기만적인 단어는 모두 불신했다. 하지만 선거 때마다 투표 결과는 뻔했다. 그는 그들이 왜 4년마다 당원들 머릿수를 센 뒤 그걸로 끝내지 않는지 궁금했다.

그는 지난 개각에서 내각 자리를 절실하게 원했다. 하지만 결국 그는 아무도 원하지 않는 북아일랜드 장관 자리마저도 얻지 못했다. 심지어 아무도 원하지 않는 그 자리의 빌어먹을 조수가 되었다. 그는 걸으며 이를 갈았다.

"그러면 그들을 연결시킬 이유가 있나?"

하그리브스가 물었다.

"직접적인 것은 없습니다. 현재로서는 구체적인 정보가 매우 부족해서요."

"확보한 정보는 뭐지?"

하그리브스는 콤튼과 캐디가 따라잡을 수 있도록 멈추었다. 그는 콤튼이 건강을 유지하도록 가끔 아침 조깅에 그를 데려갈 만큼 체력이 좋았다.

"마지막 행선지를 알아냈습니다. 맥케나는 스프링필드로드에 술집을 소유했어요. 허가증에는 남동생 이름으로 되어 있지만 그의 소유였죠. 거기서 취객을 차로 집에 태워다 주었고, 바텐더가 30분에서 45분쯤 뒤에 그에게서 전화를 받았습니다. 취한 사람을 집에 데려다준 뒤 사업차 부두에 누군가를 만나러 간다고 했답니다. 이동 경로의

CCTV 영상을 확인하고 있는데 지금까지 찾은 영상에서는 혼자 운전하고 있었어요. 마지막으로 찍힌 요크스트리트의 카메라 영상에서 M3 고가도로 아래 부두로 들어갔고, 범인이 누구든, 그곳에서 만난 것으로 추측됩니다. 수사 팀이 아직 차를 조사하는 중이지만 얻을 게 별로 없을 겁니다. 깔끔하게 처리했어요. 전문가의 솜씨죠."

하그리브스는 조금 안심되었다.

"그럼 정치적인 이유가 아니라는 건가? 만약 정치적인 이유였다면 얼마나 큰 문제인지 말 안 해도 알겠지."

"네, 부장관님, 저도 압니다. 아직까지는 사업 거래가 틀어진 상황과 일치합니다. 취객은 이미 조사했으나 별로 아는 게 없었습니다. 그자의 신원은 확인했지만요."

잠시 안도했던 마음은 이내 사라졌고, 하그리브스는 다시 공 쪽을 향했다.

"무슨 소리지? 그자는 누군가?"

"제럴드 피건입니다. 무려 열두 건의 살인을 저지른 것으로 추정되며, 두 건은 어머니 장례식 때문에 교도소에서 특별 휴가를 받았을 때 일어났습니다. 1988년의 샨킬 정육점 폭파 사건으로 유죄 판결을 받았습니다. 어머니와 아이를 포함해 세 명이 사망한 사건입니다. 그는 행동대원으로, 부장관님의 관점에 따라 최고였을 수도 있고 최악이었을 수도 있습니다. 간단히 말해 킬러였죠."

"그런데도 용의자가 아니라고?"

"현재로선 그렇습니다. 조기 석방된 뒤 쥐새끼처럼 조용히 지내고 있습니다. 석방 시기는…."

서류 넘기는 소리가 들렸다.

"2000년 초반이었군요. 제가 아는 바로는 석방 전 정신적 문제로 고통받았고, 최근에는 주정뱅이가 되었습니다."

그는 다시 안심했다. 하그리브스는 자신의 공을 집어삼킨 덤불로 다가가며 말했다.

"그럼 정치적 이유는 아니군. 그렇게 몰고 가는 게 좋을 것 같은데?"

"물론입니다, 부장관님. 모든 당파의 정치가들이 이번 일을 최대한 이용해 먹을 태세이나, 예상했던 바입니다. 걱정 마십시오, 새나가지 않게 단속하겠습니다."

"좋아."

하그리브스가 말했다. 그는 전화를 끊고 주머니에 휴대전화를 도로 넣은 뒤 덤불을 발로 찼다.

"그건 그렇고, 망할 놈의 공은 어디로 간 거야?"

6

숫돌이 프렛에 스치며 기타의 목을 따라 미끄러졌다. 피건은 기름 바른 돌을 금속에 문지르며 손, 손목, 팔뚝, 그리고 어깨까지 전해지는 느낌을 좋아했다. 보트 모양의 블록이 핑거보드 한쪽에서 다른 쪽 끝으로 미끄러지며 수년간 닳은 자국을 갈아 없앴다. 압력을 너무 많이 가하면 프렛이 망가지고, 너무 압력이 적어도 마감이 울퉁불퉁해져 연주할 수 없게 된다. '균형과 인내심'이 중요하다. 로니 레녹스가 가르쳐준 것이었다.

피건은 메이즈 교도소의 공방에서 몇 시간씩 노인의 작업을 구경하곤 했다. 로니는 로열리스트들과 함께 갇혀 있는 것을 싫어했으므로 교도관들은 그가 목공실 구석에서 시간을 보낼 수 있게 해주었다. 목공실을 쓰는 공화당 죄수들은 로니가 위협적이라고 생각하지 않아 그의 존재를 묵인했으며, 그로부터 한두 가지를 배우기도 했다. 피건은 항상 세심하게 관찰했다. 로니의 섬세한 손에는 조선소에서 수십 년간 일하며 생긴 무수한 흉터가 남아 있었다. 그는 끔찍한 일을 저질러서 교도소에 오기 전까지 선박의 목수로 일했다. 그곳에서 일했던 수많은 사람들처럼, 그는 가슴이 쌕쌕거리고 가르랑거리는 석면증을 앓고 있었다.

피건은 로니의 손이 가장 기억에 남는 이유를 알았다. 그 손이 아버지의 손을 닮았기 때문이었다. 피건의 아버지는 일이 생길 때면 목수로 일했다. 하지만 그는 구교도였으므로 조선소에서 결코 일을 주지 않았다.

불경기를 만난 그의 아버지가 만취해 악취를 풍기며 집에 돌아오던 시절에도 좋은 때는 있었다. 이를테면, 피건이 아주 어렸을 적 아버지가 차를 빌려서 어머니와 피건을 데리고 스트랭포드 호숫가의 포타페리에 갔을 때였다. 그들은 페리를 타는 재미에 호수를 세 번이나 건넜다. 하지만 그 뒤 아버지는 술집에 갔고, 어머니는 피건과 함께 버스를 타고 눈물을 흘리며 벨파스트로 돌아왔다. 아버지는 3일 동안 집에 오지 않았다.

얼마 되지 않는 좋은 추억 중에서 피건이 가장 잘 기억하는 것은 아버지의 손이었다. 아버지의 손은 거칠고 앙상했으며 단단하면서도 따뜻했고, 기다란 손가락은 니코틴 때문에 주황색으로 얼룩져 있었다.

피건이 아버지의 손을 마지막으로 잡은 것은 아홉 살 때의 어느 추운 날 아침, 부모님의 작은 침실에서였다. 벽지는 습기 때문에 기포가 생기고 벗겨져 있었다. 어머니가 방 안으로 들어오자 곰팡이 냄새가 어머니의 꽃향기와 섞였다. 어머니는 침대에 앉아 피건의 머리를 빗겨주었다. 몇 분이 지난 뒤 어머니가 물었다.

"엄마가 들어왔을 때 누구랑 얘기하고 있었니?"

"아무랑도 안 했어요."

돼지털 빗은 못처럼 날카로웠다. 그의 옷깃은 목을 움켜쥔 손가락처럼 목 뿌리 부분에 간지러운 구토감을 가져왔다. 그는 고급 마호가니 화장대 거울을 통해 엄마를 보았다. 그는 차가운 나무에 손을 올려놓고 서 있었다. 어머니의 눈은 충혈되고 젖어 있었다.

"누구와 얘기하고 있었잖아. 네가 지어낸 친구들이었니?"

"아뇨."

그가 말했다.

어머니는 피건의 등을 빗으로 쓸었고, 그는 따끔한 통증에 발끝으로 서서 엉덩이에 힘을 주었다. 어머니는 다시 빗질을 시작했다.

"오늘만큼은 거짓말하지 말거라, 제럴드 피건. 누구한테 얘기하고 있었니?"

그는 코를 한 번 훌쩍이고는 거울 속의 어머니를 바라보았다.

"아빠."

빗이 그의 정수리에서 멈추었다. 돼지털이 그의 두피를 파고들었다. 어머니가 눈을 한 번 깜빡이자 왼쪽 눈에서 수정 구슬 같은 눈물이 떨어졌다.

"그러면 안 돼."

"아빠였어요."

"오늘은 아빠가 묻히는 날이야."

어머니는 옆의 침대에 빗을 올려놓고 그의 어깨를 세게 잡았다. 피건은 어머니의 숨결에 살갗이 타는 듯했다.

"곧 관 뚜껑에 나사를 박겠지만 아직 열려 있다. 네가 원치 않을 것을 알기 때문에 아빠를 보여주지 않았단다. 하지만 엄마한테 거짓말을 하면 보게 만들 거야. 네가 아빠를 보게 만들어야겠니?"

피건은 엄마의 마음에 들기 위해 고개를 흔들고 싶었으나, 엄마에게 알리고 싶은 욕구가 더 컸다.

"아빠가 내 손을 잡고 있었어요."

어머니는 피건이 자신과 마주 보도록 돌려세웠다. 손바닥이 뺨을 내려치자 피건의 머릿속에 밝은 불꽃이 번쩍였다. 그는 비틀거렸지만 어깨를 단단히 잡힌 채였다.

"엄마 말 들어, 제리."

어머니의 얼굴이 새의 부리처럼 창백하고 사나워졌다.

"더 이상… 그런 소리 하면… 안 돼. 알겠니?"

그는 말대꾸를 하려 했으나 번개 같은 손길이 뺨에 한 번 더 날아들었다.

"한 마디도 더 꺼내지 마. 아무도 만나지 마. 아무와도 얘기하지 마. 등을 돌려버려. 사람들이 네가 미쳤다고 생각하면 좋겠니? 정신없는 사람들이 들어가 있는 병원에 처박히고 싶어?"

어머니는 그를 세게 흔들었다.

"응? 그러고 싶어?"

피건은 눈에 눈물을 가득 채운 채 고개를 흔들었다. 흐느끼고 싶었지만 울음이 막혀서 터지지 않았다. 울음은 머릿속에서 부풀었고, 결국 폐가 터질 기세로 숨을 들이마셨다가 꺽꺽거리며 흐느끼기 시작했다. 그는 어머니의 가슴에 쓰러지듯 안겼고 어머니는 아들을 감싸 안았다.

"가엾은 우리 아가. 미안해. 쉿, 쉿. 이제 조용히 하렴. 조용히 있어. 그러면 그들이 널 내버려둘 거란다. 항상 조용히 해야 돼."

어머니는 그의 축축한 얼굴을 어루만지며 미소 지었다.

"그들에게서 등을 돌리고 조용히 있으면 돼. 악마는 초대받지 않은 곳에는 오지 못하는 법이야, 알겠니?"

어린 피건은 고개를 끄덕이며 훌쩍였다.

"그래, 착하지. 가서 네 구두를 닦으렴."

36년 전의 일이었다. 피건은 시간의 흐름을 생각하고 싶지 않았다. 시간은 한 번 가면 오지 않는 것이라 더 그랬다. 하지만 가끔은 어쩔 수 없이 그렇게 되는 때도 있었다. 스물여섯에 교도소에 들어가 서른여덟에 출소했고, 그 후로 7년이 쏜살같이 지나갔다. 인생의 거의 절반을 낭비한 것이다. 피건은 생각을 떨쳐버리고 다시 작업에 집중했다.

셔츠 소매를 걷어 올리고 창문 아래의 탁자 앞에 앉았다. 낮에는 햇빛을 받으며 작업할 수 있었다. 밤에는 옆에 나란히 놓인 공구 위에 탁상등을 드리웠다. 작업에는 마스킹 테이프, 줄, 철수세미, 올리브기름을 사용했다. 신문에 돌을 올려놓고 부드러운 천으로 부스러기를 닦아냈다. 핑거보드에 마스킹 테이프를 붙이고 갈아내면 작은 금속 부스러기가 생겼다.

찬장의 라디오에서 감미로운 블루스 음악이 흘러나왔다. 피건은 단조로운 화음과 애절한 목소리를 이해할 수 없었지만, C. F. 마틴 기타를 완성하면 배울 의향이 있었다. 로니는 그 기타는 수집가용이지만, 기타는 수집을 위한 물건이 아니라고 했다. 그는 기타가 연주를 위해 있는 것이라고 했다. 그래서 피건은 기타 음악과 조금이라도 친숙해졌으면 하는 마음으로 작업할 때 라디오를 들었다.

음악이 멈추고 진행자가 뉴스를 예고하자, 피건은 라디오를 껐다. 정치가, 경찰, 보안 전문가 할 것 없이 모두가 맥케나 얘기뿐이었다. 기자들은 사건의 마지막 피 한 방울까지 서둘러 짜내기 위해 심지어 서로를 인터뷰하기 시작했다.

피건은 숫돌을 들어 핑거보드를 앞뒤로 다시 문질렀고 그 리듬이 그를 달래주었다. 9시였다. 그는 오늘 밤 술을 마시지 않았다. 다른 모든 밤에 그랬던 것처럼, 그는 오늘도 술을 마시지 않겠다고 자신에게 약속했다. 하지만 마음속 깊은 곳 어딘가에서 그 약속을 지키지 못하리라는 것을 알고 있었다. 소년에게 맥케나를 바쳤음에도 불구하고 그들이 오늘 밤 찾아오리라는 것도 알고 있었다. 그들은 더 많은 것을 원했다.

그들은 카폴라를 원했다.

피건은 팔을 흐르듯 부드럽게 움직여 돌을 앞뒤로 문질렀다.

조용히 있어. 그들에게서 등을 돌리고 조용히 있으면 돼.

균형과 인내심.

태풍이 오기 전 공기 중에 전기가 모이는 것처럼 관자놀이에 따끔한 느낌이 모여들었다. 그는 눈을 감고 숫돌의 박자를 심장박동에 맞추었다.

균형과 인내심.

눈 뒤에서 불꽃이 일었다. 피건은 숫돌을 내려놓고 펠트지에 기타를 내려놓았다. 그리고 찬장으로 가 제임슨 위스키와 물을 손가락 두 마디만큼 따랐다. 그림자가 벽을 따라 기어오를 때 그는 위스키로 속을 데웠다.

균형과 인내심.

7

"근데, 누가 맥케나를 죽인 것 같아?"

맥솔리가 핸들을 왼쪽으로 돌리며 물었다. 캠벨은 어깨너머를 돌아보았다. 노인이 차가운 밴 바닥에 누워 있었다. 노인은 머리에 베갯잇을 뒤집어쓴 채 훌쩍였다.

"노인네는 걱정 말고."

맥솔리가 말했다. 캠벨은 구불구불한 시골길로 시선을 돌렸다. 그는 맥솔리 대신 브레이크를 밟으려는 듯 저도 모르게 낡은 카펫을 발로 밟았다. 그는 종일 휴대전화가 울리기를 기다렸고, 부재중 전화를 확인하지 않기 위해 10분마다 인내심을 발휘해야 했다. 기다림 때문에 온 신경이 곤두서 있었다.

"말해봐?"

맥솔리가 재차 물었다.

"누구 짓 같아?"

"누구 짓이든 간에 미친놈이겠지. 아니면 멍청하든가. 빠져나갈 수 없을 거야. 놈들이 내버려두지 않을 테니까. 필요하다면 평화협정도 깰 놈들이라고."

밴이 도로의 팬 곳에 튕기는 바람에 캠벨은 대시 보드에 부딪 치지 않도록 몸에 힘을 주었다. 노인은 밴의 벽과 바닥에 부딪히며 비명을 질렀다. 캠벨과 맥솔리가 우체국 금고의 내용물을 가지고 돌아올 때까지 코미스키와 휴즈는 노인의 작은 오두막에서 그의 아내를 잡아두기로 되어 있었다. 마을과 가까운 곳이었다.

"너도 그를 노리던 놈들 중 하나였지, 응?"

캠벨은 맥솔리의 표정을 읽으려 했으나 어둠 속에서 눈의 희미한 광채밖에 보이지 않았다.

"글쎄, 그랬을지도."

"나한텐 괜찮아, 캠벨. 우린 친구잖아? 넌 벨파스트에서 뭘 했는지 얘기를 별로 안 해."

"얘기할 게 별로 없으니까."

맥솔리가 호탕하게 웃었다.

"그래, 없겠지."

차가 마을로 들어서자 주황색 가로등이 그들을 비추면서 맥솔리의 얼굴이 창백한 빛을 띠었다.

"너와 어떤 녀석이 폴 맥긴티를 함정에 빠뜨리려고 했다는 이야기를 들었어. 네가 그 녀석을 죽도록 팼다면서."

"그래?"

"그랬다고 하던데."

"사람들은 멋대로 말하잖아. 그냥 네가 좋을 대로 생각해."

밴의 헤드라이트가 녹색 우체국 표지판을 비췄고 브레이크가 끼익 소리를 냈다. 엔진이 푸드득거리며 꺼졌다. 맥솔리는 노인을 잠깐 살피고는 캠벨에게로 눈을 돌렸다.

"동료 몇이 너를 신뢰하지 않아."

맥솔리가 미간을 찌푸리며 말했다.

"코미스키 말이야?"

"걔랑 다른 애들 몇 명. 네가 갑자기 근거지를 옮겨서 우리 쪽으로 내려온 걸 미심쩍게 생각하는 거야. 너와 맥긴티가 친했던 걸 아니까. 동료 몇이 널 염려하고 있어."

캠벨은 허벅지에 손을 가져갔다. 주머니 속의 거버 나이프를 청바지가 팽팽하게 덮고 있었다.

"너도 그런 거야?"

맥솔리는 볼 안쪽을 혀로 눌러 짧은 수염을 곤두세웠다.

"글쎄, 맥긴티가 우리를 감시하려고 너를 여기로 보냈을 수도 있겠지. 우리를 염탐하려고 말이야. 아니면 네가 말했듯이 그저 실제 현장에서 함께하고 싶다는 말이 맞을 수도 있고."

캠벨은 맥솔리의 눈을 계속 쳐다보았다.

"말했잖아, 좋을 대로 생각해."

고개를 끄덕이는 맥솔리의 얼굴에 음흉한 미소가 번졌다.

"넌 괜찮은 놈 같아, 캠벨. 하지만 이 말은 새겨들어."

그는 캠벨에게 손가락 하나를 들어 보였다.

"내 기대를 저버린다면 꽁지 빠지게 도망가는 게 좋을 거야. 산 채로 가죽을 벗겨버릴 테니까."

맥솔리는 손가락 사이로 지폐를 펼쳐보았다. 방한모를 썼음에도 그의 분노가 드러났다.

"이런 염병할, 320유로?"

캠벨은 속에서 웃음이 스며 나왔으나 입을 열지 않았다. 모직 마스크 때문에 턱수염이 간지러웠다. 노인이 열린 금고 앞에서 무릎을 꿇고 웅크렸다. 맥솔리는 노인의 잠옷 멱살을 잡았다.

"320유로? 고작 320유로 때문에 내가 이 짓을 했을 것 같아, 이 한심한 영감탱이야? 나머지는 어딨어?"

노인은 떨리는 손을 들어올렸다.

"그게 답니다. 하느님께 맹세컨대 그것뿐이에요."

맥솔리는 그를 앞뒤로 흔들었다.

"헛소리 말고 어디 감췄는지 말해."

"맹세해요, 그게 답니다. 반나절만 영업을 해요. 서랍에 잔돈이 있으니 원한다면 가져가세요."

"젠장!"

맥솔리는 노인의 옷깃을 놓고 현금을 주머니에 쑤셔 넣었다. 그는 가게 앞쪽의 계산대를 가리켰다.

"캠벨, 가서 서랍 비워. 가방에 담배 채우고. 이것밖에 못 챙기겠군. 빌어먹을!"

캠벨은 서랍 쪽으로 갔다. 서랍을 열자 다음 날 쓸 몇 푼 안 되는 잔돈이 들어 있었다. 그는 기껏해야 40에서 50유로 정도일 지폐와 동전을 비롯해 계산대 뒤 선반에 쌓여 있는 담배를 가방에 쓸어 담았다. 좀도둑이 된 기분이었다.

그는 발치로 떨어지는 담뱃갑을 바라보며 생각했다. 아니, *기분이 아니라 정확히 좀도둑이지. 중독 때문에 담배나 훔치는 망할 놈의 마약쟁이와 다를 바 없는.* 그는 숨죽여 욕을 내뱉었다.

"가자."

맥솔리가 소리쳤다. 그는 노인을 묶거나 재갈을 물리지도 않은 채 손목을 잡아끌었다.

"알았어."

캠벨이 가방에 담배를 쑤셔 넣으며 말했다. 맥솔리가 문 앞에서 멈쳤다.

"가자니까, 얼른!"

"다 됐어!"

캠벨은 가방 지퍼를 닫고 어깨에 들쳐 멨다. 그는 맥솔리와 노인을 따라 거리로 나왔다.

맥솔리는 절뚝이는 인질을 밴 뒤쪽으로 끌고가 문을 열었다. 노인의 시선이 거리 맞은편을 주시했다. 창문에 불이 켜져 있었다.

"도와주세요."

소리는 크지 않았지만, 노인은 다시 시도했다.

"도와주세요!"

맥솔리가 입을 막으려 했으나 노인은 힘을 짜내 그의 손을 밀어냈다.

"도와주세요! 살려주세요!"

캠벨은 그들에게 다가갔다.

"닥쳐! 아니면 내가 그 아가리 닫아줄 테니까."

손아귀에 잡힌 노인이 몸을 뒤틀자 맥솔리가 으르렁거렸다.

"살려주세요! 제발! 도와주세요!"

캠벨의 손에서 가방이 미끄러졌다. 그가 방한모를 벗었다.

캠벨은 뜨거운 분노로 가득 차 노인의 머리를 내리치기 시작했다. 그 힘에 맥솔리가 비틀거렸다. 강타에 강타가 이어질 때마다 분노는 더 강하게 치솟았고, 노인은 축 처진 채 밴 입구에 매달렸다.

"캠벨!"

캠벨은 노인의 배에 주먹을 박아 넣었다.

"이런, 캠벨, 그만해!"

캠벨은 맥솔리의 제지에 아랑곳하지 않고 노인의 무릎을 걷어찼다. 맥솔리가 캠벨의 허리를 안아 뒤로 당겼다.

"그만하면 됐어, 캠벨. 그만."

캠벨은 맥솔리의 팔을 뿌리치고 돌아서서 그를 노려보았다.

"날 뭐로 보는 거야?"

맥솔리는 두 손을 들고 뒤로 물러났다.

"웅? 날 뭐로 보는 거냐고? 망할 놈의 좀도둑?"

"캠벨, 잠깐 진정해."

맥솔리도 방한모를 벗었다.

"도둑질이나 하는 마약쟁이? 내가 노인네들한테서 빌어먹을 담배나 훔치려고 여기까지 온 줄 알아?"

맥솔리의 입이 말없이 실룩거렸고 눈동자 위아래로 흰자위가 드러났다.

"아마추어 놈들 같으니라고!"

캠벨은 발뒤꿈치를 딛고 돌아서 바닥의 가방을 집어 들었다. 그는 가방을 밴 뒷자리에 던지고 노인의 다리를 밀어 넣었다.

"빨리, 빨리."

캠벨은 물어보지도 않고 운전석에 앉아서 시동을 걸었다. 맥솔리는 조수석에 올라타면서 캠벨에게서 눈을 떼지 않았다. 그들은 침묵 속에 운전했고 맥솔리는 캠벨을 계속 곁눈질했다. 그동안 캠벨은 마이클 맥케나의 머리에 난 구멍과, 이제 당연히 죽은 목숨인 범인 생각에 골몰했다.

8

 교외에 있는 마이클 맥케나의 으리으리한 집은 당의 사회주의 방침과 어울리지 않았으므로, 그의 빈소가 다른 곳에 차려진 것은 당연한 일이었다. 조문객들은 폴즈워터퍼레이드에 있는 그의 어머니 집에서 그를 추모했다. 방 네 개짜리 붉은색 벽돌로 된 이층집으로 적당한 크기였다. 벨파스트 공화당 운동의 중심지인 폴즈로드 끝자락에서 조금 벗어난 곳에 똑같이 생긴 집들이 줄줄이 서 있었다. 상황이 좋지 않던 시절, 사람들은 이 지역을 베이루트에 비유했다.* 그곳은 스프링필드로드와 폴즈로드 사이의 꼭대기로 이어졌고, 거기에 피건의 어머니가 사는 낡은 집이 있었으므로 피건은 그 길을 항상 집에 가는 길로 생각했었다.

 빈소에 도착한 피건은 자그마한 정원의 담 안에 북적이는 사람들을 세어보려고 했다. 그들은 담배를 들고 웃고 이야기를 나누며 거리로 쏟아져 나왔다. 20명이 넘어가자 피건은 세는 것을 그만두었다. 피건은 사람들 사이로 지나가면서 정중한 인사에 답하고 안부의 말을 웅얼거렸다. 대부분 아는 이들이었지만 모두 냉혹한 사람들로, 좋

---

* 신교도와 구교도가 충돌하는 벨파스트를 역사적으로 기독교와 이슬람이 충돌해온 레바논 베이루트에 비유함.

아하는 사람은 단 한 명도 없었다. 대다수는 앤더슨타운, 폴글라스, 터프롯지 등 벨파스트 지역에서 온 사람들이었고, 공화당원들의 거주지인 벨파스트 북쪽과 로워오르모에서 온 사람들도 보였다. 피건은 데리, 사우스알마 등 벨파스트 외부 지역 출신의 얼굴도 몇몇 알아보았다. 일부는 침통한 분위기에 맞추기 위해 와이셔츠를 입고 넥타이를 맸지만 가죽 재킷을 입은 사람들이 그보다 더 많았다. 나머지는 여느 오후처럼 편하게 차려입었다.

피건은 옆집 거실 창문에서 자신을 응시하고 있는 청년을 발견했다. 집 앞에 세워져 있는 볼보 스테이션왜건의 주인인 듯했다. 아이들 몇 명이 차의 보닛에 기대어 있었지만 별로 신경쓰는 것 같지는 않았다. 그는 시선을 들켰다는 사실을 깨닫자 창문 커튼을 가렸다. 피건은 비교적 최근 동네에 이사 온 주민들이 조문객들을 보며 걱정하리라 추측했다. 부동산 붐은 젊은 중산층을 도시의 생각지도 못했던 지역으로 몰아넣었다. 평생 돈이라곤 구경한 적 없는 연금수급자들은 나이 든 몸을 기댈 수 있는 10만 유로의 거금을 갑자기 얻게 되었다.

피건은 안으로 들어갔다. 좁은 복도는 조문객으로 가득했고, 그는 집 안으로 더 깊이 들어갈수록 물에 빠지는 듯한 기분과 싸워야 했다.

"제리!"

검은색 가죽 재킷과 초록색 줄무늬의 셀틱셔츠를 입은 빽빽한 무리 사이에서 아담한 체구의 노부인이 손을 흔들었다. 피건은 덩치들을 헤치고 간신히 나아가 그녀에게 도착했다.

"맥케나 부인, 정말 유감입니다."

그녀는 몸을 뻗어 그를 안았다.

"오, 내 아들이 떠났어, 제리. 어떤 놈이 총으로 쏴버렸어. 평화를 위해 싸우는 애를 썼어. 신이라도 그를 용서하시길, 나는 절대 용서 못 해."

그를 올려다보는 그녀의 눈은 촉촉했고 분노에 차 있었다.

"마이클은 어디 있죠?"

피건이 물었다.

"위층에. 옛날 쓰던 침실. 어딘지 너도 잘 알지. 너희들 어렸을 때 거기서 시간을 많이 보냈잖니. 관은 닫아두었단다. 그런 모습은 차마 볼 수가 없어서. 내 예쁜 아들이 아니야."

그녀의 목소리가 갈라졌고 입술이 떨렸다.

"가서 좀 보겠습니다."

피건은 맥케나의 어머니를 한 번 더 껴안았다. 그는 간신히 계단에 도착해 한 걸음씩 천천히 올라갔다. 열기 때문에 올라갈수록 체취가 짙어졌다.

맥케나가 쓰던 침실은 집 앞 거리가 내려다보이는 위치였다. 네 개의 벽 안은 정중한 침묵으로 가득했고, 피건은 비교적 평화로운 분위기에 다소 마음이 놓였다. 방 안의 몇몇 조문객이 속삭이는 고요함은 피건의 땀을 식혀주었다. 마이클 맥케나의 시신과 같은 방 안에 있는 것이 생각보다 힘들지 않았다.

피건은 관으로 다가가 성호를 그었다. 맥케나 같은 부자가 들어가 있을 거라 생각할 수 없는 평범한 관이었다. 나뭇결과 몰딩, 부속물의 수수함은 우연에 의한 것이 아니었다. 내일이면 관은 아일랜드 삼색기에 덮인 채 폴즈로드를 지나는 행렬을 이끌 것이고, 피건은 그 뒤를 따르면서 어쩌면 잠시 운구를 하게 될지도 모른다. 그는 어휘력이 풍부한 사람이 아니지만 위선이란 단어는 알았다. 여전히, 그의 옛 동료들이나 당에게서 위선은 흔한 일이었다. 피건은 그것과 함께 살아갈 수 있었다.

그가 마이클 맥케나를 처음 만난 곳은 크리스천 브러더스 스쿨 교장실 밖의 딱딱한 벤치였다. 6월의 따뜻한 어느 날 오후, 학기가 일주일쯤 남은 시점에 그들은 매를 기다리고 있었다. 피건은 자기가 매를 맞은 이유는 기억하지 못했지만, 맥케나는 싸움 때문이었다. 맥케나는 피건보다 한 살 많았고 피건이 깡마른 만큼이나 체격이 다부졌다. 그의 손가락 마디에는 피가 묻어 있었다. 그들은 도란 교장이 부를 때까지 조용히 앉아 기다렸다.

피건은 아무 소리도 내지 않고 매를 맞았다. 대나무가 손바닥에 휙 부딪치는 소리가 교장실 벽을 울렸다. 피건의 눈꼬리가 실룩거렸다. 그는 도란 교장의 책상 위에 걸려 있는 성모마리아 사진에 집중하며 고통을 참았다. 등을 돌리고 조용히. 그는 생각했다. 도란 교장의 얼굴은 매를 내려칠 때마다 붉어졌다. 다섯 대를 때린 후, 그는 피건의 엄지손가락과 손바닥 사이에 회초리를 올려놓았다.

"피건, 너 아주 고집이 센 녀석이구나. 그렇지?"

회초리가 다시 공기를 가르며 이번에는 손가락 관절을 세게 때렸다. 피건은 손을 떨구며 균형을 잡으려 발을 움직였다. 손에서 태양이 불타는 듯했지만, 그는 다시금 고통을 무시하려 노력했다. 그는 피부 밑에 피멍이 들 때까지 몇 대 더 맞았다. 도란 교장은 턱을 떠는 그의 눈을 쳐다보았다.

"버르장머리 없는 녀석, 구석에 서 있어."

마이클 맥케나는 세 대째에 눈물을 보였다. 도란 교장이 지치면서 네 대째에는 힘이 실리지 않았다. 그는 화난 듯 팔을 휘두르며 두 소년을 내보냈다.

바깥 복도를 따라 걷고 있던 피건을 부른 건 맥케나였다.

"누구한테든 내가 울었다고 말하면 머리통을 깨버릴 거야."

피건은 걸음을 멈추고 뒤로 돌아보며 말했다.

"꺼져."

맥케나는 소매로 코를 닦으며 고함쳤다.

"지금 뭐라 그랬어?"

"꺼지라고."

피건은 다시 한 번 말한 뒤 돌아섰다.

다잡은 주먹 두 개가 그의 등을 때렸고, 그는 앞으로 휘청했다. 그는 균형을 잡은 뒤 오른 주먹을 치켜들고 맥케나의 얼굴을 향해 돌아섰다. 맥케나는 뒤로 한 발 물러서며 지저분한 손가락으로 그에게 손가락질을 했다.

"조심하라고, 알겠어?"

그리고는 몸을 돌려 반대 방향으로 달려갔다.

다음 날, 맥케나는 운동장에서 피건을 멈춰 세우고 손을 보자고 말했다. 피건은 자주색과 갈색 멍이 퍼진 손바닥을 보여주었다.

"이런, 아파?"

"어떨 것 같아?"

"아파 보여. 이따가 만날래?"

"왜?"

발을 이리저리 움직이는 맥케나의 이마에 주름이 잡혔다.

"그냥 재밌게 놀자고."

피건은 잠시 생각해보았다. 그래본 적은 없었지만 해보는 것도 괜찮을 것 같았다.

"좋아."

피건은 그해 여름 많은 친구를 사귀었다. 그의 어머니는 탐탁찮게 생각했다. 어머니는 피건에게 마이클 맥케나의 형이 불법 총기 소지로 롱케시 교도소에 복역하고 있다는 사실을 상기시켰다. 피건은 상관하지 않았다. 친구들을 사귀게 되어 좋을 뿐이었다.

그 친구들 중 대부분은 이제 맥케나 어머니의 집에서 옛날 얘기를 나누는 중이었고, 피건은 그런 얘기들을 전혀 듣고 싶지 않았다. 그는 관에서 물러나 다시 한 번 성호를 그었다.

방에 완전한 침묵이 깔리고, 피건은 자신의 숨소리와 등 뒤의 존재를 의식할 수 있게 되었다. 돌아선 그의 눈에 창백하고 키가 크며 호리호리한 은빛 금발머리 여자가 문간에 서 있는 모습이 들어왔다. 검은색 정장 바지와 흰색 블라우스의 소박하고 우아한 차림이었다. 그녀가 다가오자 피건은 옆으로 비켜났다.

그녀는 관에 손을 뻗었다가 광택을 띤 표면에 손끝이 닿기 직전에서 멈췄다. 그녀는 피건이 볼 수 없는 저 멀리의 무언가에 청회색 눈을 고정했다. 그녀가 관 안의 남자에 대한 기억 때문에 눈물을 흘릴지 궁금했다. 피건은 심장이 따끔거리는 것을 느꼈다. 그녀는 눈을 한 번 깜빡이고는 입 모양으로 세 개 단어를 속삭였다. 그녀의 입술 모양을 읽은 피건은 방금 전 통증이 알 수 없는 무언가로 바뀌는 것을 느꼈다.

당신이 자초한 거야.

관에서 등을 돌리며 피건과 눈이 마주친 그녀는 그가 자신의 말을 알아챘다는 사실을 깨닫고 그 자리에 얼어붙었다.

당신이 맞아요. 자업자득이죠.

피건도 말하고 싶었다. 대신 그는 그녀에게 고개를 아주 살짝 끄덕였다.

그녀는 뺨을 붉히며 입구로 향했다. 맥케나의 세 여동생 중 한 명이 문가에 서서 그녀를 쳐다보고 있었다. 피건은 버니 맥케나의 눈에 서린 증오를 보자 금발 여자의 정체가 기억났다. 마리 맥케나. 패트릭 맥케나와 브리짓 맥케나 부부의 딸이자 마이클 맥케나의 조카였다. 7년 전 피건에게 유령이 처음 나타났을 무렵, 마리 맥케나는 증오의 대상인 왕립 얼스터 보안대원을 사귀어 가족을 분개하게 만들었다. 그녀의 연인은 경찰이 되는 것이 곧 변절 행위였던 시절의 가톨릭 교도 경찰이었다. 그녀는 통합주의 성향의 언론에 글을 썼다는 점에서 이미 여러 공화주의자들의 눈 밖에 나 있었다. 피건은 그게 〈텔레그래프〉인지 〈뉴스레터〉인지 기억나지 않았다. 경찰과의 연애로 그녀는 어머니를 제외한 모두로부터 의절당했다.

나쁜 소문, 의절, 심지어 살인 협박마저도 마리 커플을 갈라놓지는 못했다. 하지만 임신은 달랐다. 사귄 지 2년이 되었을 무렵 마리의 배가 불러오자 경찰은 변명을 남기고 떠났다. 가족들은 마리의 어머니를 위해 그녀를 마지못해 다시 받아들였다. 떠나버린 아이 아버지를 처리해주겠다는 친절한 제의를 마리가 받아들였더라면 이웃들은 그녀에게 팔을 더 넓게 벌려줄 수 있었을 것이다. 말 그대로 그녀는 버림받은 여자였다.

피건은 그녀의 모습에서 자신이 느끼는 것과 똑같은 외로움과 적막함을 느꼈다. 심장의 통증이 전보다 더욱 강하게 되살아났다.

마리는 시선을 아래로 내려뜨린 채 방을 나갔다. 마리의 고모가 그녀를 차가운 눈초리로 쏘아보았다. 누군가 그녀의 등 뒤로 낮게 내뱉었다.

"나쁜 년!"

층계참에 가득 찬 사람들을 뚫고 지나가는 그녀에게 시선이 집중되었고, 쑥덕거리는 소리가 짙고 더운 공기를 갈랐다.

설명할 수 없는 강력한 충동에 사로잡힌 피건은 그녀를 따라가고 싶었다. 잠시 억눌러보았지만 결국 그 힘을 이기지 못하고 문으로 향했다. 그녀가 지나간 뒤를 따라 사람들을 뚫고 층계참으로 나왔다. 그는 키가 컸지만 조문객 너머를 보기는 쉽지 않았다. 층계 꼭대기의 두 빡빡머리 사이에서 방향을 바꾸는 금발이 언뜻 보였다. 그는 계단을 내려가려 애쓰는 마리를 확인한 뒤 그녀를 따라가기 시작했다. 피건이 층계 꼭대기에 다다랐을 때 그녀는 맨 아래 계단에 있었다. 그는 조심스럽게 내려가며 마리가 맥케나의 어머니와 포옹하는 모습, 그리고 뒤이어 그녀가 문을 향할 때 맥케나 어머니의 입이 일그러지는 모습을 보았다.

아래층에 다다를 때쯤 그녀의 모습이 햇빛 속에 사라져버렸다. 거리로 나가려는 그때, 누군가 그의 팔뚝을 잡았다. 깜짝 놀란 피건은 몸을 돌려 무의식적으로 양쪽 발에 체중을 실으며 공격 태세를 갖추었다. 관자놀이에 선명한 고통이 번득였다.

"이런, 제리."

빈시 카폴라가 웃었다.

"내게서 도망가려는 줄 알았잖아."

조문객 사이로 그림자 열한 개가 움직이며 형태를 잡았다가 다시 흩어졌다. 두 개의 그림자가 카폴라 옆으로 왔고, 희미한 팔 형태를 들어 올려 카폴라의 머리를 겨누었다. 등을 돌리고 조용히. 피건은 생각했다.

그는 대머리 깡패의 눈을 응시했다.

"왜, 무슨 일 있어?"

카폴라는 씩 웃으며 그의 어깨에 손을 올렸다.

"나랑 애들 몇이 이따 한잔할 거야. 생각 있어?"

방위대원 청년 둘이 손가락으로 총 모양을 만들었다. 피건은 애써 외면했다.

"좋아. 나중에 보자고. 여긴 너무 복잡해서."

피건이 말했다.

"좀 더 있다 가. 맥긴티가 곧 올 거야. 너 본 지 무척 오래됐다던데."

"아냐, 갈게. 내일 만나면 되잖아. 장례식에서."

피건은 카폴라의 손에서 빠져나왔다.

"마음대로 해. 나중에 보자고."

카폴라는 떠나면서 그의 등을 툭 쳤다. 피건은 밖으로 나와 차가운 공기를 들이마시며 숨 막히는 덩치들로부터 벗어난 것에 안도했다. 사람들은 아직도 집 앞에 모여 담배를 피우며 두런거리고 있었다. 피건은 사람들로부터 멀어질 때까지 다시금 정중하게 고개를 숙이고 인사말을 웅얼거렸다. 그는 재킷 옷깃을 펄럭여 몸을 식혔다. 그리고 눈썹에 번질거리는 땀을 한 번 닦아낸 뒤 집으로 가기 시작했다.

열한 개의 그림자가 그를 따랐다.

"질리지도 않나?"

피건은 뒤돌아서 그들을 보았다. 실물과 같은 크기의 죽은 사람 열한 명이 그를 똑바로 쳐다보며 인도를 걸어오고 있었다. 피건은 헛웃음이 나오고 머릿속이 어지럽게 흔들렸다. 질문에 아무도 대답하지 않자 그는 한 가지를 더 물었다.

"아까 그건 뭐였어? 내가 왜 그 여자를 쫓아간 거지? 내가 그녀를 잡고 무슨 말을 하려던 거야?"

한 손에 아기를 안은 여자가 피건 앞으로 걸어 나왔다. 쉿, 그녀는 입술에 손가락을 갖다 댔다가 같은 손가락으로 그의 어깨너머를 가리켰다. 자동차가 다가와 옆에서 멈추는 소리가 들렸다. 그는 차로 시선을 돌렸다. 갓 출고된 르노 클리오였다. 조수석 창문이 기계음을 내며 내려가는 소리에 피건은 걸음을 멈추었다.
"태워드릴까요?"
마리 맥케나가 차 안에서 금발머리를 내려뜨리며 물었다.
피건은 방금 나온 집을 돌아본 뒤 걸어가던 방향을 바라보았다. 그리고 유령들을 살폈다. 아기를 안고 있는 여자가 고개를 한 번 끄덕였다.
"고맙습니다."

잠시 이동하는 동안, 피건은 입을 다문 채 손을 무릎에 올리고 있었다. 글로브 박스에 바짝 붙은 무릎보다 무거운 침묵이 더 불편했다. 차라리 유령들이 함께 있었으면, 하고 바랄 뻔했다. 마리는 그가 차에 탄 순간부터 무언가를 말할 참이었으나 망설이는 것 같았다. 이제 그녀는 스프링필드로드 너머의 캘커타스트리트에 위치한 그의 집 앞에 차를 세웠고, 뭔가 해야 할 말 때문에 고심하는 모습이 역력했다.
그가 고맙다는 인사를 하고 막 가려고 할 때 그녀가 말했다.
"진심이 아니었어요."
"진심이 아니라뇨?"
그는 알면서 물었다.
"아까 한 말, 관 옆에서."
마리는 시선을 앞에 두고 말했다.
"아무 말도 못 들었는데요."
"들었잖아요. 소리 내 말하지는 않았지만, 당신은 알고 있어요."
"그런 것 같군요."
그는 거짓말을 할 수 없었다.

"어쨌든, 진심이 아니었어요. 제가 그랬다고 아무한테도 말하지 말아주세요."

그녀는 몸을 돌려 그를 마주 보았다. 피건은 그녀의 눈빛에 애원이 담겨 있을 것으로 예상했다. 하지만 그녀의 눈은 슬레이트처럼 차가웠다. 눈의 미세한 움직임만이 그녀의 속마음을 드러냈다.

"그런 말을 왜 하겠어요?"

"난 당신이 누군지 알아요. 당신은 그의 친구였지요. 기분이 정말 나쁘셨을 거예요. 죄송해요. 제발 아무한테도 말하지 마세요."

마리의 목소리가 갈라지고 눈빛이 부드러워졌다. 피건은 그녀가 자신을 겁내나 싶었고 그럴지도 모른다는 것이 싫었다. 과거의 그였다면 만족감을 느꼈을지 모르지만, 지금은 그의 마음을 후벼 파는 것 같았다.

"아무한테도 말 안 할 겁니다. 나는 더 이상 그들과… 함께가 아닙니다. 이제 난…."

그녀는 피건의 말이 이어지기를 기다렸다.

"그들 소속이 아니라고 말하려는 건가요?"

머물지 뜰지 결정하지 못한 피건은 문손잡이로 손을 뻗었다.

"맞습니다."

"나도 그 기분 알아요. 어디에 속할지 아닐지를 직접 선택할 수도 없어요. 하지만 속하지 않은 곳이 유일한 선택지일 땐 어떻게 하죠?"

마리의 입술에 모호한 미소가 스쳤다.

대답을 바라고 한 질문이었을까? 그녀의 눈빛은 교도소의 심리학자들처럼 호기심이 가득했다. 피건은 대답할까 말까 고민했다.

"그럴 때는 적응하든지 떠나든지 해야겠죠."

"그렇군요. 나 좀 봐. 질문, 항상 질문뿐이죠. 이해해주셔서 고마워요. 그리고 미안해요, 정말 진심이 아니었어요."

그녀가 활짝 미소를 지은 뒤 얼굴을 붉혔다.

"진심이었잖아요."

피건이 생각도 하기 전에 입에서 말이 먼저 튀어나왔다. 그녀의 얼굴에서 붉은 기운이 가시고 해쓱해지며 미소가 사라졌다.

"네?"

"진심이었잖아요."

그는 조수석 문을 열며 말했다. 피건은 밖으로 나와 인도로 내려섰다. 그는 허리를 숙여 차 안의 그녀를 보며 말했다.

"그리고 당신 말이 맞아요. 자업자득입니다."

마리는 유리 너머로 그를 한참 동안 쳐다보고는 타이어 소리를 끼익 내며 도로로 진입했다. 검은색 택시가 급히 브레이크를 밟았다. 택시는 클리오가 거리 저편으로 사라지는 동안 요란하게 경적을 울렸다.

피건은 돌아서서 그림자를 찾아보았다.

"나한테 무슨 일이 있는 거지?"

9

어둠이 겹겹이 덮인 술집 안에는 남의 눈에 띄지 않고 술을 마시고 싶은 사람들이 숨어 있었다. 피건은 시선과 대화를 피해가며 그들 사이를 지나갔다. 그는 맑은 정신으로 일을 하기 위해 위스키 대신 기네스를 마셨다.

그는 항상 살인을 일이라 생각했다. 그저 해야 하는 일일 뿐 감정이나 걱정은 갖지 않았다. 그는 자신을 기술자가 아니라 숙련된 노동자로 간주했다. 살인을 예술로 승화시키는 암살범과는 달랐다. 다른 사람들이 꺼리는 일을 하기 위해서는 무정한 영혼과 무심한 잔인성, 그리고 의지가 필요했다. 그는 카폴라가 고문에 재능이 있는 것처럼 자신도 재능이 있다고 생각했다. 그리고 이 재능 덕에 다른 사람들로부터 존경을 받았다.

하지만 존경과 두려움 사이의 경계는 어디일까? 지난 수년간 그를 향해 고개를 끄덕인 사람들은 존경 때문이었을까, 아니면 그가 예전에 수없이 그랬던 것처럼 그들을 배신하고 저버릴까 두려워서였을까? 지난 7년간 피건을 그림자처럼 따라다닌 열두 유령, 이제 열하나가 된 유령들은 그가 빼앗은 생명의 현현이었다. 그가 상처를 남긴 사람은 그보다 훨씬 더 많았다.

의도한 것은 아니었으나 그는 정육점 폭파사건으로 세 사람을 죽였다. 피로 물든 그 사건에서 팔, 다리, 눈을 잃은 사람들도 있었다. 그 사건의 무게, 형체, 진실을 파악하려고 애쓴 여러 해 동안 그는 잠들지 못했다. 죽은 자들의 그림자가 없더라도 잠을 잘 수 없었다.

피건은 술 마시는 사람들 사이에 섞여 과거를 잊으려 했지만, 과거는 스스로 찾아왔다. 그는 어머니의 묘지에서 만난 여자를 떠올렸다. 열두 번째 그림자의 어머니였다.

"당신이 제리 피건이군요."

체구가 작고 머리가 희끗한 여자였다. 그녀의 분노는 그를 태울 듯 뜨거웠다.

"제리 피건, 당신이 내 아들을 죽였어."

피건은 몸을 일으켰다. 어머니의 묘소에 그가 방금 둔 슬픔이 담긴 수선화 다발이 놓여 있었다. 무엇이든 할 말을 찾았으나, 그녀의 아들에게 일어났던 끔찍한 사건만이 떠오를 뿐이었다.

"내 아들은 어디에 묻었나요?"

그녀가 물었다.

"난 일요일마다 여기에 와요. 묘비 사이를 걸어 다니면서 이름을 읽어보죠. 가끔은 까맣게 잊어버리고 아들의 이름을 찾아요. 찾지 못하리라는 걸 알지만 어쨌든 찾죠. 어쩔 땐 아들 이름이 떠오르지 않아 잠시 생각해야 해요. 마치 아들이 애초부터 없었던 것 같아요."

그녀는 피건을 향해 떨리는 손을 뻗으며 한 걸음 다가왔다.

"그 애를 어디에 묻었는지 말해줘요, 제발. 그것뿐이에요. 어디에 있는지만 말해줘요."

피건은 맥케나가 소년을 죽일 때 튀었던 피를 떠올렸다. 얼마나 붉었는지를 기억했다.

"제리, 잘 지내?"

피건은 눈을 깜빡여 기억을 털어버리고 어깨를 친 쪽으로 고개를 돌렸다. 패치 토너가 그를 올려다보며 콧수염 밑으로 미소를 지었다.

"맥긴티가 오늘 빈소에서 널 찾던데. 있다 가지그랬어."

"나를 왜 찾는데?"

피건은 기네스를 한 모금 마셨다.

"인재가 낭비되는 걸 보고만 있을 수 없기 때문이지. 넌 그가 마련해준 지역 개발 일만 잘하면 돼. 그의 인맥이면 몇 년이고 자금을 댈 수 있으니까 손가락 하나 까딱 안 해도 되는 거야. 그냥 챙길 건 챙기라고, 아무도 신경 안 쓸 테니까."

토너는 한숨을 쉬고 피건의 어깨에 손을 올렸다.

"오래 살고 나왔으니 당에서 너를 돌봐주는 거야. 하지만 너도 뭔가 보답을 해야지. 별거 아니잖아, 가끔씩 약간의 일만 하면 되는 건데. 보수도 어느 정도 받을 거고."

"관심 없어."

피건이 자리를 뜨려고 몸을 돌렸다. 토너가 팔을 붙잡았다.

"그렇게 간단한 게 아니야, 제리. 너도 분명 소문을 들었을 거야. 너도 알겠지만 맥긴티와 지도부 사이가 원활하지 못해. 그는 자기 동료들이 어떤 사람인지 알고 싶어 해. 그냥 맥긴티가 하는 말 잘 듣고 뭐든 시키는 대로 하라고."

피건은 팔꿈치를 뿌리쳤다.

"너 뭐야, 심부름꾼이야?"

"그냥 하는 말이야."

토너는 두 손을 들고 웃었다.

"그게 다야, 제리. 너한테 상황을 알려주는 거지. 여하튼 맥긴티가 널 내일 만나겠대."

"그러라고 해."

피건은 항복하는 사람처럼 두 손바닥을 들고 있는 토너를 두고 그 자리를 떠났다.

피건은 바 뒤쪽의 가장 어두운 구석으로 가서 아무도 하지 않는 컴퓨터 퀴즈 게임기 뒤에 자리 잡았다. 바 내부와 어두컴컴한 술집 내부가 한눈에 보이는 자리였다.

가끔씩 약간의 일만 하면 되는 건데. 토너는 그렇게 말했다. 피건은 그 약간의 일이 무엇인지 알고 있었다. 맥긴티 같은 사람이 처리해야 할 일은 많았다. 정치가들이 운동권을 장악하여 밀거래, 갈취, 절도에서 손을 떼고 있는 현 시점에서도 질서는 필요했다. 술집, 택시 회사 들의 경쟁을 통제하고, 일정 구역에서 마약상들의 거래를 막아야 했다. 물론, 수수료를 지불하지 않는 경우에. 선거일이 되면 내켜하지 않는 유권자들을 모아 투표소로 데려가 어떤 이름을 찍을지 알려줘야 했다. 선거 때에만 존재하는 사람들이 수천 명이었다.

겨우 두 달 전이었던 지난 선거는 분수령이었다. 아일랜드의 유권자들은 최초로 실제 정부를 선출하기 위해 투표소로 향했고, 마침내 모든 것이 끝났다.

누굴 위해서 끝난 것일까? 그때 두통이 시작됐다. 그림자가 어두워졌고, 얼굴이 점차 선명해졌다. 그는 등을 돌리고 조용히 있으려 했지만, 그들은 여전히 나타났다. 그리고 비명이 들렸다.

토너는 일주일이나 잠을 못 잔 피건의 손에 투표지를 한 뭉치 쥐여주었다. 그는 유류세 관련 공약을 들고 나온 허섭스레기 후보를 한 번 찍고 나머지 투표지는 쓰레기통에 버렸다. 조직원들은 누가 투표를 가장 많이 할지 내기를 걸었다. 열한 개 투표소에서 스물여덟 번 투표한 에디 코일이 승자였다. 그는 거의 500파운드를 받았지만, 즉시 아내가 채갔다. 맥긴티가 500파운드를 더 얹어주자 코일은 이를 비밀로 유지했다. 맥긴티가 자리를 유지하는 비용으로 500파운드는 푼돈에 불과했다. 당 지도부가 맥긴티를 배제하려 한다는 소문이 돌았다. 맥긴티가 정치인들을 아무리 구워삶으려 해도 그는 구시대의 방식에 물든 자였다. 하지만 맥긴티의 득표수가 꾸준하다면 당 지도부도 여러 인물들을 내친 것처럼 그를 버리지는 못할 터였다.

피건의 관자놀이에 익숙한 불꽃이 일고 얼음장 같은 거미줄이 복부 한가운데로 기어들었다. 바 정문의 소란이 카폴라의 도착을 알렸다. 피건이 한 시간 전 바에 왔을 때, 카폴라가 이미 와 있을 줄 알았다. 그랬더라면 불편하게 사람들 사이에 섞여 있는 수고를 덜 수 있었을 것이다. 그는 일단 어둑한 구석에 잠자코 있기로 했다. 아직 이른 시간이었고 시간은 충분했다. 피건은 눈 뒤에서 강해지는 통증을 참으며 지켜보았다.

카폴라의 해골 모양 금귀걸이가 어둑한 조명에 어른거렸다. 그의 두꺼운 목과 넓은 어깨가 어우러지며 권력과 힘의 인상을 주었다. 그는 매우 강했고, 피건은 이 사실을 잘 알았다. 물론 카폴라는 포악하기도 했다. 결코 쉽지 않겠지만, 피건은 그를 처리할 수 있을 거라 자신했다.

때와 장소는? 가능하다면 오늘 밤. 여기서 떨어진 곳, 아마도 카폴라의 집에서. 휘청거리는 것을 보아하니 놈은 이미 취해 있다. 일찍 자리를 뜬다면, 그땐 뒤를 밟으면 된다. 아니면 누군가의 집에 초대되어 밤새 술을 마실 수도 있다. 장소를 알게 된다면 거기로 찾아가 열린 창문 같은 곳으로 들어가서 인사불성이 된 카폴라를 끝내면 되는 것이다.

균형과 인내심.

그림자가 모여들자 그는 되뇌었다. 균형과 인내심.

카폴라는 화장실 구석에 피건을 몰아넣어 차가운 타일에 등을 기대게 했다. 벌건 얼굴의 취객들이 소변기에 대고 눈을 껌뻑거리며 오줌으로 다리를 적시는 동안, 카폴라가 튀긴 침방울은 피건의 얼굴에 축축한 점을 찍었다. 카폴라의 입에서 나는 알코올 냄새가 오줌의 지린내와 섞였다. 피건은 목구멍을 타고 올라오는 신물을 삼켰다.

"난 널 좋게 생각해, 제리."

카폴라는 혀 꼬부라진 소리로 말했다. 그의 눈꺼풀은 1톤쯤 되는 것처럼 무거워 보였다.

"신에게 맹세해. 너와 나. 친구. 맞지?"

"맞아."

피건이 말했다. 눈 뒤의 압력이 더 세졌다.

"내가 너를 존경하니까 이런 말 하는 거야, 알지?"

카폴라는 피건의 가슴에 자기 왼손을 올려놓았다. 오른손은 피건 어깨 위쪽의 타일을 짚었다. 피건은 카폴라에게 시선을 고정했다.

"알아."

"맥긴티가 널 걱정해. 넌 좋은 녀석이었잖아. 내 말은, 다들 네가 좋은 녀석인 걸 안다는 거야, 알지?"

"그래."

피건은 복부 한가운데의 냉기를 무시했다.

"하지만 이제 넌 사람들과 거리를 두고, 술에 취하고, 미친 척을 하잖아. 그러면 안 돼, 제리."

카폴라는 피건의 볼에 손바닥을 댔다.

"내가 공짜로 알려줄게. 한 푼도 안 받고. 맥긴티가 너와 얘기하고 싶어 해. 오해를 풀려는 건가 봐. 맥긴티가 걱정하기에 내가 그랬어. '맥긴티, 제리 피건은 우라지게 멀쩡하니까 걱정 마시라니까요?' 하고 말이야."

"잘했어."

"좋은 놈이라고, 응?"

"그래."

"그랬더니 맥긴티가 나한테 맥케나 얘길 하는 거야. 그를 마지막으로 본 놈이 너라고."

카폴라의 눈빛이 어두워졌다.

"그리고 그 리투아니아 놈 말인데, 내가 확실히 두들겨 팼거든. 근데 계속 아무것도 모른다고만 하는 거야. 그놈 이빨을 뽑아서 보여줬는데도 아무것도 모른대."

피건은 벽에서 물러나 카폴라 옆으로 빠져나가려 했다. 덩치 큰 카폴라는 다시 타일로 밀어붙였다.

"지금 내가 곤란한 상황인 거 알지, 제리?"

피건은 카폴라의 어깨너머를 쳐다보았다. 이제 화장실에는 그들 주변에서 형태를 잡고 있는 열한 개 그림자를 빼고는 아무도 없었다. 그림자 두 개가 두 손을 올리며 무리로부터 분리되었다. 여기서 처리할 수 있을까? 아니, 탈출구가 없을 것이다.

"넌 아무 관련 없다고 하는데, 난 네 말 믿어. 맥긴티한테도 그렇게 말했어. 네 편을 들어줬으니까 날 병신 만들면 안 돼, 알겠어? 내일 맥긴티랑 얘기해."

카폴라가 손가락으로 피건의 가슴을 찔렀다.

"가서 얘기하고 원하는 대로 해줘, 알았지?"

"그래, 알았어."

피건은 카폴라가 자신을 겁내던 시절을 떠올렸다. 그래, 지금 여기서 처리할 수도 있다. 무슨 일인지 누군가가 알아채기 전에 나갈 수 있다. 그저 나가서 도망치면 된다. 모든 것을 그대로 두고 달리면 되는 것이다. 카폴라의 목은 너무나도 물러보였고, 목젖이 셔츠 깃 위아래로 들락거렸다.

화장실 문이 벌컥 열려 카폴라의 목에 집중하던 피건의 주의를 돌렸다.

"문제가 생겼어."

패치 토너의 얼굴이 보였고, 그의 얼굴에 흥분이 번들거렸다.

"경찰이 쫙 깔렸고 애들이 바리케이드를 치고 있어. 한바탕 벌어질 거 같아, 화끈한 거 말이야."

카폴라는 화색이 도는 얼굴로 토너와 피건을 쳐다보았다.

"젠장, 멋진데."

"어떻게 시작된 건데?"

카폴라가 믿기지 않는다는 표정으로 물었다. 그는 맥케나의 바가 있는 길모퉁이에서 불과 몇 미터 밖에 떨어진 스프링필드로드 한가운데서 불타고 있는 매트리스, 나무 팔레트, 쓰레기 더미를 가리켰다. 어린애들이 대부분인 청년 30명 정도가 불길 주변에서 구호를 외치고 있었다.

북아일랜드 경찰차 랜드로버 여섯 대가 거리에서 30미터쯤 내려간 곳에서 공회전을 하고 있었다. 랜드로버는 과거처럼 전함 빛깔인 회색이 아니라 알록달록한 줄무늬가 있는 흰색으로 칠해져 덜 위협적으로 보였다. 주위를 맴돌고 있는 경찰들은 아직 진압 복장이 아니었지만, 장비를 갖춘 지원 병력이 도착하는 것은 시간문제였다.

피건은 그들을 보며 묘한 동요를 느꼈다. 영혼이 되살아나는 느낌이었다. 유령들이 그를 떠나며 그들의 그림자도 멀어졌다. 피건은 카폴라와 토너가 걸어가는 동안 좁은 통로 벽에 가까이 붙어 서 있었다.

"내일 장례식 때문에 순찰이 더 많아졌는데, 여기에 불만을 가진 애들 몇 명이 이것저것 던져대기 시작했나 봐. 경찰이 몇 명을 체포하자 더 많은 애들이 돌을 던졌고 몇 명이 더 체포되면서 계속 반복된 거야."

토너가 말했다. 카폴라의 얼굴에 미소가 번졌다.

"젠장, 제대로 한번 붙어본 게 언제야. 화염병을 얼마나 빨리 만들 수 있을지 모르겠네."

"시간이 없어. 몇 개는 될지 몰라도 필요한 만큼은 만들 수 없어. 요즘은 아무도 준비해두지 않으니까."

토너가 말했다. 카폴라가 한숨을 쉬었다.

"그렇겠군. 좋은 일일 수도 있지."

"아무렴. 덩치 큰 애들한테 바퀴 달린 쓰레기통을 벽돌 같은 걸로 채우라고 하면 돼. 톰의 술집 뒤편 골목에 있는 커다란 통에 빈 병이 잔뜩 있으니까 애들 몇 명 시켜서 그걸 훔치라고 할 수도 있을 거고."

토너가 말했다.

"이제 계획은 세웠고. 맥긴티에게 알려야지, 네가 전화할래?"

카폴라는 솟는 아드레날린 덕에 정신을 차린 듯했다.

"그럴게."

토너가 주머니에서 휴대전화를 꺼내며 말했다.

카폴라는 양손을 비비며 피건에게로 돌아섰다. 짙어가는 어둠 속에서 그의 얼굴이 미소로 번들거렸다.

"어때, 제리?"

카폴라가 물었다.

"같이할래?"

"근처에 있을게. 좀 지켜보고."

"그래, 그럼."

카폴라가 그의 어깨를 두드렸다. 청년들과 나이 많은 남자들이 합류하며 군중이 늘어났다. 피건은 경찰이 소동이 잦아지기를 바라며 기다릴 것임을 알았다. 대부분의 경우는 청소부가 아침에 치워야 할 시커먼 쓰레기더미만을 남길 뿐이었다. 하지만 오늘밤은 아니었다. 피건은 공기 중에 벼락이 모이는 기운을 느낄 수 있었다. 대기가 천둥으로 우르릉거렸다.

그는 하늘을 올려다보았다. 상황이 너무 빠르게 전개된 탓에 헬리콥터는 아직 뜨지 않았다. 옛날 같았으면 영국인들이 홀리우드나 리즈번에 있는 기지에서 헬리콥터 두세 대를 급히 모아 단 몇 분만에 지역을 엄호했을 것이다. 장례식이 열리는 내일은 군중의 머리 위 높은 곳에 헬리콥터를 띄우겠지만, 오늘 저녁 하늘은 텅 비어 있었다.

강단 있어 보이는 빨강머리 소년이 불더미 속에서 나무 한 더미를 끄집어냈다. 많아봐야 열두 살 정도였다. 그는 반은 달리고 반은 점프를 하면서 여섯 걸음을 간 뒤 있는 힘을 다해 불타는 나무를 던졌다. 나무는 대기 중인 경찰과 불더미 사이 바닥에 털썩 떨어지며 빨간 불똥을 튕겼다. 다른 소년들은 의기양양한 환호를 보냈다.

"망할 놈 같으니라고. 야!"

카폴라가 퉁퉁거리며 잠시 기다렸다가 다시 소리 질렀다.

"어이! 너!"

빨강머리 소년이 뒤를 돌아보았다.

"그래, 너. 이리 와봐!"

카폴라가 그를 불렀다. 소년은 천천히 다가왔다.

"뭐 하는 거야? 너 바보냐?"

"아뇨."

"그럼 우리질 멍청한 짓 좀 그만해. 카메라에 찍히지 않게 뭘로 얼굴이라도 좀 가리란 말이야."

"알겠습니다."

소년은 주머니에서 구겨진 손수건을 꺼내며 불더미 근처의 동료들에게 돌아갔다. 소년은 뻣뻣한 정사각형 천을 코와 입 위에 마스크처럼 묶었다.

"요즘 애들은 뭘 모른다니까. 우리 어린 시절이었다면 여긴 지금쯤 박살이 났을거야. 화염병, 콘크리트 조각, 볼베어링 투석기."

카폴라는 고개를 저었다. 그리고 씩 웃고는 길 아래쪽의 랜드로버를 가리켰다.

"그리고 저놈들. 우리한테 플라스틱 총알을 쐈었잖아. 시대가 변했어, 제리."

"그래. 시대가 변했지."

이 거리에서는 세상 그 어느 곳보다도 폭동이 많이 일어났다. 피건이 그 의미를 알기엔 너무 어렸던 1960년대 후반의 시민권 저항부터, 젊은이들을 재판 없이 투옥했던 1970년대 초반의 억류 정책에 대한 격렬한 분노까지. 기자들은 카메라 셔터를 눌러댈 싸움이 하나라도 더 터지기를 바라며 어린애들에게 5파운드 짜리 지폐를 쥐여주곤 영국놈들에게 돌과 병을 던지라고 부추겼다. 1980년대 초반 메이즈 교도소의 수감자 열 명이 식사를 거부하며 죽어갔던 분노의 단식투쟁은 거리에 다시 불을 지폈다. 그때는 돈을 줄 필요가 없었다. 도시는 분노로 끓어올랐고, 그 무엇이라도 불길을 당길 수 있었다. 군중의 폭력, 어린아이라는 무기, 이것이 바로 당시의 전술이었다. 아이가 다친 사연이 무엇이든, 피를 흘리는 아이의 사진 한 장은 폭탄 열두 개보다 더 많은 힘을 발휘했다. 타고난 정치가인 폴 맥긴티는 그 사실을 일찍 터득했고 거기에 따라 행동했다. 피건은 파괴적인 분노가 넘쳐 폭력이 되는 모습을 너무나도 많이 목격했다. 그런 모습은 지긋지긋하면서도 금세 그를 흥분시켰다.

몇 명의 남자들이 술집 밖으로 나와 거리에서 서성댔다. 몇몇은 끼어들기보다 편안히 술을 마시는 쪽을 택해 그대로 앉아 있었다. 패치토너가 탁 소리를 내며 휴대전화를 닫았다.

"뭐래?"

카폴라가 물었다.

"진행하래. 감당할 수 있을 정도로만 하라네. 남의 재산은 부수지 말고 경찰과만 싸우래. 장례식 때문에 기자들이 많이 와 있어서 폭동이 시작되면 모두 여기로 몰려들 거야. 맥긴티는 한 시간쯤 뒤에 온다고 했어. 기자들에게 맥긴티가 상황을 진정시킨 것처럼 보이도록 모두에게 때가 되면 반드시 얌전하게 굴라고 미리 말해둬."

토너가 말했다.

"항상 똑똑한 양반이라니까."

카폴라는 손바닥을 철썩 마주치고는 흡족한 미소를 지었다.

"좋아, 가자."

10

폭동은 불과 같다. 그 자체에 생명이 있고 자기 의지대로 한다. 하지만 더 활활 타오르거나 진압될 수도 있다. 피건은 다른 사람들과 마찬가지로 그 사실을 알았다. 경찰과 아이들은 불쏘시개이자 종이 또는 마른 장작이었다. 카폴라 같은 사람들은 거기에 불을 붙이는 노골적인 불꽃이었다. 그리고 쿨터 신부 같은 사람은 불을 끄는 물이었다. 하지만 오늘 저녁 쿨터 신부는 여기에 없으므로 카폴라는 전혀 수그러들지 않은 불꽃을 튕겼다. 매혹된 피건은 그의 행동을 지켜보았다. 카폴라는 소년과 젊은이 무리를 헤집으며 등을 때리고 명령을 내렸다. 그들은 아무 대꾸 없이 복종했다.

몇 분 지나지 않아 좀 더 나이가 든 소년들이 무기를 가지러 갔다. 그들은 빈 병을 플라스틱 쓰레기통에 넣어 굴리며 재빨리 돌아왔다. 인근 농가와 버려진 공터에서 모아온 것이었다. 소년 두 명이 술집의 병을 담아둔 통을 밀며 골목에서 나타났다. 바퀴가 아스팔트 포장도로를 요동치며 가로지르는 바람에 내용물이 덜커덕대고 쨍그랑 소리를 냈다. 그들은 경찰의 시야가 미치지 않는 곳에서 멈췄다. 경찰들은 몸을 웅크리고 모여서 명령을 주고받았다. 그들의 자세가 변해 있었다. 이번 소동이 쉽게 끝나지 않으리라는 사실을 깨달은 것이었다.

일부는 몸통 전체에 방탄복을 입고 헬멧을 쓰고 있었다.

10분도 채 안 되어서 카폴라는 두 블록 떨어진 곳의 뒷골목에 휘발유 여섯 통이 있다는 전화를 받았다. 그는 소년들에게 병이 담긴 통을 거기로 밀고 가라고 지시했다.

"넝마로 사용하게 빨랫줄에 걸린 것들 전부 챙겨 와."

카폴라는 주머니에서 10파운드짜리 지폐를 꺼내 소년 한 명의 손에 쥐여주었다.

"넌 이걸로 설탕을 사. 휘발유랑 섞어서 엉기게 하는 거야, 알지? 그리고 톰한테 나무 상자 얻어서 병을 다시 가져올 때 써."

"알겠습니다."

소년이 말했다. 소년과 친구는 쨍그랑거리는 통을 골목 뒤로 밀고 갔다.

곧 벽돌이 날아다니기 시작했다. 처음엔 공격이 산발적이었지만 곧 속도가 붙었다. 경찰들은 일단 랜드로버 뒤에 숨었고, 상황을 처리할 수 있을 만큼 충분한 수의 경찰이 도착할 때까지 그대로 있기로 한 듯했다.

경찰 저지선 뒤로 첫 기자단이 도착했다. 소문이 퍼지기 시작한 것이다. 점점 커지는 불더미 주위로 군중이 늘어났다. 카폴라는 허리에 손을 받치고 서서 전개되는 상황을 지켜보았다.

그는 공기 중에서 폭력의 냄새를 맡기라도 하는 것처럼 코를 치켜세우고 있었다. 냄새가 기억을 일깨워 피건의 콧구멍도 벌름거렸다.

"얼마나 심각한 거야?"

피건이 물었다.

"많이 심각하진 않아. 누가 죽거나 하는 일은 없을 거야."

피건은 카폴라의 목을 바라보았다.

"확실해?"

"그럼. 이제 더 이상 80년대가 아니잖아. 젠장, 90년대도 지났다고. 심해봤자 몇 바늘 꿰매는 정도일 거야."

카폴라는 배를 꿀렁거리며 갑자기 웃음을 터트렸다. 그는 줄줄이 선 랜드로버를 가리켰다.

"저 여자 보여?"

피건은 카폴라의 손가락이 가리키는 곳을 향했다. 젊은 여경이 그들에게서 등을 돌린 채 쭈그리고 앉아 동료에게 이야기하고 있었다. 모자 밑으로 삐져나온 금발머리를 보자 피건의 마음속에 마리 맥케나의 모습이 스쳐 지나갔다. 그는 고개를 흔들어 생각을 떨쳐버렸. 카폴라가 그를 쿡 찔렀다.

"랜드로버 뒤에, 여자 보이지?"

피건은 하마터면 봤다고 대답할 뻔했지만, 대꾸를 하지 않으면 카폴라가 다른 목표물을 찾을 거라 기대하며 가만히 있었다. 하지만 뜻대로 되지 않았다.

"잘 봐."

카폴라는 술집 창턱의 빈 병을 들었다. 그는 오른쪽 어깨에 병을 고정하고 몇 발 달려간 뒤 몸을 앞으로 던지며 병을 날렸다.

병은 천천히 포물선을 그리며 솟아올랐다가 여경을 향해 하강했다. 피건은 병이 빗나가서 그녀의 발치에 힘없이 깨지기를 바랐다.

빗나가라, 빗나가라, 빗나가라!

그는 병이 타맥 포장도로에 깨지는 소리가 들릴 때까지 눈을 감고 있었다.

눈을 뜨자 경찰들은 흩어져서 랜드로버 뒤에 숨어 있었다.

"빌어먹을. 그래도 가까웠어."

카폴라가 피건에게 눈을 찡긋했다. 피건은 숨을 깊이 들이마셨다. 그는 오늘이 빈센트 프란시스 카폴라의 이 세상 마지막 밤이 되리라는 것을 알고 있었다. 그런 생각을 하자 관자놀이에 불꽃이 일었고 차가운 파도가 온몸을 관통했다. 지는 해가 긴 그림자를 드리웠다. 그 그림자 속에서 나와서 모습을 갖춘 형체가 가까이 다가왔다. 방위대원 청년 둘이 카폴라 옆에 서서 팔을 뻗어 손가락을 겨누었고, 나머지는 피건을 에워쌌다. 여자는 들썩대는 아기를 안은 채 미소를 지어 보였다.

경찰 저지선에서 엔진 굉음에 이어 요란한 브레이크 소리가 들렸다. 추가로 도착한 랜드로버 여섯 대에서 온몸에 진압복을 걸친 대원들이 줄줄이 쏟아져 나왔다. 그들은 투명 얼굴 보호대가 달린 헬멧에 방염 처리된 방한모로 얼굴을 가리고 두꺼운 방탄복을 입었다. 장갑을 낀 손에는 진압용 방패와 진압봉이 들려 있었다.

경찰이 모든 준비를 마쳤다. 군중도 준비되었다. 그리고 피건도 준비되었다.

카폴라는 씩 웃으며 피건에게 이죽거렸다.

"죽여주는군."

경찰은 처음에는 저지선을 유지했다. 벽돌 덩어리가 소나기처럼 쏟아지자 그들은 방패를 들어 연이은 돌덩이들을 막았다. 걸음걸이만으로도 구별되는 선임경찰은 대원들 뒤에서 명령을 외쳤다. 멀리 떨어져 있는 피건에게 들리지 않았지만, 무슨 명령인지 알 수 있었다.

버텨. 저지선을 지켜.

첫 화염병이 도착하자 상황이 바뀌었다. 소년 중 하나가 반은 달리고 반은 휘청거리며 휘발유가 채워진 병이 가득한 상자를 간신히 들고 왔다. 그는 경찰 저지선에서 보이지 않는 옆길에서 벽에 등을 댄 채 카폴라에게 신호를 보냈다. 그들은 커다란 병에 휘발유와 설탕을 채워 넣은 뒤 휘발유에 적신 헝겊으로 입구를 막았다.

피건은 주먹을 쥐었다 폈다 하며 몸속을 빠르게 돌고 있는 아드레날린과 싸웠다. 유령들은 그를 둘러싼 채 보고 있었다.

카폴라가 신호를 보내자 소년들은 치명적인 무기를 가지러 골목으로 달려갔다. 매트리스와 나무가 타는 연기 때문에 경찰은 그들이 뭘 하는지 볼 수 없었지만, 무슨 일이 일어날지는 뻔했다. 이 동네의 전매특허 무기는 언제나 화염병이었다. 피건은 누가 첫 화염병을 던졌는지 보지 못했다. 화염병이 불길에 휩싸여 솟구쳤다가 연기를 뿜으며 떨어지는 것만 보았다. 유리 깨지는 소리에 이어 경찰 앞 3미터 떨어진 곳에 확! 하고 불붙는 소리가 났다. 가장 가까이 있던 대열이 뒤로 한 걸음 물러났고, 지휘관은 군중의 함성 속에서 대원들에게 호통을 쳤다.

다음 화염병은 조금 전에 카폴라가 얼굴을 가리라고 한 빨강머리의 깡마른 소년이 던졌다. 온 힘을 다해 던졌지만 저지선에서 6미터 떨어진 곳에 떨어지며 휘발유가 사방으로 흩어지면서 불이 붙지 않았다. 소년은 실망으로 땅바닥을 걷어찼다.

세 번째가 볼만했다. 나이가 좀 더 있어 보이는, 아마도 열예닐곱쯤 돼 보이는 소년이 화염병 심지에 불을 붙이고 불타는 바리케이드를 넘어섰다. 소년이 병을 어깨너머로 들자 불길 주위의 공기가 물결쳤다. 그는 다섯 걸음을 달린 뒤 힘껏 던졌다. 멈춰선 소년은 포물선을 그리며 솟아오르는 화염병을 기대에 차 바라보았다. 이제 100명이나 모인 군중은 정점에 도달한 병이 비틀리고 회전하면서 연기의 꼬리를 남기며 떨어지는 장면을 숨죽이고 주시했다. 경찰들은 화염병이 정확히 날아올 것이 분명해지자 잽싸게 뒤로 물러났다. 경찰 발치에 깨진 화염병이 주변에 불길을 내뿜자 군중은 크게 함성을 질렀다. 카폴라는 웃으며 피건의 어깨를 쳤다. 피건은 불이 옮겨 붙은 경찰 넷이 바닥에 쓰러져서 구르고 동료들이 장갑을 낀 손으로 불을 두들겨 끄는 모습을 지켜보았다.

더 많은 화염병이 날아갔고 더 많이 명중했다. 몇 개는 랜드로버를 맞췄고, 몇 개는 경찰 발치에 작은 지옥을 만들었다. 화염병이 명중할 때마다 소년들과 군중은 일제히 승리의 환호를 보냈다. 열하나의 유령은 그의 주위에 모여 폭동 광경에 완전히 몰입해 있었다.

"곧 공격해올 거야. 랜드로버를 몰고 우리 쪽으로 달려와 길 양편으로 흩어놓으려고 할 거야."

피건이 말했다. 관자놀이가 욱신거리고 심장이 요동쳤다.

"그래, 나도 알아. 한두 번 해본 것도 아니잖아, 기억나지?"

카폴라가 대꾸하며 눈을 찡긋했다.

"그래."

피건이 대답했다. 피건은 모든 것을 기억했다. 공격, 그리고 흩어짐. 이것이 기회가 될 것이다. 카폴라를 고립시켜서 손에 넣을 기회.

곧 시작된다. 피건은 생각했다. 그는 경찰 저지선 쪽을 돌아보았다. 랜드로버가 위치로 이동했다. 이제 차들이 먼저 출발하고, 경찰들이 그 뒤를 따를 것이다. 군중은 조용해졌고, 시위대는 반격에 대비했다. 바람에 실려온 지휘관의 목소리에 카폴라는 계집아이처럼 깔깔거렸다. 랜드로버의 엔진 회전수가 빨라지면서 경찰들은 진압봉을 치켜들었다. 피건이 말했다.

"온다."

11

공격이 시작되자마자 가장 어린 소년들이 먼저 도망갔다. 그들은 비명과 웃음소리를 번갈아 내며 피건을 잇달아 지나쳐갔다. 나이가 좀 더 많은 소년들은 자리를 더 오래 지키며 랜드로버가 바리케이드에 도착하자 야유를 퍼붓고 벽돌과 화염병을 던졌다. 불더미를 뚫는 장갑차량이 불길에 휘감겼다. 불붙은 파편이 사방으로 튀었다. 경찰들은 진압봉을 휘두르고 고함을 지르며 추격했다.

"튀어."

카폴라가 피건의 소매를 잡으며 말했다.

그들은 팔다리를 부지런히 놀리며 옆길로 달려가 골목으로 들어갔다. 오래된 자전거와 플라스틱 쓰레기통을 요리조리 피해 달렸다. 담 안에서 개들이 짖어댔다. 카폴라의 웃음소리가 좁은 골목에 메아리쳤다. 그들은 버려진 공터로 나와서 건너편 도로를 향해 계속 달렸다. 피건은 건너편에 도착해서 계속 달리려는 카폴라를 골목으로 끌어당겼다.

"아니, 이쪽이야."

그가 숨을 헐떡이며 말했다.

카폴라는 그를 따라갔고, 그들은 막다른 길에 도착할 때까지 달렸다. 속도를 줄여 멈춰 선 카폴라는 몸을 숙인 채 긴 신음을 내뱉었다.

"제기랄. 이제 이런 짓 하기에는 몸이 안 따라주는군."

그는 정신없이 숨을 들이쉬었다.

"나도 그래."

대답하는 피건은 갈비뼈가 끊어지는 것 같았다. 그는 현기증 때문에 벽에 기댔다. 눈 뒤의 통증은 두개골을 뚫고 나갈 듯이 심해졌다. 손바닥으로 관자놀이를 누른 채 그 사이로 공기를 들이마셨다. 카폴라는 한 손으로 배를, 다른 한 손으로 쓰레기통을 잡았다.

"아, 젠장."

그는 입을 크게 벌렸고, 피건은 뭔가가 쏟아지는 소리를 들었다. 시큼한 토사물의 악취가 코를 찔렀다. 피건은 눈을 꼭 감았다. 이마를 망치로 두들기는 듯한 통증이 파고들었다. 눈을 감은 상태에서도 의식을 밀쳐대는 열하나의 유령을 느낄 수 있었다. 자신도 모르게 숨을 깊이 들이쉬고 그들을 받아들였다. 마지막 섬광이 머릿속을 눈부시게 밝혔고 통증은 사라졌다. 잠시 눈을 감은 채 갑작스러운, 서늘한 현기증이 엄습하는 것을 내버려두었다. 그는 눈앞에 무엇이 보일지 알지 못한 채 눈을 떴다.

골목의 어둠 속에 유령들이 모여 있었다. 그들은 거리를 유지하며 지켜보았다. 방위대원 청년 둘이 앞으로 나섰다. 그들의 표정은 증오와 야만스러운 환희로 불탔다.

피건은 시선을 카폴라에게 돌렸다. 그가 구역질하는 카폴라를 지켜보는 동안 차가운 빗방울이 떨어지기 시작하면서 얼굴과 이마를 적셨다. 그는 방위대원 청년들을 돌아보았다. 그들의 눈은 어두운 골목에서 반짝거렸고, 그 뒤로 어두운 형체들이 어른거렸다. 입을 벌려 씩 웃는 그들의 입 안에 이 대신 빨갛게 곤죽이 된 살점이 보였다.

피건은 다시 눈을 감고 다른 방법이 있기를 빌었다. 어리석은 소망이지만 지금과는 다른 삶을 바랐다. 평화로운 잠과 피 묻지 않은 손을 바랐다. 그럴 수 있기를 바랐다.

피건은 한숨을 쉬고 눈을 뜬 뒤 주머니에 손을 넣어 수술용 장갑 한 켤레를 꺼냈다. 그는 장갑을 끼며 물었다.

"러간의 방위대원 청년 둘 기억나?"

"뭐?"

카폴라는 손등으로 입을 닦으며 몸을 일으켰다.

"러간에서 말이야. 87년이나 88년쯤이었을 거야. 생각나? 네가 고문했었잖아. 둘 중 하나가 대들어서 네가 넘어지는 바람에 내가 대신 처리해야 했었지."

"그래, 생각나. 지붕이 무너져라 비명을 질러댔었지."

카폴라가 힘든 호흡과 함께 미소를 지으며 말했다. 그는 기침을 하고 침을 뱉었다. 그러곤 피건의 손을 내려다보며 미간을 찡그렸다.

"장갑은 왜 낀 거야?"

비가 거세지고 청년들이 더 가까이 다가왔다. 내리붓는 비에도 그들은 젖지 않았다.

"그들이 널 원해."

피건이 말했다.

"무슨 소리야, 제리?"

벽에 기댄 카폴라의 가슴은 아직도 들썩거렸다.

"얼스터 방위대 청년들. 그들이 널 원한다고."

피건은 쭈그리고 앉아 축축한 땅을 살폈고, 날은 더욱 어둑해졌다.

"대체 무슨 소리야?"

카폴라가 벽에서 몸을 추슬렀다. 필요한 것을 찾아낸 피건은 똑바로 섰다.

"미안해."

피건은 자신이 사과하는 대상이 방위대원 청년들과 카폴라 중 어느 쪽인지 확신할 수 없었다. 아마도 둘 다인 것 같았다. 그는 카폴라에게 다가갔다. 카폴라는 두 손을 들고 물러섰다.

"뭐 하는 거야, 제리?"

"오래전에 누군가 했어야 할 일."

막다른 골목에 갇힌 카폴라는 더 나아갈 수 없었다.

"너였구나, 그렇지? 네가 맥케나를 죽였어."

"맞아."

피건은 벽돌을 머리 위로 들며 말했다. 저녁의 희미하게 남은 불빛 아래서 진실을 안 카폴라의 눈이 희번덕거렸다. 카폴라는 피건이 벽돌을 내리치기 전 달려들어 어깨로 그의 가슴을 들이받았다. 둘은 땅에 세게 넘어졌고, 카폴라의 체중이 피건의 폐를 짓눌러 공기가 빠져나왔다. 벽돌은 벽을 때렸을 뿐이었다. 카폴라는 힘겹게 일어났지만 다리가 엉켜 이번에는 피건의 옆으로 넘어졌다. 피건이 카폴라의 재킷을 세게 잡아당기는 바람에 옷이 찢어지는 소리가 났다. 카폴라는 팔꿈치를 뒤로 휘둘러 피건의 얼굴을 쳤다. 잠시 자유로워진 그는 다시 일어났지만 피건이 그의 발목을 잡아채 다시 넘어졌다.

카폴라가 넘어지는 충격을 막으려고 손을 바닥에 짚을 때 소름 돋는 우두둑 소리가 크게 났다. 손목이 부러지는 소리였다. 커다란 비명이 골목에 울려 퍼졌다. 피건은 그의 등에 올라타고 벽돌을 다시 집어 머리 위로 들었다. 카폴라는 목을 쭉 빼며 돌아보았고, 피건이 관자놀이에 벽돌을 박아 넣기 전에 마지막으로 한 번 울부짖었다.

깔고 앉은 카폴라가 축 늘어지는 것을 감지한 피건은 유령들을 향해 벽돌을 던졌다. 벽돌이 어둠 속에서 튕기자 그들은 옆으로 비켜났다. 방위대원 청년 두 명이 다가와 쪼그려 앉아 피건과 눈높이를 맞췄다. 그들은 카폴라의 깨진 머리를 가리켰다. 대머리의 관자놀이에 난 상처에서 피가 뿜어 나왔고, 그는 희멀건한 눈을 떨며 들릴 듯 말 듯한 신음을 내뱉었다.

"알았어."

피건이 말했다. 그는 몸을 숙여 장갑을 낀 손가락 사이로 카폴라의 코를 움켜쥐고 손바닥으로 입을 막았다. 그리고는 카폴라의 등에 체중을 실었다. 카폴라가 몸부림치기 시작하자 피건은 더 꽉 조였다. 카폴라가 다시 구토를 시작하면서 장갑을 낀 피건의 손이 미끄럽고 축축한 열기로 덮였지만 피건은 계속했다. 마침내, 밑에 깔린 카폴라의 목숨이 끊어지는 순간이 느껴졌다. 피건은 눈을 감고 마음속으로 방금 저지른 짓의 의미를 찾아보았다. 자신의 소망과 동시에 차가운 공허함 외엔 아무것도 찾을 수 없었다.

카폴라의 얼굴에서 손을 떼자 토사물이 바닥으로 쏟아졌다. 손바닥에서 나는 악취와 온기가 뱃속까지 스며들었다. 등을 돌리고 조용히. 그는 생각했다. 고개를 들어 유령들을 보았다. 아기를 안은 여자가 앞으로 나섰다. 꽃무늬 드레스가 어스름 속에 아름다웠다. 그녀는 고개를 끄덕이고는 피건에게 희미하게 슬픈 미소를 지어 보였다.

방위대원 두 명은 사라지고, 아홉 유령이 남았다.

"다음은 누구지?"

NINE 12

천장을 쳐다보는 캠벨의 심장이 요란하게 뛰었다. 무엇 때문에 잠에서 깼는지 알 수 없었다. 그는 잠귀가 밝았고 아주 작은 움직임에도 잠이 깼다. 그래야만 했다. 휴대전화가 다시 울리고 왜 잠에서 깼는지 깨달았다. 그는 침대 옆 사이드에 손을 뻗어 휴대전화를 집어 들고 눈을 찡그려 작은 화면을 들여다보았다. 발신번호 제한이라고 적혀 있었다. 심장이 가슴뼈를 뚫고 나갈 듯이 요동쳤다. 그는 엄지손가락으로 초록색 버튼을 누르고 전화기를 귀에 댔다.

"왜?"

"나와."

영국 억양의 목소리가 말했다.

"지금? 방금 들어왔는데."

그는 혹시나 하는 기대를 잃지 않은 목소리로 물었다.

"계획이 바뀌었어. 급한 일이야. 최우선 순위. 최상부에서 내려온 명령이야."

"어디로?"

"알마. 의회 건물 반대쪽 교회 옆에 주차장이 있어. 알지?"

"그래, 알아. 카메라가 사방에 있을 텐데."

캠벨은 다리를 침대 밖으로 내렸다. 얼굴을 문지르자 손바닥에 까칠한 턱수염이 만져졌다.

"다른 방향을 비추고 있을 거야."

"제발 그래야지. 언제?"

"한 시간 뒤."

"난 지금 던도크에 있어. 짐 꾸리고 나와서 차를 가지러 가야 하고, 도로 공사 때문에…."

"한 시간."

전화가 끊겼다.

"제기랄."

옷은 전날 밤 바닥에 던져 둔 그대로였다. 그는 조용히 빠른 동작으로 옷을 입었다. 이상한 각도로 문이 달린 옷장이 벽에 붙어 있었다. 그는 옷장 안에서 큰 가방 하나를 꺼내 몇 벌 안되는 옷을 챙겨 넣었다. 남은 소지품은 휴대전화와 열쇠 한 벌뿐이었다. 그는 소지품을 주머니에 집어넣고 층계참으로 나섰다.

옆방에서 목구멍을 울리며 코를 고는 소리가 났다. 그는 문을 열고 안을 들여다보았다. 유진 맥솔리가 옷을 그대로 입고 한 손에 맥주 캔을 든 채로 침대에 대자로 누워 있었다.

캠벨은 이곳에서 시작한 일을 마무리하러 돌아올 수 있을지 의문스러웠다. 이 조직에 들어와서 일을 성사시키기까지 몇 달이 걸렸지만 아직까지 그의 노력은 아무런 소득이 없었다. 하지만 여전히, 누군가가 감시하지 않는다면 맥솔리는 골치 아픈 일을 저지를지도 몰랐다. 캠벨에게 한 가지 생각이 번쩍 떠올랐다. 방을 가로질러 맥솔리를 조용히 처리할 수 있었다. 가슴을 무릎으로 누르고 목에 정확한 압력을 가하는 것은 식은 죽 먹기나 다름없었다. 그는 잠시 생각해보왔다.

"젠장."

한마디 내뱉고는 문 앞을 떠났다. 그는 계단을 내려가 밖으로 나왔다. 낡은 포드 피에스타에 올라탈 때, 건너편 집 위로 해가 막 솟아오르기 시작했다. 포드의 낡아빠진 엔진이 씨근거리는 기침 소리를 내며 시동이 걸렸다. 그는 진짜 자기 차가 안전하게 보관되어 있는 항구를 향해 차를 몰았다.

전화에 잠이 깬 지 52분 후, 캠벨은 자신의 BMW Z4 쿠페를 몰고 교회 옆 주차장에 들어섰다. 누구 소유인지 모를 포드 몬데오 옆에 엔진이 부글거리는 차를 댔다. 그의 차처럼 몬데오의 창도 선팅이 되어 있어 안에 타고 있는 사람을 분간할 수 없었다. BMW에서 내리자 이른 아침 햇살이 긴 그림자를 드리웠다. 그는 작은 마을이 내려다보이는 교회 건물을 바라보며 알마가 도시라는 사실을 상기했다. 몬데오 운전석에 앉은 남자가 맞은편으로 손을 뻗어 뒷문을 열었다. 캠벨은 몸을 숙여 차에 탄 뒤 말했다.

"내가 맞춰보지. 맥케나 일 때문이야, 맞지?"

두 사람은 잠시 시선을 교환했다. 운전석에 앉아 있는 중개자는 두 남자의 사진이 떠워져 있는 태블릿 컴퓨터를 캠벨에게 건넸다. 어두운 사진이었지만 골목에 서 있는 사람들을 알아볼 수 있었다.

"아는 자들인가?"

중개자가 물었다.

"그래."

캠벨은 혼란스러운 감정을 억누르며 집중했다.

"제리 피건과 빈시 카폴라."

"그들에 대해 말해봐."

캠벨은 잠시 생각했다.

"제리 피건은 내 앞 세대인데 전설적인 사람이야. 벨파스트에서 모두의 입에 오르내렸지. 잔인한 놈이야. 12년을 살고 나왔어. 최근에 듣기론 술독에 빠져 산다더군. 술을 잔뜩 마시고 앉아서 혼잣말을 중얼거리는 모양이야."

중개자는 어깨너머로 돌아보았다.

"카폴라는?"

"짐승이야. 돼지처럼 뚱뚱하지만 위험해."

"더 이상은 아니야. 죽었으니까. 어젯밤에 골목에서 그의 시체가 발견됐어. 손목이 부러지고 관자놀이에 상처가 있었지만 죽을 정도의 부상은 아니었어. 초기 보도에 따르면 기절한 뒤 자신의 토사물에 질식했을 가능성이 높다더군. 오늘 아침에 부검이 있을 거야."

중개자가 말했다.

"젠장."

캠벨은 자신의 침착한 표정이 사라지는 것을 느꼈다. 그는 이를 깨닫고 윗입술을 한 번 핥았다.

"마이클 맥케나의 사망 소식은 당연히 들었겠지."

캠벨이 미소 지었다.

"좋은 사람에게는 일어날 일이 아니었지."

조수석에 탄 남자가 처음으로 입을 열었다.

"웃을 일이 아니야. 이 사건은 심각한 문제가 될 거라고."

공립학교 출신이군. 캠벨은 생각했다. 중개자는 머리 스타일과 얼굴의 흉터로 볼 때 육군 혹은 특수부대 출신일 가능성이 높았다. 실전을 경험한 사람이었다. 다른 한 명은 정부와 관련된 사람이었다. 아마 북아일랜드 담당부 소속으로, 투쟁하느라 국정 운영에 소홀한 북아일랜드를 관리하는 관료 중 하나일 것 같았다. 피 웅덩이에 빠져 죽어가는 나라의 조타수를 나약한 사무원이 맡고 있는 형국이었다.

그리 오래가지 않겠지. 캠벨은 생각했다.

"얼마나 까다로운 상황인지 말 안 해도 알겠지." 공립학교가 말을 이었다. "이제야 정치 상황이 제대로 돌아가고 있는데, 어느 때보다도 취약한 상태야. 그동안 쏟아부은 시간과 돈이 있으니 불화가 생겨서는 안 돼. 맥긴티의 파벌과 당 지도부 사이의 관계는 지금의 긴장으로도 충분해. 불화로 이어지게 둘 수는 없어. 오늘 아침 뉴스 봤나?"

"아니."

캠벨은 국경을 넘는 동안 라디오조차 틀지 않았다.

"상황이 좋지 않아. 카폴라가 죽었다는 소문이 퍼지자마자 작은 충돌로 끝나야 했던 사태가 대규모 폭동이 됐어. 몇 시간 전에야 겨우 진압됐지. 당 지도부는 조용히 넘기려고 하지만, 내부 정보원 말로는 이번 사건이 사고로 증명됐음에도 맥긴티는 경찰 탓이라고 공언할 계획이래. 오늘 맥케나의 장례식에서 이번 사건에 대해 잔뜩 부풀려 얘기할 예정이라더군. 경찰이 카폴라를 두들겨 팬 뒤 질식해 죽도록 골목에 내버려두었다고 말이야. 우리가 들은 바에 따르면 맥긴티는 당 승인 없이 북아일랜드 경찰 지원 철회를 빌미로 위협할 계획이야. 스스로 언론을 선동해서 당 지도부가 자신을 무시하지 못하게 되길 바라는 거지. 이런 소문이 통합주의 측을 자극하게 될 거라는 사실이 문제야. 당의 치안 포기 의도가 전달된다면 통합주의 측은 스토몬트 정부에서 물러날지도 모르고, 그렇게 되면 의회가 또다시 붕괴될 거야."

"경찰 짓이 아닌 게 확실해?"

캠벨은 일리 있는 질문이라고 생각했다.

"아직 아무것도 확신할 수 없어."

공립학교가 말했다.

"그럼 제리 피건은 왜 언급된 거지?"

캠벨은 피건을 떠올리며 물었다. 키가 크고 야윈 피건을 벨파스트 북서부의 공업 단지에서 한 번 만난 적이 있었다. 그는 유혈이 낭자했던 당시의 기억을 가능한 한 떠올리지 않으려 했다.

"당신이 그걸 알아내야 해."

중개자가 말했다.

"피건은 맥케나와 카폴라의 마지막 생전 모습을 목격한 인물이야. 우연치곤 대단하지, 안 그래?"

"체포하면 될 텐데?"

"어젯밤에 조사 받았어."

중개자가 말했다.

"경찰에게서 도망칠 때 카폴라와 갈라졌다고 했더군."

캠벨이 코웃음을 쳤다.

"그 거짓말을 믿는 거야?"

"내부 정보원이 말하길 맥긴티가 그를 믿는대. 피건은 몇 년째 조용히 지내고 있어. 지금 와서 자기 동료를 배신할 이유가 없다는 거야. 게다가 그를 맥케나의 살인과 엮을 근거도 없어. 증거라곤 사건이 일어난 시각에 만취한 채 집에 있었다는 것뿐이야."

"그러면 맥케나는 대체 누가 죽인 거야?"

캠벨은 몸을 앞으로 숙여 피 냄새를 쫓았다.

"맥케나는 페트라스 아담쿠스라는 리투아니아인과 인신매매 거래를 하고 있었어. 아주 수상한 인물이지. 지도부가 낌새를 채고 맥긴티에게 그만두라고 압박했어. 바텐더에게 전화한 맥케나가 부두에서 거래차 누군가를 만난다고 말한 게 마지막 연락이었어. 그다음 우리가 알게 된 거라곤 맥케나의 뇌수가 차 앞유리에 잔뜩 튀어 있었고, 아담쿠스는 그 어디에서도 찾을 수 없다는 사실이지."

"하지만 그걸로는 만족 못 하겠다는 거군."

캠벨이 말했다.

"그렇지."

중개자가 말했다.

"겉으로는 당이 맥케나와 아담쿠스 사태를 스스로 처리한 것처럼 보이고, 카폴라의 죽음을 경찰 탓으로 돌리는 것도 그들의 이해에 맞아떨어지지. 카폴라는 정치적 분야, 특히 당이 법질서를 지지한다는 점에 불만을 품었어. 당은 하극상을 용납하지 않아. 예전에도 당이 내부인을 제거한 뒤 보안대나 로열리스트에게 덮어씌운 적이 있으니 예상외는 아니지. 그래도 뭔가가 들어맞지 않아."

"나보고 잃어버린 퍼즐 조각을 찾으라는 거군."

캠벨은 뒤로 기대앉아 솟아오르는 흥분을 마음속 깊이 숨겼다. 공립학교는 중개자에게 거들먹거리는 미소를 지었다.

"이 사람 똑똑하다던 말이 맞군."

그는 기름이 흐르는 듯한 목소리로 말했다. 그는 헤드레스트 옆으로 캠벨을 살폈다.

"벨파스트로 돌아가서 반체제 인사들이 마음에 들지 않아서 복귀하고 싶다고 말해. 피건에 대해 알아봐. 만약 그의 짓이면 처리해. 아니면 당에게 알린 뒤 직접 처리하게 하거나."

"나한테 꺼지라고 할 텐데. 내가 던도크에서 맥솔리 일당과 어울린 걸 알고 있어. 맥긴티가 맘에 들어 하지 않을 거야. 그 일을 맡을 다른 사람 없나?"

캠벨이 말했다. 그러나 그는 답을 알고 있었다.

"너처럼 맥긴티와 가까운 요원은 없어."

공립학교가 말했다.

"우리가 심은 내부인이 네가 일을 수월하게 할 수 있도록 만들어줄 거야. 게다가 내가 알고 있는 게 맞는다면, 미스터 맥긴티가 네게 꽤 큰 신세를 졌거든. 두 팔 벌려 환영할 거야. 날 믿어."

"절대 못 믿어."

캠벨이 말했다. 공립학교는 그를 노려보았다.

"물론 두둑한 보너스도 있어. 시작하면 1만 5,000파운드. 모두가 만족할 수준으로 일을 해결하면 그만큼 더."

캠벨은 공립학교와 중개자를 번갈아 쳐다보았다.

"먼저 2만 5,000. 끝나고 나서 그만큼 더. 던도크에서 빚진 것까지. 내가 원해서 떠난 게 아니니까."

"돈밖에 모르는 놈이군. 좋아. 돈값을 하겠지."

공립학교가 미소 지으며 말했다.

"한 푼도 아깝지 않을 거야."

캠벨이 말했다. 그는 피투성이가 된 제리 피건이 자기 발밑에 널브러져 있는 모습을 상상하지 않으려 애썼다.

13

 묘비들 사이에 서 있는 피건의 등에 차가운 땀이 흘러내렸다. 그의 기억으론 살면서 가장 따뜻한 봄이었다. 묘지를 내려다보는 블랙마운틴의 험준한 산등성이가 5월의 햇살에 밝고 날카롭게 빛났다. 무덤가에 서 있는 쿨터 신부는 예의 바른 기침 소리와 조용한 흐느낌 사이에서 웅얼거렸다.

 피건은 묘지를 둘러보았다. 몇 백 명쯤 되는 꽤 많은 사람들이 참석했지만, 그가 예상한 만큼은 아니었다. 일부는 참석하지 않기로 마음먹은 것이 분명했다. 조문객들이 모여들면서 투덜거리고 크게 속삭이는 소리가 퍼졌다. 불참이 고인에 대한 무례이자 모욕이라는 말도 들렸다. 몇 사람, 특히 이곳에 와서 관을 들고 무덤 옆에서 침통한 표정으로 서 있어야 할 정치인들이 보이지 않았다. 그들의 부재는 유난히 거슬렸다.

 피건은 군중을 훑으며 엷은 금발머리에 키가 크고 호리호리한 여자를 찾았다. 그녀는 이곳 어딘가에 와 있을 테지만, 거리를 두고 있는 것 같았다.

 그런데, 대체 왜 내가 신경을 쓰는 거지?

 "누가 알겠어."

그는 혼잣말로 속삭였다. 그러곤 주머니에서 손수건을 꺼내 이마와 목덜미를 닦았다. 눈은 뻑뻑하고 무거운 데다 머릿속은 모래로 가득 찬 듯했다. 경찰이 아침 9시까지 잡아두는 바람에 그는 채 두 시간도 못 자고 장례식에 참석했다. 그는 평온을 음미했지만, 오래가지 못했다.

희부연 통증이 관자놀이 주위를 맴돌고, 시야 가장자리에서 그림자들이 서성거렸다. 그는 그림자들을 밀어냈다. 그림자들은 이 사람들 중에 살아야 할 자를 모아 가려낼 게 분명했다. 피건은 이를 확신했고, 자신이 그림자를 얼마나 오래 밀어낼 수 있을지 궁금했다.

지금까지 그의 삶은 운이 따라주었다. 더욱이 사람을 죽이는 일에 관한 한은 항상 운이 좋았다. 그는 살인에 요령이 있었다. 어젯밤의 폭동은 완벽한 알리바이였다. 만일 운이 버텨준다면 사고로 보일 수도 있을 터였다. 그는 벽돌을 다섯 구획 떨어진 곳의 쓰레기통 안에 깊이 숨기고 난 뒤 임시 화염병 제조장을 발견했다. 거기에서 병 하나를 챙겨 안에 든 휘발유로 장갑을 태웠다.

피건은 카폴라의 시체에서 멀리 떨어진 곳에서 목격되기를 바라며 스프링필드로드로 돌아왔다. 이미 카메라 앞에서 고위 경찰관과 협상하고 있던 맥긴티는 난장판이 된 거리에 다시금 질서를 회복하는 평화의 사도로 비춰졌다. 하지만 평화는 오래가지 않았다. 화염병을 찾던 경찰들이 카폴라의 시체를 발견하자마자 아수라장이 되었다.

피건은 그날 밤 내내 경찰과 함께 있었다. 경찰의 심문은 성의 없고 형식적이었다. 그들은 빈시 카폴라의 죽음을 슬퍼하지 않았고, 피건 역시 그들이 수사에 많은 노력을 기울이리라고 예상하지 않았다. 그는 카폴라를 죽인 혐의로 기소될 것에 대한 염려 없이 경찰서를 나왔다.

그는 지금 바람이 세게 부는 묘지에서 입을 가리고 하품하는 중이었다. 머릿속의 압력이 강해지자 발을 내딛어 균형을 잡았다. 냉기가 몸을 훑어 그는 양팔로 가슴을 감싸 안았다.

쿨터 신부의 의식이 끝나고 이제 정치를 위한 시간이 되었다. 무덤 옆에 놓인 연단 옆으로 두 남자가 '평화 확립', '미래 건설'이라고 쓰인 현수막을 들고 자리를 잡았다. 휴대용 앰프와 마이크를 든 남자 한 명이 더 합류했다. 뒤이어 누가 나타날지 알고 속이 뒤틀렸다.

훤칠하고 핸섬한, 55세의 폴 맥긴티가 연단에 올라섰다. 청중들 사이로 낮게 속삭이는 소리가 슬금슬금 퍼졌다. 당 지도부 중 누군가가 연단에 서서 고인을 기려야 한다는 웅성거림이었다. 엄숙한 표정을 한 맥긴티가 조문객들 앞에 섰다. 미풍이 그의 머리를 헝클었고, 그는 손을 들어 박수를 멈추라는 손짓을 했다. 보좌관이 마이크를 들어 맥긴티의 입에 댔다.

그는 관습에 따라 부자연스런 아일랜드어로 청중에게 인사했다. 일부는 아일랜드 고유어를 알아들었고, 나머지는 알아듣지 못했다. 피건은 영어든 아일랜드어든 신경 쓰지 않았으므로 그에겐 별 의미가 없는 일이었다. 형식적 절차가 끝나고, 맥긴티는 연설을 시작했다.

"동지 여러분."

그는 벨파스트 서부 억양을 신중히 유지하며 말했다.

"어젯밤 우리에게 전해진 소식이 아니었더라도 오늘은 슬픈 날이었을 것입니다. 하지만 지칠 줄 모르는 지역 일꾼이자 당 의원이었던 빈센트 카폴라의 죽음으로 더욱 슬픈 날이 되었습니다. 신사 숙녀 여러분, 저는 그의 죽음에 대해 할 말이 많지만, 먼저 오늘 이곳에 묻힐 인물에게 경의를 표하겠습니다. 마이클 맥케나는 위대한 인물이었습니다."

맥긴티는 박수와 간간이 들리는 환호가 파문처럼 지나가는 묘지를 푸른 눈으로 바라보았다.

"마이클 맥케나가 위대한 인물인 이유는 그가 이 섬의 정의와 평등을 위한 투쟁을 믿었고, 생애 매일을 정의와 평등을 위해 싸웠기 때문입니다. 그가 꿈을 이루기 직전 목숨을 잃었다는 사실은 그를 알았던 우리 모두에게 커다란 비극입니다."

통증이 피건의 두개골 안에서 터졌다.

"젠장."

그는 낮은 소리로 내뱉었다. 몇 명이 피건을 돌아보았지만 신경 쓰지 않았다. 시야 가장자리에 그림자들이 들어왔다. 그 어느 때보다 선명한 고통이 다시 치솟았다.

"젠장, 지금은 안 돼."

다부진 체격의 20대 중반 조문객 한 명이 뒤돌아 그를 노려보았다. 피건은 그가 다시 앞을 볼 때까지 뒤를 돌아보았다.

그는 눈을 감고 숨을 깊이 들이마시며 통증과 그림자가 멀어지기를 바랐다. 다시 눈을 떴을 때 그는 엷은 금발머리를 얼핏 보고 거의 비명을 지를 뻔했다. 고개를 돌려 살펴보았다. 검은 옷을 입은 사람들 사이에 금발머리가 다시 한 번 지나갔다. 봄 햇살 아래 그녀의 빛나는 얼굴이 사람들 사이에서 나타났다. 그녀는 섬세한 손으로 미풍에 흔들리는 머리카락을 가라앉혔다. 그녀는 피건의 시선을 눈치채고 몸이 굳었다.

마리 맥케나와 눈이 마주친 피건의 심장이 맹렬히 뛰었다. 손을 흔들고 싶었지만, 그의 손은 쓸모없이 몸 옆에 매달려 있을 뿐이었다. 시간은 추상적 관념이자 무의미한 단위가 되었다. 그녀의 시선이 그에게서 벗어나자 시간이 다시 흐르기 시작했다. 그녀는 다시 군중 속으로 멀어졌다. 피건의 시야에 단 한 번 더 어깨 위 모습을 보인 뒤 인파 속으로 사라졌다.

그녀를 놓치고 나서야 아홉 유령이 자신을 둘러싸고 있다는 사실을 깨달았다. 통증은 눈 뒤에 깃털처럼 가벼운 느낌만을 남긴 채 사라졌다. 여자는 아이를 어르며 미소 지었다.

"내가 어떻게 된 거지?"

피건이 여자에게 물었다. 그를 노려봤던 남자가 다시 몸을 돌렸다.

"닥치고 연설 들어."

남자의 일행이 팔꿈치를 잡아당겨 귀에 대고 속삭였다.

"저 사람 제리 피건이야."

남자의 얼굴이 잿빛으로 변했다.

"죄송합니다."

그는 다시 연단 쪽으로 돌아섰다. 피건은 유령들이 산 자들 사이를 오가는 모습을 지켜보았다. 그들은 조문객들이 동물원의 짐승이라도 되는 양 살피고 간혹 만지기도 했다. 여자는 피건 가까이에 붙어 있었다. 여자의 피부는 내리쬐는 햇빛을 한 줄기도 반사하지 않았고, 검은 머리카락은 미풍에 헝클리지도 않았다. 여자는 다시 피건을 올려다보며 미소 지었다. 여자의 고운 외모에는 여자가 틀림없이 품고 있을 증오가 드러나지 않았다.

등을 돌리고 조용히, 피건은 생각했다. 그는 여자를 무시하고 맥긴티의 연설에 집중했다.

"빈센트 카폴라는 살해당했습니다."

맥긴티의 목소리가 높아졌다.

"살인이라 말할 수밖에 없는 그의 죽음은 힘들었던 옛날을 떠오르게 합니다. 우리 공동체의 젊은이들이 왕립 얼스터 보안대를 두려워하며 살던 시절, 파벌주의가 법이었던 시절, 편견이 법이었던 시절, 민족주의자와 공화 인민들에게 두려움을 주입시키는 것이 법이었던 시절을 말입니다."

충성스런 지지자들이 웅성거리며 동의했다. 맥긴티는 그들이 진정하기를 기다리며 잠시 멈추었다. 발버둥치는 아이를 팔에 안은 여자는 검은 눈으로 맥긴티를 쳐다보았다.

"하지만 더 이상은 안 됩니다."

맥긴티가 말을 이었다.

"우리 공동체는 이런 만행을 더 이상 그대로 넘기거나 방관하지 않을 것입니다. 국민을 위해 지치지 않고 일했던 훌륭한 인물이 법과 질서라 불리는 폭력에 의해 어젯밤 잔인하게 공격당했습니다. 기절할 때까지 맞은 그는 머리가 깨지고 손목이 부러진 채 토사물에 질식해 사망했습니다. 그런데도 그들은 여전히 우리에게 탄압과 파시즘의 전통이 깊이 스며든 제도를 지지하도록 요구하고 있습니다."

군중은 이제 더 큰 소리로 웅성거렸다. 맥긴티는 잠시 청중을 살피며 소란이 잦아들기를 기다렸다.

"이제 더 이상은 안 됩니다. 저와 당, 그리고 지역 공동체는 책임이 있는 자들이 법의 심판을 받을 때까지 멈추지 않을 것입니다. 그리고 이것이 시험대가 될 것입니다, 동지 여러분. 제가 오늘 아침에 대화를 나눈 증인들, 법과 질서라고 불리는 폭력에 의해 골목으로 끌려들어 간 빈센트 카폴라를 본 증인들, 그들이 경찰 옴부즈맨*에게 가서 증언하면 정의가 실현될까요?"

군중은 기대감에 숨을 멈췄고, 맥긴티는 턱을 높이 들었다. 뻔뻔한

---

* Ombudsman: 정부, 공공 기관 등에 대하여 일반 국민이 갖는 불평이나 불만을 처리하는 사람.

거짓말 정도라면 피건은 그렇게 놀라지 않았을 것이다.

"만약 그렇게 되지 않는다면…"

맥긴티가 숨을 들이마시자 가슴이 부풀어 올랐다. 맥긴티는 큰 소리로 외쳤다.

"더 이상은 안 된다고 말할 것입니다!"

사람들이 주먹으로 허공을 가르며 분노의 함성을 내질렀다.

"더 이상은 안 된다고 말할 것입니다. 이번 시험대가 실패하면 당이 북아일랜드 경찰 지지를 철회하도록 주저없이 촉구할 것입니다. 이러한 조치의 결과는 우리가 이미 알고 있습니다. 제가 장담컨대, 당에서도 진지하게 받아들일 것입니다. 하지만 이것이 바로 영국 정부가, 옴부즈맨이, 우리 사회 모든 부분을 대표한다고 주장하는 경찰 서비스가 마주한 현실입니다."

피건은 맥긴티의 자만심과 무모함에 놀랐다. 피건은 지도부가 절대 허가하지 않았을 거라 확신했다. 하지만 그는 더 이상 정치에 관심이 없었다. 그가 살인을 저질렀던 대의명분은 맥긴티 같은 사람들의 탐욕에 삼켜진 지 오래였다.

그는 자신이 이 모든 것을 믿은 적이 있었는지 의문스러웠다. 소년 시절의 그는 지역 공동체에 남은 상처를 목격했다. 경찰과 영국군들이 문을 때려 부수며 급습하곤 했다. 그들은 침대에서 자고 있던 청년들을 끌어내 재판 없이 롱케시 교도소나 벨파스트 부두의 감옥선에 가두었다. 롱케시는 오래된 영국 공군 기지로, 메이즈 교도소가 되었다. 그는 분노와 증오, 가난과 실업을 기억했다. '무엇이라도 가지려면, 무엇이라도 되려면 싸우는 수밖에 없다.' '영국인들을 몰아내고 통합주의자들로부터 권력을 압류하고, 총으로 자유를 쟁취해야 한다.' 그들은 그렇게 말했고, 피건은 그 말을 믿었다.

하지만 그것이 다는 아니었다. 고독한 소년이었던 피건은 주먹은 빨랐지만 말은 느렸다. 30년 전 맥케나가 그의 친구가 되어주었을 때, 그는 더 큰 세계로 나가는 기분이었다. 그에게 중요한 세계였다. 맥케나는 국경 건너 캐슬블레이니 근처의 숲과 호수에서 열리는 캠핑에 피건이 함께 갈 수 있도록 힘썼다. 그곳에서 소년들은 전쟁놀이를 하고 종이 표적에 공기총을 쐈다.

맥케나는 그 모임을 청년 클럽이라고 불렀다. 피건의 어머니는 세뇌 집단이라고 했다.

폴 맥긴티는 피건을 오래된 폭스바겐 캠퍼에 태워 첫 캠핑에 데려가 주었다. 맥긴티는 아직 20대 후반이 채 되지 않았지만, 모두가 그의 이름을 알고 있었다. 그는 몇 년 전 롱케시에 실습생으로 간 적이 있었다. 건방진 불량배였던 그는 실습생 생활 6개월 뒤 칼 마르크스와 체 게바라의 명언을 읊었다. 캠프 파이어 앞에 앉아 《자본론》을 큰 소리로 읽었고, 소년들은 콩 요리를 먹으며 담배를 돌려 피웠다.

명품 정장을 입은 오늘의 맥긴티는 피건이 기억하는 청년 혁명가와 거리가 멀었다.

샨킬 정육점에서 무고한 시민 세 명을 죽인 피건이 복역을 마치고 출소를 한 12년 사이 세상은 변했다. 국경 남쪽의 아일랜드공화국에서는 돈과 새로운 국가적 비전에 따라 과거의 편협한 방식은 사라지고 씻겨나갔다. 북아일랜드는 버리기 불쌍한 사생아 같은 천덕꾸러기가 되었고, 아일랜드와 북아일랜드의 통일은 의미가 없어졌다.

아일랜드는 그들을 더 이상 원하지 않았다.

자유를 위한 열망은 돈과 권력에 대한 욕망에 무릎을 꿇었다.

준군사 단체, 공화당, 로열리스트들 모두 스스로의 정치적 이상이라는 허울을 지켰지만, 피건은 진실을 알고 있었다. 때론 자신이 마이클 맥케나와 폴 맥긴티 같은 사람의 진짜 욕망을 쭉 알고 있던 것은 아닌지 궁금해졌다.

피건은 주위에서 어슬렁거리는 아홉 유령을 다시 바라보았다. 영국군 셋, 로열리스트 둘, 경찰, 정육점 주인, 아기를 안은 여자. 무엇을 위해서였단 말인가? 맥긴티의 주머니를 채우기 위해서?

여자가 맥긴티를 쳐다보았고, 그녀와 함께 죽은 정육점 주인도 그를 쳐다보았다. 그들은 손을 천천히 올려 권총 모양을 만들었다. 여자는 돌아서서 피건을 바라보았다. 부드럽게 미소 짓는 그녀의 입이 칼에 베인 상처처럼 보였다.

여자가 고개를 끄덕였다. 피건은 고개를 저었다.

여자는 다시 고개를 끄덕였다. 피건은 돌아서서 도망가고 싶었다. 눈을 감고 유령들을 다시 의식 밖으로 밀어내려고 노력했다. 관자놀이 사이에서 번개 같은 불꽃이 번쩍였다. 이를 악물고 밀어냈지만, 그림자는 저항했다. 패배의 날숨이 쉭 소리를 내며 폐를 천천히 빠져나갔다. 그는 눈을 뜨고 유령들의 존재를 받아들였다. 그들에게는 그에게 할 말이 많이 남아 있었다.

쿨터 신부가 다가왔다. 영국군 셋은 군중 속에서 서성대며 조문객들과 악수하는 그를 바라보았다. 신부는 작고 뚱뚱했고 머리는 희끗했다. 피건은 신부가 슬리고 출신일 거라 생각했다. 영국군들이 팔을 뻗어 쿨터 신부를 가리켰다.

이들이 도대체 왜 신부를 원하는 걸까? 바로 그때, 기억이 꼬리에 꼬리를 물며 떠올랐다. 목덜미에 닿는 따가운 햇볕 속에서 피건은 눈을 감고 과거를 회상했다.

폭발에 창문이 덜거덕거리자 딸 셋과 부모는 함께 비명을 질렀다.

그들은 유리 파편이 쏟아질 곳을 피해 위층에서 서로 의지하고 있었다. 피건과 코일은 일을 확실히 처리했다. 지붕에서 굴러 떨어지는 소리가 잦아들자 침묵이 찾아왔다. 곧 밖의 거리에서 신음 소리가 났고, 신음은 우는 소리와 비명으로 이어졌다.

피건은 문틈으로 내다보았다. 그는 코일을 쳐다보았다.

"살아남은 자들이 있잖아."

"젠장. 어떡하지?"

코일이 말했다.

"내가 어떻게 알아. 네가 설치하고 폭파시켰잖아."

"가서 끝낼까?"

코일의 목소리에 공포가 스며 있었다. 피건은 주머니에서 권총을 꺼내 코일에게 손잡이를 내밀었다.

"젠장, 싫어! 난 못 해. 네가 해."

코일이 말했다.

"빌어먹을, 멀리 떨어져 있을 때는 씩씩하더니 가까이 가는 건 싫다 이거지."

피건이 말했다.

"내 몫은 했어."

"제대로 못 했잖아. 사람들 소리 들어보라고."

피건이 문 쪽으로 고개를 까딱했다.

"따로따로 온 게 분명해. 그것까지 내가 어떻게 알아?"

"항상 세 명씩 오잖아. 처음 세 명이 지나가고 나머지가 가까이 올 때까지 기다렸어야지. 그러면 전부 처리했을 거 아냐."

"빌어먹을, 어떡하지?"

코일이 다시 애원하듯 말했다. 피건은 한숨을 쉬고 방한모를 다시 뒤집어써서 눈과 입만 드러냈다. 코일도 똑같이 한 뒤 피건을 따라 거리로 나왔다. 그들은 골목에서 피어 나오는 연기를 향해 빠르게 걸어갔다. 쓰레기통의 쓰레기가 거리에 널브러졌고, 쓰레기통을 내놓은 상점 창문은 안쪽으로 깨져 있었다. 가로등 빛이 유리 조각과 사탕 껍질에 반짝였다.

피건은 그쪽에 주목하지 않았다. 대신 바닥에 쓰러진 여섯 명의 영국군을 쳐다보았다. 셋은 죽었고 셋은 아직 움찔거리며 떨고 있었다. 사지가 멀쩡한 생존자가 두 명이었다. 그들은 운이 좋다고 생각했을지 모르지만, 이제 피건이 나섰으니 상황이 달라졌다. 오른팔이 거의 날아간 생존자 한 명은 비명을 지르다가 이내 곧 쇼크로 조용히 떨고 있었다. 한정된 지역에 최대의 사상자를 내면서 주변 건물에는 최소한의 손상을 가하도록 설계된 소형 폭탄이었다.

여자 한 명이 상점 옆의 집에서 재빨리 나와 거실 창문을 가리켰다.
"이게 무슨 일이람! 한 달 동안은 진공청소기로 유리 조각을 치워야 되겠어."
그녀는 쓰러진 군인들을 발견하고 성호를 그었다.
"오 세상에, 가엾어라. 신의 가호가 있기를."
피건은 그녀의 이마에 권총을 겨눴다.
"들어가."
여자는 아무 말 없이 시키는 대로 했다. 피건은 일을 마무리하기 위해 준비를 갖추었다. 그러나 뒤에서 재빠르게 타닥거리며 다가오는 발소리가 났고, 그와 코일은 홱 돌아섰다.
"오, 안 돼, 안 돼, 안 돼. 오, 신이시여."
쿨터 신부는 속도를 줄여 멈추며 숨 가쁘게 말했다.
"아직 안 끝났습니다, 신부님."

피건이 말했다. 그는 영국군 사이를 돌아다니며 무기를 발로 차서 치웠다.

"부디 종부성사라도 하도록 해주게."

"끝난 뒤에 하세요."

쿨터 신부는 가까이 있는 세 군인 옆으로 다가갔고, 눈을 점점 크게 뜨며 한 명씩 바라보았다.

"살아 있잖아."

"당장 가시는 게 좋을 겁니다, 신부님. 몇 분 뒤에 오세요."

피건이 말했다.

"안 돼, 살릴 수 있어. 이들이 누구건 간에 죽게 둘 순 없네."

"이러지 마세요, 신부님. 신부님도 우리처럼 영국 놈들을 싫어하시잖아요. 항상 우리 애들을 받아서 숨겨주고 알리바이를 제공해주셨고요."

코일이 말했다. 쿨터 신부가 입을 잠시 열었다가 다물었다.

"아니. 그렇지 않아."

신부가 말했다. 피건은 코일에게 경고의 눈초리를 보냈다. 그는 신부에게 돌아섰다.

"좋습니다, 신부님. 이들이 우리 얼굴을 못 봤으니 원하신다면 살려주죠. 하지만 나중에 질문을 받게 되면 왜 우리를 막았는지 설명하셔야 합니다."

피건은 쿨터 신부에게 가까이 다가가 속삭였다.

"맥긴티가 물어보면 말씀하셔야 된다는 말입니다. 분명히 물어볼 겁니다. 쿨터 신부님, 신부님은 용감하신 분이지만 그 정도로 용감하십니까?"

"나… 나… 나는…."

쿨터 신부는 말을 더듬었다. 그는 알 수 없는 힘에 이끌려 땅을 쳐다보았다.

"오, 하느님. 제발."

영국군 중 한 명이 신음하며 신부의 바짓단을 잡아당겼다. 귀에서 피가 흘러내리고, 철모는 벗겨져 있었다.

"살려주세요."

그는 새파란 입술로 속삭였다. 쿨터 신부는 다리를 홱 빼내고 한 걸음 물러섰다. 피건은 한 발을 장전하고 군인의 뒤통수에 권총을 갖다 댔다.

"선택하세요, 신부님."

"이런, 피건. 그만해."

코일이 말했다.

"빌어먹을 입 닥쳐. 신부님이 날 판단하기를 원한다면 끝까지 갈 준비가 되어 있는 게 좋으니까."

피건이 말했다. 그리고 다시 신부에게 돌아섰다.

"들으셨죠, 신부님? 신부님은 매 토요일 밤과 일요일 아침마다 교회에서 죄를 멀리하라고 말씀하십니다. 신부님은 아무것도 말하거나 보거나 듣지 않겠다는 명목으로 맥긴티에게 항상 봉투를 받으시죠. 그리고 다음 주말이 되면 우리에게 옳은 길을 선택하라고 말씀하시죠. 언제나 옳은 길이 있다는 거 아닙니까? 이제 증명해보세요. 옳은 길을 선택하라고 말씀하시면 그렇게 하겠습니다. 하지만 책임을 지셔야 합니다. 이 거리를 지배하는 자들에게 답할 준비가 되어 있어야 한단 말입니다."

쿨터 신부는 눈을 깜빡이며 그를 바라보았다.

"제발, 이건… 이건…"

피건은 총구로 군인의 뒤통수를 세게 찔렀다.

"어떻게 하실 거죠, 신부님? 설교를 실천하실 용기가 있습니까? 아니면 항상 그러셨던 것처럼 눈을 감고 아무 말씀도 안 하실 건가요?"

영국군이 쓰러진 채 신음하며 두 손을 내밀자, 신부는 침통한 표정을 지었다. 신부는 피건을 한 번 보고 땅으로 고개를 떨궜다. 그리고 돌아서서 걸어가기 시작했다.

"안 돼! 안 돼요! 제발! 살려주세요!"

군인은 그를 쫓아 기어가려고 했다. 총성이 거리에 울려 퍼지자 쿨터 신부의 걸음은 아주 잠시 멈칫했다.

피건은 맥긴티의 연설이 끝날 때까지 눈을 감고 있었다. 눈을 뜨자 바로 앞에 마리 맥케나가 와 있었다.

"안녕하세요."

그녀가 말했다. 피건은 대답하지 못하고 눈을 깜빡였다. 유령들은 빠져나가는 군중 사이에서 우왕좌왕했다.

"미안해요, 놀라게 하려던 건 아니었어요."

"괜찮습니다."

그는 할 말을 생각해보았지만 아무것도 떠오르지 않았다.

"빈소로 가실 건가요?"

"네, 잠시 들르려고요."

"태워드릴까요?"

"아뇨, 괜찮습니다."

그는 마음에 없는 소리를 했다.

"아, 그럼 거기서 봐요."

마리는 미소를 짓고 그를 묘비 사이에 남겨두고 떠났다.

피건은 5월의 더위 속에 서서 군중이 흩어지기를 기다렸다. 그녀가 간 것을 확인한 뒤 그는 묘지 정문으로 걷기 시작했다. 젊은 시절 피건은 여자를 좋아했고, 여자와 쉽게 잠자리에 들 수 있는 자신의 능력에 만족했다. 맥케나 같은 남자들은 여자를 유혹하는 말솜씨가 좋았다. 하지만 피건은 말솜씨가 필요한 적이 한 번도 없었다. 그의 명성이면 충분했다. 그는 여자들이 위험한 명성을 좋아한다는 사실을 알고 있었고, 그것을 기꺼이 사용했다. 메이즈에서 출소한 후, 그는 여자를 거의 만나지 않았다. 몇 번 욕구를 해소한 적은 있지만 그게 다였다.

마리 맥케나는 그를 힘들게 했다. 그녀는 전혀 가볍게 대할 여자가 아니었고, 그는 그런 여자를 다룰 줄 몰랐다.

"내가 어떻게 된 거지?"

피건은 스스로에게 물었다. 묘비 사이에서 혼자 중얼거리는 자신의 목소리가 낯설게 들렸다. 그는 의문을 뒤로 하고 고개를 숙인 채 계속 걸었다. 그는 입구에서 멈췄다. 기다란 은색 차가 시동을 켠 채 기다리고 있었다. 선팅된 뒷자리 창문이 내려가고 피부가 매끈하고 인물이 훤한 맥긴티의 미소가 나타났다.

"타게, 제리."

14

 북아일랜드 정부와 보안대가 협력하여 일하면 훨씬 효율적일 수 있었다. 캠벨은 여행용 가방을 침대에 던지며 그들이 자주 협력하지 않는 것을 안타깝게 생각했다. 그들은 토끼장처럼 건물이 빽빽이 들어선 홀리랜드라는 곳에 아파트 하나를 마련해주었다. 홀리랜드라는 지명은 그곳 주민들이 성스러워서가 아니라, 거리명이 팔레스타인, 예루살렘, 다마스쿠스라서 붙여진 것이었다. 그곳에 거처를 마련해준 것은 현명한 선택이었다. 말론로드의 끝자락, 빅토리아 시대 건물과 현대식 건물이 뒤섞인 그곳에는 퀸즈 대학교에 다니는 학생들이 주로 거주했다. 학생들은 밤낮 없이 시끄럽게 돌아다녔고, 주변 환경에 신경 쓰지 않았다. 캠벨은 이목을 끌지 않고 드나들 수 있었다.
 그는 작은 거실의 창문으로 갔다. 아파트는 보타닉애버뉴에서 약간 벗어난 유니버시티스트리트의 건물 꼭대기 층으로, 교회가 내려다보이는 위치였다. 학생, 쇼핑객, 노동자들이 아래 보도를 지나쳐 갔다. 녹슨 포드 포커스는 길 건너 골목에 주차되어 있었다. 도시 바로 남쪽에 있는 상가에 세워져 있던 차였다. 그는 글러브 박스의 휴대전화와 글록 23을 챙겼다. 휴대전화는 아파트 밖으로 갖고 나가면 안되며 단 하나의 번호에만 연결할 수 있었다.

자신의 BMW 대신 포커스를 몰자니 가슴이 무너질 지경이었다. 한 달 전 던도크에서 알마로 가는 길에 BMW를 본 것이 마지막이었다. 그는 차 값을 치를 수 있는 것이 이 일 덕분임을 자신에게 상기시켰다. 하지만 전리품을 즐길 수 없다면 무엇 때문에 일한단 말인가?

좋은 질문이었다. 그는 이 질문을 스스로에게 끊임없이 던졌다. 서른여덟인 그는 지난 15년간 사기꾼 짓을 해왔다. 그는 거짓된 삶을 사는 데 변태적인 기쁨을 느꼈다. 발각이라는 영구불변의 위험은 야릇하게도 달콤했다. 주변 사람들이 사기꾼을 믿는 모습을 구경하고 있자면 매번 음흉한 전율이 느껴지곤 했다. 하지만 그게 다였을까? 틀림없이 어떤 다른 이유가 있지 않았을까? 그는 수많은 밤마다 천장을 바라보며 마음속에 되새겨보았지만, 매번 스스로 외면했던 답변에 가까워질 뿐이었다. 언젠가는 자신의 일면을 볼 힘이 생길지 모를 일이었다.

데이비드 캠벨이 스무 살의 나이에 블랙워치 왕립 하이랜드 연대에 입대했을 때, 그는 자신의 인생이 어떻게 될지 전혀 감을 잡지 못했다. 그는 글래스고 출신의 여러 남자들의 길을 따르고 있었고, 결국 벨파스트로 가서 거리를 순찰하며 날아드는 벽돌과 병을 피하게 되리라는 사실을 알고 있었다. 한 여자가 그의 부츠에 처음으로 침을 뱉었을 때, 그는 걸음을 멈추고 충격 속에서 그 여자를 쳐다보았다.

"너희 고향으로 꺼져버려."

여자가 말했다.

"야, 신경 쓰지 마."

선임이 뒤에서 외쳤다.

벨파스트는 이제 다른 곳이 되었다. 한 시간 전에 도시 가까이 다다랐을 때 스카이라인을 이룬 크레인의 숫자에 우선 놀랐다. 부를 상징하는 쇳덩어리 크레인은 공화당의 힘이 가장 센 서쪽, 로열리스트가 지배하는 동쪽, 부유층이 거주하는 남쪽, 신교와 가톨릭이 땅 한 치를 두고 싸우는 북쪽까지 벨파스트 구석구석을 내려다보았다.

벨파스트의 보이지 않는 경계선은 18년 전 소총을 들고 벨파스트의 거리를 처음 걸었을 때처럼 그대로 남아 있었다. 하류 인생들은 스스로 초래한 비참함을 변함없이 먹고 살며 분열 상황을 더욱 악화시켰다. 표면 아래에서는 변함없는 증오가 여전히 부글거리며 끓고 있었다. 하지만 이제 유복해진 벨파스트는 흉터를 필요할 때 숨기고 유리할 때 드러내는 법을 배웠다.

캠벨은 창문에서 돌아서 유일한 침실로 돌아가 여행 가방의 내용물을 서랍장 위에 쏟았다. 붉은색 물건 하나가 눈에 들어왔다. 낡은 옷과 권총, 총알들 사이에 오래된 붉은색 깃털이 놓여 있었다. 그는 깃털을 집어 들고 손가락 사이로 감촉을 느꼈다. 블랙워치의 전통 휘장을 마지막으로 부착한 기억은 무척 오래전의 일이었다.

캠벨의 스물세 번째 생일이 되기 닷새 전, 입대한 지 3년이 채 안 됐을 때 그는 연대장의 호출을 받았다. 얼굴에 깊게 주름이 진 핸슨 중령은 터프한 사람으로, 휘하의 군인들에게 공포감을 주었다. 캠벨은 두근대는 가슴으로 문을 노크했다.

"들어와."

안에서 중후하고 거친 스코틀랜드 억양의 목소리가 들렸다.

캠벨은 문을 열고 안으로 들어가 등을 보이지 않은 채 문을 닫고, 다섯 걸음 내딛은 뒤 뒤꿈치를 붙이고 경례를 했다. 중령은 책상 뒤에서 약식으로 경례에 답했다. 캠벨은 옆에 있는 제3의 인물을 무시한 채 시선을 정면에 고정했다.

"앉아."

중령은 앞의 빈 의자를 가리켰다. 캠벨은 시키는 대로 했다.

"진급 축하하네, 상병."

"감사합니다, 연대장님."

"곧바로 본론에 들어가지. 14첩보중대에 대해 들어봤나?"

"소문은 들었습니다, 연대장님."

캠벨은 깊은 불안감과 함께 말했다. 14첩보중대는 SAS*의 부속 첩보기관이었다. 공식적으로는 존재하지 않았지만, 그렇다고 비밀스러운 존재는 아니었다. 14첩보중대는 아무도 손대지 못하는 더러운 임무를 수행했다. 민간인이라면 교도소에 갈 일이었다.

"그렇다면 기밀 수집을 맡은 14첩보중대가 북아일랜드 작전에 핵심적인 역할을 한다는 사실을 알고 있겠군. 14첩보중대는 왕립 얼스터 보안대, 특수부, MI5, 군사력연구소, 정규군과 긴밀히 협력하면서도 독립적으로 활동하는 아일랜드의 모든 준군사조직 요원과 정보원을 다루며 수많은 목숨을 살렸지."

핸슨 대령은 자신의 오른쪽에 앉아 있는 사람을 가리켰다.

"이쪽은 로스 소령이네."

"반갑네, 상병."

로스 소령이 말했다. 그는 제복이 아닌 사복 차림이었고, 억양은 버밍엄이나 더들리 쪽이었다.

"안녕하십니까, 소령님."

캠벨의 갈비뼈에 땀이 배었다. 로스 소령은 책상 위의 파일을 집어 들었다.

"데이비드 패트릭 캠벨. 1969년 글래스고 출생. 글래스고에서는 드

---

* Special Air Service: 영국 특수부대.

물게 부친과 모친의 종교가 다르군. 가톨릭교 신자로 성장. 실천하는가?"

"예?"

"종교 말이야. 미사에 참석하느냐고?"

"학교를 떠난 뒤로는 참석하지 않았습니다, 소령님."

캠벨은 손을 무릎에 놓은 채 등허리를 꼿꼿이 세웠다.

"열여섯 살에 학교를 그만뒀고, 지능이 평균 이상이라는 점 빼고는 특별한 능력이 없음. 하찮은 일을 여러 가지 했고, 실업수당에도 손을 좀 벌리다가 블랙워치에 들어왔음. 입대 이유가 뭔가?"

캠벨은 의자에서 몸을 뒤척였다.

"할 일이 없었습니다, 소령님. 직업도, 미래도 없었습니다."

로스 소령은 미소 지었다.

"그렇군. 부모님은 어떻게 생각하셨나?"

캠벨은 로스 소령을 쳐다보며 거짓말을 떠올리려 애썼다.

"질문에 대답해."

핸슨 중령이 말했다. 거짓말이 떠오르지 않자 캠벨은 진실을 말할 수밖에 없었다.

"당시에는 부모님과 대화를 하지 않았습니다, 소령님."

"왜 그랬지?"

"그 몇 년 전에 불화가 있었습니다, 소령님."

"뭣 때문에?"

"말하고 싶지 않습니다, 소령님."

핸슨 중령의 얼굴이 붉어졌다.

"질문에 대답해, 상병."

"법적 문제가 조금 있었습니다, 소령님. 부모님이 탐탁찮게 생각하셨습니다."

캠벨은 시선을 떨구었다.

"법적 문제가 조금 있었다라."

로스 소령은 살짝 미소를 지으며 말을 반복했다.

"표현 한번 세련되군. 나이트클럽 수위를 두들겨 팼다는 것이 제대로 된 표현이지."

캠벨은 소령의 눈을 쳐다보았다.

"기소가 취하되었습니다, 소령님."

"그래, 자네에게 매우 유리하게도 증인 몇 명이 말을 바꿨지. 자네와는 상관없는 일이겠지, 상병?"

"그렇습니다, 소령님."

로스 소령은 다시 파일로 눈을 돌렸다.

"블랙워치 입대 후 기록은 괜찮지만 두드러지진 않아. 자네 머리라면 1년 전에 상병으로 진급했어야지. 생각이 빠르고 끈기가 있지만 절제력이 부족해. 궁지에 빠지면 능력을 발휘한다고 들었어. 사실 자네가 잔인한 구석이 있다고 하더군. 작년에 로열리스트 행진에서 시위자 한 명을 폭행한 뒤 군법 재판에 회부될 뻔했지. 할 말 있나?"

"정당방위였습니다, 소령님. 무혐의 처리되었습니다."

"또 일이 편리하게 풀렸군."

로스 소령은 미소를 지으며 파일을 책상에 다시 올려놓았다.

"연락하는 가족도 없고, 부대 밖에 친구도 없고, 맞나?"

"맞습니다, 소령님."

캠벨은 소령과 중령이 시선을 교환하는 모습을 지켜보았다.

"무슨 일인지 여쭤도 되겠습니까, 소령님?"

핸슨 중령이 큰 소리로 주의를 주었으나 로스 소령이 제지하며 말했다.

"자네가 나와 일했으면 하네."

그 후 몇 달간 캠벨은 며칠씩 잉글랜드에 머물며 코스포드 공군 기지와 림프스톤의 특공대 훈련소에서 나라를 위한 모진 훈련을 견뎌냈다. 그는 벨파스트로 돌아가 부대에서 출입을 금지한 술집 몇 곳을 드나들었다. 축구 경기를 보여주는 술집에 글래스고 셀틱 셔츠를 입고 가서 그 팀이 글래스고 레인저스를 상대로 골을 넣으면 누구보다도 크게 함성을 질렀다. 14첩보중대의 한 내부자가 보증을 서서 그를 어떤 사람들에게 소개했다. 그는 블랙워치 연대와 그가 참여했던 순찰 활동에 대한 그들의 질문에 답변했다. 시간과 날짜 등의 구체적인 정보를 물을 때는 우물쭈물하며 대답을 피했다. 몇 달 후 고의적인 규율 위반으로 블랙워치에서 제대한 뒤에는 그 정체불명의 사람들에게 점차 상세한 정보를 제공했다. 그는 매일 더 깊이 적군 일원에게 침투했고, 일주일에 한 번씩 주차장이나 시골길에서 중개자를 만나 그간 입수한 사실을 전했다. 그리고, 이따금씩 가명으로 개설한 예금 계좌에 보수가 잘 들어오는지 확인했다.

그가 처음으로 사람을 죽여야 했던 때는 위장 신분을 지키기 위해서였지만, 몹시 어려운 일이었다. 언젠가는 누군가를 죽여야 할 때가 있을 거라는 경고를 받긴 했으나, 그는 과거 선임이었던 헨드리 병장을 죽인 기억 때문에 15년이 지난 지금도 한밤중에 잠이 깨곤 했다. 캠벨의 기억 속에 또렷이 살아 있는 것은 헨드리 병장의 눈에 비친 헛된 희망이었다. 간청도, 눈물도 아닌, 헨드리가 그를 알아본 순간 이젠 살았다고 안도하는 그런 눈빛이었다. 헨드리의 희망은 죽기 직전, 캠벨의 손가락이 방아쇠를 당기는 모습을 목격한 순간 사라졌다.

침실 창문으로 들어오는 햇빛에도 불구하고 캠벨은 갑자기 서늘해

져 몸을 떨었다. 교회 종소리가 오후 2시를 알렸다. 출발할 시간이었
다. 맥케나의 바에 가서 연락책을 만날 때였다.

15

 맥긴티의 링컨타운카가 폴즈로드 남쪽을 마법의 양탄자처럼 미끄러졌다. 이 차를 미국에서 수입하는 데 얼마나 들었는지 사람들 사이에 소문이 돌았다. 지도부는 현재 상황과 걸맞지 않게 천박한 모습이라며 불쾌한 입장을 밝혔다. 피건과 맥긴티는 운전 기사 데클란 퀴글리와 유리 칸막이로 분리되어 있었다.
 "운전면허 딴 적 없지, 제리?"
 맥긴티가 물었다.
 "네."
 "나도 그래. 요즘은 면허 없이는 운전할 수가 없으니 할 수 없이…."
 맥긴티는 관리를 받은 매끈한 손으로 차의 검은색 가죽 인테리어를 가리켰다.
 피건은 강철로 된 누에고치 안에 들어 있는 느낌이었다. 선팅된 창문은 밖에서는 시커멓게 보였고, 피건은 이 차가 총알이나 폭탄 공격도 견딜 수 있을 거라 생각했다.
 "절 보자고 하셨다면서요."
 "그 얘기는 이따 하지. 그동안 못 다한 얘기부터 하자고."

맥긴티가 말했다. 피건은 그의 눈가에 일그러진 미소를 흘깃 보았다.
"그러죠."
맥긴티는 피건의 무릎을 토닥거렸다.
"그래, 그간 어땠나? 어떻게 지냈어?"
"별일 없었습니다."
"지역 개발 일은 어때?"
"보수를 받고 있습니다."
"자네는 자격이 있어, 제리. 우리를 위해 12년을 살고 나왔잖아. 잊지 않을 거야. 자네가 원하는 한 아무 조건 없이 보수를 지급할 거야."
피건은 맥긴티를 곁눈질했다.
"감사합니다."
"마이클 일은 참 유감이야, 그렇지?"
"네."
"빈시 카폴라도 그렇고."
피건은 앞의 유리 칸막이 너머 차도에 시선을 고정했다. 그들은 폴즈워터퍼레이드로 우회전했고, 맥케나 어머니의 집을 지나쳤다. 삼각형 모양의 벽이 벽화로 덮여 있었고, 선전 문구가 예술 작품처럼 적혀 있었다.
"정말 경찰 짓이라고 생각하시나요?"
피건이 물었다.
"아마도."
"어쨌든 그게 내 공식 입장이야."
"목격자가 있다고 하셨다면서요."
"물론이지, 제리."
맥긴티는 짧게 웃고 피건의 무릎에 손을 올려놓았다.

"사실…. 날 봐, 제리."

피건은 잠시 눈을 감았다 뜬 뒤 맥긴티를 쳐다보았다.

"모든 상황을 볼 때 누군가 내게 호의를 베푼 것 같아."

"어떻게요?"

맥긴티가 미소 지었다.

"그게 말이지, 불쌍한 마이클은 하지 말아야 할 일에 엮이고 있었거든. 보라고, 시대가 바뀌었어. 전부는 아니더라도 꽤 많은 수가 스토몬트 정부의 성공을 바라지. 모든 방면에서 말이야. 우리, 영국, 심지어 통합주의자까지. 세상이 변했어. 폭탄이 더 이상 통하지 않거든. 반체제 측이 오모에서 종지부를 찍어버렸지. 사람들은 과거와는 달리 폭력을 용납하지 않아. 그리고 9.11이 터졌어. 미국인들은 무력 투쟁을 예전처럼 인식하지 않아. 한때 우리는 스스로를 자유의 투사라고 부르며 폭력이라는 이름의 낭만을 팔았고, 미국인들은 그걸 반겼지. 아일랜드계 미국인들이 옛 조국을 위해 주머니를 턴 덕에 돈이 그냥 굴러들어 왔어. 그들은 이제 더 이상 돈을 쓰지 않아. 우리 마음에 들든 아니든, 지금은 평화를 얻었으니까."

피건은 차창 밖에 스치는 벽화를 내다보았다. 다양한 그림과 문구가 지나쳐 갔다. 팔레스타인과 쿠바의 연대를 표현한 벽화 옆에 공화당 영웅들의 초상화가 나란히 그려져 있었다. 카탈로니아가 스페인 영토가 아니라고 선언하는 벽화도 지나갔다. 피건은 사실 여부는 알지 못했지만, 그게 폴즈 지역 주민들과 무슨 관련이 있는지는 가끔 궁금했다. 해골이 널린 이라크 전쟁터에서 기름을 빨아먹는 조지 부시 그림과 함께 그가 미국의 가장 큰 실패작이라고 선언하는 벽화도 보였다.

맥긴티는 말을 이었다.

"우리는 줄타기를 하고 있으니 균형을 깨뜨릴 수 없어. 물론 요즘 영국이 안정을 유지하기 위해 모르쇠로 일관하며 우리에게 어느 정도의 자유를 허락하고 있지만, 우리는 수상한 일에선 손을 떼고 있고 그래야만 해. 우리는 조심하기만 한다면 작은 사업을 계속하면서 푼돈을 벌 수 있어. 조용히만 한다면 말이야. 하지만 이제 내가 어려운 상황에 처했어. 난 다른 모든 사람들과 함께 시간과 노력을 쏟아부었어. 그간 위험을 감수했으니, 내 몫을 원해. 하지만 내가 스토몬트에서 한자리하려면 깨끗해야 해. 티끌 하나 없어야 한다는 거 자네도 알겠지."

맥긴티의 미소가 사라졌다.

"하지만 마이클은 문제 있는 놈이었어. 내가 그놈에게 사고 치지 말라고, 네가 곤경에 처하면 나도 곤란해질 거라고 했지만 내 말을 듣지 않았어. 맙소사, 인신매매라니. 리투아니아인들이 남쪽에서 여자들을 데려왔고, 마이클은 발을 담그기 시작했어. 솔직히 돈은 많이 됐겠지만, 어린애들 장사를 해? 열다섯, 열여섯 먹은 애들을 말이야. 영국인들도 그걸 두고 볼 리 없었을 거야. 그런 일은 로열리스트들이 하도록 둬야 했어. 놈들은 그런 것도 모를 만큼 멍청하거든. 마이클이 발각됐다면 내게 엄청난 타격이 왔을 거야. 지도부가 그를 걱정했어. 그래서 지도부는 불 오케인에게도 그 일을 얘기했어."

맥긴티가 피건의 무릎을 꼭 잡았다. 피건은 허벅지에 힘을 주며 발로 링컨타운카의 카펫을 짓눌렀다.

"그리고 빈시 말이야. 내 말 오해는 하지 마. 빈시는 일을 잘하는 자원자였어. 벨파스트에서 심문 기술이 가장 뛰어났지. 하지만 말버릇이 나빴어. 우리가 스토몬트에 앉아 있는 꼴이 싫다느니, 우리가 경찰을 지지하는 꼴이 싫다느니, 우리가 변했다느니. 자네도 불 오케인 잘 알잖아. 그분은 조직 내 불화를 좋아하지 않아. 사람들이 동요하니까. 그분이 지난주에 날 농장으로 불러서 상황을 정리하라고 하셨어. 인원을 정리하라는 거야. 알지? 애들을 정리하지 못하면 내가 쫓겨나는 거야."

피건은 맥긴티가 말하는 농장을 알고 있었다. 북아일랜드와 아일랜드 공화국 사이의 국경, 알마카운티와 모나간카운티가 만나는 곳에 위치한 몇 천 평의 땅과 허름한 집을 말하는 것이었다. 불 오케인은 교외의 도피처에서 자신의 제국을 다스렸다. 그 노인이 돈을 얼마나 많이 벌었는지 소문이 가끔 들렸다. 수백만, 아니 수억이라고도 했다. 그는 그 돈을 잉글랜드, 스페인, 포르투갈, 미국 등 전 세계 부동산과 수북이 쌓인 자금 관련 서류에 숨겨두었다.

요즘 오케인의 돈벌이는 엄청난 인기를 얻고 있는 저가 연료에서 나왔다. 그는 국경을 따라 위치한 정제 시설 10여 개를 소유했고, 각 시설마다 화학적으로 정제된 농업용 디젤을 수백만 갤런씩 뽑아냈다. 재정난에 처한 농부들을 위해 정부가 보조금을 지급하는 연료였다. 오케인은 이 디젤을 가공하고 염료를 제거한 뒤 주유소, 운전자, 화물 수송업자 등에게 값싸게 팔았다. 이제 불 오케인은 시골을 화학 폐기물로 오염시키는 방법으로 아일랜드를 위해 싸우고 있었다.

"오케인은 요즘 어떻게 지내시나요?"

"자네도 그분 잘 알잖아."

맥긴티가 말했다.

"칠십이나 됐는데도 정정하고, 누구든 상대할 수 있지. 여전히 지혜롭고. 자넨 몇 번 못 만났지?"

"두 번 만났습니다."

피건은 기억을 떠올리며 침을 삼켰다.

"오래전이죠."

"어쨌든 중요한 건 누군가가 개인적으로 마이클 맥케나와 빈시 카폴라에게 원한이 있었던 거라면 그게 나한테 호의를 베푼 걸 수도 있다는 거야. 말하자면 내 대신 뒤처리를 해줬다고 할까. 이해하겠어, 제리?"

피건은 맥긴티가 그의 무릎을 토닥이는 동안 말 없이 있었다.

"사실 마이클 맥케나와 빈시 카폴라가 짐이 되고 있었어. 그들이 없다고 해서 당에 해가 될 건 없어. 이제 내 사업을 좀먹던 외국인 몇 명을 처리할 명분이 생겼고, 경찰을 두들겨 팰 새 몽둥이가 생긴 거야. 혹시 모르잖아, 경찰이 빈시를 죽였다고 언론을 설득한다면 그걸로 영국을 압박할 수 있을지."

"그렇군요."

피건이 말했다. 맞은편 유리에 그와 맥긴티의 모습이 비쳤다. 맥긴티의 얼굴에 비해 그의 얼굴은 해골처럼 보였다.

"자네는 항상 겉으로 보이는 것보다 똑똑했어."

맥긴티가 말했다.

"하려고만 했다면 성공했을 텐데. 어쨌든, 내가 하고 싶은 말은 이거야. 우리가 모르는 누군가가 마이클 맥케나와 빈시 카폴라에게 원한을 가지고 혼자서 한 거라면, 난 그의 죄를 눈감아줄 수 있을지도 몰라. 이번 한 번만. 결국 내게 좋은 일을 해준 셈이니 봐줄 수 있다는 말이야."

맥긴티는 피건의 무릎에서 손을 들어 어깨에 걸쳤다.

"하지만 그게 다야. 지금까지는 피해가 없었으니까. 하지만 계속된다면 내가 조치를 취할 수도 있어. 하나만 더 말하지."

맥긴티가 가까이 기댔고, 피건의 귀에 후끈한 숨결이 닿았다.

"그놈은 날 무시하지 않는 게 좋을 거야. 절대로."
피건은 헛기침을 했다.
"그럴 리가 있나요."
"자네를 반이라도 닮은 자라면 좋으련만."
맥긴티는 피건의 어깨에 두른 팔을 풀었다.
"본론으로 들어가지. 자네를 더 자주 봤으면 좋겠어, 제리. 자네는 주변에 두기 좋은 사람이야. 자네 같은 사람이 할 일은 항상 있어. 이렇게 힘든 시기에는 누가 친구인지 알 필요가 있지. 믿을 수 있는 사람 말이야, 알지?"
"요즘은 혼자 있으려고 합니다."
"그래도 괜찮아. 하지만 우리를 외면해선 안 돼. 활동적인 생활을 하면 좋잖아. 몸에 붙은 거미줄도 털어내고."
"그렇죠."
"그리고 술 말인데, 제리. 그만 마셔. 요즘 자네 얘기를 들었어. 맥케나의 바에 앉아 진탕 취한다면서. 중얼거리기도 하고."
"지난 며칠간 줄이고 있습니다."
피건은 솔직하게 말했다.
"그렇다면 다행이군. 우리 아버지는 술 때문에 죽었어. 내 기억이 맞는다면 자네 부친도 마찬가지였지."
피건은 거리로 고개를 돌렸다. 아이들이 햇살 아래서 자전거를 탔다. 링컨타운카는 연이어 우회전을 해서 다시 폴즈워터퍼레이드를 향했다.
"그랬죠."
"어쨌든, 자네에게 맡길 일이 있어."
피건은 다시 맥긴티를 바라보았다.

"걱정 마. 힘든 일은 아니야. 다행히 요즘은 힘든 일이 거의 없거든. 말만 전하면 돼."

맥긴티가 웃으며 말했다. 피건은 잠시 생각한 뒤 말했다.

"그러죠."

"마리 맥케나, 마이클의 조카 말이야."

피건의 손톱이 손바닥을 파고들었다.

"네."

"자네가 마리와 친한 사이 같던데. 어제 마리가 차로 태워다 줬다면서."

"잘 모르는 여잡니다. 전에는 얘기를 나눠본 적이 없어요."

"그렇군, 어울려선 안 되는 경찰이랑 동거까지 해서 많은 사람들을 화나게 했지."

맥긴티는 차창을 지나치는 집, 벽화, 깃발을 내다보았다.

"애까지 낳질 않나. 그 여자에게 대놓고 불만을 표현하고 싶은 사람들이 많아. 하지만 마이클은 마리의 어머니를 위해 사람들이 그녀를 절대 건드리지 못하도록 했어. 이제 마이클이 없으니 그 사람들 떼어놓기가 어려울 거야."

"헤어진 지 오래됐는데, 이제 와서 누가 신경 쓸까요?"

"사람들은 기억력이 좋아, 제리. 다른 사람이 잘못한 건 특히 잘 기억하지. 우린 피의 일요일*을 기억하잖아. 마치 어제 일처럼 얘기하지. 하지만 그날 전후에 죽은 사람들이 누군지는 잊었어. 그게 인간의 본성이야."

---

* Bloody Sunday: 1972년 1월 30일, 북아일랜드 런던데리에서 영국군이 시위대에게 발포해 14명이 사망하고 13명이 중상을 당한 사건. 사망자 중 7명이 10대 학생이었고, 독립을 추구하던 북아일랜드 공화국군(IRA)이 무장투쟁에 나서는 계기가 됐다..

내가 저지른 죄는 기억해. 그들이 날 어디든 따라다닌다고.

그는 맥긴티가 자신의 죄를 기억할지 궁금했다.

"그 여자랑 얘기를 좀 나눠봐. 위협 같은 건 하지 말고. 교묘하게 하라고. 움직이는 게 좋을 거라고 조언해. 외국으로 나가든가 하라고."

"빈소에서요?"

"아니, 마이클 어머니 집은 안 돼. 마리의 아파트는 에글런틴애버뉴 리즈번로드에 있어. 나중에 들러서 얘기 좀 나누라고. 내가 말한 대로 친근하게 대해. 알겠지?"

피건은 맥긴티의 미소에 미소로 답할 수 없었다.

"알겠습니다."

16

 폴즈워터퍼레이드에 있는 빈소는 검은 옷을 입은 친구와 친지들로 가득했지만, 전날처럼 붐비지는 않았다. 오늘은 숨을 쉴 수 있었다. 피건은 오래전 알던 사람이 자신을 구석에 몰아넣고 옛날 얘기로 고문하는 일이 없도록 한곳에 오래 있지 않으려고 노력했다. 그는 거실 탁자에서 맥주 한 캔을 슬그머니 집어 들고 현관으로 나왔다.
 맥긴티와 쿨터 신부는 집 안 한곳에서 소시지 롤을 먹으며 지지자들의 어깨를 두들기고 있었다. 피건은 그림자가 나타날까 두려워 그들을 피했다. 그는 잠시 망설였다. 체면상 자리를 지키긴 하지만, 어디 편하게 맥주 한잔 마실 곳이 절실했다. 위층 침실 중 하나에서? 그건 무례할 터였다. 마당은 담배 피우는 사람으로 가득했다. 그렇다면? 그는 계단 밑 골방을 떠올렸다. 안에 작은 탁자와 의자가 있는 곳이었다. 어둑한 골방 안에 몰래 들어가 앉아 있을 수 있고, 누군가 물으면 좀 쉬는 중이라고 말하면 될 일이었다. 피건은 사람들 무리를 비집고 지나가 작은 골방으로 들어갔다. 하지만 그와 똑같은 생각을 했는지 마리 맥케나가 이미 의자에 앉아 있었다. 그는 허리를 굽히고 뒤통수를 계단 아래에 댄 채 그녀를 향해 서 있을 수밖에 없었다.
 "안녕하세요."

그녀가 말했다. 그녀의 눈이 반짝이는 이유가 당황해서인지 놀라서인지 알 수 없었다.

"안녕하세요, 난 그냥… 그러니까…."

"숨을 곳을 찾고 있죠. 저도 그래요."

그녀가 말을 가로챘다. 미소를 짓는 그녀의 청회색 눈가에 잔 주름이 잡혔다. 그녀는 화이트와인 한 잔을 들고 있었다. 잔 가장자리에 립스틱 자국이 보였다. 피건은 그게 무슨 맛이 날지 궁금했다.

"다른 곳을 찾겠습니다."

그는 물러나며 말했다.

"아뇨, 자리 있어요."

그녀가 말했다. 그녀는 의자 안쪽으로 옮겨 피건의 야윈 몸을 들일 수 있는 자리를 만들었다. 그는 잠시 망설이다가 몸을 천천히 낮춰 그녀 옆에 자리 잡았다.

"어차피 얘기하고 싶었어요. 사과하려고요."

"뭘요?"

그는 하프 라거 캔을 따서 한 모금 마셨다. 맥주 거품이 혀를 톡톡 쏘았다.

"뭐랄까…. 이상하게 굴어서요, 어제. 해서는 안 되는 말을 했어요."

그녀의 손이 떨리며 잔 속의 와인이 잔물결을 일으켰다.

"괜찮습니다. 누구나 하지 않았으면 싶은 일을 하죠."

"맞아요."

고개를 돌린 그의 눈에 그녀의 희미한 미소가 보였다.

"여긴 왜 오신 거죠?"

피건이 물었다. 생각도 하기 전에 질문이 입에서 빠져나갔다. 그는 손에 들린 맥주캔으로 시선을 돌렸다. 옆에 앉은 마리가 뻣뻣해졌다.

"뭐라고요?"

아무것도 아닙니다. 그가 남은 정신줄을 놓지 않았더라면 그렇게 말했을 것이다. 하지만 그 바람과는 다르게 말했다.

"저들이 당신을 원치 않는데도 여기에 왔잖아요. 어제도 그렇고. 왜 그러는 거죠?"

그녀는 코로 세 번 호흡을 한 뒤 말했다.

"왜냐하면 내 가족이니까요. 좋든 나쁘든 내가 속한 곳이에요. 아무리 저들이 밀어내려 해도 난 떠나지 않을 거예요."

"이해할 수가 없군요. 그들이 당신을 원하지 않는데 왜 굳이?"

"책 많이 읽으세요?"

그는 다시 그녀를 쳐다보았다.

"아뇨, 왜요?"

"《요셀 라코베르, 신에게 말하다》라는 작은 책이 있어요. 바르샤바 유대인 거주지에서 나치를 피해 숨어 있던 유대인이 쓴 것으로 추측됐던 책이에요. 사실이 아닌 것으로 드러나긴 했지만. 주인공에게 더없이 끔찍한 일들이 계속 일어나고, 결국 그는 신과 맞서죠. 그는 이렇게 말해요. '하느님, 저를 하시고 싶은 대로 하세요. 제게 수모를 주고, 친구들을 죽이고, 가족을 죽이세요. 하지만 제가 당신을 미워하게 만들 수는 없을 겁니다. 무슨 일이 있어도요.'"

마리는 긴 한숨을 내쉬었다.

"증오는 끔찍한 거예요. 소모적이고 어리석은 감정이죠. 누군가를 진심으로 증오하더라도 그에겐 아무 해를 끼칠 수 없어요. 오히려 자신에게만 상처가 남죠. 매일 증오와 함께 보내며 증오가 나를 갉아먹지만, 증오하는 대상은 평소와 다름없는 삶을 살겠죠. 요점이 뭐냐고요? 그들이 나를 미워하더라도 나는 그들을 미워하지 않을 거예요.

내 가족이니까요. 그들의 증오가 나를 밀어내도록 내버려두지 않을 거라고요."

피건은 그녀의 손등에 미세하게 뻗은 살결 무늬와 섬세한 뼈의 굴곡, 핏줄의 희미한 푸른색 선을 뜯어보았다.

"그 책을 읽어보고 싶군요."

"도서관에 가보세요. 저한테는 이제 없거든요. 제가 열일곱 살 때 아빠가 제 책을 마이클 삼촌에게 보여줬어요. 마이클 삼촌은 제가 책을 찢어버리게 했죠. 유대교 선전이라면서요. 삼촌은 유대인들이 팔레스타인에게 저지르는 짓을 기억하라고 했어요. 당시 이상하다고 생각했던 기억이 나요. 이스라엘인이라고 하지 않고 유대인이라고 말하는 게요. 삼촌은 유대인을 평생 만난 적이 없었던 것 같지만, 어쨌든 유대인을 싫어하셨어요. 저는 그저 이해할 수 없었죠. 묘하네요, 그 책을 수년 동안 잊고 있었는데 마이클 삼촌이 돌아가신 후부터 죽 생각나요."

잠깐의 침묵 동안 두 사람은 술을 마셨다. 마리가 말했다.

"곤란한 질문을 하는 시간인 것 같으니 물을게요. 왜 여기 와서 숨은 거죠?"

"예전에 알던 사람들이 너무 많은데, 그들이 하는 말을 듣고 있을 수가 없어서요."

"당신은 이곳에서 존경받는 분이잖아요."

"저들은 날 존경하는 게 아니라 무서워하는 겁니다."

"난 무섭지 않은데요."

피건은 맥주캔 고리를 잡아당겼다.

"내가 무슨 짓을 했는지 압니까?"

"들은 건 있어요."

마리가 말했다. 그녀의 어깨가 스치자 피건의 몸이 떨렸다.
"있잖아요, 저는 당신 같은 남자들을 평생 알고 지냈어요. 삼촌들, 아버지, 형제들. 경찰과 로열리스트 같은 반대편도 알죠. 일을 하면서 그들 모두와 얘기를 나눴어요. 모두가 스스로 지녀야 할 죄책감이 있어요. 당신만 특별한 건 아니에요."
마지막 말은 부드러운 친절이 깃들어 있었다.
"맞아요, 난 특별한 사람이 아닙니다."
그가 말했다. 어쨌든, 그녀의 생각이 마음에 들었다.
"지금은 그런 사람이 아닐 거라고 생각해요. 사람은 변해요. 사람이 변하지 않는다면 세상에 희망이란 없어요. 한 일에 미안함을 느끼세요?"
"네."
"드러나요. 얼굴에, 눈에. 당신은 숨기질 못해요."
피건은 그녀를 쳐다보고 싶었으나 그러지 못했다. 그는 손가락으로 캔 입구를 매만지며 손끝에 파고드는 촉감을 느꼈다. 말은 혀끝에서 맴돌기만 했다.
"가봐야겠네요."
그가 일어서며 말했다. 골방에서 나가다 말고 뒤로 돌아 허리를 숙이고 그녀를 보았다.
"나중에 찾아봬도 될까요?"
마리는 입을 살짝 벌리고 생각했다. 잠시 뜸을 들인 뒤 그녀가 말했다.
"글쎄요. 날씨가 좋으면 차를 마시고 나서 딸하고 산책 가려고 했어요."
"같이 산책하면 되겠네요."

그녀는 눈을 감고 숨을 들이마셨다. 영원과 같은 시간이 흐른 뒤 그녀가 눈을 뜨고 말했다.

"좋아요, 그렇게 하죠. 전 에글런틴애버뉴에 살아요."

그녀는 피건에게 집 전화번호를 알려주었다. 피건은 미소를 한 번 지은 뒤 그녀를 골방에 두고 나갔다.

17

 북아일랜드 부장관 하그리브스는 차에 20분 넘게 앉아 있었으나 200미터도 가지 못했다. 콤튼과 운전사는 앞좌석에 앉아 버스 꽁무니만 바라보고 있었다. 런던 도로의 끊임없는 경적과 소음에 에드워드 하그리브스의 두통은 도통 나아지질 않았다. 휴대전화 진동에 그는 기분이 더 불쾌해졌다. 경찰청장이 연결돼 있다는 목소리가 흘러나왔다.
 "제프."
 "안녕하십니까, 부장관님."
 필킹턴이 말했다.
 "벨파스트 상황에 진전이 있다고 말해주게."
 "다소 있습니다. 무슨 일인지 알아보기 위해 사람을 보냈습니다."
 "그래서?"
 하그리브스는 조급하게 물었다. 차는 다우닝스트리트에 1.5미터 더 가까워졌다.
 "곧 장관과 총리를 만나러 가는데 보고드릴 게 있어야 해. 피건이란 자의 짓인가?"
 "아직 모릅니다, 부장관님. 정황을 보면 그런 것 같으나 맥긴티의 말은 다릅니다. 그는 리투아니아인들이 맥케나를 죽이고, 경찰이 카폴라를 죽였다고 주장합니다."

"자네 부하들이 그를 죽였다고?"

하그리브스가 물었다. 그는 답을 알고 있었으나 경찰청장을 골리는 것이 즐거웠다.

"물론 아닙니다, 부장관님. 자극적인 뉴스 기사를 내서 당내 위치를 확고히 하려는 선전 공작입니다. 맥긴티는 몇 시간 전에 경찰 내 범인이 처벌받지 않는다면 당으로 하여금 북아일랜드 경찰에 대한 지지를 철회하도록 권고하겠다는 성명을 발표했습니다. 마치 그것이 자기에게 달렸다는 듯이 말하는 철면피 같은 수작이죠."

하그리브스는 필킹턴이 처한 곤경에 미소를 지었다.

"그래, 지금 성명 전문을 보고 있네. 맥긴티는 참 영리한 놈이더군. 통합주의자들은 벌써 스토몬트를 떠나자고 아우성이야. 이 사태는 싹부터 잘라야 해, 제프. 우리 쪽에서 진상을 밝혀 내지 못하면 자네가 희생할 준비를 해야 할 거야."

몇 초간의 침묵 뒤에 필킹턴이 말했다.

"무고한 제 부하가 카폴라의 살인 혐의를 뒤집어쓰는 것을 보고만 있으란 말씀이십니까? 부장관님, 이것만은 확실히 하겠습니다. 정치적 편의를 위해서 선의의 경찰관을 희생시키지는 않을 겁니다. 만약 부장관님께서…."

"영웅 납셨군."

하그리브스가 말을 끊었다.

"정치적 편의는 우리의 무기야, 제프. 자네가 누구보다도 잘 알고 있어야지. 일을 진전시키기 위해 사소한 위반을 얼마나 많이 지나쳤나, 응? 노력이 조금 부족했다는 평계로 자네 눈앞에서 얼마나 많은 강도 사건이 미결로 남았지? 조용히 살고 싶다는 이유로 얼마나 많은 처벌을 외면했냐고?"

"부장관님, 저는 정말…."

"내게 편의가 뭔지 가르치려 들지 말게, 제프. 편의가 없다면 얼마나 많은 자네 부하들이 재판장에 설 것 같은가?"

하그리브스는 마른 입술을 당겨 미소를 지었다. 필킹턴은 콧방귀를 뀌었다.

"그런 질문에는 대답할 필요가 없을 것 같군요, 부장관님."

"희생. 다수의 이익을 위해서라면 누구나 희생을 해야 해. 어떻게 돼가는지 계속 알려주게."

하그리브스는 대답을 기다리지 않고 전화를 끊었다.

18

 데이비 캠벨은 바에 홀로 서 있었다. 자기만 검은 정장을 입고 있지 않다는 사실이 신경 쓰였다. 그가 맥케나의 바에 들어서자마자 곁눈질이 시작되었고, 사람들은 그를 향해 고개를 까딱이며 속닥거렸다. 그들은 캠벨을 알아보았다. 그가 던도크의 반체제 진영으로 옮겨간 사람이란 사실을 알고 있었다. 캠벨은 누군가가 그에게 벨파스트로 돌아와서 뭘 하고 있는 거냐고 따지기를 기다렸다. 아무도 오지 않았다. 아마 고인에 대한 예의 때문이었을 것이다. 만일 그가 외지인이었다면 바에 들어오자마자 시비가 붙었겠지만, 여기는 지나가다 들러서 한잔하고 가는 술집이 아니었다. 그러나 평화는 오래가지 않았다.
 마이클 맥케나의 바는 술맛이 무척 좋다는 사실을 부정할 수 없었다. 캠벨은 스미스웍스 에일 잔을 입으로 가져갔고, 맥주는 부드럽게 목구멍 뒤로 미끄러져 내려갔다.
 "간이 부었구만, 이 자식."
 캠벨은 고개를 돌리지 않았다. 바 뒤편의 지저분한 거울에 에디 코일의 모습이 비쳤다. 그는 캠벨보다 15센티미터 작았고, 벗겨지고 있는 금발머리가 둥근 머리 위에 잔디처럼 얹혀 있었다. 캠벨은 수염에 묻은 거품을 닦았다.

"여기서 뭐 하는 거야? 던도크 놈들이랑 병정놀이나 하는 건 이제 질렸나?"

코일이 물었다.

"그렇다고 할 수 있지."

캠벨이 대꾸했다. 코일이 가까이 다가왔다.

"뭐야, 마이클이 없으니까 뻔뻔하게 돌아와도 된다고 생각하는 건가?"

캠벨은 뒤돌아 코일과 마주보았다.

"맥주 한잔 마시고 있는 것뿐이야, 에디. 나랑 한잔하고 싶으면 그렇게 해. 아니면, 내 앞에서 꺼져."

코일의 눈이 가늘어졌다.

"뭐라고?"

"들었잖아."

캠벨은 잔을 테이블 위에 올려놓았다. 코일의 입술에 섬뜩한 미소가 어렸고 얼룩덜룩한 볼에 주름이 졌다.

"지금 나한테 꺼지라고 했냐?"

"골자는 그거지. 나랑 마시고 싶은 게 아니면 꺼지라고. 확실히 알아들었나?"

캠벨은 펀치가 날아오리라는 것을 펀치를 날리려는 자보다 먼저 예측했다. 캠벨은 싸움에서 상대방을 이기려면 자신의 균형을 유지하면서 상대방의 균형을 잃게 하면 된다는 사실을 오래전에 배웠다. 코일은 힘을 위해 균형을 희생하는 단순한 실수를 범했다. 캠벨이 할 일은 왼쪽 팔뚝을 들어 그 힘이 지나가도록 유도하면 되는 것이었다. 그러면 코일의 체중도 따라오게 돼 있었고, 그대로 되었다.

코일은 나란히 놓여 있는 의자로 나가떨어져 등을 부딪치며 욕을 내뱉었다. 그는 다시 일어서서 공격해왔다. 캠벨은 다시 주먹의 방향을 바꿨고 코일은 테이블에 가슴을 박았다. 코일은 뒤로 돌아 또 한 방 날리려고 했으나 이번에도 캠벨이 더 빨랐다. 그는 왼손으로 코일의 금발머리를 잡고 오른손은 주먹을 쥐었다. 그리고 코일의 얼굴을 주먹이 시뻘게질 때까지 때렸다. 캠벨이 머리를 잡은 손을 놓자 코일의 턱은 만족스러울 만큼 크게 쿵 소리를 내며 테이블에 부딪쳤다.

그때 다른 무리가 덤벼들었다. 몇 명인지는 알 수 없었으나 검은 정장을 입은 남자들이 캠벨에게 달려들었다. 하나는 머리카락을, 하나는 귀를, 둘은 진 재킷 깃을 잡았다. 날아드는 주먹이 부딪치며 서로 상쇄되는 통에 큰 충격은 없었다. 캠벨은 팔뚝을 들어 몸을 가렸다.

"어이, 이봐! 그만해! 내 일행이야."

캠벨과 화난 무리 사이에 작은 체구 하나가 끼어들었다.

"에디한테 어떻게 했는지 보고 말해."

그들 중 한 명이 씩씩거렸다.

"에디가 시작한 거잖아. 이제 내버려둬. 알았어?"

패치 토너가 말했다.

"하지만…."

"비키라니까!"

토너는 짧고 굵은 손가락으로 가장 가까이 있는 남자를 가리켰다. 그들은 욕을 내뱉으며 물러났다. 토너는 캠벨의 팔꿈치를 잡았다.

"자, 제발 가자."

토너가 그를 거리로 끌고 나오자 캠벨은 씩 웃었다. 모든 감각이 분주해진 것 같았다.

"도대체 무슨 짓이야?"

토너가 물었다. 그는 두터운 콧수염 아래로 입을 떡 벌리고 멀건 눈으로 못 믿겠다는 표정을 지었다.
"그 자식이 매를 벌잖아."
캠벨이 말했다. 토너는 검은색 넥타이를 바로잡았다.
"이런, 데이비. 에디 코일이 개자식인 건 모두가 알지만 그놈 친구들 앞에서 죽어라 패면 안 되지. 네가 여기서 친구를 사귈 생각이 없더라도 말이야."
그는 캠벨에게 손가락을 흔들어 보였다.
"내가 널 위해 큰 위험을 감수하고 있다는 사실만 기억해."
캠벨은 연석의 재규어 쪽으로 고개를 까딱했다.
"네 차야?"
"그래."
대답하는 토너의 키가 2센티미터는 커진 듯했다. 캠벨은 손수건으로 손마디의 피를 닦았다.
"그럼 그만 떠들고 맥긴티에게나 데려다줘."

맥긴티는 의자 등받이에 재킷을 걸쳐둔 채 넥타이는 헐렁하게 풀고 소매를 걷고 있었다. 그는 맥케나 어머니의 집 거실에서 마치 자기가 집주인인 양 어슬렁거렸다. 그는 휴대전화로 통화를 하면서 표정이 굳었다 풀렸다 했다. 그는 담배를 마지막으로 한 번 빨아들이고 벽난로에 던졌다. 캠벨과 토너는 출입구에서 지켜보며 기다렸다. 토너가 몸을 가까이 붙이고 속삭였다.
"문제가 있는 것 같아. 장례식에서 했던 연설을 윗사람들이 맘에 안 들어 했나 봐."
맥긴티는 캠벨이 뭐라 대꾸하기 전에 휴대전화를 탁 닫고는 얼굴을 찌푸린 채 손을 흔들어 토너를 불렀다. 둘은 이야기를 나누며 캠벨을 흘낏 돌아보았다. 하지만 돌아온 스코틀랜드인 탕아를 눈여겨보고 있는 것은 그들뿐이 아니었다. 거실 여기저기 흩어져 있는 쓰레기로 보아 많은 사람들이 방금 전까지 있었겠지만, 지금은 몇 명만이 남아 있었다. 그들은 모두 캠벨이 귀중품이라도 훔쳐갈까 걱정된다는 표정으로 그를 지켜보았다. 토너는 거만하고 과장된 손짓으로 캠벨을 불렀다.

맥긴티는 캠벨에게 손을 내밀었다.

"다시 만나서 반갑네, 데이비."

"저도 반갑습니다, 맥긴티 의원님."

캠벨은 맥긴티의 악력에 맞추어 힘을 주며 말했다.

"맥솔리와 버러지 같은 부하들한테 시간을 낭비하는 게 싫증났나?"

맥긴티는 활짝 미소 지었지만 눈빛은 차가웠다.

"놈들은 자기네들이 처한 상황도 모르더군요. 그놈들 근처에도 가지 말았어야 했습니다."

캠벨이 말했다. 맥긴티가 손에 힘을 주었다.

"맞아, 데이비. 그러지 말았어야지. 많은 사람들이 자네 때문에 머리 아파 했어. 특히 지금은 고인이 된 마이클 맥케나가 말이야."

캠벨은 손을 비틀어 빼냈다.

"그러니까, 그 일 때문입니다. 마이클 소식을 들었을 때 다시 생각하게 됐죠. 제가 실수를 했습니다. 죄송합니다, 의원님. 제가 보상할 방법이 있다면 무엇이든 하겠습니다."

맥긴티는 고개를 끄덕였다.

"무슨 말인지 알아, 데이비. 자네는 행동하는 사람이지. 열심히 활동하고 싶어 하는 거야. 나도 한때는 그랬으니 공감이 가. 여기가 자네에겐 너무 조용해졌으니 반체제 측이 무슨 꿍꿍이인지 구경하러 간 거겠지. 실망했을 게 분명해. 맞지?"

"정말 그렇습니다. 그저 앉아서 짜증내고 어떻게 할지 말만 하는 게 다더군요."

캠벨은 맥긴티의 태평한 미소를 따라 지으며 말했다. 맥긴티는 재킷을 걸쳤다. 그는 캠벨의 어깨에 팔을 두르고 주방으로 향했다.

"바람 좀 쐬자고."

날씬한 금발 여자가 그들이 지나가도록 옆으로 비켜났다. 캠벨은 그녀가 맥케나의 조카임을 알아보았다. 그녀는 캠벨과 맥긴티가 지나가면서 시선을 보냈음에도 눈을 마주치지 않았다. 다른 여자들은 음식 준비를 위해 싱크대와 찬장 사이에서 접시와 잔을 주고받았다. 그들은 맥긴티가 캠벨을 뒷마당으로 데리고 나가는 모습을 호기심 어린 눈으로 바라보았다. 뒷마당에는 청년 두 명이 담배를 피우고 있었다. 맥긴티가 문 쪽으로 나타나자 그들은 담배를 바닥에 던져 발뒤꿈치로 문질렀다.

"맥케나 부인의 마당에 쓰레기를 버리면 쓰나. 예의를 지켜야지. 주워서 가져가."

두 젊은이는 조용히 맥긴티의 말을 따랐다. 그들은 허리를 굽혀 으깨진 꽁초를 주웠다. 그들이 문으로 나가며 맥긴티와 지나쳐갈 때 맥긴티는 청년의 소매를 잡았다.

"내가 얘기를 마치는 대로 네 친구랑 마당을 쓸어, 알겠어?"

"네."

청년은 땅에 시선을 고정한 채 말했다.

"좋아. 가봐."

맥긴티는 캠벨 쪽으로 몸을 돌려 미소를 지었다.

"자, 데이비. 자네가 우리에게 돌아왔어. 돌아오라고 한 기억은 없지만. 던도크에서 사네의 일이 끝났다고 말한 기억도 없고."

그는 가까이 다가와서 목소리를 낮췄다.

"내가 제대로 알고 있는 거라면, 내가 자네에게 자그마하게 개설해 준 계좌에 아직 돈이 들어가고 있을 텐데. 도대체 여기서 뭘 하는 거야? 맥솔리 패거리에 들어가겠다는 건 애초에 자네 생각이었잖아."

"의원님, 말씀드렸다시피 전 그곳에서 시간을 낭비하고 있었습니다. 그들은 의원님께 위협이 되지 않습니다."

맥긴티는 코웃음을 쳤다.

"고작 그걸 알아내겠다고 그들 무리에 합류한 건 아니잖아. 내가 일을 하라고 보내면 그냥 하는 거야. 질문하지 말고."

그는 검지로 캠벨의 가슴을 찔렀다.

"작전이 소용 있을지 고민하는 건 자네가 아냐. 그건 내가 결정할 일이라고."

캠벨은 맥긴티가 원하는 복종심을 보이기 위해 시선을 내리 깔았다. 맥긴티는 한숨을 쉬었다.

"좋아, 하지만 기억해. 이건 자네와 나 사이의 일이야. 그 누구도 내가 맥솔리를 걱정한다고 생각해선 안 돼. 지금 상황에서는 더더욱."

"물론입니다."

캠벨은 고개를 들며 말했다.

"그래, 이제 뭘 할 건가?"

"특별한 건 없습니다. 사실 의원님께 일손이 필요하기를 바라고 있었습니다."

캠벨이 말했다.

"그럴 수도 있지. 자네는 항상 좋은 일꾼이었어. 욱하는 성격은 있지만 말이야. 바의 톰에게서 문자를 받았어. 에디 코일이 상처를 꿰매러 간다는군."

"놈이 싸움을 걸어서 상대해준 겁니다."

"에디 코일은 비열한 놈이지만, 그렇다고 때려도 된다는 건 아니야."

캠벨은 물러서야 할 때를 알았다.

"네, 맞습니다. 죄송합니다."

맥긴티는 미소 지었다.

"다음에 마주치면 사과하도록 해. 감정 갖지 말라고 말해둘 테니. 어쨌든 자네에게 작은 일 하나를 맡겨야 할지도 몰라. 꽤 민감한 일이야."

"무슨 일이죠?"

"자네는 항상 말썽꾼을 잘 잡아냈지. 우리 내부 보안부가 우수한 자원자를 잃었어. 빈시 카폴라가 염탐꾼 청소에는 최고였지만. 자네도 꽤 예리했던 걸로 기억하는데."

캠벨은 헬리콥터 소리에 위를 올려다보았다.

"그럴 때가 있었죠."

맥긴티는 공중의 불청객이 볼 수 없도록 뒷마당 벽 가까이로 이동했다.

"델라니 놈이 나를 로열리스트에게 팔아먹은 걸 자네가 알아챘었지."

맥긴티가 비웃으며 말을 이었다.

"얼스터 자유군이라니, 웃기지도 않아. 지들이 알 카포네인 척하는 뇌 없는 얼간이들뿐이었어. 델라니는 도대체 무슨 생각으로 그랬는지, 참. 그들은 절대 성공할 수 없었을 거야. 그래도 자네가 알아채지 않았더라면 혹시 모르는 일이지. 그를 고문해서 자백을 얻어낸 게 바로 자네였어. 난 잊지 않았네, 데이비."

캠벨은 맥긴티를 자세히 살펴보았다.

"델라니는 쉬웠습니다. 얼스터 자유군을 맡은 건 제리 피건이었죠."

"자네가 알아채지 못했다면 피건이 그들을 처리할 일도 없었을 거고, 그럼 나는 여기에 없었겠지. 내가 자네와 피건에게 많은 걸 빚졌네. 제리 피건이 지금까지 살아 있는 건 바로 그 때문이야."

"무슨 뜻이죠?"

맥긴티의 눈이 가늘어졌다.

"마이클 맥케나와 빈시 카폴라를 죽일 만큼 배짱 있는 놈이 피건 말고 누가 있겠어?"

"제가 듣기론…."

"소문은 잊어."

그는 캠벨에게 가까이 오라고 손짓했다.

"자세한 건 알 필요 없어. 그냥 피건 짓이니까 내 말을 믿어."

캠벨은 그 말에 믿을 수 없다는 표정을 지었다.

"제가 듣기론 술에 중독돼서 정신이 나갔다던데요."

고개를 끄덕이는 맥긴티의 입에 옅은 미소가 번졌다.

"그럴지도 모르지. 하지만 제리 피건을 절대 과소평가하지 마. 그는 강하지만, 더 강한 사람도 있어. 겉보기보다 영리해도 천재는 아니야. 그런데도 제리 피건이 뭣 때문에 그렇게 위험 인물이 된 건지 알고 싶지?"

캠벨은 궁금한 척하는 수밖에 없었다.

"왜죠?"

맥긴티는 주머니에서 담배를 꺼내 한 개비를 입술에 물었다.

"두려움이 없어. 제리 피건은 살아 있는 사람을 무서워하지 않아. 어느 누구도."

"두려움이 없으면 조심성도 없게 마련이죠."

"그럴 수도 있지. 하지만 피건은 아냐."

맥긴티는 담배에 불을 붙이고 라이터를 주머니에 다시 집어넣었다. 그는 담배를 한 모금 빨았다.

"내가 제리 피건의 작은 일화를 말해주지. 오래전, 제리와 마이클 맥케나가 열대여섯 살쯤 되는 어린애였던 70년대 후반이었어. 나는 먼저 저승으로 간 거스티 델빈이랑 어린애들을 국경 바로 너머의 카르나 숲에 캠핑 여행을 데려가곤 했어. 맥케나가 제리를 데려가야 한다고 졸랐는데, 나는 그러고 싶지 않았지. 맘에 들지 않았거든. 너무 조용하고 쳐다보기만 할 뿐 아무 말이 없었어. 하지만 마이클이 우기는 바람에 내 낡은 폭스바겐 캠퍼에 태워서 전부 데리고 갔어."

맥긴티는 미소를 짓고 명품 재킷을 가다듬었다. 푸르스름한 연기 기둥이 콧구멍에서 새어 나왔다.

"난 그때 옷을 맵시 나게 입지 않았어. 나 자신을 노동자 계층의 영웅이라고 생각했거든, 알지? 어쨌든 우린 국경 바로 저쪽에서 검문에 걸렸어. 경찰은 우리에 대해 잘 알고 있어서 우리가 총을 가지고 있을 거라 생각했지. 경찰이 길 옆에서 양말과 속옷까지 죄다 수색하는데 애들 몇은 정신이 나갈 지경이었어. 제리는 아니었지. 제리는 경찰 놈들 하나하나의 눈을 빤히 쳐다봤어. 우린 숲에 도착해서 캠프를 차렸고, 거스티가 애들을 데리고 호수 주변을 몇 시간 돌았어. 다들 지쳐서 잠에 빠졌지. 그런데 새벽 두세 시쯤 난리가 났어. 제리가 일어나서 우리를 보며 숲에 사람들이 있다고 소리치는 거야. 믿어지나? 자기 머리를 날려버릴 수도 있는 경찰은 노려보면서, 그림자가 무섭다고 난리치는 게?"

캠벨은 맥긴티가 자기 얼굴에 연기를 뿜으며 웃자 움찔하지 않으려고 애썼다.

"아무것도 무서워하지 않는 자라면서요."

"사람은 안 무서워하지. 어둠은 무서워할지 몰라도 사람은 아니야. 어쨌든 다음 날 불 오케인이 총을 가지고 도착했어. 경찰이 우리가 가지고 있다고 생각했던 총 말이야. 별건 없었어, 공기총 몇 개와 전쟁 시절에 사용해 낡은 .303 하나였지. 거스티가 애들이 사격 연습을 하도록 종이 표적을 세웠는데, 제리는 아무것도 못 맞추는 거야. 가까이서 쏘면 백발백중이지만, 6미터만 떨어지져도 전혀 못 맞췄지. 삽을 쥐여줘도 소 엉덩이를 못 때릴 지경인 거지."

캠벨은 고개를 끄덕이고 미소를 지으며 그 말을 기억했다.

"그런데 애들 중에 이름은 기억나지 않는데, 파이프 폭탄으로 자살한 머저리 놈이 있었어. 걔가 제리한테 쓸모도 없고 총도 무서워하고 숲속의 그림자까지 무서워한다면서 엄마를 불러서 따라가 버리라고 놀렸어. 그랬더니 제리가 그 애한테 달려 들었지. 코를 뭉개면서 흠씬 두들겨 팼고 우리는 웃으면서 구경했어. 갑자기 오케인이 '그만해.' 하더니 제리를 잡고 놈한테서 떼어내는데, 애가 여전히 고함을 지르며 발로 차는 거야. 오케인이 피건을 쿵 하고 땅에 세웠고, 우리가 무슨 일인지 미처 알기도 전에 피건이 뒤돌아서서… 뻥!"

맥긴티가 주먹으로 손바닥을 치자 캠벨은 눈을 깜빡였다.

"제리가 곧바로 불 오케인을 때린 거야. 내가 태어나서 만나본 중 가장 무서운 사람의 주둥이를 날렸다고."

"맙소사."

캠벨이 말했다. 그는 불 오케인을 거역하고도 처벌을 모면한 경우를 들어보지 못했다. 그는 진심으로 궁금한 마음에 물었다.

"오케인이 어떻게 하셨죠?"

"녀석을 완전히 때려눕혔지."

맥긴티가 씩 웃었다.

"형님 손이 솥뚜껑만 하거든. 제리한테 한 방 날리니까 감자 포대처럼 나가떨어지더라고. 그 전에는 난 누구도 불 오케인에게 대드는 걸 본 적이 없었어. 그래서 생각했지. '젠장, 이제 어떻게 되려나?' 애를 죽일 거라고 생각했어. 이 애를 숲 속에 묻어야겠구나 싶었지."

맥긴티의 미소가 사라졌다.

"형님이 공기총을 가져와서 약실에 총알 하나를 넣고 제리한테 오는 거야. 제리는 숨을 몰아쉬며 오케인을 올려다보았지. 형님이 총을 겨누고 말했어. '배짱 좋구나, 꼬맹이.' 그래서 내가 그랬어. '안 돼요, 형님. 아직 애잖아요, 일부러 그런 게 아니에요.' 형님이 말하길, '아직 애라고? 날 때렸으니 평범한 애는 아니야. 이 녀석을 조심하는 게 좋을 거야. 큰일 저지를 놈이니까.' 했지."

캠벨은 자신도 모르게 입을 벌리고 있었다.

"그래서요?"

"그리고 제리의 허벅지를 쐈어. 조그만 게 독해서 아무 소리도 내지 않더라고. 허벅지에 총알이 박힌 놈을 차에 태워서 벨파스트의 엄마에게 데려다줄 때까지 그놈은 피와 땀만 흘릴 뿐이었지."

"세상에."

"그래서 그가 맥케나와 카폴라를 죽였다고 생각하시는 건가요?"

맥긴티는 어깨를 으쓱한 뒤 담배꽁초를 땅에 버렸다.

"내가 말했잖아, 누가 그랬겠어?"

"그럼 왜 지금까지 놔두시는 거죠?"

"난 나이가 들어서 물러졌거든."

맥긴티는 캠벨의 어깨를 치며 미소 지었다.

"그뿐이야. 그래서 제리에게 작은 일을 마련해줬어. 시키는 대로 하는지 보려고. 통제가 되는지 확인하려고 말이야."

맥긴티가 가까이 기대왔다.

"자, 자네가 나를 위해 해줄 일은…."

19

어린 여자아이가 낮은 정원 담장 너머로 피건을 살펴보았다.
"아저씨 누구예요?"
아이가 문간에서 물었다.
"제리."
"새 신발이에요."
아이는 자세히 보라는 듯 발을 내밀었다.
"엄마가 사줬어요."
"예쁘구나."
"엘렌, 불 들어오는 걸 보여드리렴."
마리가 문을 닫으며 말했다. 엘렌은 계단에서 작은 정원으로 뛰어내렸다. 뒤꿈치에서 작고 빨간 전구가 반짝거렸다. 아이는 피건을 올려다보며 활짝 웃었다.
"폴짝 뛰는 걸 잘하는구나."
"네, 엄청 높이 뛸 수 있어요."
아이는 머리 위로 손을 들어 보이며 말했다.
"아저씨한테 보여줘 봐."
"좋아요."

엘렌은 쪼그려 앉으며 말했다. 아이는 온 힘을 다해 위로 뛰었다가 두 발로 온전히 착지했다.

"정말 높이 뛰었어요, 그렇죠?"

"그래."

"아저씨는 얼마나 높이 뛸 수 있어요?"

"별로 높이 못 뛰어."

"보여주세요."

"아냐, 너무 힘들어."

"나는 보여줬잖아요."

조그맣고 파란 눈이 그를 졸랐다.

"뛰어봐요. 그래야 공평하죠."

마리가 말했다. 피건은 거리를 내다보았다. 마리와 엘렌은 그가 있는 보도로 나왔다.

"걱정 마세요. 아무도 안 보니까."

마리는 웃음을 참으며 말했다. 피건은 한숨을 쉬고 무릎을 굽히며, 순수하게 뛰기 위해 뛰는 것이 얼마 만인지 생각해보았다. 그는 위로 솟구쳤다가 비틀거리며 착지했다. 신발의 가죽 밑창이 보도에 철썩 부딪쳤다. 마리와 엘렌은 재킷을 가다듬는 그에게 박수를 쳤다. 그는 아직 검은 정장을 입고 있었고 넥타이는 주머니에 쑤셔 넣은 채였다.

"내가 훨씬 높이 뛰었어요."

엘렌이 말했다. 피건은 고개를 끄덕였다.

"네가 이겼네."

아이는 피건과 마리에게 차례로 미소 지었다. 그리고는 발꿈치로 방향을 틀어 동쪽의 에글린턴애버뉴를 따라 말론로드 방향으로 걸어갔다. 아이는 혼자 먼저 가지 말라는 마리의 말에 몸을 돌려 대답했다. 피건과 마리는 뒤를 따랐다.

"아름다운 저녁이네요."

마리가 말했다. 나무들이 거리를 따라 줄지어 있었고, 석양이 그녀의 살결에 그림자 무늬를 새겼다.

"벨파스트가 얼마나 아름다운지 잊곤 해요. 햇살만 조금 있어도 알 수 있는데."

에글런틴애버뉴의 낡은 집 여러 채가 붉게 빛났다. 몇몇은 관리가 잘되어 있었다. 마리의 집을 포함한 일부는 여러 가구가 거주하는 아파트였다. 다른 주택들은 학생이나 이민 노동자가 거주하거나 치과의사 또는 변호사가 사무실로 사용했다. 에글런틴애버뉴는 리즈번과 말론로드 사이에 뻗어 있었다. 도로의 자동차 소음도 부드러운 5월의 온기에 무뎌지는 듯했다.

"엘렌이 엄마를 닮았군요."

"다들 그렇게 말해요. 엘렌은 벌써 당신이 마음에 드나 봐요."

"그래요?"

"엘렌은 좋고 싫고가 분명하거든요. 강아지는 좋아하고 고양이는 싫어해요. 콩은 좋아하고 당근은 싫어하죠. 사람도 좋아하거나 미워하는데, 당신은 좋아하는 쪽인 것 같아요. 점프 실력 칭찬은 잘하셨어요. 이제 평생 친구가 생겼네요."

마리가 미소 지었다.

"아빠는 어디 있나요?"

"어딘가에 있어요. 크리스마스에 용돈을 보내주죠. 그것 말고는 몇 년째 소식이 없어요."

"혼자 꾸려 나가려면 힘들겠군요."

엘렌은 어른들과 함께 길을 건너려고 에글런틴가든 골목에서 기다렸다. 엘렌이 엄마 손 대신 피건의 손을 잡자 피건의 마음속에 설렘이 느껴졌다.

"그럴 때도 있죠. 하지만 없는 게 더 나아요."

마리는 함께 길을 건너며 말했다. 길을 다 건넜는데도 엘렌은 손을 놓지 않았다. 아이는 작은 주먹을 쥐어 피건의 검지와 중지를 잡았다. 그는 손을 놓으라고 하고 싶었다. 그 손이 무슨 일을 저질렀는지 아이는 몰랐다. 아이가 피건의 손을 너무 오래 잡고 있으면 작은 손가락 사이에 오래된 핏자국이 남을 수 있었다. 그는 틀림없이 그러리라 생각했다.

"그런 대로 생활은 할 수 있으니까요. 대부분 집에서 일할 수 있고, 엘렌도 학교를 다니기 시작했으니 보육비도 많이 안 들어가요. 잭은 내가 그를 위해 얼마나 많은 걸 희생했는지 알면서도 나를 배신했어요. 엘렌에게 그런 짓을 하는 사람은 필요 없어요. 나도 마찬가지고요."

나는 그보다 더한 짓도 했어요. 피건은 생각했다. 마리는 그의 표정으로 생각을 읽는 것 같았다. 그녀의 미소가 흔들렸고 시선이 정면을 향했다.

그들은 침묵 속에 말론로드까지 걸어서 퀸즈 대학교가 있는 북쪽으로 향했다. 자신이 아는 벨파스트와는 너무나도 다른 이곳이 피건은 낯설기만 했다. 말론로드에는 커다란 저택과 개인병원이 줄지어 있었고 전자식 대문이 달린 담이 높이 솟아 그 건물들을 지켰다.

"퀸즈 대학교를 나왔나요?"

피건이 물었다.

"아뇨, 조던스타운 대학교요. 가끔 여기 학생회관에 오곤 했어요. 오래전이지만. 변한 게 없네요. 대학을 다니셨나요?"

그녀는 질문이 어리석었음을 곧 깨달았다. 피건은 어깨를 으쓱하곤 말했다.

"그럴 만한 여유가 없었어요."

그녀는 고개를 끄덕였다.

"메이즈 교도소에서는요? 거기선 뭘 배우셨어요?"

"목공요. 학위를 따는 수감자들이 많았어요. 정치학, 역사 등등. 크리스천 브러더스에서보다 훨씬 질 좋은 교육을 제공했죠. 저는 공부엔 소질이 없었어요. 손재주가 더 나았죠. 아버지가 목수였으니 시도해보기로 한 겁니다."

"솜씨가 좋으세요?"

"괜찮은 편이죠. 스승을 잘 만나서요."

그녀가 고개를 기울였다.

"스승이란 분 얘기해주세요."

피건은 그녀의 얼굴에서 그 표정을 다시 보았다. 전날 그녀의 차에서 지었던 것과 같은 표정. 브래디 박사 같은 교도소 심리학자가 모든 것을 털어놓으라며 피건을 꿰뚫었던 그 표정. 대형 트럭과 버스가 말론로드를 요란하게 지나갔다. 그들은 메소디스트 칼리지의 철제 담에 가까워졌다. 해가 지며 기숙사 창문이 주황색으로 물들었다. 피건은 마음속으로 갈등했다. 한편으론 계속 숨기고 싶었지만, 다른 한편으론 털어놓고 싶었다. 하지만 그러지 않기로 했다.

"로니 레녹스라는 분이었어요. 로열리스트 집단의 영재 출신이에요. 사실 스승이라기보단 다른 일은 잘하지 못하는 노인일 뿐이었어요. 98년도의 굿프라이데이 협정 후 얼마 지나지 않아 제 어머니께서 돌아가시고 나서였죠. 난 더 이상 사람들과 함께 있고 싶지 않았어요. 싸우고 고함치는 걸 더 이상 들을 수 없었기 때문에 공방에서 시간을 많이 보냈죠. 메이즈는 일반 교도소같지 않아서 원하는 대로 할 수 있었어요. 어느 날, 공방에 로니와 나, 교도관만 남은 적이 있었어요. 교도관은 구석에서 자고 있었죠. 난 모서리를 맞붙여 감방에 놓을 진열장을 조립하고 있었어요."

피건은 왼손의 흉터를 바라보았다.

"손을 베었는데 로니가 와서 피를 닦고 반창고를 붙여줬어요. 그러고 나서 실톱을 제대로 쓰는 법을 보여줬죠. 그러면서 얘기를 좀 나눴어요. 그는 계속 기침을 했어요. 조선소에서 석면에 중독된 거죠. 먼지가 많은 공방에 있으면 안 됐지만, 그는 로열리스트 집단에 붙어 있고 싶지 않았던 거예요. 가르치는 걸 좋아하는 분이었어요. 접합법과 맞춤 못에 대해 말을 시키면 끝이 없을 정도였죠."

피건은 마리의 즐거운 표정을 눈치챘다.

"왜요?"

그가 물었다.

"아무것도 아니에요."

대답하는 그녀의 얼굴이 반짝거렸다.

"당신이 제대로 웃는 걸 처음 봐서 그러는 것뿐이에요."

피건은 어색하게 헛기침을 했다.

"로니는 기타를 잘 쳤어요. 아름답게 연주했죠. 똑같은 곡만 퉁기는 술집 악사들의 음악이 아니라 진정한 연주를 할 줄 알았어요. 이야기하는 것처럼."

그는 한 손으로 자신도 모르게 공중에 모양을 그렸다.

"교도관 몇 명이 아들의 기타를 고쳐달라고 가져오곤 했어요. 그는 싸구려 널빤지로도 최고의 소리가 나도록 고칠 수 있었어요."

"지금은 어디에 계시나요?"

"죽었어요."

피건이 말했다.

"석면이 끝장냈어요. 폐에 물이 찼죠. 석방 2주 전에 그렇게 됐어요."

"세상에. 불쌍해라."

피건은 어깨를 으쓱했다.

"그는 내게 집에 있다는 기타 얘기를 늘 했어요. 30년대에 제작된 마틴 D-28인데, 그는 헤링본이라고 불렀죠. 출소하면 그걸 고칠 거라고 했어요. 그걸 바라고 버틴 거죠."

그가 이어 말했다.

"1년 반쯤 전, 한 여자가 문을 두드렸어요. 로니의 딸이라고 하면서 낡고 찢어진 기타 케이스를 건네주더군요. 로니가 죽기 전 나한테 주라고 했다면서요. 딸이 나를 찾는 데 그렇게 오래 걸린 거죠. 마틴 기타였어요. 지금 수리하고 있는데 거의 다 됐어요."

말론로드의 끝자락, 스트랜밀리스로드 위쪽과 유니버시티로드가 만나는 곳에 도착했다. 그들은 횡단보도에서 멈췄다. 마리가 물었다.

"그걸로 뭘 하실 건가요?"

피건의 볼이 화끈거렸다.

"연주를 배울 겁니다."

"멋지네요."

그녀는 고개를 끄덕이며 말했다.

"말해주세요, 로니는 왜 메이즈 교도소에 들어갔나요?"

피건은 길 건너의 얼스터 박물관을 바라보았다. 건물의 근엄한 형상이 파란 하늘의 얼룩처럼 보였다.

"사람 목을 땄어요. 술집을 잘못 찾은 가톨릭교도였죠. 로니는 제게 고백하며 계속 울었어요."

마리는 조용해졌다. 그들은 횡단보도 위의 신호등을 보며 신호가 바뀌기를 기다렸다.

거대한 성 같은 퀸즈 대학교의 빨간 벽돌 건물은 오른쪽 바로 앞, 카펫처럼 부드러운 잔디 한복판에 서 있었다. 유니버시티로드 바로 맞은편의 흉측한 회색 학생회관 건물이 대조를 이뤘다. 한쪽의 잔디와 반대쪽의 콘크리트 계단에 학생들이 옹기종기 모여 있었다. 피건이 알 리 없는 젊고 예쁜 사람들이었다. 피건은 문득 이들 대부분이 한밤중에 폭탄이 터져 잠에서 깨본 경험, 수천 개의 주먹이 창문을 때리는 것 같은 폭발 때문에 심장이 얼어붙는 경험을 한 적이 없으리라는 사실을 생각했다. 피건은 순간 학생들에게 분노를 느낄 뻔했지만, 그의 손을 고쳐 잡는 엘렌의 손가락에 반가움을 느꼈다. 엘렌 역시 성인이 되더라도 이곳을 30년이 넘도록 질식시켰던 끔찍하고 연속적인 공포를 결코 이해하지 못할 거라 생각했다.

신호가 바뀌었다. 엘렌은 피건과 마리의 손을 잡았고 그들은 얼스터 박물관 쪽으로 길을 건넜다. 식물원 입구의 나무 그늘이 드리워진 시이코 대학교 건물 뒤편의 공원이 앞에 펼쳐졌다. 피건은 마리와 아이로부터 달아나고 싶은 충동을 느끼는 한편, 자기 손을 잡고 있는 아이의 손이 좋았다. 아이가 만진 피부가 깨끗해진 느낌이었다.

이것이 평범한 사람의 일상이겠지. 그는 생각했다. 사실 이것이 평범한 사람이 느끼는 감정이었다. 피건은 하나의 심장으로 두려움과 평온함을 동시에 느끼는 것이 가능할 거라 생각해본 적 없었지만, 푸른 잔디와 꽃망울 사이를 걷는 동안 그의 가슴 속에 그 두 개의 감정이 동시에 자리 잡고 있음을 깨달았다. 그들은 온실을 향해 있는 벤치에서 멈췄다. 피건과 마리는 벤치에 앉았고, 엘렌은 유리 너머 안에 있는 식물을 구경하러 갔다.
"같이 산책하게 해줘서 고맙습니다."
"고맙긴요."
"뭐 좀 물어봐도 될까요?"
"그러세요. 꼭 대답한다는 뜻은 아니지만."
마리는 금발머리를 얼굴에서 넘기며 말했다. 그녀는 벤치에 등을 기댔다. 피건은 몸을 앞으로 기울이고 팔뚝을 무릎에 댄 채 손가락을 깍지 꼈다.
"왜 나 같은 사람과 산책을 하는 거죠? 어제는 왜 차를 태워줬나요?"
"글쎄요."
그녀는 잠시 생각했다.
"내가 마이클 삼촌의 관에 대고 한 말을 듣고도 비난하지 않으셨죠. 난 사람들에게 비난받는 데 익숙해졌어요. 같이 일하는 사람들은 내 친척이 누군지, 출신이 어딘지를 알기에 날 비난해요. 친척들은 내가 저지른 일을 잊지 못해요. 경찰과 사랑에 빠진 게 배신이라도 되는 것처럼 말이죠. 어제 오늘 그들이 나를 어떻게 바라보는지 보셨잖아요. 내가 어딜 가든 사람들은 내가 어디 출신인지, 내가 뭘 했는지에 대해 날 비난해요. 그래서였던 것 같네요. 당신은 나를 비난하지 않으니까."
"내가 누굴 비난할 입장은 아니죠."
"하지만 비난받는 기분은 알잖아요."
"압니다. 하지만 당신은 비난받을 이유가 없어요. 나와는 달리 잘못한 게 없으니까."
"어떻게 감수하고 사세요?"

그녀가 물었다. 피건은 엘렌이 거대한 온실 유리창 사이를 움직이며 더 잘 보려고 까치발을 드는 모습을 바라보았다. 따뜻한 저녁이었음에도 한기가 느껴졌다. 해가 지면서 그림자가 길어졌다.

"감수하는 거 아닙니다. 사실 사는 거라고 할 수도 없고요."

"숨을 쉬고 있잖아요?"

"그렇군요."

마리에게 유령들에 대해 말하고 싶었다. 비명 소리가 들리고 한밤중에 아기가 운다고. 그는 마리를 쳐다보았다.

"하지만 바로잡을 겁니다. 제가 한 짓을 보상할 거예요."

그녀는 몸을 앞으로 기울여 그와 눈을 마주쳤다.

"어떻게요?"

"아직은 모르겠어요."

그렇게 말했으나 절반은 거짓말이었다. 무엇을 해야 할지는 알았지만 어떻게 할지는 알지 못했다.

"하지만 방법을 찾을 겁니다. 난 항상 방법을 찾으니까요."

"재밌는 분이시네요, 제리 피건."

초승달 모양으로 변한 마리의 낯선 입술이 그의 마음속에 동요를 일으켰다.

"허락해주신다면 당신을 알아가고 싶어요."

그는 담배꽁초와 풍선껌이 짓밟혀 있는 길로 눈을 돌렸다. 사람들이 더 이상 입에 넣고 싶지 않아 하는 것들이었다.

"알아서 좋을 사람이 아닙니다."

"두고 보면 알겠죠."

그녀가 말했다. 눈을 흘낏 돌려도 그녀의 얼굴이 보이지 않았다. 하지만 그는 마리 맥케나가 장난스럽게 아랫입술을 깨물며 웃고 있다고 상상했다. 이제 말해야 할 시간이었다.

"폴 맥긴티가 말을 전하라고 했습니다."

옆에 앉은 그녀가 자세를 바꾸었다.

"네?"

그는 발치의 쓰레기를 빤히 쳐다보았다.

"당신이 떠나기를 원합니다. 삼촌이 없는 이곳이 안전하지 않다고 했습니다."

마리는 벌떡 일어서서 딸을 향해 손을 뻗었다.

"자, 엘렌. 갈 시간이야."

엘렌은 엄마 목소리 쪽으로 몸을 돌려 얼굴을 찌푸렸다.

"싫어, 엄마!"

"떼쓰지 마. 가자."

"잠깐."

피건도 일어서며 말했다. 마리는 몸을 돌려 그를 보았다.

"맥긴티한테 엿이나 먹으라고 전하세요. 나는 그때나 지금이나 겁을 준다고 도망가지 않는다고요."

그녀의 눈빛이 빛나며 굳은 표정이 풀어졌다.

"당신은 어떻게 그럴 수가 있죠? 내 딸의 손을 잡았다가 다음에는 맥긴티의 협박을 전달하다니."

"당신은 이해 못 할 겁니다."

"이해 못 한다고요? 뻔한 거잖아."

그녀는 식물원 옆에서 서성대는 엘렌에게 몸을 돌렸다.

"엘렌, 당장 이리 와."

"난 당신이 떠나는 걸 바라지 않아요. 당신은 잘못한 게 없어요. 맥긴티가 당신과 엘렌을 해치지 못하도록 하겠어요. 그가 사람을 보내면 내가 처리할게요."

엘렌은 뒤꿈치를 끌며 입을 비쭉 내민 채 걸어왔다. 마리는 아이의 손을 잡았다.

"우린 5년째 잘 살고 있어요. 당신의 보호는 필요 없어요."

"그럴지도 모르지만, 어쨌든 돕고 싶어요."

마리는 이를 드러내 보였다.

"왜요? 당신이 왜 신경을 쓰는 거죠? 맥긴티의 심부름꾼이라면 가서 또 할 일이 없나 물어보지그래요? 가서 뇌물을 걷든지 우체국을 털든지, 담배나 훔치라고요. 왜 나 같은 배신자에게 시간을 낭비해요?"

피건의 머릿속에 수많은 이유가 스쳐 지나갔다. 몇 개는 차마 입 밖으로 꺼낼 수 없었고 생각조차 해선 안 되는 이유도 수두룩했다. 그는 엄마의 허벅지를 껴안고 있는 어린 소녀를 내려다보았다.

"왜냐하면 엘렌이 내 손을 잡았으니까요."

마리는 한숨을 쉬고 눈을 감았다.

"여기는 참! 가끔 이곳에 나와 엘렌을 위한 미래가 있다고 생각하곤 하죠. 하지만 아직 맥긴티 같은 자가 권력을 쥐고 있는 게 현실이에요. 몇 년 전 기회가 있을 때 떠났어야 했어요."

"난 당신이 떠나는 걸 바라지 않아요."

피건이 다시 말했다.

"아까 말했잖아요."

그녀는 눈을 뜨고 그에게 희미한 미소를 지어 보였다.

"누가 오면 전화하세요."

"휴대전화 번호가 뭔데요?"

"아직… 하나 살게요. 내일 아침에."

그녀는 어이없다는 듯 웃었다.

"세상에, 휴대전화 없는 사람도 있어요?"

"난 없네요."

피건이 말했다.

"나도 없어요. 엄마가 안 사줘요."

엘렌이 끼어들었다. 마리는 딸을 내려다보았다.

"넌 다섯 살밖에 안됐잖아, 엘렌. 누구한테 전화할 거야?"

엘렌은 잠시 생각했다.

"산타 할아버지."

마리는 가방에서 펜을 꺼냈다. 그녀는 피건의 손을 잡아 손바닥에 적었다. 그녀의 살결은 부드럽고 따뜻했다.

"휴대전화 사면 전화하세요. 받을 거라고 약속은 못 하지만, 모르잖아요."

"고마워요."

피건이 말했다. 그리고 엘렌에게 미소 지었다.

"점프 연습해. 다음에는 내가 더 높이 뛸지 몰라."

"그럴 일 없을 거예요."

엘렌은 엄마를 따라가며 말했다.

피건은 그들이 나무 사이로 사라질 때까지 지켜보았다.

사지를 기어 다니던 오싹함이 복부에 닿고, 관자놀이가 울렸다. 그는 유령들이 자신을 보며 기다리고 있음을 느꼈다. 그가 돌아서자 아기를 안은 검은 머리 여자가 다른 유령 둘을 향해 고개를 까딱하는 모습이 보였다. 얼스터 자유군 로열리스트 두 명이 식물원 입구의 나무를 손으로 가리켰다. 그들의 시선은 피건과 나뭇가지 아래의 그림자 사이를 휙 지나갔다.

"뭔데?"

그는 로열리스트들에게 다가가 그들이 무엇을 보고 있는지 찾아보았다. 공원을 드나드는 학생들밖에 보이지 않았다. 맥주와 사과술로 가득한 비닐봉지를 든 그들은 햇살과 시원한 바람 속에서 술 파티를 즐길 준비가 되어 있었다. 얼스터 청년 둘은 문신이 되어 있는 팔을 천천히 내렸다. 그들이 피건에게 보여주고자 한 것이 무엇이었든, 사라지고 없었다.

20

"날 못 봤어."

캠벨이 말했다. 캠벨은 어깨와 귀에 휴대전화를 끼운 채 캔을 따 차가운 콩 요리를 퍼먹었다. 캠벨은 피건이 그가 있는 쪽을 두리번거리기 시작하자마자 공원에서 빠져나와 아파트로 돌아왔다. 그의 아파트에서 식물원까지는 걸어서 몇 분이면 닿는 위치였다.

"맥긴티에게는 보고했나?"

"아니. 바로 할 거야."

"뭐라고 할 건데?"

"본 대로. 피건이 여자에게 떠나라고 말한 것 같지 않아. 잠시 다투는 듯했지만 헤어질 때는 다정해 보였어. 위협을 한 것 같지는 않아."

캠벨은 캔을 창틀에 올려놓고 우유를 한 잔을 들었다. 아래 거리를 지나가는 학생들을 바라보며 차가운 우유 한 모금 마셨다. 학생 몇은 걸으면서 캔맥주를 마셨다. 아마 근처의 학생 전용 술집으로 가는 중일 터였다. 그들은 자는 사람들은 전혀 배려하지 않고 아침 일찍부터 모여 돌아다니며 노래하고 소리를 질렀다.

"맥긴티가 어떻게 할 것 같아? 피건을 제거하려나?"

중개자의 목소리에 기대가 섞였다.

"그렇진 않을걸. 아직은 아니야. 맥긴티는 아직 경찰이 카폴라를 죽였다는 입장을 취하고 있어. 그런 상황에서 언론의 주의를 돌리려 하지는 않을 거야."

"그럼 어떻게 할 거 같아?"

"덩치 하나를 보내서 여자를 내쫓겠지."

"여자 말고. 난 여자는 신경 안 써. 그가 피건을 어떻게 할 거냐는 거지."

"잘 모르겠어." 캠벨이 말했다. "현재로선 그냥 둘지 모르지만, 시간 문제일 뿐이야. 맥긴티는 배신자를 그냥 내버려두지 않거든. 제리는 곧, 아니, 나중에라도 값을 치를 거야."

"곧 행동에 옮길 수 있는지 알아봐." 중개자가 말했다. "적당한 친구가 있으니까. 북아일랜드 정부, 경찰청장, 부장관이 우리를 면밀히 주시하고 있어. 그들은 더 이상 피해를 보기 전에 끝내려고 해. 카폴라를 죽인 게 경찰이 아니라 피건이라는 사실을 우리가 증명할 수 있다면 훨씬 좋겠지.

"알아볼게."

캠벨은 휴대전화를 끊고 소파에 던졌다. 그리고 주머니에서 다른 휴대전화를 꺼내 맥긴티의 개인 전화번호를 눌렀다. 맥긴티가 전화를 받았다. 캠벨은 미행하며 목격한 내용을 전달했다.

"제리를 처리해야겠어." 맥긴티가 말했다. "하지만 아직은 아니야. 빈시의 장례식이 끝날 때까지 기다려."

"여자는 어떡할까요?"

캠벨이 물었다.

"그건 내게 맡겨."

맥긴티가 말했다.

21

 피건은 맥케나의 바에 혼자 앉아 기네스를 마시며 쿨터 신부가 브랜디를 마시는 모습을 지켜보았다. 그는 신부가 와 있을 것을 알고 있었다. 이몬 쿨터 신부가 결혼식, 세례, 첫영성체, 장례식 후에만 술을 마신다는 사실은 잘 알려져 있었다. 일단 마시기 시작하면 쓰러질 때까지 마신다는 것도. 피건은 식물원을 떠나 곧바로 집 건너편에 있는 농가 뒷마당으로 넘어 들어가 발터 권총을 가져왔다. 그러는 내내 아무의 눈에도 띄지 않도록 벽에 몸을 바짝 붙이고 이동했다. 권총은 이제 그의 허리 뒤춤에 꽂혀 있었다.

 유령들은 바 안을 빙빙 돌았다. 그들은 저녁 내내 피건을 괴롭혔다. 그들이 나타나자 관자놀이가 울렸고, 복부에 한기가 자리 잡았다. 영국군 세 명은 쿨터 신부를 자세히 관찰했고, 자유군 청년 둘은 주먹을 쥐었다 폈다 하며 서성거렸다.

 에디 코일이 패치 토너와 함께 나타나자 바에 환호성이 울렸다. 변호사 토너는 아직 맥케나의 장례식에서 입었던 검은 정장 차림이었다. 코일의 왼쪽 눈은 부어서 감긴 채였고, 눈썹 위에는 거즈가 붙어 있었다.

 "집어치워."

그는 술꾼들에게 외쳤다.

"앉아. 한잔 갖다줄게."

토너가 말했다. 코일은 토너가 시키는 대로 피건에게서 두 테이블 떨어진 자리에 앉았다. 그는 잠시 낮은 소리로 욕을 내뱉고는 고개를 들었다.

"뭘 봐?"

코일이 따지듯 피건에게 물었다.

"너."

"너도 꺼져."

코일과 피건의 눈빛이 마주쳤으나 이내 코일이 시선을 테이블로 떨구었다.

"이런. 진정해, 에디."

토너가 맥주 두 잔을 테이블로 들고 오며 말했다. 그는 피건에게 눈을 흘기고 머리를 흔들었다.

"진정하라고?"

코일은 자기 얼굴을 가리켰다.

"찢어진 것 좀 봐, 젠장. 그놈을 가만 안 놔둘 거야, 패치. 맥긴티가 뭐라고 하든 상관없어."

토너는 문을 가리켰다.

"그럼 가. 가서 복수하라고. 그리고 맥긴티에게 가서 네가 한 짓을 보고하고 뭐라고 하는지 들어봐."

"꺼져버려."

코일은 맥주에 손을 뻗으며 말했다.

"복수를 하다니?"

피건이 물었다. 코일이 맥주잔을 테이블에 내려놓자 맥주가 손가락으로 흘러넘쳤다.

"네가 무슨 상관이야?"

"제발, 에디. 진정하라니까."

토너가 말하곤 피건에게 대답하기 위해 몸을 돌렸다.

"데이비 캠벨이 돌아왔어. 오후에 에디와 한바탕했지."

두 자유군 청년은 갑자기 토너의 말에 관심을 보이며 테이블 쪽으로 천천히 이동했다. 피건의 팔뚝에 난 털이 소매 안에서 곤두섰다.

"캠벨은 요즘 맥솔리 패거리와 어울리는 줄 알았는데."

"마음이 바뀌었나 봐. 어제 나한테 전화해선 벨파스트로 돌아오고 싶다고 했어. 좋은 놈이니 오늘 아침에 맥긴티를 만나게 해줬지."

"그놈은 개새끼야."

코일이 말했다.

"그만 좀 해. 감당도 안 되는 놈이랑 싸우려 들지 마. 이제, 그 얘기 그만하라고. 알겠어?"

토너가 소리쳤다. 코일은 작게 무어라고 웅얼거리곤 다시 맥주를 마시기 시작했다. 쿨터 신부가 바에서 나갈 채비를 했다.

"에이, 신부님. 한 잔만 더 하세요."

신부와 술을 마시던 청년이 말했다.

"아니, 아니. 충분히 마셨어. 난 잘 시간이 한참 지났으니, 모두들 축복받으라고. 가보겠네."

쿨터 신부는 손사래를 치며 잔을 거절했다. 그는 발을 질질 끌며 바에서 멀어져 갔다. 그리고 빙글빙글 돌며 오버코트 소매를 찾느라 애를 썼다. 젊은이가 그를 도와 옷을 입히고 문으로 안내했다. 그림자들이 신부를 따라갔다. 피건은 카운터 위의 시계를 본 뒤 기네스를 한입 가득 들이켰다. 5분 기다렸다가 신부를 따라갈 계획이었다. 따라가서 어떻게 할지는 아직 생각하지 않았다. 피건은 맥주잔이 테이블 위에 남긴 동그란 물 자국을 물끄러미 들여다보았다. 허리춤에 꽂힌 총이 묵직하게 누르는 느낌은 신경 쓰지 않았다.

신부를 따라잡는 것은 오래 걸리지 않았다. 쿨터 신부는 느렸고, 피건은 바를 나온 지 얼마 되지 않아 렉서스에 기대 있는 신부를 발견했다. 피건은 오직 부유한 자들만이 차를 소유하던 때를 떠올렸다. 이제 차들은 거리를 메우고 가능한 한 모든 공간에 들어찼다. 신부는 기대기에 가장 편안한 차를 고른 것이었다. 그가 다가가자 쿨터 신부가 손을 흔들었다.

"제리 피건, 날 따라잡았군. 잠깐 쉬고 있었네. 같이 걸을까?"

"그러죠, 신부님."

피건은 신부 옆에서 천천히 걷기 시작했다.

"미사에서 자네를 오랫동안 못 봤네, 제리."

"오늘 갔었습니다."

"장례식은 빼고 말이야. 미사에 마지막으로 참석한 게 언젠가?"

피건은 생각해보았다. 메이즈 교도소에서 나온 뒤 한두 번 가긴 했지만, 언제였는지는 기억나지 않았다.

"몇 년 전에요."

쿨터 신부는 혀를 차며 고개를 저었다.

"그래선 안 돼, 제리. 자네 영혼이 걱정되지 않나? 어머님이 뭐라고 말씀하셨겠나?"

"어머니는 절 부끄러워하셨습니다."

피건이 말했다.

"말도 안 되는 소리!"

쿨터 신부는 피건의 팔에 손을 올려놓았다.

"제가 한 짓이 부끄럽다고 말씀하셨어요."

신부는 그를 향해 손가락을 흔들어댔다.

"제리 피건, 자네는 대의명분을 가진 영웅이야. 그걸 잊지 말게. 자넨 전쟁을 선택한 게 아냐. 강요당한 거지. 선하신 하느님은 자네가 왜 그런 짓을 했는지 알고 계셔. 신은 모든 병사를 용서하신다. 시인 존 휴이트가 그렇게 썼어. 그는…."

피건은 걸음을 멈추었다.

"다 왔어요."

쿨터 신부는 자기 집 앞문을 두리번거렸다.

"오, 그렇군. 한잔하고 갈 텐가?"

피건은 텅 빈 거리를 쳐다보았다.

"그러죠."

쿨터 신부는 주머니에서 열쇠를 꺼낸 뒤 돌아서서 자물쇠에 넣으려고 했다. 엉뚱한 곳을 찌르는 바람에 나무가 열쇠에 긁혔다. 두 번 더 시도했지만 실패했다.

"제가 할게요."

피건이 신부의 손에서 열쇠를 뺏으며 말했다. 그는 문을 열었다.

"자, 들어가세요."

"고맙네, 제리."

쿨터 신부는 어깨를 두드리고 안으로 들어갔다.

작은 집은 깨끗했고 가구가 거의 없었다. 쿨터 신부는 피건을 거실로 안내했다. 난롯불이 뜨거운 열기를 뿜었다. 피건의 이마와 등에 땀이 스며 나왔지만 복부의 냉기는 그대로였다. 쿨터 신부가 불을 켜자 새장 안의 왕관앵무새가 쉭 소리를 냈다. 쿨터 신부는 혀를 차며 새장 쪽으로 갔다.

"자, 자, 조조. 나야."

그는 의자 등받이에 코트를 던져놓고 피건과 마주보았다.

"앉게, 제리."

신부는 작은 탁자에서 브랜디 병을 들어 두 개의 잔에 가득 부었다. 그는 한 잔을 피건에게 건넨 뒤 마주보고 앉았다. 그는 게슴츠레한 눈으로 피건의 얼굴을 살폈다.

"말해보게. 자네는 꿈을 많이 꾸나?"

"아뇨. 잠을 잘 못 잡니다."

"난 꿈을 꿔."

쿨터 신부가 말한 뒤 브랜디를 한 모금 마시고 쿨럭거렸다.

"끔찍한 꿈이야. 난 지독한 일들을 봤어, 제리. 내가 바꿀 수 있었던 일. 내가 막을 수 있었던 일. 내가 저지르지 말았어야 할 일. 난 항상 스스로 어쩔 수 없었다고 말하지만, 내가 틀렸어. 난 선택권이 있었어. 내가 무슨 말 하는지 자네는 알지."

피건은 잔을 천천히 돌리며 적갈색 브랜디에 난로 불빛이 굴절되는 모습을 바라보았다.

"네, 신부님."

"난 누군가에게 뭔가 말할 기회가 너무나 많았어. 자네 같은 사람들은 저지른 짓을 털어놓으며 고해성사를 했고, 난 자네들이 나가서 또 일을 저지를 수 있도록 용서를 전했지."

난로를 바라보는 쿨터 신부의 촉촉한 눈에 주황색 불빛이 반사되었다.

"난 다른 곳에서였다면 더 좋은 신부가 됐을지도 몰라. 하느님 마음에 들도록 잘했을지 모르지. 아니면 아예 소질이 없었던 걸지도 모르고."

그는 팔을 뻗어 피건의 손을 잡았다.

"나는 꿈을 많이 꿔, 제리."

"취하셨어요, 신부님."

신부는 피건의 손가락을 놓고 미소 지었다.

"알아, 알아. 취했고 피곤해. 난 자네가 걱정돼, 제리."

브랜디를 쳐다보던 피건은 고개를 들었다.

"왜요?"

"자네가 짐을 많이 지고 있기 때문이지. 마지막으로 고해성사를 한 게 언젠가?"

"메이즈 교도소에 있을 때요."

어머니의 장례식에서 두 로열리스트의 피를 손에 묻히고 돌아온 지 일주일이 되던 날이었다. 쿨터 신부는 피건에게 손짓하며 말했다.

"자, 이리 오게."

피건은 잔을 응시했다.

"싫습니다."

신부는 앞으로 기대 피건의 손을 다시 잡고 부드럽게 당겼다.

"얼른. 늙은 신부의 양심의 짐을 덜어주게."

"싫습니다."

피건은 저항했지만 손을 뿌리치지는 않았다. 그는 잔을 바닥에 내려놓았다.

"자네 어머니를 위해서야, 제리."

피건은 의자에서 일어나 쿨터 신부가 시키는 대로 그 옆에 무릎을 꿇었다. 의자 위에 팔을 올려놓고 두 손을 마주 잡았다. 잠시 시간이 흘렀다. 난로 위에서 째깍거리는 시계 소리가 피건의 관자놀이를 때렸다. 쿨터 신부는 고개를 아주 살짝 돌렸다.

"어떻게 하는지 기억나지 않나?"

"두렵습니다, 신부님."

신부는 의자에서 돌아 앉아 피건의 손을 모아 쥐었다.

"두려워하지 말게. 그냥…."

"신부님, 제게 은총을 내리십시오. 저는 죄를 지었습니다."

쿨터 신부는 피건의 손을 놓았다.

"마지막 고해성사를 한 지 9년 지났습니다."

쿨터 신부는 잠시 기다렸다.

"계속하게."

"저는 아주 오랫동안 조용히 지냈습니다. 등을 돌리고 조용히 있었습니다. 하지만 그들이 저를 내버려두질 않습니다."

"누가 내버려두질 않지?"

"제가 죽인 사람들요."

신부는 끄덕였다.

"죄책감은 가장 강한 감정이지. 그냥 내버려두면 자네를 산 채로 잡아먹을 거야. 이 죄를 전에 고해한 적이 있나?"

"네, 신부님. 교도소에서요."

"그럼 자네는 용서받았네. 하지만 죄책감은 남지. 당연한 거야. 그 짐은 지고 갈 수밖에 없어. 그건 누구도 아닌 자네의 고행이야. 아무리 고통스럽더라도 감당하고 계속 살아가야 해."

"신부님."

피건은 눈을 꼭 감은 채 망설였다. 그는 숨을 길고 거칠게 내쉰 뒤 눈을 다시 떴다.

"신부님, 두 사람을 더 죽였습니다."

신부는 의자에서 자세를 바꿨다.

"언제?"

"이번 주입니다."

"이번… 이번 주?"

"네."

"오 하느님, 제리. 오, 하느님."

"죽이고 싶지 않았습니다. 하느님께 맹세합니다. 죽이고 싶지 않았습니다."

"오, 맙소사. 마이클 맥케나? 빈센트 카폴라?"

"그렇습니다, 신부님."

피건은 마주 잡은 두 손을 이마에 댔다.

"오, 이런. 맙소사, 왜?"

피건은 고개를 들었다. 쿨터 신부가 바라보고 있었다.

"죽여야만 했으니까요."

"무슨 소리야?"

신부는 머리를 흔들었다.

"소년의 엄마에게 시신이 있는 곳을 알려줬습니다. 그러면 될 줄 알았어요. 그 소년이 절 내버려둘 줄 알았죠. 그리고는 마이클이 그 일을 알게 됐습니다. 그는 제게 와서 시키는 대로 하지 않으면 맥긴티에게 전하겠다고 말했어요. 그러자 소년이 제가 할 일을 명령했고, 전 그대로 했습니다."

"무슨 소년? 대체 무슨 소리야? 세상에. 이건 미친 짓이야."

"다음은 빈시. 그는 저를 쫓으며 캐물었습니다. 방위대원 청년들이 그를 원했고, 전…."

"그만하게."

"저는 그들을 위해…."

"그만."

"…그들을 위해 빈시를 죽여야 했습니다."

"됐어!"

쿨터 신부는 주먹으로 자기 허벅지를 내리쳤다.

"그 정도면 됐어. 이제 그만해."

피건은 눈을 감았다.

"죄송합니다, 신부님."

긴 침묵이 흘렀다. 똑딱이는 시계 소리가 피건의 관자놀이를 연이어 때렸다. 복부의 냉기가 더 차가워졌다. 한참이 지난 뒤 쿨터 신부가 속삭였다.

"나는 고해성사라는 저주를 받았네. 자네 같은 사람을 위해 내가 감당해야 했던 짐. 저주가 아니면 뭐겠나."

그는 고개를 숙이고 성호를 그었다.

"인자하신 하느님 아버지, 성자의 죽음과 부활로 죄를 용서하시려고 성령을 보내주셨으니 교회를 통하여 이 교우에게 용서와 평화를 주소서. 나는 성부와 성자와 성령의 이름으로 그의 죄를 용서합니다."

"보속*은요, 신부님?"

"보속?"

쿨터 신부는 희미하고 슬픈 미소를 지었다.

"지금까지와 다르지 않아. 앞으로도 같을 거야. 제리 피건, 자네의 짐이 바로 자네의 보속이야."

신부는 눈길을 돌렸다.

---

* 가톨릭에서, 지은 죄를 적절한 방법으로 '보상'하거나 '대가를 치르는' 것.

"이제 가보게."

피건은 일어서기 전에 잠시 신부를 바라보았다. 피건은 다시 뒤돌아보지 않고 복도로 나갔다. 기다리고 있던 그림자들이 길을 내주었고, 앞문을 열고 거리로 나가는 피건의 주변에서 흐늘거렸다. 영국군 셋이 다가와 그의 어깨너머로 신부의 집을 바라보았다. 그들의 표정은 증오에 찬 열망으로 가득했다.

"안 돼."

피건이 말했다. 그는 길을 건넜다. 신부의 집 앞에는 골목이 마주하고 있었다. 그와 아홉 유령은 골목의 어둠 속에 잠겼다. 그는 벽돌에 이마를 기대 식혔다.

"젠장. 신부님은 벌을 받아야 할 사람이 아니야."

세 영국군은 여전히 문을 가리켰다.

"이런, 신부님은 아무 짓 안 했다니까."

신부의 집 위층 불빛이 잠시 환하게 빛나다가 다시 깜빡였다. 영국군들은 거리로 걸어 나가 팔을 들어 창문을 가리켰다.

"난 신부님께 기회를 주지 않았어. 정말이야."

영국군들은 문 쪽으로 갔고, 한 명은 문에 귀를 댔다. 여자가 주황색 가로등 불 밑으로 걸어 나와 창문을 가리켰다. 정육점 주인과 경찰, 두 자유군 청년도 여자를 따라했다.

피건은 그들을 따라갔다

"신부님은 두려웠던 거야. 그래, 신부님이 막았을 수도 있지만 내가 협박했어. 신부님도 본인이 잘못한 걸 알아. 당신들도 들었잖아."

여자가 불타는 눈빛으로 가까이 다가왔다. 피건은 여자의 팔에 안긴 아기를 내려다보았다. 아기는 그를 노려보았다. 이도 나지 않은 아이의 입이 증오로 일그러졌다.

"젠장!"

피건은 어두운 골목으로 물러나 눈을 가렸다.

"날 내버려 둬. 못 해."

그는 손을 뻗어 뒤춤의 발터 권총을 꺼내 한 발을 장전하고 총구를 이 사이에 물었다. 총은 차갑고 매끈했다. 두개골이 폭발하면 무슨 느낌일지 상상했다. 곧 머릿속에 다른 모습이 떠올랐다.

엘렌의 작은 손이었다. 아이의 주먹 안에 잡힌 피건의 손가락이 정화되는 것 같았다. 마리의 머리카락에 금빛으로 반사되는 햇살이 어른거렸다. 그리고 맥긴티의 위협으로부터 그들을 지켜주겠다던 약속이 떠올랐다. 피건은 권총을 천천히 입에서 꺼냈다. 약실에서 총알을 꺼내 신부의 열쇠가 들어 있는 주머니에 집어넣었다. 아홉 유령은 골목에서 나오는 그를 쳐다보았다. 그는 발터 권총을 다시 뒤춤에 끼워 넣고 집으로 걸어가기 시작했다. 영국군들이 그를 앞질러 신부의 집을 가리켰다.

"안 돼. 신부님은 안 돼."

그가 집에 도착하기도 전에 유령들의 비명이 시작되었다. 고통에 울부짖는 소리가 거리에 울려 퍼졌고, 피건은 사람들이 이 소리 속에서 어떻게 잘 수 있는지 의문스러웠다. 집에 들어간 피건은 불을 켜기도 전에 작은 탁자로 가서 제임슨 위스키 병을 찾았다. 뚜껑을 열어 병 입구를 입에 댔다. 화끈거리며 올라오는 헛구역질을 참으며 다섯 모금째 들이킬 때, 아기가 울기 시작했다.

22

다음 날 아침 늦게 일어난 피건은 곧바로 화장실로 달려가 토악질을 했다. 전날 위스키를 거의 한 병 다 마신 터라 숙취가 엄청났다. 여느 때면 침대로 돌아가 이불 속에서 숙취의 역겨운 파도가 잦아들기를 기다렸을 테지만, 오늘은 휴대전화를 사러 가야 했다. 그는 후들거리는 다리로 슈퍼마켓으로 걸어가면서 아침 그림자에 눈길을 주지 않았다. 매 걸음마다 등에 꽂히는 시선을 느꼈다. 가끔씩 뒤로 돌아 미행하는 자가 없는지 살폈다. 하지만 그는 이미 알고 있었다.

필시 맥긴티가 보낸 캠벨일 것이다. 싸구려 휴대전화를 산 그의 눈에 잡지 가판대 뒤로 사라지는 진 재킷이 흘낏 보였다. 그는 집에 돌아오는 길에 멈춰서 되돌아가 캠벨을 대면할까 생각했다. 하지만 어리석은 짓이라 일축했다. 그는 고개를 숙이고 계속 걸었다. 캘커타스트리트를 재빨리 살펴보았지만 아무도 없었다. 집에 들어오자 감시당하는 기분이 사라졌다.

휴대전화가 충전되기를 기다리는 동안 두통을 진정시키기 위해 기타 작업을 시작했다. 빛이 잘 드는 창문 아래에서 철수세미로 프렛을 다듬었다. 둥근 프렛 줄과 사포로 프렛 형태를 잡은 뒤 핑거보드에 줄을 겨누어 똑바른지 확인한 후 일일이 광택을 냈다. 피건은 로니 레녹스를 생각했다. 그는 피건과 비슷한 시기에 출소명령서를 받았다. 피건처럼 그도 잠을 이루지 못했지만, 그 이유는 달랐다. 둘은 출소 전 대화를 자주 했다. 피건이 공방 바닥에서 톱밥을 쓸고 로니가 의자에서 쉬는 동안 그들은 바깥 세상의 변화에 대해 이야기했다. 모든 것을 다 해결했다는 굿프라이데이 협정, 이에 뒤이은 국민 투표. 2년 후, 남북 아일랜드는 협정에 찬성했고, 메이즈 교도소는 거의 텅 비었다. 몇 남지 않은 마지막 재소자들은 교도소를 마음대로 누볐고, 수감자와 교도관은 기꺼이 평화를 유지하며 날짜를 셌다. 로니는 멀건 눈으로 피건을 바라보며 말했다.

"만약 된다면 말이야, 평화 협정이 실현된다면 자네 스스로 물어봐야 할 게 있어."

피건은 작업대에 빗자루를 세워두고 쓰레받기로 톱밥을 퍼올렸다.

"무얼요?"

"만약 평화가 찾아온다면, 이 상황이 정말 끝이라면. 우리가 쓸모 있을까?"

피건은 대답할 수 없었다. 로니는 교도관이 고쳐달라며 두고 간 통기타에 관심을 돌렸다. 교도관은 아들과 기타 때문에 짜증이 난다고 했다. 엄마보다 기타를 더 좋아한다는 것이었다.

로니는 수리비로 기타줄 몇 개를 받곤 했다. 기타 앞면에 귀를 대고 집중하는 그의 얼굴이 환하게 빛났다. 그는 나무를 손끝으로 누르고 눈을 찌푸렸다.

"이런, 잠금쇠가 풀렸군."

로니는 거친 작업대에 긁히지 않도록 펠트지 위에 기타를 뉘어놓았다. 그는 몸을 숙여 기타 표면을 잠시 살펴보고 말했다.

"보이지? 튀어나오고 있잖아."

피건은 작업대 반대쪽에서 몸을 굽혔다. 로니에게서는 민트와 아마씨유 냄새가 났다. 로니가 말한 대로 기타의 매끄러운 앞면은 약간 모양이 뒤틀려 있었다.

"그러네요."

피건이 말했다. 그는 공단처럼 부드러운 삼나무를 손끝으로 훑었다. 기타 사운드홀에 손을 집어넣자 바로 안쪽에 헐거워진 잠금쇠가 만져졌다.

"접착제로 붙이고 조이면 되는 건가요?"

"그래야지."

로니가 말했다. 그는 얼굴이 빨개지도록 기침을 하고 나서 휴지에 침을 뱉었다.

"거기 말 잘 듣는 접착제 좀 가져오게."

피건은 수납 선반으로 가서 접착제 한 병을 찾아 로니에게 주었다. 하지만 로니는 고개를 젓고 의자에 다시 앉았다.

"자네가 해봐. 주걱에 조금 짜서 바르면 돼."

피건은 망설였다.

"정말요?"

로니는 고개를 끄덕였다. 피건이 로니가 보는 앞에서 작업하는 사이 로니는 쉰 목소리로 오래된 재즈 가락을 흥얼거렸다. 피건이 접착제로 붙이고 잠금쇠를 조여 제자리에 고정하는 동안 로니가 물었다.

"잠은 잘 자나?"

"아뇨."

"아직도 그 꿈을 꾸나?"

피건은 삐져 나온 접착제를 휴지로 닦았다. 그는 대답하지 않았다.

"싫으면 대답하지 마."

로니가 핀잔을 주었다. 그는 기침을 하고 미소 지었다.

"어디 내가 신경 쓰나 보라고."

"그게…. 진짜 꿈인지 모르겠어요."

피건은 휴지를 공처럼 말아 작업대에 던졌다. 로니는 꺼칠한 턱을 긁었다.

"왜?"

"그들이 올 때 깨어 있거든요. 깨어 있다는 걸 확실히 알아요. 그리고 가끔은…."

로니는 기다렸다.

"그리고 가끔은?"

"낮에도 본 적이 있어요."

피건은 뚜껑을 돌려 달았다. 그는 로니의 시선을 피했다.

"브래디 박사는 뭐래?"

피건은 어깨를 으쓱했다.

"죄책감이래요. '현현'이라고 하더군요."

로니는 휴지로 입을 닦고 눈썹을 치켜들었다.

"어려운 단어인 거 보니 심각한 거 같군. 자넨 뭐라고 생각하는데?"

피건은 공방을 가로질러 선반에 접착제를 넣었다. 로니에게서 등을 돌린 채 그대로 서 있었다.

"아버지가 돌아가시기 전 제가 어렸을 때, 저는 어떤 사람들을 보곤 했어요. 그들과 이야기도 했어요."

그는 로니에게서 어떤 반응이 있을지 잠시 기다렸다. 아무 반응이 없자 다시 계속했다.

"이건 아무에게도 말한 적 없어요. 브래디 박사에게도요."

그는 한참 후에 로니 쪽으로 돌아섰다. 로니는 의자에 구부정하게 앉아 손가락의 휴지를 들여다보고 있었다. 피건은 한 걸음 다가갔다.

"로니?"

"죽은 자들과 얘기하고 있군."

그가 말했다. 그는 빨간 얼굴이 보라색이 될 때까지 기침을 하고는 침을 뱉었다. 침을 다 뱉자 입술을 닦고 씨근거리며 숨을 깊이 들이쉬었다.

"내게 죽은 자들 얘기는 하지 마. 석면이 날 먹어치우고 있어. 안에서부터 갉아먹고 있다고. 자네는 몇 주 있으면 출소하지만, 나는 그때까지 못 살지도 몰라. 돌팔이 의사가 그러길 누가 내 머리를 물속에서 누르는 것처럼 자다가 죽을지도 모른다더군. 난 매일 밤 잠들기 전에 아침에 다시 일어날 수 있게 해달라고 기도해. 만약 일어나지 못한다면 신께서 날 처리해주시겠지."

로니의 어깨가 들썩이고 눈에 눈물이 고였다.

"자네 내가 저지른 짓 알잖아."

피건은 고개를 끄덕였다. 로니는 코를 훌쩍거리고 기침을 쿨럭거렸다.

"그래. 내게 죽은 자들 얘기는 하지 마, 피건."

그는 의자에서 일어나 발을 끌며 문 쪽으로 걸어갔다.

"곧 만나러 갈 텐데, 뭐."

로니는 교도관이 주머니를 검사하는 동안 문간에 서 있었다. 그는 어깨너머를 돌아보았다.

"몸 잘 챙겨, 제리."

그는 한 눈을 찡긋했다.

"돌봐줄 사람도 없잖아."

피건은 다시 로니를 보지 못했다. 로니의 딸이 기타를 가져온 날 그를 생각하며 울었을 뿐이었다.

창문으로 들어온 햇살이 마틴 D-28의 표면에 반짝거렸다. 피건은 기타를 구석에 다시 세워두고 나뭇결에 감탄했다. 세월이 흐르며 래커가 노랗게 변해 더욱 멋져 보였다. 작업이 끝나면 사용할 11게이지 청동줄도 있었다. 조율하는 법은 잘 몰랐지만 곧 배울 생각이었다.

피건은 시간을 확인했다. 휴대전화를 켜기 전 충전해야 하는 두 시간을 채웠다. 피건은 손이 떨리고 눈알이 욱신거림에도 작은 플라스틱 카드를 넣고 배터리로 덮은 뒤 휴대전화 뒷면 덮개를 다시 덮었다. 그리고 설명서의 작은 글자를 손끝으로 훑었다. 그는 초록색 버튼을 꾹 누른 채 기다렸다. 휴대전화가 손에서 진동하자 탁자에 내려놓고 화면에서 연속으로 재생되는 색색의 애니메이션을 바라보았다.

그는 손바닥을 보았다. 숫자는 희미했으나 아직 읽을 수 있었다. 설명서를 따라 마리 맥케나의 번호에 전화를 걸었다. 눈을 감고 신호음을 듣는 동안 그녀가 전화를 받겠다는 약속을 하지 않았다는 사실이 떠올랐다. 그녀가 전화를 받았을 때 그는 전화기를 떨어뜨릴 뻔했다.

"제리입니다."

숨을 길게 내쉬는 소리가 들렸다.

"전화해줘서 기뻐요."

"그래요?"

"네. 아침에 누가 왔었어요."

그녀의 목소리가 미세하게 떨렸다.

"누구요?"

"쿨터 신부님요, 믿어져요?"

피건은 잠시 말을 멈췄다가 물었다.

"왜 온 거죠?"

"나보고 떠나라더군요. 나와 엘렌을 위한 최선이라면서요. 정확히 말하면 불화를 피할 수 있는 방법이라고 했어요."

피건은 침대 밑에 있는 발터 권총을 떠올렸다. 총은 신발 상자 속 지폐 뭉치 사이에 들어 있었다. 마리가 말을 이었다.

"신부님은 엘렌에게 나쁜 일이 일어나거나 다치는 모습을 보고 싶지 않다고 계속 말했어요. 고집 부리지 말고 엘렌을 생각하라고요. 우리를 해치려는 사람들이 있고, 제가 이곳에 남아 있다면 그들을 막을 수 없을지도 모른다는 거예요. 신부님은 얘기하는 내내 내가 여기 있는 게 골치 아프다는 표정이었어요."

피건은 손바닥을 보며 차갑고 묵직한 상상 속의 총을 쥐었다.

"이게 있을 수 있는 일인가요? 맥긴티가 이젠 성직자까지 시켜서 협박을 전달하네요. 쿨터 신부는 단지 호의로 말해주는 거라고 했지만요."

"그래서 뭐라고 했어요?"

"처음에는 아무 말도 못 했죠, 너무 놀랐거든요. 그리고는 나가라고 했어요. 이제 그들이 절 쫓아오겠죠?"

그녀의 숨소리가 들렸다.

"그러겠군요. 어두워진 뒤에 올 겁니다. 처음에는 심각할 게 없어요. 창문이나 깨는 정도겠죠. 다음번에는 화염병이나 엽총을 사용하겠지만."

"어머나, 엘렌은 어쩌죠? 그런 일을 겪게 할 수는 없어요. 애를 맡길 데도 없는데."

"저녁에 갈게요. 제가 있는 동안은 아무 일 없을 겁니다."

"제발, 제발 와주세요."

피건은 한쪽 주먹을 쥐었다.

"걱정 말아요. 내가 처리할 테니."

그는 인사를 한 뒤 전화를 끊었다. 그리고는 일어나서 복도를 지나 계단을 올라갔다. 침대 맡에 앉아 아래로 손을 뻗어 신발 상자를 꺼내자 그림자들이 주위에 모여들어 지켜보았다. 뚜껑을 열자 돈 냄새가 풍겼다. 얼마나 될지 궁금했다. 피건은 그 돈을 세어본 적이 없었다. 어쨌든 수천 파운드는 될 거라 추정했다. 맥긴티의 가짜 지역 개발 일에서 번 돈을 모아둔 것이었다.

권총의 사악한 광택이 잠시 그를 유혹했다. 총알들이 둥지 속의 생쥐처럼 지폐 밑에서 굴러다녔다.

"안 돼."

영국군 셋이 앞으로 나왔고 나머지 여섯은 뒤에 남았다. 여자가 그들 옆으로 걸어 나와 피건 옆에 무릎을 대고 앉았다. 그녀는 피건이 둥지에서 총을 꺼내자 미소를 지었다. 손에 들린 총은 차갑고 무거웠다.

"안 돼. 쿨터 신부는 아니야."

피건은 발터 권총을 지폐와 총알 사이에 도로 집어넣었.

하지만 잠을 잘 수 있게 해줄 텐데. 원하는 대로 모두 해주면, 그들은 내가 평화롭게 잠들 수 있도록 내버려둘 텐데…. 그는 눈을 감고 자신의 숨소리만 들리는 행복을 상상했다. 갑자기, 더 행복한 순간이 떠올랐다. 지금까지 해본 적 없는 상상이었다. 마리 맥케나의 가슴에 머리를 기대고 잠이 드는, 들리는 소리라곤 그녀의 심장 소리뿐인 그런 상상. 피건은 눈을 깜빡거리며 상상을 쫓아버렸다.

"안 돼."

그는 신발 상자의 뚜껑을 닫아 침대 밑에 다시 집어넣었다.

빈시 카폴라의 여자 친구는 붓고 빨간 얼굴로 피건과 악수했다. 카폴라의 두 아들은 쏟아지는 관심에 멍한 듯했다. 큰아들은 애써 눈물을 참았고 작은아들은 하염없이 울었다. 두 아들 모두 아버지를 닮았고 큰아들은 키가 거의 피건만 했다.

유가족에게 위로의 말을 건넨 피건의 속에서 신물이 올라왔다. 아들들은 피건이 말을 건네도 눈을 마주치지 못했고, 피건은 다행이라고 생각했다. 그는 용서를 비는 미친 짓을 하고 싶기도 했다. 카폴라가 머리가 빈 폭력배였을지는 몰라도 이 아이들에게는 아버지였다. 카폴라의 작은아들은 피건의 아버지가 술에 취해 계단에서 넘어져 죽었을 때 피건의 나이였다. 조문을 마친 피건은 슬픔으로 붉어진 그들의 눈을 어떻게든 피하기 위해 몸을 돌렸다. 하지만 카폴라의 여자 친구가 손목을 잡았다.

"아무도 조치를 취하지 않고 있어요. 당, 경찰, 누구도요."

그녀가 말했다. 피건은 그녀의 손에서 빠져나오려 했으나, 그녀는 더 세게 잡았다.

"아무도 신경 쓰지 않는다고요. 묻혀서 안 보이게 되면 누가 죽였는지 아무도 조사 안 할 거예요. 이건 옳지 않아요, 제리."

그녀가 속삭였다. 피건은 그녀의 손가락을 손목에서 떼어내고 뒤로 물러났다.

"유감입니다."

"옳지 않다고요."

그녀는 몸을 돌려 걸어가는 피건의 등 뒤로 다시 말했다.

카폴라의 집은 맥케나의 어머니 집처럼 붐비지는 않았으나, 숨쉬기 힘들기는 마찬가지였다. 피건은 시신을 보기 위해 위층으로 올라갔다. 조문객들은 그가 지나가도록 정중히 길을 내주었다. 카폴라의 관은 맥케나의 것처럼 수수했으나, 남들의 시선 때문이 아니라 경제

적 이유에서였을 터였다. 피건은 성호를 그었지만 무릎 꿇고 기도하지는 않았다. 지금으로선 신에게 기댈 것이 없었다. 대신 그는 관 주위를 한 바퀴 돌았다. 장의사들은 고인의 관자놀이에 난 상처를 감쪽같이 가려놓았다. 피건은 마리가 맥케나의 관 옆에 머물렀던 것을 기억했다. 그는 혼잣말로 속삭였다.

"자업자득이야."

누군가 조용히 하라는 소리에 방이 잠잠해졌다. 피건은 시신에서 고개를 들었지만 누구의 등장인지 이미 알고 있었다.

"안녕한가, 제리."

맥긴티가 말했다. 피건은 고개를 끄덕였다. 맥긴티는 방 안에 있는 사람들에게 말했다.

"잠시 친구와 얘기를 나눠도 되겠죠?"

금세 비워진 방에 피건, 맥긴티, 창백한 시신, 그리고 더 짙어진 그림자들만 남았다.

"문제가 좀 있어."

맥긴티가 미소 지으며 말했다.

피건은 대답하지 않았다. 복부의 냉기가 요동쳤다. 그는 맥긴티가 차갑게 빛나는 심장을 볼까 봐 자신도 모르게 가슴에 손을 댔다.

"시킨 대로 안 했던데. 왜지?"

"그녀는 위협적인 존재가 아닙니다. 쫓아낼 필요 없습니다."

피건은 목소리에서 화를 억누르려 애쓰며 말했다. 맥긴티는 가까이 다가와 관 가장자리에 손을 올려놓았다.

"만일 그녀를 그대로 두면 내가 나약해 보이게 돼. 난 그럴 여유가 없어, 제리. 지금은 안 돼. 중요한 일이 너무 많아. 마리에게 과분할 정도로 너그러운 대접을 해줬어. 내가 마이클을 내버려뒀더라면 그녀는 땅에 묻힌 지 오래일 거야. 내 너그러움에도 한계가 있어."

그는 시신을 내려다보았다.

"난 이미 너무 많이 봐줬어. 제리 자네에게 빚을 많이 졌지만, 내 인내심이 바닥나고 있다고."

피건은 관 옆으로 돌아가 문을 향했다. 맥긴티가 그의 길을 막았다.

"진심이야, 제리. 날 시험하지 말게. 그녀에게 전하기 싫다면 어쩔 수 없지만, 방해는 하지 말라고."

피건은 옆으로 비켜섰지만 맥긴티가 팔을 잡았고, 둘은 서로의 눈을 노려보았다. 맥긴티의 얇은 입술에 부드러운 미소가 어렸다. 그는 피건의 얼굴을 잡고 몸을 기울여 피건의 볼에 마른 입술을 맞췄다.

"우린 항상 좋은 친구였어. 네가 어렸을 때부터. 여자 때문에 일을 망치지 마. 마리 맥케나 같은 갈보 때문에."

피건의 볼에 열이 올랐다. 그는 맥긴티에게서 벗어나 마침내 문에 다다랐다. 층계참의 사람들이 길을 내주었고 그는 서둘러 계단을 내려갔다. 1층에 도착했을 때 그 자리에 멈춰 섰다.

데이비 캠벨이 고개를 끄덕이며 아는 체를 했다. 피건은 타닥거리며 타오르는 듯한 관자놀이와 주변 시야에서 움직이는 그림자를 무시한 채 고개를 끄덕여 답했다. 캠벨은 피건이 마지막으로 봤을 때와는 많이 달라져 있었다. 살이 빠졌고 눈 주위가 움푹했다. 죽음을 휘두른 사람에게는 도살장의 악취처럼 죽음이 붙어 다닌다. 피건은 개가 냄새만으로 친구와 적을 구분하는 것처럼 그들도 서로에게서 죽음의 냄새를 맡을 수 있으리라 생각했다. 그는 쳐다보는 캠벨을 그대로 둔 채 문을 열고 나갔다.

23

 캠벨은 피건이 골목으로 사라지는 모습을 지켜보았다. 그는 두려움, 증오, 분노가 뒤섞인 피건의 눈빛을 새긴 채 집 안으로 다시 들어갔다. 캠벨은 피건이 살인자, 필요에 의해서보다는 죽이고 싶어서 죽이는 사람이 더 많은 진짜 살인마라는 생각이 들었다. 캠벨은 코를 한 번 훌쩍인 뒤 손등으로 닦았다. 그는 피건에게 길을 내주었던 조문객들을 비집고 힘겹게 2층으로 올라가 카폴라의 시신이 있는 침실로 들어갔다. 맥긴티가 문을 등지고 서 있었다.

 "저놈을 처리해야겠어, 데이비."

 맥긴티는 뒤돌아선 채 말했다.

 "언제요?"

 캠벨이 물었다.

 "모레. 내가 장례식장에서 한 연설에 쏠린 언론의 관심이 산만해지는 것은 원치 않지만, 모레는 넘기지 마."

 "뭐든 시키시는 대로 하겠습니다."

 캠벨은 관을 돌아 맥긴티에게로 다가갔다.

 "여자는 어떻게 할까요?"

 "에디 코일에게 맡기면 돼. 내가 호의를 베풀어 쿨터 신부를 보내 얘기했는데, 내 얼굴에 먹칠을 하더군. 이제 더 이상은 안 돼. 에디는 예의 따윈 차리지 않을 거야."

"만일 에디가 망쳐버리면 어쩌죠? 그리 똑똑한 놈이 아니잖아요."

"망칠 게 뭐 있어? 창문에 벽돌만 던지면 되는데. 하긴, 자네 말도 일리가 있긴 해. 자네가 따라가는 게 좋겠군."

"에디가 싫다고 할 텐데요."

"그놈 취향은 내가 신경 쓸 바 아니고. 에디는 시키는 대로 할 거야. 그리고, 데이비."

맥긴티가 말했다.

"네?"

"무슨 일이 있어도 마리와 딸애를 다치게는 하지 마. 필요하다면 겁은 주되 해치지 말라고."

맥긴티의 눈에서 무언가가 스쳐갔다. 캠벨은 아주 잠깐 그것을 보았다.

"다치게 하지 않겠습니다. 제가 확실히 하죠."

캠벨은 빈시 카폴라의 평온한 얼굴을 내려다보았다.

"제리는 왜 그랬을까요?"

"누가 알겠어. 정신이 나갔으니 이유가 없었을지도 몰라. 어쨌든 제리가 아니었다면 내가 언젠간 죽였을 거야. 카폴라는 입이 쌌어. 아쉽지 않아."

"그럼 왜 지금 제리를 쫓는 거죠?"

"그런 일을 저지르고도 벗어날 수 있다고 생각한다면 무슨 짓은 못 저지르겠나? 게다가 불 오케인 형님도 말씀하셨어. 독단적인 행동은 허락하지 않겠다고. 아무리 이런 쓰레기를 죽였다 하더라도 말이야."

캠벨은 낌새를 맡고 찔러보았다.

"오케인이 아직도 관여하시는 겁니까? 은퇴하신 줄 알았는데요."
"형님이 은퇴를?"
맥긴티의 웃음소리에는 두려움의 기미가 들어 있었다.
"젠장, 관에 들어가기 전에는 은퇴 안 할 거야. 명령은 안 하지만 거리의 청년들이 아직 그분을 존경해. 우리 정치가들은 가끔 그를 기쁘게 해드려야 하지."
맥긴티는 관에서 물러나 멈추었다가 몸을 돌려 시신을 보았다. 몸을 앞으로 기대 카폴라의 창백한 얼굴에 침을 뱉었다.
"자업자득이야."
맥긴티는 그렇게 내뱉고 방을 나갔다.

캠벨은 침실 문손잡이에 새로 산 검은색 정장을 걸고 어깨와 귀 사이에 휴대전화를 끼운 채 신호음을 들었다. 중개자가 숨 가쁜 목소리로 전화를 받았다.
"맥긴티가 피건을 처리하라고 했어."
캠벨이 말했다.
"언제?"
"모레."
"장례식이 끝난 다음이군. 약은 놈. 카폴라의 죽음을 최대한 이용해 먹을 작정이야. 좀 앞당겨봐. 언론에 또 다른 먹잇감을 던져주라고. 맥긴티가 필요 이상으로 이 사건을 우려먹게 할 필요는 없으니까."
"방법을 찾아볼게."
캠벨은 정장에서 가격표를 뗐다. 싼 옷이었지만 더 비쌀 필요도 없었다. 한 불한당의 장례식일 뿐이었다.

"그런데 흥미로운 사실을 흘리더군. 불 오케인이 아직 관련되어 있다고 말이야."

"오케인은 은퇴하기로 되어 있었어. 지난번에 듣기론 국경의 농장에서 쉬고 있다던데."

중개자가 말했다.

"아닌가 봐. 아직 영향력이 남아 있는 노인네야. 정치가들이 마음대로 할 수 없어."

"전달할게. 다른 건?"

"한 가지만 더. 피건을 처리하고 나면 난 어떻게 되는 거지? 벨파스트에 맥긴티와 같이 있나, 아니면 던도크로 돌아가나?"

"서두르지 마." 중개자가 말했다. "우리도 얘기해 봤어. 상관들은 당신이 완전히 손 뗄 때라고 생각해. 나도 동의하지. 당신은 오랫동안 일해 왔으니까."

캠벨은 크게 소리 내어 웃었다.

"무슨 소리야?"

"지금 당신 몇 살이지? 서른여덟? 더 젊어질 순 없는 노릇이잖아. 그래, 아직 예리하겠지만, 언제까지 그렇겠어? 실수 한 번이면 끝이야. 진짜 세상에서 삶을 누릴 수 있을 만큼 젊을 때 그만둬. 엿 같은 일은 이제 그만두라고."

캠벨은 옷을 침대에 던졌다.

"이건 내 인생이야."

"인생? 그걸 인생이라고 부른단 말이야? 당신은 너무 오랫동안 일했어, 캠벨. 건전한 일이 아니잖아. 게다가 거기서 일이 터졌어. 당신도 변화를 목격했지. 거리에서 군인들이 사라지고 감시탑이 무너졌어. 생각해봐. 엉망진창인 상황이 정리되면 당신이 거기서 할 일이 뭐 있겠어?"

"반체제자들. 그들이 조직을 정비하고 있어. 그들은….”

"자신들의 시대가 한물갔다는 걸 인정하지 못하는 퇴물 집단이야. 배관공과 벽돌공이 스스로를 군인이라 부르지. 그들은 이제 아무짝에도 쓸모가 없어. 쓰러져 죽는 걸 깜빡한 공룡 같은 존재지. 그들은 오마에서 자멸했고 다시는 회복하지 못할 거야. 그들과 같이 있었으니 너도 알잖아."

"로열리스트도 있어. 그들은 아직….”

"그들이 뭐? 그들은 서로를 죽이는 틈을 타서 마약과 가짜 명품 가방을 팔았어. 그놈들은 경찰이 처리할 수 있을 거야."

중개자는 한숨을 쉬었다.

"이봐, 이건 부탁이 아냐. 명령이야. 그곳 일이 끝나면 자네는 방출이야. 휴가를 가지며 정신을 가다듬으라고. 돈 걱정은 마. 내가 책임지고 대줄 테니."

"얼어 죽을 돈은 무슨. 돈 때문이 아니잖아."

"진정해, 캠벨. 자네가 피건을 처리하면 휴가를 줄게. 어디로 가고 싶어? 상해, 바하마, 태국?"

"시끄러워."

캠벨은 소리를 빽 지르고 전화를 끊었다.

캠벨은 정장 위에 전화를 던져놓고 작은 침실 안을 서성거렸다. 휴가? 방출? 왜? 어디로 가라고?

캠벨은 방을 가로질러 화장대 서랍을 열고 한동안 달았던 붉은 깃털의 부드러운 털을 손가락으로 훑었다.

24

 피건은 지붕 위로 해가 넘어갈 무렵 마리 맥케나 집의 초인종을 눌렀다. 그녀의 낡은 아파트는 테라스가 딸린 붉은 벽돌집 1층이었다. 문 옆 내닫이창에 쳐진 커튼이 움직였다. 집 안에서 그녀가 다가오는 소리가 들리자 피건의 살갗이 따끔거렸다. 마리는 문을 열고 미소로 맞았다.
 "와줘서 고마워요."
 그녀는 피건이 들어오도록 뒤로 물러났다. 울어서 눈이 부어 있었다.
 "식사는 하셨어요?"
 그녀는 복도를 걸어가며 물었다. 윗집으로 올라가는 계단 아래에 자전거가 기대 있었다.
 "아침 먹고 안 먹었네요."
 피건은 거짓말을 했다. 위스키를 마신 후 아무것도 먹지 않아 속이 여전히 울렁거렸다.
 "시장하시겠네요."
 마리가 그를 집 안으로 안내했다.
 "엘렌이랑 뭘 좀 먹을 참이었어요. 같이 드세요."
 초대라기보다 지시 같았다.

"아저씨!"

그가 들어가자 엘렌이 낭랑하게 외쳤다. 엘렌은 바닥에서 색칠공부책과 크레용에 둘러싸여 있었다. 아파트는 개방식으로 앞쪽에 거실, 뒤쪽에 작은 주방이 있으며 집 뒤로 향하는 문은 두 개였다.

"안녕, 엘렌."

피건은 넓게 트인 공간으로 들어갔다. 이런저런 살림살이들이 널려 있었다. 그가 직접 만든 나무 물건들로만 장식된 그의 집은 여기에 비교하면 칙칙하고 썰렁했다. 그는 직접 만든 물건 하나를 봉지에 담아 가져온 참이었다.

"이거 보세요."

엘렌이 일어나서 색칠공부책을 가져와 보여주었다. 작은 드레스를 입은 돼지 그림이었다. 엘렌은 그걸 온통 초록색으로 칠해놓았다.

"아주 잘 그렸네."

마리는 딸의 머리카락을 쓰다듬었다.

"엘렌, 지금은 제리 아저씨를 귀찮게 하지 말자, 알았지?"

엘렌은 입을 비쭉했다.

"알았어."

피건이 마리에게 코트를 건네며 말했다.

"뭐 하나 가져왔어요."

그는 볼이 뜨거워짐을 느끼며 봉지를 내밀었다.

"뭐예요?"

그녀는 봉지를 열었다.

얼마 전 피건은 집 근처의 버려진 공터에서 오크나무 조각을 발견했다. 벽난로 선반이나 난간 부품인 것 같았다. 그는 나무 조각이 강의 물결처럼 매끈한 모양이 될 때까지 몇 주 동안이나 나뭇결의 흐름에 맞추어 사포로 문질렀다. 옹이구멍을 부드럽게 다듬고 나무가 안에서부터 불에 탄 것처럼 보일 때까지 바니시를 얇게 여러 겹 바르며 사이사이 표면을 갈아냈다. 그리고 마무리로 슬레이트 받침에 고정해 하나의 조각품을 완성했다.

"아름다워요."

"집에서 먼지만 앉고 있어서요. 여기 있으면 더 잘 어울릴 겁니다."

"고마워요."

그녀는 창문 옆 노트북이 펼쳐져 있는 탁자 위에 조각품을 올려놓았다.

"별일 있었나요?"

"아뇨, 조용했어요. 전 일하고 있었고요."

그녀는 커튼을 뚫고 희미하게 비치는 빛으로 조각품을 관찰했다.

"두어 시간 후에 어두워지면 올 겁니다."

"오면 어떻게 하실 건가요?"

그녀가 돌아서서 그를 마주보며 물었다.

"얘기해야죠."

"얘기요? 듣지 않을걸요."

"그렇다면… 다른 걸 시도해봐야죠."

마리는 그를 잠시 바라본 뒤 말했다.

"와줘서 기뻐요."

저녁 식사는 간소했다. 구운 닭가슴살, 구운 햇감자, 샐러드. 하지만 피건은 마지막 식사라도 하는 사람처럼 걸신들린 듯 먹어치웠다. 마리가 더 먹겠냐고 물어보자 그 말이 끝나기도 전에 그러겠다고 대답했다. 누군가가 집에서 차린 요리를 대접받은 적은 몇 년 만에 처음이었다. 친하고 아끼는 사람들과 함께 식탁에 앉아 밥을 먹은 적은 거의 20년 전 일이었다.

엘렌은 샐러드의 빨간 잎을 초록색과 꼼꼼히 분리해서 접시 옆쪽으로 치워두었다. 그리고는 외과의사 같은 주의력과 정확성으로 감자 껍질의 검은 점을 제거해서 밀어둔 샐러드에 더했다. 그것만 제외하면 엘렌은 접시를 깨끗이 비웠다. 그동안 아이는 피건에게 신발과 그림, 페파 피그*에 대해 수다를 떨었다.

"페파 피그가 뭐니?"

엘렌은 낄낄거리고는 말했다.

"바보."

피건은 더 묻지 않았다.

식사가 끝나자 마리는 엘렌에게 색칠공부를 더 하라며 거실로 보냈다.

"오늘 밤 후에는 어떻게 되는 거죠? 당신이 그들을 쫓아낸다고 해도, 내일이면 더 많이 찾아오지 않을까요?"

그녀는 식탁을 치우기 시작하며 물었다.

"그렇지도 모르죠. 당신이 원한다면 다시 돌아올게요."

그녀는 냄비를 담가둔 싱크대로 접시를 가져갔다.

"그다음은요? 점점 더 많이 올 거예요. 엘렌이 그런 상황을 보는 걸 원치 않아요. 당신이 다치는 것도 싫고요."

"다치지 않을 겁니다."

그는 행주를 가지고 싱크대로 가 그녀가 건네주는 접시의 물기를 닦기 시작했다.

---

* Peppa Pig: 영국의 어린이용 애니메이션 TV 시리즈.

"제가 처리하겠습니다. 며칠 있으면 정리될 거예요."

"어떻게요?"

"걱정 마세요. 제가 처리할 거라는 것만 알고 있으면 됩니다. 더 이상 걱정하지 않아도 됩니다."

그녀는 피건에게 건네려던 접시를 들고 잠시 멈췄다.

"무슨 뜻이죠?"

피건이 마리를 보며 입술에 미소를 지어 보였다. 편하고도 솔직한 미소였다.

"걱정할 필요 없을 거라고요. 그뿐이에요."

마리는 미소로 답했지만, 피건은 돌아서는 그녀의 얼굴에서 무언가 힘들고 껄끄러운 기색을 언뜻 보았다.

마리는 피건에게 잭 레논에 대해 이야기했다. 그녀가 인터뷰 녹음기를 치운 뒤 그 핸섬한 경찰관이 어떻게 그녀에게 데이트 신청을 했는지 들려주었다. 기사는 개혁의 시대의 경찰 내 가톨릭교도에 관한 것이었다. 잭은 솔직하고 유창하게 인터뷰를 했다. 매력도 있었다. 마리가 그에게 잭 레논이 아니라 존 레논 아니냐고 묻자 그는 얼굴을 붉혔다.

마리는 6일 만에 사랑에 빠졌다. 그녀는 처음에 비밀리에 데이트를 했다. 통합주의 성향의 신문사에서 일하는 그녀를 가족들이 탐탁지 않아 하는 것은 분명했다. 그녀의 아버지는 자신이 신구교도 사이의 갈등에 관련되어 있다고 언급한 적은 없었으나, 그녀는 삼촌 마이클이 깊이 연루되어 있음을 알고 있었다. 그녀가 어딜 가든 사람들은 그녀가 누구인지, 어떤 혈통을 이어받았는지 알았다. 같은 지역 출신 친구들은 그녀의 직업 때문에 대부분 그녀를 떠났다. 그녀가 잭 레논의 비밀을 더 지킬 수 없게 되자 그나마 남은 친구들도 그녀가 성장기를 함께 보낸 여느 사람들처럼 그녀를 버렸다.

서른한 살의 마리 맥케나는 그간의 삶에서 단절된 채 홀로 남았다. 하지만 그녀에게는 잭이 있었고, 그것으로 충분했다. 총알이 든 미사 카드가 우편함에 들어 있는 등 협박이 가끔 있긴 했지만, 마리와 잭 커플은 흔들리지 않았다. 그들은 헤쳐 나갈 수 있었다.

그를 만난 지 2년이 지나고 마리가 월경이 늦음을 깨닫기 몇 주 전, 그녀는 잭에게서 향수 냄새를 맡았다. 당시 잭은 경찰 제복을 벗고 CID*에서 일하고 있었다. 그는 자기에게 관심을 보인 적이 없던 여자 동료의 향수라고 했다. 하지만 그 동료는 잭이 마리와 진지한 관계가 된 것을 보고 마음이 바뀌었다. 그녀는 매일같이 그에게 감정을 표현하며 종종 육체적으로도 유혹했지만 그는 거절했다. 그는 마리에게 지금까지 그랬듯이 앞으로도 충실할 거라고 했다.

잭 레논은 매력적이고 설득력 있는 남자였다. 마리는 그가 하는 말을 모두 믿었다. 생각해보면, 임신한 것 같다고 말했을 때, 확신할 수는 없지만, 그가 움찔했던 것도 같다. 하지만 그때 그건 중요한 일이 아니었다. 그녀가 확실히 알 수 있었던 건 두 달 후 비가 추적거리는 저녁, 그녀가 집에 도착했을 때 아파트가 비었다는 사실뿐이었다.

피건은 마리와 소파에 나란히 앉아 그녀의 이야기를 들었다. 그녀는 감정이 드러나지 않는 표정으로 말했다.

"정말 슬픈 게 뭔지 아세요?"

그녀는 대답을 기다리지 않고 말했다.

"그가 날 버리고 그녀에게 간 지 일주일 후, 그녀에게 버림받았다

---

* Criminal Investigation Department: 영국 시경의 형사부.

더군요."

마리는 불편한 웃음을 내뱉었다.

"가질 수 없는 걸 원했다가 가지고 나니 더 이상 원치 않았던 거예요. 잠시의 변덕이 돌이킬 수 없는 상처가 된 거죠. 어쨌든 그는 나에게 전화해서 돌아오게 해달라고 빌었어요. 난 꺼지라고 했고요."

"잘했어요. 비열한 놈이군요."

엘렌은 색칠공부를 하다가 고개를 들었다.

"아저씨 나쁜 말 했어."

"미안."

피건이 말했다. 엘렌은 엄마를 쳐다보았다.

"엄마, 나 DVD 봐도 돼?"

"잘 시간이 다 됐잖니, 얘야."

"시작하는 부분만 보면 안 돼?"

엘렌은 애원하듯 말했다. 마리는 소파에 걸터앉아 잠시 생각했다.

"좋아. 하지만 잘 시간이라고 하면 고집부리지 않는 거다. 알았지?"

"응."

엘렌은 미소를 짓고 책, CD, DVD가 잔뜩 꽂혀 있는 책꽂이로 갔다. 그녀는 알록달록한 색의 케이스를 골라 열어 디스크를 조심스럽게 꺼냈다.

"저거 봐요. 전문가라니까."

마리가 속삭였다. 엘렌은 TV 아래 플레이어로 가서 버튼을 누른 뒤 디스크를 집어 넣고 조그만 손가락으로 위치를 조절했다. TV를 켜고 맞는 채널을 찾은 뒤 소파에 앉았다. 피건과 마리 사이에 아이가 끼어들 공간은 충분했다. 피건은 영화가 시작할 때까지 엘렌이 리모컨을 조작하는 모습을 바라보았다.

"잘하네."

엘렌은 그를 올려다보고 조용히 하라며 손가락을 입술에 가져간 뒤 TV를 가리켰다. 피건은 멋쩍게 헛기침을 하고는 시키는 대로 했다. 그는 곁눈질로 마리의 미소를 눈치챘다.

곧 피건은 영화에 빠져들었다. 넓고 푸른 바다에서 주황색과 흰색이 섞인 물고기가 아들을 찾는 내용이었다. 엘렌은 옆에서 웃느라 몸을 움직이고 흔들었고, 그도 똑같이 했다. 피건에게 웃음은 배속에서 올라와 입에서 터지는 경련처럼 이상하게 느껴졌다. 움직이는 영상이 방 안에 이리저리 그림자를 만들었지만 그림자는 여기저기 흩어져 있는 살림살이들을 가릴 뿐이었다. 엘렌이 잘 시간이 지났으나 마리는 아무 말 하지 않았고, 영화가 끝나자 마리는 딸의 무릎을 두드리며 말했다.

"좋아, 아가씨. 아까는 엄마가 봐줬지만 이제 정말 잘 시간이야."

엘렌은 실망한 듯 몸을 수그렸다.

"꼭 자야 해?"

"그래. 거의 9시 반이야. 잘 시간이 한 시간이나 지났어. 이제…."

마리는 잊고 싶었던 것이 기억났다는 듯 말을 멈췄다.

"이제 밖이 캄캄하잖아."

피건은 소파에서 몸을 일으켰다. 커튼이 쳐진 창문을 쳐다본 뒤 마리에게 시선을 돌렸다. 그녀는 일어나서 엘렌을 들어 올려 바닥에 똑바로 세웠다.

"가서 잠옷 입어. 그리고 이 닦자."

마리가 말했다. 엘렌은 집 뒤편의 작은 주방 너머 문으로 터덜터덜 걸어갔다. 아이는 문간에서 뒤로 돌아 손을 흔들며 말했다.

"잘 자요, 제리 아저씨."

"그래, 잘 자."

아이가 가는 걸 보니 조금 서운했다. 그는 청바지 뒷주머니에 손을 넣고 서 있는 마리를 내려다보았다.

"이제 우리만 남았네요."

그녀가 말했다.

"그렇군요."

그는 마리와 시선을 마주칠 수 없어 눈길을 돌렸다. 그녀는 목을 가다듬고 코를 훌쩍였다.

"사실, 저도 무척 피곤해요. 어젯밤에 거의 잠을 못 잤거든요. 저… 저도 엘렌 좀 봐주고 잘게요. 여기서 괜찮으시겠어요?"

"네. 그들이 올 때를 대비하고 있을게요."

"알겠어요."

마리는 몇 걸음 옮기다가 잠시 멈추더니 다시 돌아왔다. 그녀는 까치발로 서서 피건의 볼에 입을 맞추고 미소 지었다.

"당신이 좋은 사람이라고 말하고 싶지만, 제가 워낙 사람 볼 줄을 몰라서요."

마리가 방을 나가는 모습을 바라보는 사이에 입술의 온기는 곧 희미하고 촉촉한 냉기로 바뀌었다. 아파트가 조용해지자 그는 방을 돌며 불을 껐다. 커튼을 열기 전까지 그는 암흑 속에 있었다. 가로등이 방 안을 흐릿한 주황색으로 물들였다. 그는 창가의 테이블 앞에 앉아 기다렸다. 거리에는 이따금씩 차가 지나갔다. 전조등이 오래된 집을 비출 때면 담이 고개를 돌리며 행인들을 구경하는 것 같았다. 가끔씩 피건이 집을 지키고 있다는 사실을 당연히 모를 사람들이 창문 앞을 지나갔다. 때로 젊은 커플이 서로를 끌어안고 한 사람처럼 움직였다. 그런 광경은 피건의 마음속에 어떤 길을 열어주었다. 비록 따르고 싶지 않은 길이었지만. 결국 후회와 자기연민만 남길 것이므로.

  대신 그는 볼의 촉촉한 냉기를 생각했다. 그는 그 자리에 손끝을 대고 차가워지기 전의 온기를 떠올렸다.

  세 시간쯤 후 복부의 냉기가 다시 찾아왔고, 관자놀이가 따끔거리기 시작하면서 주위를 맴도는 그림자들이 나타났다.

25

에디 코일은 입을 꾹 다물고 운전했다. 몇 분 전 차에 탔을 때 캠벨이 다정한 인사를 건넸지만 본 체도 하지 않았다. 그들은 말론로드를 따라 웰링턴파크 호텔 방향으로 가다 우회전해 에글런틴애버뉴로 향했다.

"그래서, 네가 일을 처리할 건가?"

캠벨이 물었다. 코일은 앞만 쳐다봤다. 부은 눈은 좀 가라앉았으나 눈썹에 여전히 거즈가 붙어 있었고, 코는 분노로 빨개져 있었다.

"나는 차에 있을 테니 알아서 해. 알았지?"

코일의 입이 뒤틀렸다.

"닥쳐, 새끼야. 네가 뭔데 여기 있어. 나랑 같이 올 만한 애들이 널렸는데. 네 말을 듣느니 나 혼자 하고 말 거야."

코일이 성깔을 부렸다.

"네가 제대로 못 할 거라고 걱정하는 건 맥긴티니까 내 탓 하지 마."

코일이 브레이크를 밟자 캠벨의 몸이 앞으로 홱 쏠렸다.

"뭐라고?"

"맥긴티가 널 믿지 못해서 날 같이 보낸 거라고. 난 여자와 꼬맹이를 겁주는 일 말고도 할 일이 많은 사람이야. 시키니까 그냥 하는 거지. 경찰이 와서 말론로드 한가운데 왜 정차한 거냐고 묻기 전에 얼른 움직여. 바로 저기서 돌면 돼."

"어디서 도는지는 나도 알아."

코일은 액셀을 밟으며 말했다. 핸들을 세게 돌리는 통에 다가오던 차가 급브레이크를 밟았다. 에글런틴애버뉴에 들어서자 속도를 낮추었고 엔진 소리가 잦아들었다. 그들이 탄 복스홀 벡트라는 낮은 소리로 부르릉거리며 여자의 집으로 향했다. 아파트는 불이 꺼져 있었지만 그녀의 자동차가 밖에 주차되어 있었다.

코일은 조수석 뒤편에 손을 뻗어 두 개로 쪼개진 벽돌을 꺼냈다. 벨파스트에서 자주 있는 일이었다. 경찰들은 이를 '수준 낮은 협박'이라고 불렀다. 다양한 준군사 조직이 지역 주민을 압박하기 위한 수단으로, 특별할 것도 흥분할 것도 없는 일이었다. 물론 협박을 받는 입장이라면 얘기가 달랐다. 코일은 차에서 내렸다.

"빗나가면 안 돼."

"아가리 닥쳐."

코일이 으르렁댔다. 그는 양쪽에 벽돌을 하나씩 들고 걸어 나갔다. 그때 작은 정원의 그림자 밑에서 피건이 튀어나왔다. 코일은 비명을 질렀고, 벽돌을 거의 떨어뜨릴 뻔했다.

"여자를 내버려둬."

피건의 차분한 목소리가 공회전하는 엔진 소리 속에서 간신히 들렸다.

"여기서 뭐 하는 거야?"

"여자를 내버려두라고 했어."

피건은 코일에게 두 걸음 다가왔다. 자동차 헤드라이트가 그의 매서운 눈에 번득였다. 코일은 뒤로 돌아 캠벨을 쳐다보았다. 캠벨은 차 밖으로 나왔다.

"그쪽 보지 말고 날 봐. 여자를 내버려둬. 가서 돌아오지 마."

피건이 말했다.

캠벨은 머리를 빠르게 굴렸다. 그는 총이 없었다. 이런 일에 총을 들고 오는 건 위험했다. 경찰이 그들을 막는다면 장전된 총보다 벽돌이 설명하기 쉬웠다. 그는 피건이 무장했는지 궁금했다. 아마 아닐 것 같았다. 피건은 그만큼이나 위험을 잘 알고 있었다. 하지만 피건은 정신 나간 놈이기도 했다.

"저리 비켜. 너랑은 전혀 상관없는 일이야."

코일이 말했다.

"마지막으로 말하는데," 피건이 무표정한 얼굴로 말했다. "여자를 내버려 둬. 그리고 다시 오지 마."

캠벨은 살벌한 흥분을 느끼며 지켜보았다. 코일 같은 자가 피건을 상대한다는 것은 꿈도 꿀 수 없는 일이었다. 피건이 그를 갈기갈기 찢어놓을 게 분명했다. 캠벨 자신도 피건이 온전한 상태라면 감당할 수 있을지 확신하지 못했다. 지금 역시 그를 제압할 수 있다고 장담할 수 없었다. 미치면 더 큰 능력을 발휘할 수도 있으니까. 그는 기다리는 한편으로 코일이 흠씬 얻어맞는 상상을 즐겼.

코일은 반쪽짜리 벽돌을 머리 위로 올렸다. 목소리가 더욱 커졌다.

"진짜야, 제리. 너한테 던지기 전에 비켜."

캠벨은 주변 집 창문 몇 곳에 어른거리는 형체를 보았다. 리즈번 로드 경찰서는 1킬로미터도 떨어져 있지 않았다. 몇 분이면 도착할 수 있는 거리였다.

"제기랄. 그만해, 에디."

캠벨은 코일에게 다가가며 말했다.
"너도 꺼져. 할 일이 있어서 온 거니까, 꼭 할 거야."
코일이 말했다.
"하지 마, 에디. 제리가 널 두 동강 낼 거야."
피건은 조용히 서서 코일에게 시선을 고정했다.
"에디, 얼른."
코일은 벽돌 든 손을 어설프게 내렸고 피건은 그의 손목을 간단히 잡아챘다. 그는 코일의 다리를 차고 손의 벽돌을 빼앗았다. 피건 주먹 안의 벽돌은 단단히 쥐어진 채 하늘을 향했다. 코일의 얼굴에 박아 넣을 준비가 되었다는 뜻이었다.
"꺼지지 않으면 네놈을 죽여주지."
코일은 뒤로 기어갔고, 피건은 캠벨에게로 고개를 돌렸다. 캠벨은 피건의 눈을 보자 내장에 오한이 들었다. 미치광이 피건은 캠벨 쪽으로 걸어오다가 손을 관자놀이로 올리며 멈췄다.
"지금은 안 돼. 여기선 안 돼."
그가 중얼거렸다.
"뭐라고?"
캠벨의 눈이 커졌다.
"안 돼! 기회가 또 생길 거야. 여기서는 할 수 없어. 목격자가 있으면 안 되잖아."
피건은 캠벨 왼쪽의 무언가를 보며 말했다.
"맙소사."
캠벨이 차로 뒷걸음치며 중얼거렸다.
"여기서 어떻게 할 수 있겠어? 여기서 하면 절대 마무리할 수 없어."

피건은 캠벨의 오른쪽으로 시선을 옮겼다.

"뭘 마무리한다는 거야, 제리? 누구한테 얘기하는 거냐고?"

캠벨은 머뭇거리며 한 걸음 내디뎠다. 피건의 눈은 이곳저곳을 향하며 키 높이의 무언가에 집중하고 있었다.

"기회가 또 올 거야. 반드시."

캠벨이 피건에게 그만하라고 소리 지르기 전, 코일이 뒤에서 피건을 공격했다. 피건은 몸을 숙였지만 이미 늦었고, 두 번째 벽돌 조각이 관자놀이를 스쳤다. 그는 포식동물처럼 날랜 속도로 움직여 코일의 팔뚝을 잡아챘다. 피건은 들고 있던 벽돌 조각으로 코일의 얼굴을 후려쳤고, 코일의 머리는 뒤로 젖혀졌다. 다시 한 번 내리치자 소름 끼치는 으드득 소리가 났다. 코일의 다리가 축 늘어지는 사이 피건은 벽돌을 두 번 더 휘둘러 보도에 피를 뿌렸다.

리즈번로드 거리 끝에서 나는 요란한 엔진 소리에 캠벨의 시선이 쏠렸다. 랜드로버 경찰차가 골목을 질주해왔다. 그는 잠시 망설이다가 몸을 돌려 말론로드를 향해 달렸다. 그는 차를 피해 말론로드를 가로질러 클로린 공원으로 들어갔다. 스트랜밀리스로드에 도착할 때까지 계속 뛰었다. 그는 일부러 퀸즈 대학교 근처의 얽히고설킨 거리로 들어갔다. 길을 건너 아파트 문을 연 뒤 계단 두 개 층을 재빨리 올라가 자기 집으로 들어갔다. 암흑 속에서 그는 소파 위로 쓰러졌고, 아드레날린 때문에 사지를 부들부들 떨었다.

"젠장."

그는 텅 빈 방에 대고 내뱉었다.

26

 감방에 앉아 있는 피건의 눈은 뻑뻑하고 무거웠다. 무척 긴 밤이었다. 피건은 관자놀이에 난 상처 검사를 위해 리즈번로드의 시립 병원으로 옮겨졌고, 의사는 정밀검사를 받아야 한다고 했다. 검사 결과가 나올 때까지 응급실 침대에 앉아 있는 동안 경찰관 두 명의 감시를 받았다. 피건은 병원 어딘가에 있을 코일은 자기보다 더 오래 병원에 머물러야 할 거라 생각했다. 이제 경찰서로 온 피건은 벨트와 구두끈을 압수당한 채 얇은 매트리스에 앉아 내보내주기만을 기다리고 있었다. 그는 행여 코일이 질문에 답할 수 있는 상태라 하더라도 그저 입을 꾹 다물고 있을 거라 확신했다. 한편 맥긴티는 피건이 경찰서에서 풀려나 외부로 나오기를 바랄 터였다. 경찰서에 있는 사람을 죽이지는 못할 테니까. 게다가 당의 공식적 입장에도 불구하고, 코일이 경찰에게 입을 여는 것은 당연히 적절하지 않은 것으로 간주될 일이었다. 이는 배신과 다를 바 없었고, 당은 배신자를 매우 가혹하게 처리했다.
 그림자들이 벽을 따라 움직이며 형태를 갖추거나 흩어져 사라졌다. 피건의 관자놀이가 울리고 복부의 냉기가 고동쳤다.
 "나보고 어쩌라는 거야?"

그림자들은 대답하지 않았다.

"내가 어젯밤에 저질렀다면 경찰이 날 체포했을 거야. 싸움이 아니라 살인죄로 갇혀 있을 거라고. 그러면 나머지는 더 이상 처리할 수 없어."

여전히 아무 대답이 없었다. 갑자기 그림자 중 하나가 단단해지면서 차가운 흰색 벽에 기대 형태를 갖추었다. 빳빳하고 깔끔한 제복을 입은 왕립 얼스터 보안대원이었다. 그는 피건을 잠시 노려보고는 문 쪽으로 돌아섰다.

문의 핍홀 커버가 쨍그랑 소리를 내며 열렸다. 번득이는 눈이 보이고는 커버가 다시 닫혔다. 열쇠가 부딪치는 소리가 나고 자물쇠가 열렸다. 문이 바깥쪽으로 열리자 키와 덩치가 큰, 50대쯤 되어 보이는 경찰 한 명이 통로에 서 있었다. 그는 바깥의 복도를 살펴보다가 피건에게로 시선을 돌렸다. 그는 미소를 지으며 들어와 문을 잠갔다.

"안녕하신가, 제리."

그는 반소매 셔츠에 넥타이를 매고 있었다. 다용도 벨트에는 장비가 가득 걸려 있었지만, 피건은 무기가 없다는 사실을 알 수 있었다. 명찰도 없었다. 보안대원은 경찰의 머리를 손가락으로 가리켰다.

"몇 시간 뒤에 석방된다니 기쁘겠군."

경찰이 방을 가로지르며 말했다. 그는 다리를 약간 절었다.

"네 친구 미스터 코일이 증언하길 자기가 넘어져서 네가 일으켜주고 있었다던데."

"맞아요."

피건은 자신의 주변에 모여드는 그림자를 무시하고 경찰의 둥근 얼굴에 집중했다.

"그거 괜찮네, 그치?"

경찰이 미소 지으며 말했다. 형광등 불빛이 그의 분홍색 두피에 반사됐다.

"그런데 당신이 떠나기 전에 짧게 전할 말이 있거든. 잠깐 일어날까?"

"누가 전하는 거죠?"

"우리가 둘 다 아는 친구라고 해두지. 이제 일어서. 내 말 잘 들으라고."

피건은 천천히 일어섰다. 경찰은 미소를 머금은 채 피건의 배에 주먹을 박아 넣었다. 방에서 공기가 모두 빠져나가고 고통스러운 진공만 남은 듯했다. 경찰은 어떻게 숨을 쉬는지 궁금할 지경이었다. 그는 배를 움켜쥔 채 매트리스에 쓰러졌다. 속에서 순간적으로 분노가 불타올랐지만 그는 분노를 억눌렀다. 죽을 생각이 아니라면 여기서 경찰과 싸울 수는 없었다. 그림자들은 벽으로 후퇴했다. 보안대원의 손은 상상의 총알을 발사하며 반동으로 젖혀졌다. 경찰은 피건의 어깨에 손을 올려놓았다.

"두 가지 메시지였어. 하나는 구두 메시지고, 하나는 물리적 메시지야. 구두 메시지부터 얼른 끝내자고, 알았지?"

그는 피건의 어깨를 철썩 때리고 옆에 앉았다.

"자, 중요한 것부터 말하지. 우리가 대화한 걸 떠벌리고 다니면 마리 맥케나가 무사하지 못할 거거든. 진지하게 듣는 게 좋을 거야, 아주 중요한 거니까. 이제 나머지를 말해주지."

경찰은 깊이 숨을 들이쉬었다.

"자, 여기서 나가면 집으로 가서 우리가 둘 다 아는 친구가 연락할 때까지 가만히 있는다. 아니면 마리 맥케나가 사고를 당한다. 만일 네가 도망가려고 해도 마리 맥케나가 사고를 당한다. 우리가 둘 다 아는 친구를 어떤 식으로든 엿 먹이면 마리 맥케나가 사고를 당한다. 알아들었나, 제리?"

피건은 대답하지 않았다. 숨을 쉬는 데 온전히 집중하고 있어서 말을 할 수 없었다. 경찰은 퉁퉁한 주먹을 피건의 사타구니에 힘껏 내리꽂았다.

"묻잖아, 제리. 알아들었냐고?"

피건은 옆으로 쓰러져 고환을 잡았다. 뜨거운 납을 붓는 것 같았다. 그는 숨이 막혀 헐떡거리다가 간신히 입을 열었다.

"알아들었어…."

"그래야지. 이제 물리적 메시지 차례야, 준비됐나?"

경찰은 일어섰다. 그는 냉정한 장인정신으로 작업을 시작했다. 그는 옷 아래에 숨은 피건의 급소를 모두 찾아서 주먹이나 부츠를 박아 넣었다. 피건은 한 번 기절했지만 뺨을 세게 맞고 깼다. 도저히 참기 어려운 고통과 함께 바닥에 누워 있는 동안, 피건은 여자가 가슴 가까이에 아기를 안고 옆에 무릎을 꿇고 있는 것을 깨달았다. 여자는 피건이 맞을 때마다 움찔했다. 일을 끝낸 경찰은 뒤로 물러서서 자신의 작품을 감상했다.

"음, 됐어."

그는 여전히 미소를 머금은 채 약간 가쁜 숨을 쉬며 말했다. 그의 이마는 땀으로 번들거렸다.

"알아들었다니 다행이군. 질문 있나?"

피건은 기침을 해대며 바닥에 가는 핏방울을 흩뿌렸다.

"있어."

그가 말했다.

경찰은 쪼그려 앉았다.

"그래? 뭐지?"

"넌 대체 누구냐?"

경찰은 소리 내어 웃었다.

"모르겠어, 제리?"

그는 가까이 와서 속삭였다.

"난 웅덩이를 흐리는 미꾸라지야."

피건은 눈을 감았고, 문이 여닫히는 소리와 열쇠 돌리는 소리, 그리고 먼 곳으로 사라지는 경찰의 웃음소리를 들었다. 피건은 등을 대고 누워 복부의 깊고 역겨운 무게를 느꼈다. 그는 모여들어 형태를 잡기 시작하는 그림자들에게 간신히 희미한 미소를 지어 보였다.

"그래, 지금 재미있나?"

피건은 여자가 차가운 손을 뺨에 올리는 순간 곧바로 기절해버렸다.

27

캠벨은 진실을 자기 의도에 맞도록 뒤트는 폴 맥긴티의 능력에 감탄했다. 연설은 놀라운 반전을 이끌어냈다. 맥긴티는 빈시 카폴라의 무덤에서 단 몇 걸음 떨어진 곳에 급조된 연단에서 의로운 자의 분노로 외쳤다. 그는 카폴라가 토사물에 숨 막혀 죽도록 내버려둔 바로 그 경찰이 당의 행동대원 에드워드 코일의 차를 에글런틴애버뉴에서 세운 뒤 의식을 잃을 정도로 구타했다고 했다. 맥긴티가 정의를 이루겠다고 맹세하자 군중은 함성을 질렀고, 캠벨은 함께하지 않을 수 없었다. 맥긴티의 적들이 그를 증오하면서도 존경하는 것이 당연했다. 뉴스 카메라가 단상의 맥긴티를 따라갔지만 경호원이 그들을 막았다. 맥긴티는 혼자 캠벨에게 다가왔다.

"같이 좀 걷지."

그들은 묘비와 기념비 사이를 걸어 맥긴티의 링컨타운카가 기다리고 있는 정문으로 향했다. 따뜻한 햇살이 캠벨의 등에 내리쪼였다.

"그래, 우리 친구 제리에 대해 어떻게 생각하나?"

"그는 미쳤습니다. 위험한 놈이에요. 제가 그놈을 처리하게 된다면 최대한 빨리 진행할 겁니다. 무슨 일을 저지를지 몰라요."

"경찰에 있는 우리 친구가 오늘 아침 그에게 메시지를 전했어. 아주 확실하게."

"위협은 소용없습니다. 미친놈은 설득할 수 없어요."

맥긴티는 자갈을 한 번 걷어찬 뒤 멈춰 섰다.

"걱정 마, 설득할 생각 없으니까. 쿨터 신부가 오늘 아침에 한 말을 듣고 나서는 더욱더 그래. 그놈 짓인 줄 알았지만 맙소사, 정말 솔직히 말하다니. 아무리 쿨터 신부가 내게 말하지 않을 거라고 생각했더라도, 철면피가 따로 없지. 하지만 이건 타이밍 문제야. 오늘 아침에 기자 회견이 있어. 에디 코일이 경찰에게 흠씬 얻어맞았다고 증언할 거야. 언론의 관심을 다른 곳으로 돌리고 싶진 않아. 그냥 지역 언론도 아니야. 젠장, CNN과 폭스 뉴스라고. 그들은 이런 사건을 좋아하거든. 불 오케인은 바로 이런 걸 이해 못 해. 우리에게 배우려고 하지를 않아. 언론에서 이번 사건을 덥석 문다면 영국인들은 불리한 상황에 처하게 돼. 내가 조금만 자극하면 우리가 원하는 건 무엇이든 줄 거라고. 그들은 우리가 하려고만 한다면 스토몬트 정부를 실각시킬 수 있다는 사실을 알고 있으니 그걸 막기 위해 온갖 노력을 다 할 거야. 그들은 내 손 안에 있게 되고, 당은 나를 감히 무시할 수 없게 되는 거지. 카메라가 나를 향해 있는데 뭘 어쩌겠어. 내가 장담하는데 폭탄보다 언론이 훨씬 더 강력한 무기야."

"피건이 또 다른 놈을 죽이려 한다면 언론도 의원님 뜻대로 움직이지 않을 겁니다. 그놈이 어젯밤에 저를 죽이려고 했는데 뭔가가 그를 멈추게 했어요."

"그게 뭔데?"

"모르겠습니다."

캠벨은 고개를 저었다.

"그게 뭐였든 간에 놈의 머릿속에 있었어요. 갑자기 태도가 급변하더니 정신이 나가는 것 같더군요. 정신분열증인지 뭔지 그런 거 같아요."

맥긴티가 한쪽 입꼬리를 말아 올렸다.

"그게 자네의 의학적 소견인가?"

"농담이 아닙니다. 뒤를 조심하셔야 합니다. 장담하건대, 그놈은…."

캠벨은 맥긴티에게 진지한 눈빛으로 말했다. 그러나 맥긴티의 손이 순식간에 날아오는 바람에 캠벨은 누구한테 맞았는지 깨닫기도 전에 뺨이 얼얼해졌다. 맥긴티는 헛기침을 하고 재킷 매무새를 다듬었다. 뺨을 때리는 모습이 카메라에 찍히지 않았는지 조심스럽게 둘러보고는 캠벨 가까이 다가왔다.

"입조심해. 나한테 명령하지 말란 말이야. 명령은 내가 해. 알겠어?"

캠벨은 화끈거리는 볼에 손을 대고 치밀어 오르는 화를 삼켰다. 귀에 피가 쏠리고 머리가 어깨 위에 붕 떠 있는 느낌이었다.

"죄송합니다, 의원님. 하지만 생각해보세요. 그는 마리 맥케나를 위협하는 걸 용납하려 들지 않았어요. 의원님을 노린다면 어떡합니까?"

맥긴티는 코웃음 쳤지만, 눈빛은 흔들렸다.

"누구도 난 못 건드려. 1972년부터 날 노리는 놈들이 많았지만 근처에도 오지 못했어. 자네가 처리한 델라니와 자유군 청년 둘도 마찬가지였지. 왜 피건은 가능하다고 생각하는 거지?"

캠벨은 맥긴티에게 시선을 고정했다.

"그놈은 목숨을 걸고서라도 시도할 것 같으니까요."

맥긴티는 시선을 내리깔며 목을 가다듬었다. 그리고 다시 차로 향했다. 캠벨은 그 뒤를 따랐다. 맥긴티는 링컨타운카에 다가가며 말했다.

"자, 이러면 어떨까. 경찰은 한 시간 정도 있으면 피건을 놓아줄 거야. 그러면 자네가 미행해서 집에 가는지 확인해. 그리고 집에 들어가서 처리해버리라고. 문을 단단히 잠가놔. 운이 좋다면 하루 이틀은 아무도 그를 찾지 못하겠지. 내가 언론을 이용하면서 시간을 벌 수 있을 거야."

"여자는요? 여자가 피건에게 연락하려다가 알게 될 수도 있습니다."

맥긴티는 운전사가 문을 잡고 있는 동안 몸을 숙여 링컨 뒷자리에 탔다.

"여자는 걱정 마. 이미 조치해두었으니까."

캠벨은 녹이 슬어가는 포드 포커스에 수그리고 앉아 피건이 택시에서 간신히 내려 기사에게 요금을 주는 모습을 지켜보았다. 택시가 떠나자 피건은 배에 손을 댄 채 앞문으로 힘겹게 걸어갔다. 캠벨의 포드 포커스는 캘커타스트리트 한쪽 끝에 세워져 있었다. 목표물이 허리를 구부려 보도에 피를 뱉자 캠벨은 잇새로 숨을 들이마셨다. 피건은 몸을 세워 입을 닦고 집 안으로 들어갔다.

젠장, 메시지가 아주 명백하게 전해졌군. 정말 심하게 다쳤잖아.

한편으로 캠벨은 피건이 맥긴티를 죽이길 바랐다. 맥긴티가 때린 뺨이 아직도 얼얼했다. 맥케나나 카폴라가 죽었다고 세상이 나빠질 일이 없었던 것처럼, 그 개자식이 죽는다고 해서 세상에 해가 될 일 역시 없을 터였다. 사실 캠벨은 당 내부의 정리를 위해 피건을 기꺼이 도울 수도 있었다. 하지만 맥긴티 같은 정치가의 자리를 노리는 수많은 깡패들은 신문과 TV 카메라라는 무기 대신 AK47과 박격포를 거리낌 없이 사용할 인간들이었다. 슬프지만 사실이었다. 폴 맥긴티는 그나마 덜 나쁜 악당이었다.

최고의 악마는 단연 오케인이었다. 190센티미터의 장신에 떡 벌어진 체구의 테런스 플런킷 오케인은 당의 정치 집단이 준군사적 요소에서 손을 떼기 시작한 1970~1980년대의 격변기에 명성을 얻었다. 오케인을 만난 적은 없었지만 이 노장의 명성은 널리 알려져 있었다. 캠벨이 아직 블랙워치 소속일 때 오케인의 잔인성에 대한 풍문을 들은 적이 있었다. 제대 후 벨파스트의 뒷골목에 자리 잡았을 때 들은 이야기들은 더 끔찍했다.

정치적 과정에 가속도가 붙자 오케인의 시대는 이제 작별을 고하는 듯했다. 21세기는 헤드라인에 실리는 능력을 타고난 맥긴티 같은 사람들의 차지였다. 오케인은 70대로 넘어가는 시점에 기꺼이 은퇴하여 맥긴티와 그의 정치적 동료들에게 고삐를 넘겨줄 의향이 있는 듯해 보였다.

그게 아니었나 보군. 캠벨은 생각했다.

맥긴티와 오케인은 동전의 양면 같았다. 오케인은 에디 코일과 같은 구식 보병의 충성심을 지휘했고, 맥긴티와 당 지도부는 거리에서의 세력 유지를 위해 보병을 필요로 했다. 동시에 오케인은 당의 정치적 영향력을 이용해 지난 10년간 비교적 평화롭게 연료정제 공장을 가동할 수 있었다. 서로를 필요로 하는 구식과 신식 사이의 균형은 아슬아슬했다.

이제 피건은 그 균형이 기울어지게 하고 있었다. 그의 광기 어린 복수의 이유가 무엇이든 간에 이것은 정치가들이 통제하고 있는 방향타를 비틀어버릴 가능성이 있었다. 만약 캠벨의 감이 맞는다면, 피건이 맥긴티를 죽이는 데 성공한다면, 당은 갈기갈기 찢어질 것이 분명했다. 사실 당에서 맥긴티의 자리를 채우기란 어렵지 않은 일이었다. 맥긴티를 소외시킬 수 있는 방법이 생길 때를 대비해 당이 그를 대신할 자를 준비해두었다는 소문도 돌았다. 하지만 맥긴티의 부하들이 가만히 보고만 있지는 않을 거라는 것은 쉽게 예상할 수 있었다. 뒤따르는 불화는 기정사실에 가까웠다. 스토몬트는 이미 취약한 상태였다. 맥긴티 없는 당은 칼날 위에 서 있는 것이나 다름없었다. 의문의 여지없이, 피건은 제거되어야만 했다.

그러고 나면?

캠벨은 중개자가 한 말을 생각했다. 그는 일을 그만두는 것을 상상조차 할 수 없었다. 눈을 감고 이 생활을 그만두는 모습을 상상해보았다. 마치 절벽에서 뛰어내리는 기분이 들었다. 아무것도 없는 곳으로 끝없이 떨어지는 느낌. 생각만으로도 현기증이 났다.

캠벨이 블랙워치와 함께 벨파스트로 처음 왔을 때 모든 사람들은 결코 끝나지 않을 거라고 말했다. 분열과 증오가 너무 깊게 자리 잡고 있었다. 추잡한 전쟁이 계속되고, 폭탄이 연이어 터지고, 시체가 쌓일 거라는 데 의심의 여지가 없었다. 정치가들은 유권자의 편견을 이용해 먹느라 바쁜 나머지 진짜 문제를 해결하지 못했고, 준군사 단체는 많은 돈을 버느라 다른 방법을 고려하지 못했다. 하지만 극복할 수 없을 것만 같은 장애물에도 불구하고 그들은 결국 이뤄낸 듯했다. 캠벨은 아직도 믿을 수 없었다. 실감이 나지 않았다. 영국과 아일랜드 정부는 정치인들을 회유하고 협박해 문제를 해결하도록 했다. 결국 80년 동안의 진통 끝에 이 작은 국가는 드디어 미래를 갖게 됐다.

그러나 캠벨의 미래는 없었다.

그는 차문을 열며 고대 중국의 저주를 떠올렸다.

개똥 같은 세상에서나 뒹굴어라.

캠벨은 두 집 사이의 골목길로 향했다. 골목 끝에는 캘커타스트리트와 나란히 난 골목길이 연결되어 있었고, 그 너머는 뭄바이스트리트 뒤편이었다. 그는 벽돌담에 붙어 살금살금 이동하며 담 안의 마당을 지날 때마다 대문을 셌다. 피건의 집 대문은 페인트가 벗겨져 일어나 있었고 캠벨이 손끝으로 누르자 틀 안의 나무가 움직였다. 세게 차면 문이 떨어질 것 같았지만 괜한 소음은 조심해야 했다. 그는 담을 넘을 생각도 하지 않았다. 피건이 창문만 내다보면 그가 들어오는 모습을 볼 수 있기 때문이었다.

대신 캠벨은 피건의 집 뒤편 창문에서 보이지 않을 때까지 골목으로 돌아가 두 집을 지나쳐 정원 담 위로 올라갔다. 밑창이 부드러운 운동화를 신은 덕분에 담 반대편으로 내려올 때도 소리가 나지 않았다. 그는 집 뒤쪽으로 가서 쓰레기통을 밟고 다시 반대편의 정원으로 넘어갔다. 화분에 심어진 화초 위에 발을 딛는 순간 작은 개가 달려와 짖어댔다. 그는 숨죽여 욕하며 개를 발로 차 쫓았다. 차라리 코끼리를 타고 오는 편이 덜 시끄러웠을 것 같았다.

캠벨은 개 주인이 나타날 것을 염려하며 재빨리 움직였다. 벽에 가까이 붙어 피건의 마당을 살펴보았다. 여기저기에 잡초가 자란 콘크리트 마당이었다. 캠벨은 담 위에 다리를 걸치고 몸을 옮겨 반대편으로 몸을 숙여 착지했다. 그는 등을 벽돌담에 붙인 채 주방 창문을 올려보았다. 작은 창이 열려 있었다. 작은 창 안으로 손을 뻗어서 아래 창문의 걸쇠를 열면 안으로 들어갈 수 있을 것 같았다.

벨파스트의 여느 테라스 딸린 집처럼, 피건의 집은 층마다 방이 두 개 있는 2층 주택으로 뒤편으로 넓은 주방이, 맨 위에 화장실이 있었다. 개가 미친 듯이 짖어대는 소리 사이로 위층의 화장실 창문 안에서 캑캑거리는 기침 소리가 났다. 캠벨은 피건이 변기 위에 쓰러져서 엉긴 핏덩어리를 토해내는 모습을 상상했다. 그는 다리를 펴고 일어나 열린 창문 안을 엿보았다.
 비어 있다.
 위층에서 기침과 훌쩍거리는 소리가 다시 들렸다. 캠벨은 창문틀을 잡고 턱에 올라갔다. 그는 작은 창문의 열린 틈을 통해 아래 창문의 걸쇠를 풀었다. 잠시 더듬거린 끝에 마침내 집 안에 들어왔다. 그는 싱크대 위의 몇 개 되지 않는 접시 위를 조심스럽게 지난 뒤 주방 바닥에 사뿐히 내려앉았다. 입으로 숨을 쉬며 리놀륨 바닥을 가로지르는 중에도 발자국 소리는 나지 않았다. 깔끔한 방에는 가구가 거의 없었고 천 위에 공구 몇 개가 놓여 있을 뿐이었다. 방 사이에 거실이, 거실 왼쪽에 계단이 있었다. 찬장에는 광을 낸 나무 조각 몇 개가 싸구려 라디오와 텅 빈 위스키 병과 나란히 놓여 있었다. 만들다 만 조각품이 벽난로 옆에 몇 개 더 보였고, 오래돼 보이는 기타가 구석에 세워져 있었다.
 캠벨은 안에 들어온 이상 망설이지 않았다. 그는 살금살금 계단 밑으로 갔다. 권총을 뒤춤에 꽂아놓았음에도 그는 주머니 안의 작은 거버나이프에 손을 뻗었다. 가능하면 조용한 편이 훨씬 나았다. 버튼을 ㅜ르자 널카롭고 빛나는 칼이 찰칵 소리를 내며 튀어나왔다. 최대한 조용히 피건을 죽일 생각이었다. 캠벨은 살을 찢는 느낌, 살점과 연골을 가르는 칼날의 소리를 떠올리지 않으려 노력했다. 그는 빠르게 뛰는 심장을 무시한 채 계단을 올라가기 시작했다. 맨 아래 계단의 가장자리에 왼쪽 발을 디딘 뒤 오른발로 다음 계단의 반대쪽 가장자리를 밟아 널빤지가 몸무게에 눌려 구부러지지 않도록 했다. 올라가면서 삐걱거리는 소리는 단 한 번도 나지 않았다. 그는 유령처럼 조용히 올라갔다.
 닫힌 화장실 문틈 사이로 빛 한 줄기가 새어 나왔다. 그 안에서 괴로운 기침과 신음 소리가 들렸다. 계단 위에 올라온 그는 100년은 된 듯한 바닥 널을 마주했다. 빠르고 결단력 있게 움직여야 했다. 토하고 침 뱉는 소리가 다시 나기를 기다렸다. 그는 문을 세게 걷어차며 가장 먼저 보이는 핏줄을 한 방에 따버릴 태세로 칼을 휘둘렀다. 하지만 칼은 비어 있는 변기 위를 갈랐다. 캠벨의 귀 아래에 차갑고 단단한 무언가가 닿았다.

"그대로 있어."

28

 피건은 캠벨의 깊고 조용한 숨소리를 가만히 듣고 있었다. 캠벨은 다시 칼을 휘두를 자세로 몸을 세웠다.
 "하지 마. 손가락도 까딱하기 전에 죽을 테니까."
 캠벨의 몸은 움츠러든 에너지로 미세하게 떨렸다. 천천히, 그의 어깨가 천천히 처지며 에너지가 새어 나갔다. 피건은 총을 들지 않은 손을 뻗어 칼을 빼앗아 엄지로 칼날을 손잡이에 접어 넣었다. 칼은 그의 재킷 주머니에 쏙 들어갔다. 그는 캠벨의 옆구리와 등을 더듬어 진 재킷 아래 허리춤에 꽂혀 있는 글록 23을 찾았다. 총을 꺼내는 동안 캠벨의 한숨 소리가 들렸다.
 "천천히 돌아서 손 깔고 앉아."
 "뚜껑을 내려도 되나?"
 피건은 캠벨의 귀에 댄 발터에 힘을 주었다.
 "얼른 앉아."
 캠벨은 앞으로 손을 뻗어 변기뚜껑을 내리고 몸을 돌려 손을 허벅지 밑에 깔고 앉았다.
 "엉덩이에 깔아. 손바닥을 바닥에, 엄지손가락은 뒤쪽으로."
 피건은 캠벨이 몸을 움찔거리며 시키는 대로 손을 옮기는 모습을 지켜보았다.

캠벨은 그를 올려다보았다.

"이제 어떡할 거지?"

"얘기해야지."

피건은 글록을 주머니에 집어넣었다. 칼에 부딪쳐 둔탁한 소리가 났다. 발터는 여전히 캠벨에게 겨눈 채였다. 피건의 심장은 갈비뼈를 망치처럼 때렸고, 관자놀이는 고동쳤다. 그는 그런 모든 것을 무시하고 시선 언저리의 모든 그림자를 지워버린 뒤 캠벨에게 집중했다.

그는 누군가가 자신을 경찰서에서 따라오리라 이미 예상했고, 그가 캠벨이라는 것을 쉽게 알 수 있었다. 택시를 타고 오면서 똑같은 포드 포커스를 너무 자주 보았다. 그는 집에 도착하자마자 곧바로 침실로 가서 총을 가지고 화장실로 갔다. 피건의 첫 구토는 진짜였다. 변기물이 새빨갛게 물들었고, 낯선 고통에 속이 뒤집혔다. 캠벨이 집에까지 들어올 거라고는 생각하지 않았지만, 집 뒤에서 작은 개가 광분해서 짖는 소리를 듣고는 생각이 바뀌었다.

"무슨 얘기를 하고 싶은데?"

캠벨은 적갈색 머리카락이 눈 주위로 떨어지자 머리를 튕겨 걷어냈다.

"맥긴티가 보냈겠지."

"물론이지."

"그럼 날 죽이려는 거군."

"그럴 생각이었지."

"왜지?"

캠벨은 소리 내어 웃곤 고개를 흔들었다.

"젠장, 왜겠어?"

"내가 무슨 짓을 했는지 아니까. 맥케나의 장례식에서 대놓고 말하지는 않았지만, 알고 있겠지."

캠벨이 고개를 끄덕였다.

"맞아. 그리고 신부가 오늘 아침에 확인해줬어."

피건은 복부의 냉기가 강해지는 것을 느꼈다.

"뭐라고?"

"쿨터 신부. 제 오줌도 참을 줄 모르는 노인네더군. 어리석게도 맥긴티에게 털어놨어."

그림자들이 피건의 의식을 밀어붙였다.

"신부가 말할 거라곤…."

그는 그림자를 밀어내고 침을 삼켰다.

"생각 못 했는데."

"이제 그렇지 않다는 걸 알게 됐군."

"그래."

피건은 고개를 끄덕이며 배신의 씁쓸함을 복부 깊이 삼켰고, 씁쓸함은 복부를 기어다니는 통증 사이에 자리 잡았다.

"마리는?"

"맥긴티가 조치했다고 했어."

피건은 가까이 다가가 총구를 캠벨의 이마에 갖다 댔다.

"그게 무슨 뜻이야?"

"나도 몰라."

피건은 발터로 캠벨의 볼을 후려쳤다.

"무슨 뜻이냐고?"

캠벨은 옆으로 쓰러져 벽에 부딪쳤다.

"젠장."

"똑바로 앉아. 손바닥 다시 깔고 앉아. 무슨 뜻이야?"

캠벨은 시키는 대로 했다.

"그 말뿐이었어. 여자는 자기가 조치했다고. 무슨 뜻인지는 나도 몰라."

피건은 권총을 다시 들어 올렸고, 캠벨은 눈을 질끈 감았다. 그는 총구를 내려 캠벨의 관자놀이를 눌렀다. 방아쇠를 당기고 싶었다. 타일이 깔린 작은 화장실 안에 총성이 폭발하고, 귀에서 울리는 소리가 나고, 얼굴에 따뜻한 핏방울이 후드득 떨어지고, 입에서 쇠 맛이 나기를 바랐다. 이 모든 것에 더해 자유군 청년들도 사라지기를 원했다. 청년들도 원하고 있는바였다. 바라보며, 갈망하며 기다리는 두 청년을 느낄 수 있었다. 피건도 방아쇠를 당기고 싶었지만 알아내야 할 것이 있었다. 그는 마리와 그녀 눈 주위의 잔주름, 그리고 엘렌을 생각했다. 겁에 질리고 고통스러워할 그들의 모습을 생각하자 방아쇠에 걸친 손가락에 힘이 들어갔다. 그는 숨을 들이켰다. 콧속에 닿는 차가운 공기가 냉정을 유지시켰다.

"맥긴티가 여자를 해쳤나?"

피건은 캠벨의 관자놀이에서 권총을 떼며 물었다. 캠벨의 표정에 약간의 차분함이 돌아왔고, 곧 분노의 그림자가 어렸다.

"모른다고 했잖아. 내 말을 믿든지 날 쏘든지, 마음대로 해."

피건이 발터를 다시 캠벨의 볼에 휘두르자 찌릿한 충격이 어깨를 타고 올라왔다. 캠벨은 멀건 눈으로 벽에 쓰러졌고, 부어오르는 왼쪽 눈 아래에서 피가 스며 나왔다. 피건은 세면대 위의 유리컵에 물을 채워 캠벨의 얼굴에 뿌렸다. 두 번 더 뿌리자 캠벨은 다시 일어나 앉았다. 손은 여전히 엉덩이 밑에 놓여 있었다.

"경찰은 누구야?"

피건이 물었다. 캠벨의 입꼬리가 말리며 미소가 어렸다.

"널 두들겨 팬 경찰? 모르는 사람이야."

피건이 다시 총을 들어 올리자 캠벨은 몸을 움츠리며 어깨 사이에 머리를 숨겼다.

"모른다니까, 젠장! 패치 토너의 연줄이야, 그가 아는 사람. 난 오늘 처음 들었어."

"누군지 알아야겠어. 방위대원이 왜 그를 원하는지 알아야겠다고."

"뭐?"

캠벨은 미간을 찌푸린 채 어깨 사이의 머리를 들었다.

"내가 이 일을 끝내려면 왜 그자를 원하는지 알아야 해. 무슨 짓을 저질러서 그들의 목표물이 된 건지."

캠벨은 머리를 흔들었다.

"무슨 소리야, 제리?"

피건은 한숨을 내쉬며 어깨를 으쓱했다.

"넌 몰라도 돼."

그는 발터를 다시 캠벨의 이마에 댔다.

"자, 이제 끝내야겠군."

"잠깐! 젠장, 기다려."

"뭐 때문에?"

피건은 잠시 멈칫했다.

"좋은 방법이 있어. 맥긴티에게 복수할 방법."

"널 죽이는 게 그거야."

"아니, 아니, 내 말 들어 봐. 방법이 있어, 정말이야."

피건은 한숨을 내쉰 뒤 권총을 살짝 올렸다.

"말해 봐."

캠벨은 머리만큼이나 눈알을 빨리 굴리며 말을 쏟아냈다.

"맥긴티는 카폴라의 죽음을 최대한 이용해 먹으려고 해. 경찰에게 뒤집어씌웠잖아. 맥긴티는 에디 코일도 마찬가지로 경찰에게 얻어맞았다고 주장하고 있어. 만약 네가 자백한다면, 법정에 가서 진실을 말한다면, 모두가 맥긴티의 거짓말을 알게 될 거야. 완전히 추락하겠지. 언론과 TV에 말해서 맥긴티의 생명줄을 끊어버리는 거야."

캠벨은 피건이 생각했던 것보다 똑똑했다.

"아니, 그걸로는 충분하지 않아."

"왜 그래? 네가 맥긴티에게 접근할 수 없다는 걸 알면서."

캠벨의 목소리는 함박 미소와는 달리 불안했다.

"맥긴티가 널 처리할 거야. 내 말대로 하면 적어도 네 목숨은 구하는 거야. 맥긴티는 망가지고, 넌 사는 거라고."

피건은 고개를 저었다.

"아니. 다시는 감옥에 가지 않을 거야. 차라리 죽고 말겠어. 게다가 맥긴티는 감옥 안에서든 바깥에서든 날 쉽게 처리할 수 있어. 감옥 안이 더 쉽겠지."

캠벨은 고개를 올린 채 앞으로 몸을 숙여 빌었다.

"제발 생각해봐, 제리. 1분이라도…."

"쉿."

피건은 총구를 캠벨의 입술에 눌러 입을 닫게 만들었다.

"넌 내가 미친 걸 알고 있지?"

캠벨은 피건이 총을 살짝 들자 불안한 소리로 웃었지만, 대답은 하지 않았다.

"내가 정신이 나갔다는 걸 알고 있잖아?"

"그래."

캠벨이 갈라지는 목소리로 말했다. 피건은 계속되는 복부의 통증에 어쩔 수 없이 욕조 가장자리에 앉았다. 발터는 여전히 캠벨의 이마를 조준한 채였다.

"근데 왜 나한테 논리적으로 말하는 거지?"

캠벨은 흐르는 땀에 눈을 깜빡였다.

"경찰이 누군지 알아야겠어." 피건이 말했다. "그가 무슨 짓을 했기에 그들이 죽이고 싶어 하는지 알아야 해. 하지만 네가 목표물이 된 이유는 알아."

"무슨 목표물?"

"죽일 목표물."

두 사람 주변에 그림자가 모여들었다. 캠벨은 고개를 저었다.

"제리, 나는…."

"자유군 청년 둘."

피건이 말했다. 캠벨의 머리가 돌처럼 굳었다.

"그들은 그저 싸구려 불량배에 불과했어. 약은 놈 둘이 맥주값을 벌려고 마약을 팔았지. 그들은 100만 년이 지나도 맥긴티 근처에도 못 갔을 거야. 꿈도 못 꿨을 거라고. 자기들이 파는 마약에 취해 있기 바빴을 테니까."

캠벨의 어깨가 오르락내리락했다. 입술에 피와 침이 늘어져 있었다. 피건이 말을 이었다.

"넌 그 빌어먹을 자유군들, 나머지 로열리스트들이 어땠는지 잘 알고 있었어. 그들은 전부 자기 잘난 멋에 사는 폭력 조직에 불과했어. 자멸하는 데는 소질이 있었지. 그들은 우리나 그들과 상관없는 민간인들을 죽이는 걸 더 잘했어. 쉬운 목표물에나 능한 놈들이었지. 우두머리 놈들조차도 맥긴티를 노릴 수 없었으니, 그 두 아랫놈들은 말할 필요도 없었지. 하지만 무슨 이유에선지 프랜시 델라니가 그들과 거래를 한 걸로 드러났어. 에디 코일보다 더한 얼간이 프랜시 델라니가 자유군 망나니 두 명을 차출해 맥긴티를 죽일 계획을 짰다는 거였지. 우습게도, 델라니에게서 그 비밀을 알게 된 유일한 자가 너야. 그리고 넌 그 비밀을 알아내기 위해 델라니가 죽을 때까지 팼다고 했고."

"그놈은 로열리스트에게 맥긴티를 팔아먹었어." 캠벨이 말했다. "그건 누구나 아는 일이야."

"네가 그렇게 말하니까 사람들이 믿은 거지. 넌 거짓말을 완성하기 위해 두 청년을 이용했어. 안 그래? 네 거짓말을 유지하기 위해 날 속여서 그들을 처리하게끔 한 거고. 진짜 이유가 뭐야? 왜 델라니를 제거해야 했던 거지?"

"그들은 맥긴티를 죽이려 했어. 너하고 나, 우리가 맥긴티를 구한 거야."

"헛소리. 너도 기억하잖아. 그들은 킬러가 아니었어. 너와 나하고는 다른 자들이었다고. 그들은 계집애처럼 울며 빌다가 죽었어."

"헛소리 집어치워."

캠벨이 말했다.

"왜, 너도 그들의 목소리가 들리나?"

"닥치라니까."

"밤에 눈을 감으면 그들이 비명을 지르느냐고?"

피건의 가슴에서 무언가 진동하며 높은 차임벨이 울렸다. 주머니 속의 휴대전화였다. 번호를 아는 사람은 단 한 사람뿐이었다. 그의 시선이 무의식적으로 아래로 내려갔다.

실수였다.

캠벨은 피건의 손목을 위로 밀쳤다. 피건은 반사적으로 방아쇠를 당겼고, 석고 부스러기가 천장에서 눈으로 떨어졌다. 그의 몸이 뒤로 밀쳐지면서 욕조 위 타일에 머리를 부딪쳤다. 욕조 안으로 미끄러지는 눈앞에 점과 먼지가 춤을 췄다. 그는 캠벨이 온 힘을 다해 총을 빼앗으려고 잡고 있는 오른손에 집중했다. 피건은 욕조 가장자리에 걸려 있는 발로 캠벨의 가랑이를 걷어찼다. 캠벨이 신음과 함께 손아귀 힘을 잠시 빼자 피건은 총을 든 손을 내리며 캠벨을 밀었고, 발터 권총은 두 사람 사이에 끼었다.

타일을 때리는 요란한 총성에 이어 캠벨의 얼굴이 일그러진 채 뒤로 쓰러졌다. 셔츠 옆쪽이 그슬리고 찢어졌다. 캠벨 뒤쪽의 벽에 달린 거울이 바닥에 떨어져 산산조각 났다. 피건은 욕조에서 일어서려고 힘을 주었으나, 수백 개의 칼이 배를 찌르는 것 같아 움직일 수가 없었다. 그는 몸을 웅크린 채로, 문으로 달리는 캠벨의 흐릿한 형체를 향해 총을 발사했다. 총알은 목재 문틀을 갈랐다.

피건은 욕조를 기어 넘어 바닥으로 떨어지면서 복부를 휘젓는 통증에 비명을 내질렀다. 계단을 빠르게 내려가는 캠벨의 발소리가 들렸다. 피건이 세면대를 잡고 일어설 때 집 대문이 쾅 소리를 내며 열렸다. 피건이 휘청거리며 계단을 내려가는 동안 대문 밖 거리를 부리나케 뛰어가는 소리가 들렸다.

피건이 바깥으로 나오자 이미 따가운 눈이 햇빛 때문에 불타는 듯했다. 눈부신 빛 사이로 캠벨의 모습이 보였다. 그는 일렬로 주차되어 있는 차들 쪽으로 달리고 있었다. 피건이 조준하여 발사한 총알에 캠벨의 차 앞 유리에 구멍이 나고 거미줄처럼 금이 갔다. 방아쇠를 다시 한 번 당기자 사이드 미러가 깨져 플라스틱 조각이 튀고 전선이 덜렁거렸다. 캠벨은 갈비뼈에 한 손을 댄 채 차에 손을 뻗었다. 피건은 한 번 더 발사했고, 캠벨은 후드에 쓰러졌다. 허벅지 뒤쪽에 생긴 검붉은 원이 점점 커졌다. 그는 피건이 다시 총을 발사하기 전에 낡은 포드 포커스 문을 당겨 안으로 뛰어들었다.

피건은 뛰기 시작했지만 복부의 뒤틀림 때문에 속도를 낼 수 없었다. 자동차 엔진에 시동이 걸렸고, 캠벨은 주차된 다른 차에 부딪쳐 가며 후진으로 차를 뺐다. 방향을 바꾸기 위해 급선회하면서 서스펜션이 요동치고 엔진과 타이어에서 요란하게 끼익거리는 소리가 났다. 피건은 마지막으로 한 발 더 쏘았고, 커브를 돌아 나가는 차의 후미에 구멍을 냈다. 그는 몸을 구부리고 기침을 한 뒤 포장도로에 피를 뱉었다. 배와 가랑이가 깊고 뜨거운 통증으로 그을린 듯했다.

이제 끝이었다. 도망가서 몸을 숨기고 맥긴티와 그 일당들을 처리할 방법을 찾아낼 때였다. 그는 몸을 일으켜 두리번거리며 아홉 개 그림자를 찾았다.

"너희들이 원한 게 이거지?"

피건은 텅 빈 거리에 대고 물었다. 그는 두 팔로 배를 잡은 채 열린 대문으로 휘청거리며 걸었다. 시간이 얼마 남지 않았다. 아무리 벨파스트의 한적한 지역이라도 총성이 들리면 신고가 들어갈 것은 분명했다. 그는 어둑한 집 안으로 들어섰다.

"제리?"

어디에선가 들리는 목소리에 그의 걸음이 멈췄다.

"세상에, 제리. 무슨 일이에요? 대답해요!"

피건은 주머니에서 휴대전화를 꺼냈다.

"여보세요, 마리."

29

"운이 좋았어요."

의사가 말했다. 캠벨은 통증 때문에 눈을 꼭 감고 있었으므로 의사가 미소를 짓고 있는지는 알 수 없었다. 의사가 지금 꿰매고 있는 허벅지 상처 때문이 아니었다. 숨을 쉴 때마다 비명을 지르게 하는 것은 옆구리의 통증이었다.

"거의 다 됐어요."

의사가 말했다. 캠벨이 바닥에 핏자국을 남기며 절뚝거리는 걸음으로 맥케나의 바에 들어오자마자 호출된 의사였다. 캠벨은 뒷방 테이블에 누워 있었고, 은퇴한 의사는 그의 다리에 작게 난 구멍을 꿰맸다.

피건이 두 번째로 발사한 총알은 옆구리를 스쳤고, 살점은 거의 다치지 않았다. 하지만 캠벨은 총알에 맞으면 갈비뼈를 망치로 두들겨 맞는 듯이 아프다는 것 정도는 알고 있었다. 의사는 엑스레이가 없으면 갈비뼈가 부러졌는지 멍만 든 건지 알 수 없다고 했다. 캠벨은 그저 지독하게 아플 뿐이었다. 부상 위에 거즈를 붙여 놓았고, 캠벨은 통증이 또 불쑥 찾아올까 봐 숨을 얕게 몰아쉬었다.

"됐어요."

의사가 말했다. 접시에 도구들을 올려놓는 소리가 들렸다.
"큰 부상은 아니고, 총알이 스친 것뿐이에요. 허벅지 뒤쪽에 2센티미터쯤 찢어졌고. 9밀리미터 총알 자국은 항상 깔끔하다니까. 당신 같은 사람들 숱하게 치료했으니 내 말 믿어요. 훨씬 심한 상처도 많이 봤으니까."

캠벨이 눈을 뜨자 맥긴티가 그를 내려다보고 있는 모습이 보였다. 맥긴티는 카폴라의 장례식에 입었던 검은색 정장 차림이었다. 그가 들어오는 소리는 듣지 못했다. 두 사람은 의사가 손을 씻고 기구를 챙기는 동안 서로 바라보았다.

"며칠 쉬어요."

그는 테이블 위에 작은 약병을 올려놓았다.

"가능하면 걸어 다니지 말고, 하루에 세 알씩 먹어요. 감염이 생길 때를 대비한 항생제니까."

"고마워요, 케빈."

맥긴티가 말했다. 그는 의사에게 현금 다발을 쥐여주었다. 의사는 고개를 끄덕하고 나갔다.

"일을 망쳤군, 데이비."

맥긴티가 말했다.

"저보다 먼저 총을 들이댔습니다."

캠벨이 고통에 눈을 찡그리며 말했다.

"게다가, 제가 생각했던 것보다 실력이 좋았습니다."

"변명은 필요 없어. 자넨 날 실망시켰어. 매우 실망했네."

"아, 그럼 제가 어떻게 했어야 했단 말입니까? 그가 제게 총을 겨누고…."

"그놈을 죽이려고 갔던 거잖아!"

맥긴티는 테이블을 주먹으로 내려쳤고, 캠벨은 가슴에 충격이 울리자 신음을 내뱉었다.

"도망치지 말고 시킨 대로 했어야지."

"그가 절 죽였을 겁니다."

맥긴티는 몸을 수그렸다.

"난 안 그럴 것 같냐?"

"죄송합니다, 의원님."

"넌 제리를 처리 못 한 것도 모자라 그가 길거리에서 총을 쏘게 만들었어. 경찰이 왔단 말이야. 제리는 도주했고, 경찰이 그를 수색할 거야. 리즈번로드 경찰서의 동료가 패치에게 전해 줬어. 만약 제리가 체포되어 자백한다면, 그가 카폴라와 맥케나를 죽이고 에디 코일의 머리를 깨부수었다는 사실이 알려질 거야. 그럼 내가 어떻게 보이겠어, 응? 언론이 날 갈기갈기 찢어놓을 거라고. 모두가 날 비웃을 거 아냐."

"목격한 사람이 있습니까?"

"이웃에서 은색 차를 본 게 다야."

맥긴티는 손가락으로 캠벨의 얼굴을 가리켰다.

"지랄 맞게 운 좋은 줄 알아. 사람들이 널 목격했다면 지금쯤 네 머리통에 총알이 박혀 있을 테니까."

캠벨은 테이블에서 자세를 바로잡느라 이를 악물고 비명을 참았다. 왼쪽 다리는 뻣뻣하고 무거웠고, 옆구리는 불로 지지는 것 같았다.

"어디로 갔을까요? 여자에게로?"

맥긴티는 캠벨에게 셔츠를 건넸다.

"아니. 옷 입어. 패치 토너가 지금 여자 집 바깥에 주차해놓고 감시 중이야. 여자가 공항으로 가서 내가 예매해준 비행기를 타는지 패치가 확인할 거야."

"그냥 처리해버리지 않는 이유가 뭡니까?"

캠벨은 셔츠를 입으려 용을 쓰며 말했다. 왼쪽 소매 아래에 구멍이 뚫려 너덜거렸다. 맥긴티의 눈이 번쩍였다.

"그건 내가 알아서 해."

캠벨은 맥긴티를 압박해봐야 좋을 것이 없음을 느꼈다. 그는 허벅지에 깊은 욱신거림을 느끼며 테이블에서 내려왔다.

"알겠습니다. 하지만 여자를 이용해 제리를 유인할 수 있을 겁니다."

맥긴티는 잠시 생각했다.

"아니야, 너무 위험해. 아침에 기자 회견이 있어. 뭐든 잘못되면 난 끝장이야."

"그럼 어떡하죠? 피건이 움직일 때까지 기다리나요?"

"지금으로선 별 방법이 없어."

"제가 한 가지는 맞았어요. 제리는 의원님을 노릴 겁니다. 그리고 저도 노릴 거고요. 그가 경찰에 대해서도 물었어요."

"그 경찰은 자신을 보호할 수 있어."

"그럴 수도 있겠지요. 의원님은 가능하십니까?"

한 시간 후, 캠벨은 유니버시티스트리트에 있는 자신의 아파트 해진 소파 위에 누워 있었다. 옆구리에 얼음 봉지를 댄 채로 귀에 전화기를 댔다.

"완전히 망쳐버렸군."

중개자가 말했다.

"말 꺼내지 마."

캠벨이 찌릿거리는 옆구리 통증에 미간을 찌푸리며 말했다.
"총으로 거푸 얻어맞은 데다 총알을 두 방이나 맞고 폴 맥긴티한테 욕까지 먹었어. 너한테까지 개소리 듣고 싶지 않아."
중개자가 말했다.
"싫든 좋든 들을 말은 들어야지."
중개자가 뭔가 말하기도 전에 캠벨은 전화를 끊고 휴대전화를 바닥에 내던졌다. 맥긴티의 부하 하나가 캠벨의 포커스로 아파트에 데려다주었고, 캠벨은 혼자서 두 층의 계단을 올라가야 했다. 바텐더 톰은 통증에 도움이 될 거라며 커다란 얼음 봉지를 줬다. 캠벨은 얼음을 조금 덜어낸 뒤 나머지는 주방의 소형 냉동고 안에 넣었다.
바닥에 떨어진 휴대전화가 울렸다. 캠벨은 신음과 함께 전화를 집어 들었다.
"왜?"
"한 번만 더 끊었다간 네 정체를 까발릴 줄 알아. 이 세상 어디에도 친구 하나 없게 해줄 거라고, 알아듣겠어?"
캠벨은 한숨을 내쉬었다.
"알았어."
"좋아. 이제 어떻게 되는 거야?"
"특별한 거 없어. 피건이 나타날 때까지 기다리는 수밖에."
"그게 언제든 어디서가 되든, 피건을 처리할 준비가 되어 있는 게 좋을 거야."
"젠장, 지금 난 도저히 그럴 몸 상태가……"
"난 그런 거 신경 안 써. 맡은 일이니 완수하란 말이야. 네가 그놈을 잡기 전에 또 사고치지 않기를 바라라고. 모두가 힘든 상황이야. 애초에 널 보내지 말았어야 했는데. 넌 신분을 너무 오래 숨겼어. 젠장, 상황을 더 악화시키지 말란 말이야."

전화가 끊겼고, 캠벨은 다시 휴대전화를 방구석에 내동댕이쳤다. 상처만큼이나 쓰린 좌절감에 눈을 감았다. 오늘, 15년 동안 일하면서 그랬던 것처럼 거의 죽을 뻔했고, 간신히 벗어났다. 피건이라는 미친 놈에게 거의 목숨을 내줄 뻔했다.

거의?

아니, 거의란 없었다. 피건의 전화가 울리지 않았더라면 그는 이미 죽은 목숨이었다. 캠벨은 그저 운이 좋아 산 것이었다. 그 생각에 다시 한 번 몸서리가 쳐졌다.

그리고 더 큰 의문점이 있었다. 피건이 어떻게 알았을까? 피건은 자유군 청년들이 협박한 적이 없다는 사실을 정확히 알고 있었다. 얼스터 자유군은 노동 계급 신교 단체인 얼스터 방위 협회의 투쟁 집단으로서 공화당으로부터 인민을 보호한다는 명분을 내걸고 있었다. 하지만 사실 그들은 로열리스트에 흔한 불량배일 뿐이었다. 술집으로 들어가 움직이는 것을 다 쏴버리거나, 택시를 불러서 도착하길 기다렸다가 운전사를 쏴버리는 족속들이었다. 위험한 목표를 실제로 공격하는 일은 절대 없었다. 그럴 만한 배짱이 없는 자들이었다.

문제는 델라니였다. 캠벨은 야비한 델라니 놈이 자기를 구석에 몰아넣고 첩자라고 추궁했던 그날 밤을 기억했다. 지금까지도 델라니의 입 냄새와 싸구려 스킨 냄새가 나는 것 같았다.

"5만 파운드 가져와."

델라니는 기름기 낀 검은색 머리를 눈에 늘어뜨린 채 씩 웃으며 말했다.

"5만 파운드만 가져오면 전부 잊어줄게."

캠벨은 엿듣는 사람이 있는지 보려고 바를 둘러보았다.

"네 약속을 믿더라도 내가 어디서 5만 파운드를 구하겠어?"

"중개자한테 달라 해. 네 정체를 숨기기 위해서라면 줄 거야."

델라니는 머리를 뒤로 쓸어 넘겼다.

"헛소리 집어치우고 엿이나 먹어."

캠벨은 다부진 델라니를 옆으로 밀쳐내며 말했다.

"하루 이틀 생각할 시간을 줄게."

델라니가 등에 대고 말했다.

캠벨은 그날 밤 중개자에게 전화했고, 24시간이 지나기 전에 계획이 잡혔다. 캠벨이 델라니를 처리한 뒤 자유군에 심어둔 첩자가 얼간이 몇 명에게 뒤집어씌우기로 한 것이었다.

캠벨이 맥긴티에게 가서 지어낸 이야기를 늘어놓자, 맥긴티는 격분했다. 캠벨은 델라니를 괜히 죽였나 하는 생각이 들 정도였다. 얼스터 자유군 청년들은 죗값을 단단히 치를 수밖에 없었다. 그들에겐 고통스러운 죽음이 준비되었다. 마침 제리 피건은 어머니 장례식에 참석하기 위해 메이즈 교도소에서 3일간 나와 있었다. 재소자와 교도관 사이의 자율 시행 제도는 다음 사람의 휴가가 이전 사람의 귀환에 달려 있는 방식이었고, 피건은 바깥 세상에 있는 동안 자유롭게 이동할 수 있었다. 빈시 카폴라는 폭행으로 구금 상태였으므로, 고통스러운 죽음을 선사할 최고의 적임자는 피건이었다. 모든 준비는 맥긴티의 몫이었다.

델라니가 맥케나의 바에서 캠벨을 구석에 몰아넣은 지 72시간, 캠벨이 델라니를 피에 떡진 시체가 될 때까지 두들겨 팬 지 36시간 만에 캠벨과 제리 피건은 흐느끼는 로열리스트 둘을 지켜보고 있었다. 청년 중 한 명은 바지에 오줌을 지렸다.

시큼한 냄새가 방 안을 가득 채웠다. 땀, 오줌, 피의 악취가 섞여 캠벨은 구역질이 날 지경이었다. 그들은 도시 북서쪽 공업 단지의 빈 방에 있었다. 천장이 높은 방 안은 강한 형광등 불빛에 온통 흰색과 회색으로 보였고, 얼스터 자유군 청년들이 흐느끼는 소리가 벽돌로 지은 벽에 울렸다. 콘크리트 바닥에는 이미 피가 고여 있었다.

피건은 그곳까지 가는 동안 입을 거의 열지 않았다. 피건과 캠벨이 심문할 수 있도록 누군가가 자유군 청년 두 명을 끌어다 의자에 묶어 놓았다. 캠벨은 피건이 청년 주위를 도는 모습을 지켜보았다. 피건의 표정은 돌을 깎아놓은 것 같았고, 증오나 분노보다 깊은 무언가가 그의 눈 뒤에서 빛났다.

피건은 곡괭이 손잡이를 이용했다. 한 시간이 지났지만 두 청년은 아무것도 털어놓지 않았다. 그들이 용기 있고 강해서가 아니라 맥긴티를 공격할 계획이라곤 도무지 아는 바가 없었기 때문이었다. 그동안 피건은 무표정하게 먼 곳을 응시했다. 하지만 한 순간만은 예외였다. 청년 중 하나가 어머니를 부르며 울자 피건은 정신을 차리는 듯했다. 캠벨은 피건의 표정에서 혐오감 또는 연민의 파도를 본 것 같았다. 어느 쪽인지 알 수 없었다. 판단하기 전에 피건의 표정은 이내 사라졌다.

비명이 잦아들고 흘릴 피도 바닥날 무렵, 피건은 곡괭이 손잡이를 바닥에 떨어뜨렸다. 그는 청년들을 22구경 권총으로 끝내버렸다. 날카로운 총성이 텅 빈 콘크리트 방 안에 울렸다. 피건은 몇 분간 조용히 서 있었다. 캠벨은 그의 얼굴에 번들거리는 눈물 자국을 알아챘다.

"이 녀석들은 아무것도 몰랐어."

피건이 말했다. 캠벨은 벽에 기대서 욕지기를 참았다.

"델라니가 이자들이랬어. 이름까지 댔다고."

"거짓말한 거야. 뭐, 상관없어. 맥긴티가 놈들을 죽이라고 했어. 그뿐이야."

피건이 손등으로 얼굴을 닦자 얼굴에 붉은 얼룩이 남았다.

"난 어제 어머니를 땅에 묻었어."

캠벨은 아무 말 하지 않았다. 피건의 눈은 멀리 떨어져 있는 무언가를 응시하는 것처럼 멍했다.

"어머니는 16년간 나와 말을 하지 않으셨어. 내가 한 짓이 부끄럽다고 하셨어. 그게 어머니가 내게 마지막으로 한 말이야. 교도소에서 병원에 있는 어머니를 보러 가라고 날 내보내줬어. 어머니는 병실에 나를 못 들어오게 했어. 어머니는 날 증오하며 돌아가셨지."

"내게 왜 그런 이야기를 하는 거지?"

캠벨이 물었다. 정신을 차린 피건은 혼란스런 표정의 얼굴을 찌푸린 채 캠벨을 쳐다보았다.

"글쎄. 이제 가야지?"

캠벨은 그를 따라 어둠 속으로 나왔다. 차를 몰고 시내로 돌아가는 동안, 그는 한 눈은 도로에, 다른 눈은 피건에게 고정했다. 가슴 안에서 심장이 천둥처럼 뛰었다.

그것이 9년 전 일이었다. 그리고 지금 피건은 캠벨이 속인 것을 알고 있었다. 내가 첩자라는 사실도 알고 있을까? 캠벨은 추측만 할 뿐이었다.

중개자는 피건이 죽기를 원했다. 맥긴티도 피건이 죽길 원했다. 캠벨은 피건을 죽여야만 했다. 만약 맥긴티가 진실을 알게 된다면… 결코 캠벨이 고통 없이 죽도록 두지 않겠지.

30

 피건은 어둠 속에서 기다렸다. 아래층에서는 벽난로 위 시계가 째깍거리다 한 줄기 빛마저 암흑으로 바래는 시간이 되자 시간을 알리며 울었다. 이제 막 오후 10시였다. 마리가 탄 런던 개트윅행 비행기가 아일랜드해 상공 어딘가를 날고 있을 시간이었다. 비행기가 11시에 착륙하면 그녀는 맥긴티의 부하를 만나 자신과 엘렌을 위해 마련된 숙소를 안내받게 되어 있었다. 이제 곧 쿨터 신부가 휘청거리며 집에 올 시간이었다. 카폴라는 땅 속에 묻혔고, 마지막 고별사는 이른 오후에 끝났다. 쿨터 신부는 지금쯤 만취가 되어 있을 터였다.
 피건은 신부의 침실 구석 단단한 나무 의자에 앉아 열린 문 뒤에서 기다렸다. 유령들은 어둠 속에서 어슬렁거렸다. 가끔은 어디가 유령이고 어디가 어둠인지 분간하기 어려웠다. 집중하면 그들을 겹겹이 쌓인 어둠으로부터 끌어내 초점을 맞출 수 있었다. 피건은 시야에서 그들을 밀어냈다가 다시 끌어당겼다. 유령들은 언제나 그곳에서 그를 지켜보고 있었다.
 언제나.
 피건은 아무리 피곤해도 위험을 앞에 두고 잠들지 않았다. 눈꺼풀이 무거워질 때마다 그들의 비명 소리가 정신을 깨웠다. 오늘 밤이

지나면, 모든 일이 끝나면, 그들은 피건에게 약간의 평온을 허락해줄 수도 있으리라. 아직 시간이 많이 남았지만, 그는 이동 중에 틈틈이 눈을 붙일 수 있고, 이곳에서 멀리 떨어진 호텔의 부드러운 침대에 누울 수 있을거란 생각에 남은 일이 쉽게 느껴졌다. 쿨터 신부는 신속하게 끝낼 작정이었다. 어쨌든 그는 신을 섬기는 사람이니까.

피건은 복부를 가로지르는 통증을 몰아내기 위해 앉은 채로 자세를 바꿨다. 피를 토하는 것은 몇 시간 전에 멈췄지만, 가만히 있어도 통증이 속을 들쑤셨다. 따뜻한 날씨는 이마에 땀까지 송골송골 맺히게 했다. 벨파스트에서 드물게 찾아 오는 온화한 봄 날씨인데다, 쿨터 신부의 집은 더 따뜻했다. 신부의 옷장에서 두툼한 외투를 꺼내 입은 피건은 더욱 더웠다. 하지만 옷에 피가 묻지 않게 하려면 어쩔 수 없었다. 제대로 처리한다면 피가 많이 튀지 않겠지만, 그래도 주의해야 했다.

하지만 피건이 이렇게 많이 땀을 흘리는 이유는 더워서만은 아니었다. 그는 아버지가 술을 끊을 때 보였던 증상을 기억했다. 위스키를 마신 지 거의 48시간이 지났다. 떨림은 아직 약했다. 미세한 진동일 뿐이었다. 하지만 손이 축축해질 정도의 메스꺼움이 몇 차례 왔다가 사라졌다. 혀가 말라오자 침을 모아 입 안에서 굴렸다. 아버지는 비명을 지를 만큼 무서운 악몽 때문에 다시 술을 마셨다. 피건은 유령들이 자기가 꿈을 꾸도록 내버려둘지 의심스러웠다.

드리워진 커튼 위 틈으로 빛줄기가 들어와 천장을 가로지르고, 바깥에서 덜거덕거리는 디젤 엔진 소리가 들렸다. 택시 핸드브레이크의 끼익 소리가 난 뒤 차문이 열렸다 닫히고, 잘 자라고 친절하게 인사하는 소리가 들렸다. 택시가 부릉 소리를 내며 떠났고, 열쇠구멍을 찾으려 긁는 소리가 났다.

그림자들은 동요하며 가장 어두운 구석으로 흐르듯 옮겨갔다.
아래층 현관문이 열리자 피건의 발목 주위에 시원한 바람이 느껴졌다. 전등 스위치가 켜졌다가 꺼졌다. 거실의 왕관앵무새는 신부가 잠을 방해하는 데 화가 나 날개를 퍼덕이며 높은 소리로 꽥꽥거렸다. 쿨터 신부의 혀 꼬인 목소리가 들렸다.

"괜찮아, 조조. 나야. 다시 자려무나."

전등 스위치가 또 켜졌고, 신부가 계단을 올라오는 소리가 나기 시작했다. 신부는 숨을 가쁘게 쉬었고 계단은 그의 몸무게에 눌려 삐걱거렸다. 화장실 전등 스위치를 켜고 앞 지퍼를 여는 소리가 났다. 쿨터 신부는 변기에 우레 같은 소리로 한참이나 소변을 쏟아내며 콧노래를 불렀다. 소변 소리에 비해 조용한 물소리가 난 뒤 수건이 바스락거렸다. 그동안 신부는 곡조가 안 맞는 노래를 흥얼거렸다.

피건은 발소리가 가까워지자 긴장했다. 숨소리를 조용하게 고르며, 쿨터 신부의 쇳소리 나는 숨소리를 들었다. 신부가 문간에 멈춰 전등 스위치를 딸깍 켜는 소리가 들렸다.

"이런, 젠장."

불이 켜지지 않자 쿨터 신부가 투덜거렸다. 전구는 피건의 맨발 근처에 놓여 있었다. 쿨터 신부는 한숨을 쉬고 침실로 들어왔다. 피건 그리고 떠도는 그림자들은 어둑한 신부의 형체가 신발을 벗어 던지고 침대에 올라가는 모습을 지켜보았다. 그는 등을 대고 누워 검은색 셔츠의 흰 깃을 잡아당겼다. 잠시 더듬거리며 셔츠 맨 위 단추를 풀었다. 그리고는 팔을 옆으로 떨구고 담요 위에 대자로 팔다리를 펼쳤다. 몇 분 후, 목을 긁는 듯 한 코골이 소리가 방 안을 가득 메웠다.

영국군 세 명이 어두운 구석에서 나와 침대 옆에 서서 신부의 처형을 흉내 냈다. 여자도 그들을 따라했고, 아기는 엄마 팔에 안겨 흔들리며 작은 손으로 엄마의 드레스를 잡고 있었다. 그녀는 피건에게 미소 지었다. 그는 고개를 끄덕이고 일어섰다. 캠벨에게서 빼앗은 칼은 가벼웠지만 손 안에 단단하게 잡혔다. 피건은 방을 가로질렀다. 얇은 수술용 장갑을 낀 손으로 칼의 버튼을 더듬어 찾았다. 작게 톡 하는 소리와 함께 칼날이 튀어 나왔다. 코 고는 소리가 멈췄다. 피건은 쿨터 신부의 둥근 얼굴과 깜빡이는 눈을 겨우 구별할 수 있었다.

그림자들이 뒤로 물러섰다. 신부는 작은 소리로 속삭였다.

"누구 있소?"

"괜찮아요, 신부님. 다시 주무세요. 꿈이에요."

"꿈이라고? 난… 난….""

"쉿."

피건은 칼을 들어올렸다.

"제리? 제리 피건? 자네 맞나?"

피건의 몸이 굳었다.

"네, 신부님."

"무슨 일인가, 제리? 여기서 뭐 하는 거야?"

"신부님이 제게 하신 꿈 이야기를 기억하시나요?"

신부는 팔꿈치를 딛고 몸을 일으키려 했다.

"지금 듣고 있는 게 뭐지?"

피건은 손을 아래로 뻗어 쿨터 신부의 머리카락을 쓰다듬었다.

"기억하세요? 그 영국군들요. 신부님께서 막을 수 있었지만 그러지 않으셨죠."

쿨터 신부는 천천히 고개를 흔들었다.

"그건 아주 오래전 일이야, 제리. 난 겁이 났어."

"지금은 무섭지 않으신가요?"

신부는 고개를 끄덕였다.

"이제 그 꿈을 꾸지 않아도 될 겁니다."

"제발, 제리. 무섭잖나. 원하는 게 뭔가?"

"없습니다. 아시죠, 제가 신부님을 살려드렸다는 걸."

침대 위 쿨터 신부의 몸이 굳어졌다.

"뭐라고?"

"지난번에 끝내려고 했지만, 용기를 잃고 말았죠. 영국군 셋은 그냥 달고 살았을지도 모릅니다. 신부님까지 죗값을 치를 필요는 없다고 생각했으니까요."

"무슨 짓을 저지를 생각이든, 제리, 제발 그러지 말게. 얘기해보자고, 응?"

신부는 일어나 앉으려 했으나 피건은 그를 부드럽게 눌러 다시 눕혔다.

"그런데 신부님은 마리를 찾아가셨죠. 맥긴티를 위해 그녀를 위협했어요."

"아냐, 난…."

"그리고 맥긴티에게 제 고백을 전달했어요. 제 고해성사를."

"아니, 그건 진실이 아냐. 정말이야, 난 절대…."

"조용히 하세요, 신부님."

"오, 맙소사. 제발…."

피건은 비명을 막기 위해 신부의 입에 왼손을 덮었다. 그는 쿨터 신부가 팔을 들어 막기 전에 칼을 한 번 내려찍었다. 강하고 날카로운 강철 날이 달린 고성능 칼이었다. 칼은 가슴뼈를 쉽게 뚫고 심장에 박혔다. 피건은 칼을 가볍게 빼낸 뒤 두 번 더 찔렀다.

쿨터 신부는 피건의 어깨를 잡고 몸을 비틀었다. 피건은 어둠 속에서 자신을 올려다보는 눈빛을 바라보았다. 신부는 피건의 손바닥에 뜨거운 숨을 뱉으며 비명을 질렀다.

"괜찮습니다, 신부님. 오래 걸리지 않아요. 금방 쇼크가 올 거니까요. 전혀 아프지 않을 겁니다."

피건은 손을 치웠고, 쿨터 신부는 얕은 숨을 헐떡였다. 신부는 소리 없이 입을 뻐끔거렸다. 그는 가슴에 손을 가져다 댔다. 피는 거의 나지 않았다.

"신이, 자네를, 용서하기를."

그는 겨우 소리를 내보냈다.

피건은 칼날을 담요에 깨끗하게 닦았다.

"제게 필요한 건 신의 용서가 아닙니다. 이제야 알게 됐죠."

피건이 신부의 죽음을 지켜보는 동안 가슴에서 피가 부글거리는 소리, 담요가 바스락거리는 소리, 작은 신음 소리가 점점 사라져갔다. 피건이 처음 심장을 찌른 뒤 쿨터 신부의 몸에서 영혼이 빠져나가며 쉬익 하고 마지막 숨소리를 내뱉기까지는 채 2분이 걸리지 않았다. 피건은 옷장에서 꺼낸 코트를 벗어 시신을 덮었다.

그는 칼을 접어 주머니에 다시 넣고 의자 옆에 둔 신발을 조용히 신었다. 바닥에 둔 스포츠백 안에는 옷 몇 벌과 영국 여권, 아일랜드 여권, 권총 두 정, 총알 57발, 몇 천 파운드의 돈뭉치가 들어 있었다. 피건은 가방을 어깨에 걸치고 아래층으로 내려갔다. 그는 주방을 통해 뒷마당으로 나와 조용히 문을 닫았다. 뒷문은 안쪽에서 자물쇠로 잠겨 있어, 정원 담을 넘어 반대쪽 골목으로 나가서 걷기 시작했다. 시내의 유로파 호텔 버스 정류장까지는 한참 걸어야 했다. 마지막 공항 셔틀버스를 타려면 걸음을 재촉해야 했다.

피건은 고개를 숙이고 걸었다. 여섯 그림자가 그 뒤를 바짝 뒤따랐다.

SIX 31

마리 맥케나는 피건 옆에 벌거벗은 채로 누워 있었다. 그의 침대였지만, 그의 침대가 아니었다. 그의 집이었지만, 그의 집이 아니었다. 피건도 벌거벗고 있었고, 그 모습이 부끄러웠다. 그는 몸을 가리려고 했다.
"그러지 말아요."
마리가 피건의 손을 제지하며 말했다.
"난 깨끗하지 않아요."
그가 말했다. 그녀는 입으로 쉿 소리를 낸 뒤 가까이 다가왔다. 그녀의 몸이 따뜻하게 닿아왔다. 그녀는 피건에게 입을 맞췄다. 그녀의 입술은 여름날의 공기처럼 부드러웠다. 그녀의 입술이 떨어지자 그가 말했다.
"너무 오래돼서 어떤 느낌인지 잊었어요."
"이런 느낌이에요."
그녀는 피건의 손을 잡아 자기 가슴에 가져갔다. 그녀의 살결은 부드러웠고, 둥글고 탄력 있는 가슴이 그의 손바닥에 탄탄하게 들어왔다.
맞아, 이런 느낌이야. 부드럽고, 따뜻하고… 그리고 미끈거렸던가?
그는 아래를 내려다보았다. 그의 손이 그녀의 몸을 붉게 칠하고 있었다. 그녀 역시 아래를 내려다보고는 역겨움에 입을 일그러뜨렸다. 그는 닦아내려고 애썼으나, 더 진해질 뿐이었다. 그녀의 가슴과 배 위에 새빨갛고 커다란 손자국이 남았다. 그녀는 몸부림치며 벗어났다.

"잠깐."

그는 마리의 팔을 잡으며 말했다. 피 때문에 미끄러워서 그녀를 잡아둘 수 없었다.

"제발, 내가 닦아줄게요."

그는 다시 닦으려 했으나, 그녀의 골반과 허벅지에 붉은 자국만을 남겼다.

"더 잘할 수 있어요. 제발, 내가 잘할게요."

그녀는 몸부림치고 할퀴고 발로 차며 도망가려 했다.

"날 내버려둬. 저리 가. 도와주세요! 도와주세요!"

그는 그녀가 왜 비명을 지르고, 누가 그녀를 도와줄 수 있고, 누구로부터 구해야 하는지 알 수 없었다. 설마 자기 때문이리라곤 전혀 생각하지 않았다. 그럴 리 없었다. 그냥 피가 조금 묻은 것뿐이었다. 그녀가 가만히만 있으면 닦아낼 수 있었다. 하지만 가만히 있지 않았다. 그녀는 계속 발로 차고 비명을 지르며 울었다. 그는 잘하려고 했지만 그의 어깨를 잡은 손이 가만히 두지 않았다. 손은 그를 흔들고, 그녀에게서 그를 떼어놓았고, 그를 꽉 쥐고 흔들었다. 이제 손의 주인은 뭔가 말하고 있었지만 그는 마리를 깨끗이, 더 깨끗이 닦아주어야 했다. 하지만 손은 도대체 멈추지 않았고, 그를 가만두지 않았다.

"이봐요, 잠은 비행기에서 자요."

피건은 눈을 번쩍 뜨며 손을 쳐내고 칼이 든 주머니에 손을 뻗었다. 차가운 칼은 넣어둔 곳에 그대로 있었다. 버스 운전사는 뒤로 물러나 눈을 껌벅이며 그를 쳐다보았다.

"이런, 진정해요. 도착했다는 뜻이었어요."

피건은 혼란스런 얼굴로 주위를 둘러보았다. 버스 안은 어둑했고 바깥은 늦은 밤의 여행객들이 터미널로 오갔다. 심장은 혹사당한 엔진처럼 덜컥거렸고 땀 맺힌 이마는 차가웠다.

"미안합니다. 그리고 고마워요."

그는 스포츠백을 들고 버스 중앙의 통로로 나갔다. 버스 기사는 그의 뒷모습을 수상한 눈초리로 쏘아보았다. 그가 보도로 내리자 문이 쉬익 닫혔다. 버스는 출발했고, 남겨진 피건은 보도 건널목에서 터미널을 쳐다보았다. 공항 경찰 두 명이 방탄 조끼 위에 MP5 반자동소총을 멘 채 입출구 사이에서 수다를 떨고 있었다.

피건은 터미널 근처에 가면 검색을 당하리라는 사실을 알고 있었다. 지금은 북아일랜드 분쟁 당시보다 훨씬 보안이 엄중했다. 수천 킬로미터 떨어진 사막에서의 전쟁이 집 안에서의 전쟁보다 더 겁나는 모양이었다. 그는 휴대전화를 귀에 대고 눈을 감았다. 전화를 받자 속에서 따뜻한 무언가가 솟구쳤다.

"도착했습니다."

"당신은 떠났어야 했어요."

피건이 말했다.

"절대 안 가요."

마리는 르노 클리오를 공항에서 북쪽으로 뻗은 로터리로 몰며 속도를 냈다. 엘렌은 뒷자리의 카시트에서 자고 있었다. 방금 전 마리가 엘렌을 안은 채 여행 가방을 메고 피건을 만나러 올 때도 아이는 거의 깨지 않았다.

"떠나면 더 안전할 텐데요."

"그럴지도 모르죠."

그녀는 화난 표정으로 기어를 세게 넣으며 말했다.

"하지만 그랬다면 콧대 높고 정치적 허세에 찌든 폭력배 놈이 딸아이를 키울 곳을 정해준 것에 굴복한 꼴이 되잖아요. 거절할 거예요. 남의 집에서 부끄러워하며 사느니 두렵더라도 내 집에서 사는 게 나아요."

"그러지 말아요."

피건이 말하고 나서 엘렌을 잠깐 돌아보았다.

"그만하세요."

마리는 단호하게 말했다.

"세상에, 공항 절차가 얼마나 복잡하던지. 패치 토너가 재규어를 타고 거기까지 쫓아와서는 터미널에서 제 뒤를 따라오는 게 보였어요. 맙소사. 맥기티가 토너의 미행 실력을 높게 평가해선 안 되겠더군요. 어쨌든, 체크인하고 티켓을 받은 뒤 검색대를 지났어요. 그리고 탑승이 시작되자마자 바로 내리겠다고 했죠. 정말 직접 보셨어야 한다니까요. 얼마나 난리였는지! 스튜어디스가 벌레 씹은 표정을 하더라니까."

마리의 얼굴이 상기됐다. 피건은 잠자코 듣기만 했다.

"화물칸에서 내 가방을 어떻게 빼내느냐고 쏘아붙이는 거예요. 그게 거의 40분 걸렸고, 날 데리고 나갈 경비요원도 기다려야 했어요. 출발 플랫폼에서 나온 지 몇 분 안 지나서 전화를 받은 거예요."

그녀는 아드레날린과 분노에 취해 있었다. 피건이 물었다.

"패치의 흔적은 없었나요?"

"없었어요. 안 보였어요. 제가 체크인하는 걸 보자마자 갔을 거예요."

"우린 이제 어디로 가는 거죠?"

"포트캐릭."

그녀가 말했다.

"북쪽 해변 밸리미나를 지나서 있는 곳이에요. 어렸을 때 부모님이 몇 번 데려가 주셨죠. 난 항상 자동차 캠핑장에서 잤지만, 후미에 자그마한 호텔이 있어요. 사람들이 거의 방문하지 않아 매우 조용한 곳이죠. 홉커크란 이름이에요. 아직 문을 닫지 않았어야 할 텐데."

"그러게요."

피건은 흉한 꿈, 아름다운 꿈을 번갈아가며 꾸었다. 앤트림 외곽 먼 곳을 보며 눈을 부릅뜨고 있었지만 어느새 얕은 잠에 빠졌고, 차가 덜컹거리거나 방향을 바꾸면 깼다. 자다 깨다를 반복하는 동안에도 도로의 오르막과 내리막, 그리고 점점 더 깊어져가는 어둠을 느낄 수 있었다. 얼마의 시간이 지난 뒤, 잠에서 깼을 때는 주위가 암흑으로 둘러싸여 있었다. 고도가 높은 곳인지 귀가 멍했다.

"거의 다 왔어요. 이제 글렌즈에요. 밸리미나의 아름다운 경치를 놓치셨네요."

차가 좌회전하자 완만한 내리막이 시작되었다. 창문 너머 먼 곳으로 거친 풀밭이 스쳐 지나갔다. 수 킬로미터 내내 황량한 허허벌판 같았다.

"낮에 보면 아름다운 시골이에요. 다른 세상은 존재하지 않는 것처럼 평화롭죠. 난 여기 오는 게 좋았어요. 해변에 집을 사고 싶었죠. 이제 그럴 일은 없겠지만."

구름 뒤에서 달이 모습을 드러내자 피건은 잠시 숨이 턱 막혔다. 달빛이 비추자 사방으로 몇 킬로미터씩 볼 수 있었다. 잔디가 깔린 언덕이 하늘과 닿은 듯 솟아 있었다. 북대서양과 아일랜드해가 만나는 바로 앞바다에는 달이 거울처럼 비치며 은색으로 희미하게 빛났다. 밝게 빛나는 달이 갑자기 사라졌고, 차는 산 비탈 사이로 내려가기 시작했다.

"난 전혀…."

"전혀 뭐요?"

마리가 물었다.

"이런 풍경이 있을 줄은 꿈에도 몰랐어요. 정말."

그녀는 손을 뻗어 그의 팔을 잡았다. 피건은 팔을 빼낼지 그녀의 손을 잡을지 알 수 없었다. 그는 그저 가만히 있었다. 여섯 유령을 떠올리자 낯선 기대감이 생겨났다. 평화로운 밤을 바라면서도 그들도 여기를 감상할 수 있길 바랐다. 아기를 안은 여자를 떠올렸다. 그녀는 늘 예뻤고, 언제나 슬픈 미소를 희미하게 지어보였다. 그녀는 맥케나의 바나 피건의 썰렁한 집이 아닌 다른 곳에 있어아 했다.

가파른 내리막길을 지난 후, 길은 다시 완만한 기복과 곡선 구간으로 접어들었다. 그들은 낡고 낮은 집들로 둘러싸인 좁은 길을 따라갔다. 마리가 말한 그대로였다. 왼쪽으로 작은 강 어귀에 다리가 있고, 다리 건너 오래된 교회가 나왔다. 그 너머 어두운 곳은 북쪽으로 길게 굽은 해변이었다. 헤드라이트도 반사되지 않는 현무암 지대에는 실종된 어부를 기리는 추모비가 서 있었다.

그들은 추모비 왼쪽을 지나갔다. 추모비 너머로 강 하구 오른쪽의 호텔 저편에 아담한 2층 오두막이 있었다. 피건은 바다로 거대하게 솟아 있는 절벽은 알아볼 수 없었지만 집 위로 거대하게 솟은 기운은 느낄 수 있었다. 마리는 낡은 건물 두 채 사이에 차를 댔다. 오두막의 깨진 창문 사이로 빛이 새어 나왔다. 벽에서 그림자가 움직였지만 피건은 그것이 여섯 유령인지, 자동차 헤드라이트가 만드는 것인지 알 수 없었다. 그는 어느 쪽을 원하는지 선택할 수 없음을 깨닫고 몸을 떨었다.
"다 왔어요. 홉커크 호텔이에요."

"오, 이런. 안 돼, 절대 안 돼."
홉커크가 말했다. 키가 크고 호리호리한 노인이었다. 뒤로 넘긴 가느다란 흰 머리카락에 뾰족한 턱수염, 그리고 두꺼운 안경을 쓴 그는 코를 찡긋하고 눈을 감은 채 말을 이었다. 마치 자신의 말에서 기분 좋은 향기라도 나는 듯한 모습이었다.
"말할 필요도 없어."
테이블 뒤편에서 그가 말했다. 위스키와 물통을 앞에 둔 손님은 의자에 앉아 무슨 일인지 구경했다. 피건은 잔에 시선을 두고 있다가 침을 삼켰다.
"제발, 갈 곳이 없어요."
마리는 엘렌을 품에 안고 어르며 간청했다. 아이는 눈을 비비며 칭얼거렸다.
"방 환기도 안 시켰고 침대 정리도 안 했어. 방을 안 빌려준 지가 몇 년인데."
"이불만 있으면 잠자리 마련은 알아서 할게요. 이불이 없으면 매트리스만 있으면 돼요. 시간이 너무 늦어서 아이와 머물 곳이 필요해요."
정말 늦은 새벽 2시였다. 바의 영업 시간은 주인과 손님 사이의 느슨한 합의인 듯 했다. 손님은 옷을 말끔히 차려 입고 덩치가 큰 60대 남자로 깊고 세련된 목소리를 지니고 있었다.
"이봐, 홉커크. 자넨 인정이라는 거 모르나?"

손님은 삐딱한 미소를 지으며 말했다. 홉커크는 손님을 눈빛으로 꾸짖었다.

"아침 식사도 없어. 정말 해줄 수 있는 게 아무것도 없다니까."

피건은 바닥에 가방을 내려놓고 지퍼를 열어 원하는 것이 나올 때까지 안을 뒤졌다. 카운터는 몇 세대에 걸친 듯 두껍게 페인트칠되어 있었다. 피건은 칙칙한 녹색으로 번쩍이는 카운터 위에 지폐 한 묶음을 올려놓았다. 홉커크와 손님은 돈과 서로를 번갈아 쳐다보았다. 홉커크는 손끝으로 돈을 펼쳐 보았다.

"그거면 얼마나 묵을 수 있습니까?"

피건이 물었다.

"한동안."

홉커크는 돈에서 눈을 떼지 않고 말했다.

"서비스는 약속 못 해요. 밥은 알아서 해 먹어야 하고 따뜻한 물도 안 나오고."

"괜찮아요."

마리가 말했다.

"잠깐 기다려."

홉커크는 테이블 뒤에서 나와 어두운 문간으로 사라졌다. 페인트가 칠해진 카운터, 꽃무늬 벽지로 꾸며진 바는 수십 년 전 버려진 듯한 모습이었다. 바닥에는 오랜 세월 밟아서 성긴 카펫이 벽까지 닿지도 않은 채 대충 깔려 있었다. 한쪽 끝의 커다란 벽난로 안 잉걸불은 가라앉아 타닥거리며 탄식하는 듯한 소리를 냈다. 피건은 카운터 뒤의 술병을 보며 침을 삼켰다. 병 몇 개는 피건만큼 오래돼 보였다.

유일한 손님이 의자에 앉은 채 피건과 마리를 쳐다보았다.

"그러니까 새벽 2시에 여길 와야겠다고 생각한 거요?"

그는 객쩍은 말을 건네면서도 미소를 살짝 머금고 있었다.
"갑자기 오고 싶었어요."
마리가 말했다. 엘렌은 이제 잠에서 깨어 눈을 깜박이며 코를 문질렀다. 마리는 카운터 위에 아이를 올려놓았다.
"여기 어디야?"
아이가 물었다.
"휴가 왔어. 바닷가에."
마리가 말했다. 엘렌은 아무 의심 없이 받아들였다.
"배고파."
"감자칩 갖다줄게."
마리가 말했다.
"난 옆집에 살아요."
손님이 말했다.
"홉커크가 아침 대접 제대로 못 하면 우리 집으로 와요. 나랑 집사람이 금세 식사를 준비할 수 있으니까."
마리는 미소로 답했다.
"친절하시네요."
"천만에요."
남자가 말했다. 그는 피건을 쳐다보았다.
"그쪽은 뭐 좀 좋은 걸 먹어야겠군."
피건은 고개를 끄덕했고, 입꼬리를 끌어올려 어색하게 미소지었다. 그는 친절에 익숙지 않았다.
"앨버트 테일러요."
그가 손을 내밀며 말했다.
"만나서 반갑소. 근데, 전쟁에라도 나갔다 온 거요?"

피건은 그와 악수했다.

"조지 페리스입니다."

그는 관자놀이의 긁힌 상처에 손을 가져가 머리카락으로 덮었다.

"넘어졌습니다."

마리는 피건을 잠시 바라보고 말했다.

"메리 페리스예요."

그녀는 딸을 가리켰다.

"엘렌이고요."

거짓말이 오래 유지되기는 어려울 것 같았다. 테일러는 마리와 악수했다.

"아침에 창문을 두드려요."

그가 다정한 미소를 보였다.

"걱정 말아요, 휴커크가 내키지 않아 하더라도 식사는 우리가 책임질 테니. 게다가 요리도 내가 더 잘하거든."

그는 의자에서 앞으로 기대 윙크하며 속삭였다.

덧문이 내려진 창문 너머에서 바다의 속삭임이 반복해서 들렸다. 칠흑 같은 어둠 속에서 피건은 여섯 그림자를 볼 수 없었다. 하지만 그들의 소리가 들렸다. 눈을 감고 고개를 앞으로 끄덕이면 비명이 시작됐다. 아기도 울었다. 방 안 어딘가 마리와 엘렌은 낯선 곳에 함께 누워 서로를 안고 있었다. 가끔 엘렌이 훌쩍이는 소리가 들렸다. 아이도 피건만큼이나 잠을 자기 힘든 듯 했다. 피건이 앉아 있는 의자는 푹신했고, 마리의 여행 가방에 발을 올려놓고 나니 복부에서 잔물결처럼 일렁이는 통증에도 불구하고 꽤 편안했다.

이마가 땀으로 차가워지자 그는 떨리는 손으로 땀을 닦아냈다. 아래층 바에 사창가의 창녀처럼 늘어서 있는 술병을 생각하니 목구멍 뒤쪽의 갈증이 깊어졌다. 그는 혓바닥에 따뜻하게 닿는 위스키와 입술에 차갑게 닿는 흑맥주를 상상했다.

마리의 안정된 숨소리는 바깥 해변에 밀려오는 파도와 박자를 맞추었다. 생각에 빠진 피건의 숨소리도 그녀와 보조가 맞았다. 그의 생각은 여러 가지 기억의 장소와 사람들 사이를 떠돌았다. 몇몇은 밝고 여름 같았다면 나머지는 칙칙하고 음울했다. 그는 불행한 시절이 오기 전의 나날을 떠올렸다. 아버지가 비정상이라는 사실을 깨닫기 전이었다. 그는 어머니를, 어머니의 따뜻한 품을 기억했다. 8월의 어느 날 밤, 웃통을 벗은 다섯 소년이 웃고 뛰고 밀치며 벽에 분필로 그려놓은 골대에 공을 차던 기억도 생생했다. 줄리라는 소녀도 기억 속에 있었다. 그녀는 멀지 않은 곳에 살았지만 마치 다른 나라에서 온 것 같았다. 줄리는 피건과 과자 한 봉지를 나누어 먹은 후, 피건 같은 아이와 어울린다는 이유로 그녀의 아버지에게 흠씬 두들겨 맞았다. 그는 고개를 앞으로 숙이며 그녀가 한 말과 자주색으로 부어오른 그녀의 입술을 떠올렸다. 넌 나와 다른 부류래. 아빠가 너랑 친구 하면 안 된대. 줄리는 그렇게 말했다.

그의 의식이 어둠 속에 빠져들려고 할 무렵, 보안대원이 소리를 지르며 그를 당겨내기 시작했다. 다른 유령들도 어둠 속에서 나타나 합세해 피건을 각성 상태로 끌어냈다. 엘렌은 낡은 침대에서 뒤척이며 희미하게 투정을 부렸다. 피건의 머리는 흠뻑 젖은 솜처럼 무겁게 느껴졌다. 신부를 넘겨주었음에도 그들은 피건을 내버려둘 수 없단 말인가?

하지만 지금 복수를 재촉하는 것은 보안대원이었다. 피건은 여섯 유령 중 가장 가까운 곳에서 마룻바닥을 걷고 있는 그를 보고 있었다.

273

"알았어. 내일, 제발 내일 밤에 할게. 날 쉬게 해줘, 몇 시간만."

피건은 어둠에 대고 속삭였다. 보안대원은 잠시 서성이다가 그림자 속으로 사라졌다. 엘렌은 들릴까 말까 한 소리로 잠꼬대를 했다.

"하지만 꿈꾸고 싶지 않아."

그는 말했다.

"꿈꾸게 두지 말아줘."

피건은 어둠 속에서 유령들을 찾았다. 그의 마음속에 도사리고 있는 두려움으로부터 그들이 자신을 보호해주리라는 위안을 얻고 싶어서였다. 여자가 어둠 속에서 걸어 나와 자기 입술에 검지를 댔다.

"고마워요."

피건이 속삭였다. 그리고 눈을 감았다.

32

 에드워드 하그리브스는 숨 가쁜 목소리로 전화를 받았다. 러닝머신이 발밑에서 돌아가고 있었다. 20분도 안 되어 3킬로미터나 뛰었으니 괜찮은 페이스였다. 좋은 기분은 경찰청장이 연결되어 있다는 여자의 말에 즉시 사라져버렸다.
 "말씀하세요."
 여자가 지저귀듯 말했다.
 "안녕하십니까, 부장관님."
 필킹턴이 말했다.
 "이런, 또 무슨 일인가?"
 하그리브스는 유쾌한 기분인 척할 생각은 없었다. 머저리 필킹턴 때문에 망쳐버리기에는 너무 완벽한 아침이었다. 벨그라비아 아파트맨 위층인 그의 집에서는 아담한 공원의 아름다운 풍경이 보였다. 공원은 카도간플레이스에 둘러싸여 있었다. 이 일을 하면서 유일하게 좋은 점은 런던에서 제일 좋은 집에 살 수 있다는 점이었다. 그는 여태껏 아내가 집 안에 들어오지 못하도록 했다. 두 눈 뜨고 있는 한은 쪼그라든 데다 성질머리 괴팍한 아내를 이 집 안에 한 발짝도 들여놓을 생각이 없었다. 김이 새어 나오는 욕실 안에서는 새 여자 친구가 매끈한 등에서 땀을 씻어내고 있었다. 아내가 여기로 찾아와서 끔찍한 직장 생활 중 유일한 행복을 망치게 할 수는 없었다.

"살인 사건이 또 발생했습니다."

하그리브스는 러닝머신에서 내려왔다.

"누군데?"

"이몬 쿨터라는 신부입니다. 가정부가 90분 전 아침을 차리러 갔다가 발견했습니다. 자세한 사항은 불분명하나 칼에 찔린 것으로 보입니다."

"우리가 왜 신부를 걱정하는 거지?"

하그리브스는 합당한 질문이라 생각했다.

"몇 가지 이유가 있죠. 희생자는 맥케나와 카폴라를 묻은 신부입니다. 불 오케인의 사촌이고, 제가 들은 바론 아주 모범적인 성직자는 아니었다고 합니다. 70년대 후반 슬라이고에서 스캔들이 났다가 금방 덮였습니다. 그러고는 교구에서 즉시 전출됐죠. 오케인이 신부를 벨파스트로 오도록 직접 주선했다는 소문이 있습니다. 벨파스트에서 자기가 조종할 수 있는 신부를 원했던 거죠."

"그래서? 피건 짓인가?"

"그렇다고 볼 수밖에 없습니다."

"그런데 왜 아직 그자가 처리되지 않은 거지?"

"어제 내부인이 처리하려고 했지만 망쳤습니다. 이 내부인을 들여보낸 기존 내부인 말로는 맥긴티의 심기가 불편하다더군요. 불화가 있든 없든 당 지도부는 그를 완전히 방출해버릴 준비가 되어 있습니다. 그리고 피건은 실종됐습니다. 캘커타스트리트에서 총성이 난 후 경찰이 신고를 받고 도착했으나 피건의 흔적은 없었어요."

필킹턴은 목을 가다듬었다.

"그리고 문제가 하나 더 있습니다."

"맙소사, 또 뭐지?"

하그리브스의 어깨가 축 처졌다.

"최근 사망한 마이클 맥케나의 조카딸 마리 맥케나라는 여자입니다. 몇 년 전에 맥긴티와 갈등이 있었지만 삼촌 때문에 무사할 수 있었죠. 이제 삼촌이 없으니 맥긴티는 그녀에게 아일랜드를 떠나라는 협박을 전했습니다. 내부자가 그녀와 딸에게 비행기표를 주고 공항까지 따라가 체크인하는 모습을 목격했으나 목적지에는 도착하지 않았습니다. 그 여자도 실종됐습니다."

"이해가 안 되는군. 그 여자가 무슨 관계가 있다는 거지?"

"그녀와 피건이 가까워지고 있었다더군요. 피건은 그저께 밤 체포되기 전 마리의 아파트에 있었습니다. 어디에 있든 같이 있을 거라 추정하고 있습니다. 그를 찾아내더라도 처리하기 더 어려울 거란 뜻이죠."

따뜻한 손이 하그리브스의 목덜미를 어루만졌다. 그는 몸을 돌려 여자를 보았다. 까무잡잡하고 빛나는 피부를 훤히 드러내고 있었다. 그녀는 영어를 못 했지만 그건 중요하지 않았다.

"그럼 이제 어떻게 되는 거지?"

"기다려야죠. 피건은 어딘가에 나타날 테니 처리할 준비만 하고 있으면 됩니다. 하지만 이 와중에 좋은 소식이 하나 있습니다."

하그리브스는 무미건조한 웃음소리를 냈다.

"그래? 말해보게."

"맥긴티가 오늘 아침에 기자 회견을 열 예정이었습니다. 그는 피건에게 얻어맞은 부하를 내세워 경찰의 짓이라 알리고 카폴라의 죽음이 경찰 책임이라는 주장을 반복할 예정이었습니다. 그런데 아마 기자 회견을 취소할 것 같습니다. 당 내부자 말로는 신부의 죽음이 맥긴티가 받을 관심을 빼앗아갔다는군요."

"자네에겐 잘됐군. 사람이 희생되지 않아도 될 테니 말이야."

"제 분야는 법이지 정치가 아닙니다, 부장관님."

필킹턴의 목소리가 하그리브스의 귀에 날카롭게 부딪쳤다.

"제 부하가 피건이 저지른 짓의 누명을 쓰느니 제가 사직하고 말 겁니다."

"그러면 안 되지."

하그리브스가 말했다. 그는 전화를 끊고 전화기를 침대에 던졌다. 여자는 그의 희끗한 가슴털을 만지작거리며 귀엽게 웃었다.

33

폴 맥긴티는 채 1분도 지나지 않아, 패치 토너의 사무실을 쓰레기장으로 만들었다. 구석의 의자에 앉은 캠벨은 분노하는 맥긴티를 지켜보았다. 맥긴티가 책상을 뒤엎어 책, 폴더, 서류가 어질러진 사무실 한가운데 패치 토너가 덩그러니 앉아 있었다. 그 모습을 보고 캠벨은 웃음을 꾹 눌러 참았다. 그리고 간신히 웃음을 참은 데 안도했다. 만일 웃음이 터졌더라면 옆구리에 불 같은 통증이 날아들 게 뻔했다. 분노가 잦아들자, 맥긴티는 엉망이 된 사무실 가운데서 숨을 몰아쉬었다.

"빌어먹을, 다 네놈 때문에 이렇게 된 거야."

"죄송합니다."

토너가 말했다.

"죄송?"

맥긴티는 토너의 따귀를 세차게 갈겼다.

"죄송하면 다야? 여자가 비행기를 타는 것만 확인하면 되는 걸 가지고, 염병할."

토너는 방어 자세로 손을 들어올렸다.

"체크인까지 했습니다. 그 여자가 보안 게이트를 통과한 뒤 어떻게 했는지는 볼 수 없었습니다. 맹세하건대 여자가 떠난 줄 알았습니다."

맥긴티는 손을 허리에 올린 채 사무실 안을 서성거렸다.

"그런데 알고 보니 아니었다?"

그는 캠벨을 가리켰다.

"네놈도 잘한 거 없어. 내가 오케인 형님께 전화해서 그의 사촌이 죽었다는 소식을 전해야 했다고. 형님이 네놈을 죽이라고 하지 않은 게 다행인 줄 알아."

캠벨은 무언가 말하려 했으나, 숨을 들이쉬자 다친 갈비뼈가 찢어지는 듯했다. 맥긴티는 계속 서성댔다.

"지금 기자 회견을 하면서 에디 코일의 얼굴을 보여주고 있어야 한단 말이야. 다 엉망이 됐잖아. 성직자인 쿨터 신부를 죽이다니. 피건 그놈은 도대체 왜 그러는 거야?"

캠벨은 숨을 얕게 들이마셨다.

"피건은 미쳤다고 말씀드렸잖습니까."

"널 없애버리지 않은 걸 보면 그렇게 미치지는 않았나 부규"

"미쳤기 때문에 절 죽이려고 한 걸 수도 있죠."

캠벨은 맥긴티의 눈을 마주보고 말했다.

"걱정 마십시오, 곧 나타날 겁니다. 여전히 의원님을 노리고 있을 테니까요."

맥긴티는 숨을 고르며 캠벨을 노려보았다.

"나가, 패치."

무릎을 내려다보던 토너는 고개를 들었다.

"네? 여긴 제 사무실입니다. 그렇게 말씀…"

맥긴티는 몸을 돌려 토너의 정강이를 걷어찼다.

"당장 꺼져. 머리를 날려버리기 전에!"

토너는 얼굴을 찌푸린 채 문 쪽으로 절뚝거리며 걸어갔다.

맥긴티와 캠벨만 남자 맥긴티가 말했다.

"입 조심해, 캠벨. 다른 사람들 앞에서 그런 소리 하지 마."

"알겠습니다. 하지만 뒤를 조심하셔야 합니다. 피건이 언제 어디서 공격해올지 모르니까요."

맥긴티는 토너의 의자에 앉았다.

"그럴지도 모르지, 그럴 배짱이 있다면."

"배짱요? 배짱은 아무 상관 없습니다. 제가 몇 번을 말씀드려야 아시겠어요? 옛날의 그놈이 잔인한 개였다면, 지금은 잔인한 미친개입니다. 제발 조심하세요."

"알았어. 내 말 명심해. 만약 피건이 나타났는데 네가 30초 만에 처리하지 못한다면 네 목숨을 걱정해야 할 거야."

맥긴티는 일어나며 말했다. 캠벨은 용기가 닿는 데까지 맥케나와 눈을 마주쳤다가 시선을 돌렸다.

"이제 계획이 뭡니까?"

"뉴스."

캠벨은 맥긴티를 다시 쳐다보았다.

"무슨 뜻이죠?"

"자네는 못 들었을지도 모르겠군. 물론 쿨터 신부에 관한 이야기가 대부분이야. 지역 사회가 얼마나 충격을 받았고, 어쩌고 저쩌고. 나도 아침에 짧은 인터뷰를 몇 개 했어. 하지만 언론에 작은 뉴스가 하나 더 났거든. 마리 맥케나와 딸이 실종됐다는 소식 말이야. 만약 시민 정신이 철저한 어떤 사람이 마리와 딸을 알아보고 리즈번로드 경찰서에 신고하면 우리 내부인이 전화를 받을 거야."

"위험한데요."

캠벨이 말했다.

"다른 경찰이 먼저 받기라도 한다면."

"전화를 먼저 받아서 나한테 연결해 주면 두둑한 보너스를 주겠다고 약속했어. 돈을 좋아하는 놈이거든. 맹세컨대 그놈은 전화기 옆에 종일 붙어 있을 거야. 게다가 다른 방법도 없어."

맥긴티는 몸을 앞으로 기울여 캠벨을 가리켰다.

"하지만 잘 들어, 캠벨. 다시는 일을 망치지 마. 이번에 피건을 찾아내면 반드시 없애버려야 해. 네가 피건을 끝내든지 내가 너를 끝내든지, 둘 중 하나야. 알겠나?"

캠벨이 일어서자 허벅지와 옆구리가 비명을 지를 듯 아팠다.

"알겠습니다. 피건이 모습을 드러내는 즉시 제가 처리하겠습니다."

34

"친절하시네요."

마리가 말했다. 테일러 부인은 미소를 지으며 토스트 한 접시를 식탁에 올려놓았다.

아침 식사의 따뜻한 냄새가 작은 집 안을 가득 채웠다. 피건의 배는 통증의 여파에도 불구하고 기대감에 꼬르륵거렸다. 식탁에는 우유, 설탕, 버터, 잼이 놓여 있었다. 안주인은 얼굴이 둥글고 환했으며, 맑고 푸른 눈을 가진 여자였다. 그녀도 남편처럼 말주변이 좋았는데, 특히 욕을 맛깔나게 섞었다. 피건과 마리, 엘렌이 방문한 지 30분도 채 되지 않았는데도 테일러 부인은 벌써 아이가 듣는 앞에서 세 번이나 욕을 하고 사과했다.

"저리 꺼…. 아니, 저리 가, 스텔라."

그녀는 기대에 찬 표정으로 앉아 식탁을 바라보는 개에게 말했다. 피건은 개가 복서 종이라는 것을 알아보았다. 그의 할아버지가 복서를 한 마리 키웠는데, 스텔라와 얼굴이 똑같았다. 이 개는 방금 말썽을 부렸거나 곧 말썽을 부리기라도 할 것 같은 늘 죄진 듯한 인상이었다. 스텔라는 테일러 부인의 명령에는 아랑곳없이 테일러 씨가 베이컨과 소시지를 가득 올린 접시를 들고 오자 입맛을 다셨다.

피건의 무심한 시선이 방 안을 떠돌아다녔다. 벽에는 유화와 수채화가 걸려 있었고 평평한 곳에는 작은 조각품들로 가득했다. 메스꺼움의 물결이 또 밀려오자 이마와 등에 차가운 땀이 맺히고 따끔거렸다. 그는 침을 삼키고 눈썹을 문질러 닦은 뒤 식탁 위에서 손가락을 깍지 끼어 떨리는 두 손을 진정시켰다. 바깥의 햇살을 가려버릴 정도의 두통이 찾아왔다. 바깥에는 강어귀가 보이고 그 너머로 긴 해변이 멀리까지 펼쳐져 있었다. 새파란 하늘을 배경으로 배 두 척이 지평선을 수놓았다. 바다와 하늘이 만나는 안개 속에 거대한 육지가 희미하게 보였다.

테일러 씨가 앉았다.

"킨타이어곶이라오."

그는 엘렌 쪽으로 몸을 기울였다.

"저기 보이지? 저기가 스코틀랜드란다."

엘렌은 입을 벌리고 창문 밖을 쳐다보았다.

"봐, 엄마. 스코틀랜드래!"

마리는 미소를 지으며 딸의 머리카락을 쓰다듬었다.

"이따가 해변을 산책하면서 더 가까이서 보자, 알았지? 이제 맛있는 아침 먹어."

엘렌이 토스트와 베이컨으로 신중하게 샌드위치를 만드는 동안 피건은 킨타이어에 대한 기억을 떠올렸다. 1994년 피건이 메이즈 교도소에 복역하고 있을 때 킨타이어에 치누크 헬리콥터가 추락했다는 소식을 들었다. 헬리콥터는 짙은 안개 때문에 산비탈에 충돌했고, MI5, 영국군, 로얄 얼스터 보안대 정보요원 총 25명과 승무원 4명이 사망했다. 그날 밤 공화당과 로열리스트 집단은 축배를 들었다. 다른 재소자들이 피건의 감방 앞에서 웃고 떠들 때 피건은 침대에 누워 천장만 바라봤다.

테일러 부인이 냄비와 나무 숟가락을 들고 왔다.

"달걀볶음 드실 분?"

엘렌과 피건은 거절했다. 아이는 피건이 코를 찡그리자 그에게 미소를 지었다.

"홉커크의 대접은 어떤가요?"

테일러 씨가 물었다.

"좋아요. 어차피 우린 적당히 사는 데 익숙하거든요."

그녀는 피건에게 은근한 미소를 지었다.

"그렇지, 조지?"

피건이 거짓말을 떠올리는 데 잠깐의 시간이 걸렸다.

"그럼, 더 심할 때도 있었지."

엘렌은 미간을 찡그린 채 그들 사이에서 눈을 굴렸다. 마리는 피건에게 윙크했고, 그는 미소로 답했다. 분주하게 움직이던 테일러 부인도 드디어 식탁에 앉아 식사를 시작했다. 테일러 씨가 개에게 소시지 조각을 주려다가 아내에게 팔을 얻어맞은 걸 빼고는 조용한 식사 시간이었다.

"포트캐릭엔 무슨 일로 왔어요?"

부인이 물었다.

"좀 쉬고 싶어서요. 아주 급한 결정이었어요."

마리가 대답했다.

"하긴 한밤중에 홉커크에 도착하다니, 정말 충동적이었을 것 같네요."

"일찍 떠나려고 했지만 조지의 일이 늦게 끝나서요."

테일러 부인은 피건에게 눈을 돌렸다.

"무슨 일을 하세요, 조지?"

피건은 음식을 삼킨 뒤 말했다.

"지역 개발 사무원입니다."

"벨파스트에서?"

"네."

"어딘데요? 남편이랑 나도 원래 벨파스트 출신이거든요."

피건은 말을 지어내려 했지만, 아무것도 떠오르지 않았다.

"여기저기요."

테일러 부인도 그러려니 하는 듯했다.

"오늘 아침에 뉴스 들었나요?"

"아뇨, 아직."

마리가 말했다.

"오, 끔찍해요. 어젯밤에 벨파스트에서 신부가 살해당했대요. 누군가가 집에 침입해서 칼로 찔러 죽였다네요. 소름 끼치지 않아요?"

마리는 접시에 나이프를 내려놓았다.

"정말 끔찍하네요."

그녀는 테일러 부인을 보며 말했다.

"묘한 건요. 그 신부가 이번 주에 살해당한 두 남자의 장례식을 진행했다는 거예요. 이상하지 않아요?"

테일러 부인이 말을 이었다.

"신부가 죽은 시간이 나오던가요?"

마리가 물었다.

"어젯밤이라고만 하더군요. 가정부가 오늘 아침에 발견했대요. 왜 그래요, 배고프지 않아요?"

마리는 식탁 맞은편의 피건을 쳐다보았다.

"다 먹었어요, 고맙습니다. 화장실 좀 써도 될까요?"
"물론이죠. 주방을 지나면 바로 왼쪽이에요."
마리는 일어서서 방을 나갔고, 모습을 감출 때까지 피건에게서 눈을 떼지 않았다. 피건은 식욕을 잃었다.

"무슨 짓을 한 거죠?"
마리가 물었다.
"아무것도요."
피건이 말했다. 햇살이 그의 살갗을 덥히고, 바다에서 불어오는 미풍이 더위를 식혔다. 깨끗하고 투명한 바닷물이 그들에게 밀려왔다. 흰색 모래에 강한 햇살이 반사되자 눈 뒤쪽의 욱신거림이 강해졌다.
"못 믿겠어요."
마리가 말했다. 엘렌은 정원에서 스텔라와 놀고 있었다. 테일러 부인은 정원을 가꾸며 엘렌을 돌보았다.
"정말입니다."
피건이 말했다. 거짓말은 씁쓸했지만, 달리 할 말이 없었다. 마리는 어차피 이해 못 할 일이었다. 마리는 걸음을 멈추고 손을 올려 햇빛을 가렸다.
"어제 내게 오기 전에 할 일이 있다고 했잖아요. 쿨터 신부였죠, 그렇죠?"
피건은 시선을 돌리고 싶은 충동과 싸웠다.
"아닙니다. 돈을 가지러 간 거였어요."
"그럼 왜 맥긴티가 당신을 쫓는 거죠? 어제 당신이 왜 공격당했냐고요?"
"그들이 당신을 쫓아내려고 했는데 내가 반대했으니까요."

"아뇨, 그 이상이겠죠. 당신이 날 도왔다는 이유만으로 그러진 않을 거예요. 뭔가가 더 있는 게 분명해."

그녀는 다시 해변을 따라 걷기 시작했다.

"없어요."

자신이 뱉은 거짓말이지만 분노가 피건의 가슴 안에서 끓어올랐다.

"빈시 카폴라는요? 세상에, 마이클 삼촌도?"

피건은 거짓말하고 싶지 않았다.

"당신의 삼촌은 하지 말아야 할 일에 연루되어 있었고, 빈시 카폴라는 당의 방침에 대해 불평했습니다. 맥긴티가 내게 직접 그랬어요. 많은 사람들이 그들이 죽기를 원했다고."

"당신은 사람을 죽여본 적이 있죠."

그녀가 말했다.

"당신이라면 가능할 거예요. 당신의 어느 부분이 잘못돼서 그런지는 모르겠지만 당신은 결코 고치지 못할 거고요."

"난 변했어요. 당신도 그랬잖아요. 내게서 볼 수 있다고."

그는 마리의 팔꿈치를 잡아 그녀와 마주보았다. 마리는 충혈되고 분노가 가득한 눈으로 그의 얼굴을 빤히 쳐다보았다.

"맹세할 수 있어요?"

"네."

그녀는 피건의 가슴 위에 손을 올려놓았다.

"어머니의 영혼에 대고 맹세하나요?"

피건은 망설이지 않았다.

"네."

마리는 손을 그대로 댄 채 가까이 오며 절박하게 속삭였다.

"엘렌의 목숨에 대고 맹세할 수 있어요? 제 딸의 영혼에 대고 맹세해요?"

"그렇게 묻지 말아요."

마리는 피건의 셔츠를 꽉 움켜쥐었다.

"맹세할 수 있어요?"

그녀의 눈은 기대로 빛났지만, 그 밑에서 다른 무언가가 이글거리고 있었다. 피건이 보고 싶지 않은 감정이었다.

"맹세하면 믿을게요."

그녀가 속삭였다.

"맹세해요."

피건이 말했다. 마리는 고개를 천천히 끄덕인 뒤 몸을 돌려 바다를 바라보았다.

그들은 침묵 속에 해변을 걷고 다리를 건너 테일러 씨 집 정원으로 돌아갔다. 엘렌과 개는 지치지도 않고 관목 사이를 뛰어 다녔다. 테일러 부인은 무릎을 꿇은 자세로 엉덩이를 든 채 꽃이 만발한 덤불 아래의 잡초를 뽑았다.

그녀는 대문에서 나는 소리에 뒤를 돌아보았다.

"금방 왔네요. 너무 쌀쌀한가요?"

"좀 피곤해서요."

피건이 말했다.

"제가 도와드릴게요."

마리가 말했다.

"오, 아니. 괜찮아요."

테일러 부인은 밝은 표정으로 거절했다.

"도와드리고 싶은데."

"그럼 좋아요. 당신은 들어가지그래요? 앨버트가 영화를 보는 동안 말동무 해주면 되겠네."

테일러 부인은 피건을 올려다보았다. 피건은 마리에게 눈빛으로 물어보았다. 그녀는 피건의 팔을 밀며 가라고 했다. 테일러 씨는 커피 탁자에 발을 올린 채 존 웨인 영화를 보고 있었다.

"아, 조지. 앉아요. 이제 막 시작했소."

테일러 씨가 말했다.

"제목이 뭐죠?"

피건이 물었다.

"〈수색자〉, 본 적 있소? 명작이지. 듀크의 최고 영화고."

"아뇨, 본 적 없습니다. 웃옷 걸고 올게요."

그는 작은 현관의 코트걸이로 갔다. 약간 열린 문 사이로 정원에서 목소리가 들려왔다. 나직한 여자들 목소리 사이에 간간이 아이의 웃음 소리와 개가 좋아 낑낑거리는 소리가 들렸다.

"말하기 싫으면 안 해도 돼요."

테일러 부인이 말했다.

"할 말 없어요."

마리가 말했다.

"알았어요. 하지만 뉴스에 방금 당신 나이의 금발머리 여자와 딸 얘기가 나왔어요."

"제가 아니에요. 다른 사람이겠죠."

"괜찮아요. 할 말 있거나 걱정된다면 내가 있다는 사실만 기억해요. 당신은 현명한 여자 같아 보이지만, 그렇더라도 두려우면 어리석은 짓을 하는 법이니까."

피건은 다섯 개의 조용한 심장박동 소리에 귀를 기울였다. 개가 헐떡이는 소리만이 파도 소리보다 크게 들렸다.

"중요한 건, 난 그가 두렵지 않아요."

마리는 혼잣말로 중얼거렸다.

마리는 점심을 먹는 내내 피건에게 눈길을 주지 않았다. 엘렌은 정원에서 거의 세 시간이나 스텔라를 쫓아다닌 탓에 식욕이 하늘을 찔렀다. 아이는 샌드위치 더미를 열정적으로 해치웠다. 스텔라는 물 한 그릇을 핥아 마신 뒤 테일러 씨 발치에 두껍게 깔린 양탄자 위에 길게 엎드렸다.

피건은 테일러 부인의 시선을 느꼈다. 비난하거나 두려워하는 것이 아니라, 어머니가 딸의 첫 구혼자를 대하듯 신중한 눈빛이었다. 그는 테일러 부인에게 한두 번 미소를 지었고, 그녀 역시 미소로 답했으나 시선은 변하지 않았다.

점심 식사를 마치자 테일러 부인은 위층의 편안한 침실에서 엘렌을 낮잠 재웠다. 전날 밤 시끄러워서 잠을 못 자겠다고 투정을 부렸던 아이는 기꺼이 침대 위로 올라 부드러운 베개에 작은 머리를 묻었다. 스텔라도 아이를 따라 침대 위로 올라갔고, 엘렌의 발치에서 둥글게 몸을 웅크려 잠에 빠졌다.

마리는 피건과 설거지를 할 테니 테일러 부인에게 앉아 쉬라고 했다. 그들은 세제가 묻은 접시를 주고받으며 단둘이 싱크대 앞에 섰다.

"생각해봤는데요, 다른 방도가 없으니까 당신을 믿겠어요. 맥긴티를 거역할 수 있는 사람은 당신이 유일하니까요."

마리가 말했다.

"맥긴티가 당신을 해치지 못하도록 할 겁니다."

"말은 그렇게 할 수 있죠. 하지만 그게 무슨 의미죠? 집에 갈 수 있을 만큼 안전해지나요? 포트캐릭에 언제까지 머물겠어요? 무척 친절한 분들이지만 평생 얹혀살 수는 없잖아요."
 피건은 조리대 위에 물기를 닦은 접시를 한 장 더 올렸다.
 "오늘 벨파스트에 가겠습니다. 일을 정리할게요."
 "어떻게요? 어떻게 일을 정리할 건데요?"
 마리는 몸을 돌려 그를 쳐다보았다. 남은 접시는 없었다.
 "만날 사람이 있어요. 며칠 후에는 걱정할 필요 없을 겁니다."
 그녀는 피건에게서 시선을 떼지 않았다.
 "어떻게 하려고요?"
 "제가 알아서 할게요."
 "아뇨. 어떻게 할 건지 알아야겠어요. 말해보세요."
 피건은 배수구에 수세미를 던져 넣었다. 그는 억센 손으로 마리의 양 어깨를 잡았다.
 "당신과 엘렌이 안전할 수 있도록 무슨 일이든 할 겁니다. 그뿐이에요."
 마리의 눈이 피건의 눈을 따라 움직였다.
 "알았어요. 그럼 저와 엘렌이 안전할 수 있기 위한 일만 하세요. 그 이상은 안 돼요."
 피건은 고개를 끄덕였고 수세미를 집어 올렸다. 그는 팔뚝에 닿는 그녀의 손길을 느꼈다.
 "그 이하도 안 돼요."
 그녀가 말했다. 그는 마리의 매서운 눈빛을 받아냈다.
 "차 좀 쓰겠습니다."

35

 캠벨은 조용한 발걸음으로 피건의 집 안을 살폈다. 사람은 없었지만 조심스러웠다. 어제 이후로 뒤쪽 창문이 아직 열려진 채였다. 그는 통증이 있었지만 창문으로 기어들어 왔다. 주방은 깨끗하고 깔끔했다. 흰색 가스레인지는 반짝거렸고, 리놀륨 바닥에는 티 하나 없었다. 단 한 가지 어수선한 것은 천 위에 줄줄이 놓여 있는 공구들뿐이었다. 캠벨은 공구를 살펴보았다. 가까이서 보니 천으로 보였던 것은 촉감이 부드러운 가죽 재질로, 접이식 탁자의 평평한 곳에 고리로 고정되어 있었다. 그는 공구를 손끝으로 훑었다. 끌과 줄, 여러 종류의 소형 톱 등이었다. 취미로 장난처럼 건성건성 한 것이 아니라 전부 제대로 길이 들어 있었다.
 그는 거실로 나왔다. 안락의자 두 개와 소파가 있었다. 새것은 아니지만 낡지도 않은 것이었다. 커피 탁자가 거실 한가운데를 차지했다. 직접 만든 것으로 보이는 탁자는 솜씨가 담겨 있었으나 다소 투박했고 바니시가 두껍게 발라져 있었다. TV 받침도 직접 만든 것이었다. 벽난로 위는 거울이었다. 캠벨은 거울 가까이 가서 얼굴에 깊게 파인 주름살을 들여다보았다. 수염과 머리를 다듬을 때가 되었다.
 구석에 기타 케이스가 세워져 있었다. 캠벨은 걸쇠를 열어 안을 살펴보았다. 줄이 없는 기타를 꺼내 가운데 있는 주먹 크기의 구멍 안을 들여다보고, 기타를 뒤집어 흔들었다. 아무것도 없었다. 케이스 안의 작은 공간을 살펴본 그는 기타를 다시 케이스에 넣고 잠갔다.

그는 창문 아래의 탁자 쪽으로 갔다. 탁자 표면에 덮인 펠트지 위에 작은 줄 몇 개와 철수세미 덩어리가 흩어져 있었다. 빛이 잘 들어오는 곳이었다. 캠벨은 피건이 창문 앞에서 작업하는 모습을 상상했다. 살인자의 손이 파괴가 아닌 창조를 하는 모습을.

가구는 탁자와 찬장뿐이었다. 찬장은 탁자와 똑같은 나무 재질이었고 간단한 서랍과 경첩이 달려 있었다. 캠벨은 소나무일 거라 추측했다. 꼭대기 자리는 액자에 들어 있는 사진이 차지했다. 캠벨은 액자를 들어올렸다. 1950년대 중반이나 1960년대 초반에 찍은 것 같았다. 여자는 카메라를 향해 미소 지으며 손을 경례하듯 눈 위로 올렸다. 키가 크고 날씬한 금발 여자였다. 소박하며 소녀다운 모습이 예뻤다. 그녀는 이곳처럼 보이는 거리에 서서 대문에 발 하나를 올리고 있었다. 캠벨은 입술에 따뜻한 미소가 번지는 걸 느끼곤 목을 한 번 가다듬었다. 갈비뼈가 화끈거리자 움찔한 뒤 사진을 제자리에 올려놓았다.

빈 제임슨 위스키 병 옆에 뜯지 않은 우편물이 쌓여 있었다.

그는 피건의 행선지에 대한 증거를 바라며 봉투를 넘겼다. 그가 피건을 먼저 찾아 처리할 수 있다면 더할 나위 없을 텐데. 만일 맥긴티가 먼저 처리한다면…. 캠벨은 그건 그때 가서 생각하기로 했다.

하지만 피건이 맥긴티를 먼저 찾는다면? 이것은 완전히 다른 문제였고, 일어나서는 안 되는 일이었다. 만약 맥긴티가 먼저 당한다면 그의 부하들이 흩어져 당 지도부를 배신할 수도 있었다. 폭력으로의 회귀는 그 방향이 외부이든 내부이든 흐름을 망쳐버릴 수 있었다. 거리의 폭력배들과 정치적 집단 사이에 가교를 놓자는 것은 맥긴티의 아이디어였다. 이제 맥긴티는 용도를 다했으니 당 지도부는 그와 불 오케인 같은 자들을 축출하고 몰아내길 원했다. 하지만 그들은 천천히 신중하게 작업을 하고 있었다. 구식 방법은 소멸되어 사라졌지만 그 유령들이 정치적 과정에 훼방을 놓을 가능성은 여전히 존재했다. 정치꾼들이 영리할지는 몰라도 영리하다고 해서 총알을 멈추게 할 수는 없었다.

캠벨은 청구서뿐인 우편물을 찬장에 도로 올려놓았다. 다친 부위를 주의하며 쪼그려 앉아 찬장 문을 열었다. 아무것도 없었다. 서랍 하나에 포장을 뜯지 않은 전화번호부 두 권이 들어 있을 뿐이었다. 그는 일어나서 거실을 둘러보고 계단 쪽으로 갔다. 전화기가 없었다. 세상에, 전화 없는 사람도 있나?

캠벨은 거실을 가로질렀다. 계단 발치와 앞문 사이의 카펫에 깊은 적갈색 얼룩이 보였다. 캠벨 자신의 피인 것 같았다. 그는 계단을 올라가 꼭대기에서 멈췄다. 욕실 하나와 침실 두 개가 있었다. 아무것도 찾지 못할 줄 이미 알고 있었으나 어쨌든 화장실로 들어갔다. 발밑에서 거울 조각이 우두둑거렸다. 눈높이의 벽과 천장에 구멍이 하나씩 나 있었다. 경찰이 어제 수색할 때 놓쳤을 것 같았다. 캠벨은 피곤하고 지친 경찰관들이 전과자 테러리스트의 집을 대충 살피는 모습을 상상했다. 캠벨의 갈비뼈 부상은 피를 흩뿌리지 않았다.

그는 창틀을 살펴보았다. 칫솔과 치약을 꽂았을 컵은 비어 있었고, 면도기를 제외한 남성용품은 모두 남아 있었다. 피건은 급히 떠났지만 필수품을 놓고 갈 만큼 급했던 것은 아니었다.

뒤편의 깨끗한 침실은 텅 비어 있었고 심지어 침대조차 없었다. 깔끔하게 재단된 카펫만 깔려 있었다. 캠벨은 카펫을 갈기갈기 찢어버릴까 잠시 고민했지만, 카펫은 깔린 이후로 한 번도 건드린 적 없는 듯했다. 옆구리의 극심한 통증을 감수하고 할 일은 아니었다. 층계참에 다시 내려온 캠벨은 보일러실에서 깔끔하게 개어 쌓아둔 침대보와 수건을 찾았다. 그는 헛된 짓인 걸 알면서도 그 사이사이를 뒤져보았다. 이제 주 침실만 남았다. 문을 밀어 열자 크게 삐걱거리는 소리가 났다. 피건은 캠벨처럼 경첩에 기름칠을 하지 않았다. 침대는 빈틈없이 정리되어 있었고, 발치에 얼마 전 누군가가 앉았던 자국만이 살짝 보였다. 그는 무릎을 꿇고 침대 아래를 들여다보았다. 손이 닿는 곳에 신발 상자가 있었다. 캠벨은 상자를 꺼내서 열었다. 상자는 비어 있었지만 총 정비용 기름과 돈 냄새가 났다. 9밀리미터 총알 하나가 상자 안을 굴러다녔다.

"젠장."

그는 욕을 내뱉고 상자를 바닥에 던졌다. 매트리스 아래나 베갯잇 안에는 아무것도 없을 것이므로 침구를 들쑤셔봤자 의미가 없었다. 하지만 뒤져보았다.

"대체 어디로 간 거야?"

캠벨은 이불 더미와 베갯잇을 벗겨낸 베개에 대고 물었다. 매트리스를 들어 벽에 기대놓자 침대 갈빗살이 그대로 드러났다. 남은 곳은 하나뿐이었다. 옷장 문을 연 그는 예상과 다르지 않게 셔츠 몇 장과 낡은 청바지를 발견했다. 주머니를 훑었지만 아무것도 없었다.

옷장 문을 닫으려는 순간 무언가가 캠벨의 시선에 들어왔다. 작고 길쭉한 물건이 구석에 놓여 있었다. 손을 뻗어 그것을 들어올렸다. 길고 납작한 나무상자가 검은색 비닐로 코팅되어 있었다. 보석을 보관할 만한 상자 같아 보였다.

그는 침대 맡에 앉아 상자를 열었다. 뜯지 않은 편지였다. 전부

HM 메이즈 교도소 소인과 반송 도장이 찍혀 있었다. 캠벨은 편지를 넘겨보았다. 총 열두 장이었고, 가장 최근 것이 맨 위에 놓여 있었다. 그는 잠시 망설이다 편지를 뜯었다.

작고 깔끔한 글씨로 쓴 편지 한 장이었다. 글자와 숫자는 크기와 간격이 놀라울 정도로 일정했다. 마치 자신의 정체를 드러내는 것을 두려워하며 쓴 것 같았다. 적힌 날짜는 1997년 12월 14일로, 약 9년 반 전이었다. 캠벨은 숨소리를 죽이고 읽어 내려갔다.

어머니께.

오늘 쿨터 신부님이 방문하셨습니다. 어머니께서 매우 편찮으시다 더군요. 암이라고 들었습니다. 저를 담당하는 심리학자 브래디 박사께 물어봤더니, 제가 부탁하면 어머니를 만날 수 있도록 내보내줄 거라고 했습니다.

제발 뵐 수 있게 허락해주세요. 그런 짓을 저질러 죄송합니다. 실망시켜드려서 죄송합니다. 저를 부끄러워하신다는 걸 알고 있습니다. 어머니를 탓하지 않습니다. 저도 제가 부끄러우니까요.

제발 뵈러갈 수 있게 허락해주세요. 제가 저지른 일을 주워 담을 수 있다면 그렇게 하겠습니다. 어머니는 너그러우신 분이라는 걸 압니다. 제가 그런 짓을 저질렀을 때는 자비가 없었지만 이제는 다릅니다.

제발 용서해주세요. 어머니가 더 편찮으시기 전에 뵐 수 있도록 해주세요.

어머니의 아들
제럴드 피건 올림

캠벨은 손가락 사이에 종이의 질감을 느끼며 잠시 눈을 감고 자신의 심장 소리를 들었다. 그는 편지를 다시 접은 뒤 봉투에 넣었다. 봉투 뜯은 곳을 손끝으로 최대한 다듬은 뒤 상자에 다시 넣었다. 상자는 옷장의 뒤쪽 구석, 어두워서 보이지 않는 곳에 꼭 맞아 들어갔다.

"젠장!"

그는 휴대전화의 진동에 소스라치게 놀랐다. 주머니에서 전화를 꺼내 화면을 보았다. 발신자 표시 제한이라 누군지 알 수 없었다. 그는 엄지손가락으로 받기 버튼을 누른 뒤 전화기를 귀에 댔다.

"누구?"

"찾았어."

패치 토너가 말했다.

36

"됐어요."

소년은 양동이에 스펀지를 던져 넣으며 말했다.

"아주 깔끔하지는 않지만 빨리 해달라고 하셨으니까."

피건은 여드름이 난 소년의 손에 20파운드짜리 지폐 두 장을 쥐여주었다.

"고맙다."

"괜찮으세요, 아저씨?"

피건은 떨리는 손을 주머니 속에 감췄다.

"그럼."

그는 차가 있는 곳으로 갔다. 우스꽝스러워 보이는 흰색 줄무늬가 초록색 르노 클리오의 앞 코부터 후드 위, 지붕, 뒷문까지 이어졌다. 바이퍼 스트라이프라는 장식이었다. 스포티한 느낌을 내려 한 것이겠지만, 피건의 눈에는 바보 같아 보였다. 앤트림 모터 키트 앞에는 더 촌스러워 보이는 소형차들이 주차되어 있었다. 야구모자를 쓰고 여드름이 난 10대들이 모는 차들로, 전부 스포일러*, 불룩한 휠 아치,

---

* Spoiler: 차량 후미에 장착하여 고속 주행 시 차체가 뜨는 현상을 막아주는 부착물.

로 서스펜션이 달려 있었다.

피건은 해변가 관광지에 들러 주차되어 있던 초록색 클리오의 번호판을 훔쳤다. 그는 밸리미나의 철물점에서 산 양면 테이프로 마리의 번호판 위에 새 번호판을 붙였다. 아주 꼼꼼한 경찰관이 아니라면 실종 여성의 자동차라는 걸 알아채기는 힘들 터였다.

10년에서 15년 전만 해도 해변을 지나 도시 두 개를 통과해 벨파스트까지 운전해 가려면 검문소를 지나야 했다. 피건이 택한 경로는 예전에는 항상 군대나 경찰 검문소가 있었지만, 이제는 아니었다. 예전엔 영국군이나 방위대원이 피건을 차에서 끌어내, 길 옆에서 그를 검문하고 그동안 제복을 입은 사람들이 차의 내부를 뒤집어놓곤 했다. 튜닝한 차를 타는 젊은이들은 그런 일에 분개했겠지만, 그들의 아버지 세대는 신교도든 가톨릭이든 수십 년간 매일이고 불심검문을 견뎌냈다.

날씨가 바뀌었다. 전 주까지의 따뜻한 햇살은 약해지고, 머리 위 낮은 곳에 구름이 드리웠다. 세상이 회색으로 변해갔다. 피건은 운전석 문을 열며 압박감을 느꼈다. 그는 몸을 낮추어 차에 탄 뒤 시동을 걸어 출발했다. 서툰 기어 변속 때문에 클리오가 들썩거렸다. 운전대를 잡은 건 실로 오랜만이었다. 그는 M2 고속도로로 빠져나가는 로터리에 들어섰다. 벨파스트까지는 한 시간도 걸리지 않는 거리였다.

37

"이런, 꼴이 아주 엉망이구만."

캠벨이 말했다.

"시끄러."

에디 코일은 거의 열리지 않는 입으로 간신히 말했다. 피건에게 맞아 이 두 개가 나가고 턱이 빠진 탓이었다. 얼굴이 자주색과 노란색 점토로 빚은 뒤 바늘로 꿰맨 것 같았다.

"닥쳐."

책상 뒤에서 맥긴티가 말하며 코일 옆의 의자를 가리켰다.

"앉아."

맥긴티는 당의 사회주의 신조에 맞게 적당한 크기의 선거 사무실에 유용한 물건을 비치해두었다. 제임스 코널리나 패트릭 피어스 같은 공화당 영웅의 사진이 벽을 장식했다. 네 개 지역으로 나뉜 아일랜드 지도가 삼색기 위에 걸려 있었다.

"리즈번로드 경찰서의 내부인이 오늘 아침에 한 호텔 주인으로부터 온 전화를 가로챘어. 네놈들이 일을 망친 후 처음 찾아온 행운이지."

맥긴티가 말했다. 캠벨은 천장을 보고 자신의 귀를 가리켰다. 맥긴티는 고개를 저었다.
"깨끗해. 아침에 도청 검사를 했어. 하던 얘기를 계속하자면, 내부인이 잘해냈어. 이번 일로 두둑한 보너스를 받게 될 거야. 내키지는 않지만, 너희 둘에게 일을 바로잡을 기회를 주겠어. 이번에는 일을 망치지 않고 할 수 있겠나?"
캠벨과 코일은 대답하지 않았다.
"이 일에 대해 알고 있는 사람을 최대한 줄일 필요가 없었다면 다른 사람한테 맡겼을 거야. 하지만 민감한 문제인 만큼 너희가 잘해내야 돼."
"어디 있답니까?"
캠벨이 물었다.
"포트캐릭. 앤트림 해변의 작은 마을이야. 아름다운 곳이지. 해변에 홉커크라는 호텔이 하나 있어. 제리 피건, 마리 맥케나, 딸아이는 어젯밤 늦게 도착한 것으로 보여."
캠벨은 답을 알고 있었지만 어쨌든 질문했다.
"저희가 뭘 하면 됩니까?"
맥긴티는 그를 노려보았다.
"맞춰봐."
"여자는 어떡하죠?"
맥긴티의 눈빛이 잠시 흔들렸다.
"만약 방해되면 필요한 대로 해."
코일은 얼룩진 손수건으로 턱에 흐른 침을 닦았다. 그는 의자에서 앞으로 기대어 앉았다.
"아이는요?"
맥긴티는 의자를 돌려 창문 밖 잿빛이 되어가는 하늘을 내다보았다. 그는 입에 피라도 난 사람처럼 입을 닦고 손을 쳐다보았다.

"필요한 대로 하라고 했잖아."

"아이를 죽일 순 없어."

입을 벌리지 못하는 코일의 말은 밴의 덜거덕거리는 엔진 소리에 묻혀 잘 들리지 않았다. 아침에 고물장수에게서 산 차였다. 붉은 페인트와 녹이 캠벨의 손가락에 닿아 벗겨져나갔다. 그는 상관하지 않고 계속 운전했다.

"그럴 일은 없을 거야."

캠벨이 말했다.

"혹시 모르잖아."

코일은 입 주변을 닦았다.

"두고봐야지. 가는 길은 아는 거야?"

"대충. M2 고속도로로 들어가서 앤트림과 밸리미나까지 간 다음에 표지판을 따라가야지."

캠벨은 벨파스트를 동쪽으로 가로질러 폴즈로드로 들어가 높다란 디비스타워를 지났다. 디비스타워는 한때 벨파스트의 폭력을 상징했다. 1970년대 초반, 영국군은 20층 건물의 꼭대기 두 개 층을 도시가 한눈에 보인다는 이유로 징발했다. 건물은 호전적인 공화당의 중심지에 위치하고 있어서 영국군은 헬리콥터로만 접근할 수 있었다. 캠벨은 집 위에서 들리는 적군의 발소리와 군인들을 밤낮으로 실어 나르는 헬리콥터의 천둥 같은 소음이 아래층 거주자들에게 어떻게 느껴질지 종종 궁금했다. 영국군은 2년 전에 그 건물을 버렸다. 캠벨은 떠나는 영국군을 보는 주민만큼이나 타워를 떠나는 영국군도 기뻤을 거라 생각했다.

밴은 웨스트링크로 들어섰다. M2 고속도로를 타고 북쪽으로 가면 앤트림의 거친 협곡으로 통했다. 그는 밴이 가끔 들썩거릴 때마다 옆구리가 타는 듯한 고통에 움찔거렸다. 부상당한 허벅지로 무거운 클러치 페달을 밟기도 쉽지 않았다. 웨스트링크 남쪽 M1 고속도로와 만나는 곳에서 진행 중인 도로 공사 때문에 차가 가다 서다를 반복하는 바람에 통증이 더 심했다. 발전이라는 것이 교통 체증만 일으킬 뿐이라면 무슨 소용이란 말인가? 캠벨은 평화를 위해 큰 대가를 치른 북아일랜드인들이 가장 싫어하는 것이 도로 정체라고 해도 놀랍지 않을 정도였다. 그는 조수석에 앉은 코일을 쳐다보았다.

"말해봐, 맥긴티와 그 여자는 무슨 관계야? 경찰과 사귀었다는 이유 말고 뭔가 더 있는 게 분명한데. 무슨 사연이지?"

"네가 참견할 일 아냐."

코일이 말했다.

"에이, 왜 그래."

캠벨이 그에게 씩 미소 지었다.

"심심한데 수다나 떨자고, 응?"

코일은 한숨을 쉬고는 머리를 흔들었다.

"이런, 말해보라니까. 이 치사한 자식아, 말 안 하는 이유가 뭐야?"

"세 가지 이유가 있지."

코일은 손가락으로 하나씩 세었다.

"첫째, 넌 구린 놈이야. 둘째, 폴 맥긴티의 사생활에 대해 물었다간 다리몽둥이가 부러지는 수가 있어. 셋째, 말할 때 더럽게 아프거든. 주둥이 닥치고 운전이나 해."

38

 곧 비가 올 것처럼 습한 공기였다. 피건은 길 건너편의 버스 정류장에서 패치 토너의 사무실을 지켜보았다. 변호사인 그는 스프링필드로드의 신문 가판대 위 방을 빌려 사무실로 썼다. 시간은 오후 7시였고, 하늘은 벨파스트를 회색 담요처럼 덮었다.
 메스꺼움 사이로 두통이 파도처럼 밀려왔다. 어둑한 저녁, 두 건물 떨어진 주류 판매점 창문이 빛났다. 그는 거기에 신경 쓰지 않았다. 그는 토너가 곧 술을 마시러 나올 것임을 알고 있었다. 그 후에 피건은 유령들이 왜 그 경찰을 원했는지 알 수 있을 터였다. 경찰의 정체를 알게 되면, 그를 유인해서 자신에게 찾아오도록 한 뒤 처리할 생각이었다.
 보안대원도 다른 유령들처럼 피건을 떠날 것이고 내일이나 모레쯤, 캠벨과 맥긴티를 처리하면 자유의 몸이 된다. 피건은 눈을 감고 상상했다. 비명 소리를 들을 염려 없이 어둡고 조용한 방 안에서 누울 수 있다.
 홀로.
 달콤하면서도 씁쓸한 단어였다. 평화롭게 잠을 잘 수 있겠지만, 혼자일 것이다. 그는 마리와 엘렌을 남겨두고 도망가야 할 것이다. 그러나 적어도 그들만 안전하다면, 정말 그뿐이면 되었다.

그는 눈을 떴고, 복부에 냉기가 스며들었다. 그림자들이 그에게 몰려들었다. 토너의 사무실 창문으로 새어 나오던 불빛이 사라졌다.

"나오는군."

피건이 중얼거렸다. 그는 수술용 장갑 한 켤레를 끼며 길을 건넜다. 재규어의 조수석은 도로를 향해 있었고, 피건은 뒷문 쪽에 쪼그려 앉아 손잡이를 잡았다. 토너의 사무실과 아래층 입구는 좁은 계단으로 연결되어 있었다. 피건은 문이 열렸다 닫히고 열쇠가 짤랑거리는 소리를 들었다. 토너는 휴대전화로 통화 중이었다.

"그러니까 정리된 거네? 엄청 반가운 소식이군. 그놈들이 망쳐놓지만 않는다면 말이야."

피건은 숨을 참고 준비했다.

"다 끝나면 연락해. 축배를 들어야지."

토너가 전화를 끊는 기계음이 들렸고, 잠긴 재규어의 문이 열리며 획, 탁, 하는 소리가 났다.

기다려. 피건은 자신에게 말했다. *기다려, 기다려…*.

그는 토너가 운전석 문을 열고 몸을 숙여 차에 탐과 동시에 손잡이를 당겨 뒷좌석에 조용히 숨어 들었다. 피건은 토너가 운전석 문을 닫기를 기다렸다. 문 닫는 소리가 들리자, 피건은 자기 쪽 문을 닫았다.

"제기랄!"

토너는 자리에서 몸을 돌렸다. 그는 입을 크게 벌린 채 놀란 눈으로 피건의 얼굴을 본 뒤, 그의 손에 들려 있는 권총에 시선이 멎었다.

"잘 지냈나, 패치."

피건은 토너에게 동쪽으로, 이어서 북쪽으로 운전하도록 했다. 달리는 차 앞으로 녹슨 붉은색 밴이 끼어들자 여러 개의 경적이 요란하게 울렸다. 길게 뻗은 M2 고속도로로 진입하자 도로 정체가 풀렸다. 피건은 위험을 무릅쓰고 강 너머의 오디세이 복합 단지를 바라보았다. 분주한 토요일 밤을 준비하느라 불이 켜지고 있었다. 그가 방아쇠를 당겨 마이클 맥케나의 빚을 청산한 것이 채 일주일도 되지 않았다. 지금 달리고 있는 고속도로에서 100미터도 떨어지지 않은 곳에서 일어난 일이었다.

"더 밟아."

그들은 20분을 더 달려 벨파스트 북서부의 산업 단지에 도착했다. 하늘은 어두워졌고, 피건은 토너에게 고속도로에서 보이지 않는 낮은 건물 사이에 주차하도록 시켰다. 그는 9년 전 이곳에서 두 자유군 청년의 끔찍한 죽음을 목격했다. 그 두 자유군 청년은 지금 부슬비 아래에서 증오와 고통의 표정을 지은 채 피건에게 고문당한 곳을 어루만지고 있었다. 피건은 그들과 눈을 마주칠 수 없었다.

산업 단지는 이제 버려져 있었다. 이곳은 콘크리트와 철근 뼈대만 남기고 철거되어 주택으로 교체되기만을 기다리는 상태로, 무덤가의 거대한 조문객처럼 보였다.

"차 키 줘."

피건이 말했다. 토너는 키를 건네며 피건을 힐끔거렸다.

"원하는 게 뭐야, 피건? 무서워 죽겠잖아."

피건은 키를 주머니에 집어넣었다.

"경찰은 누구지?"

토너는 눈을 껌뻑였다.

"경찰이라니?"

"경찰 내부에 심어놓은 놈. 내가 체포된 날 네가 말해줬잖아. 날 죽어라 팬 놈 말이야."

토너는 두 손을 들어올렸다.

"나도 몰라, 제리. 그냥 경찰이야. 만난 적 한 번도 없어."

"거짓말. 데이비 캠벨이 네가 아는 놈이라고 했어."

"아니, 그렇지 않아. 맹세해, 제리. 그자가 누군지 몰라."

"손 이리 줘."

토너는 고개를 천천히 저었다.

"싫어."

피건은 오른손으로 권총을 들어 올리며 왼손을 내밀었다.

"안 돼."

토너가 말했다. 피건은 발터 권총을 토너의 관자놀이에 댔다. 토너는 눈을 꾹 감고 왼손을 내밀었다.

"한 번 더 묻겠어. 경찰은 누구야?"

피건은 토너의 짧은 손가락을 잡으며 말했다.

"오, 맙소사. 제리, 제발. 난 아무것도 몰라. 난 맥긴티가 원할 때 잡일을 도와주는 사람이야. 소송을 담당할 뿐이라고. 다른 일은 근처에도 가지 않아."

피건은 발터 권총을 토너의 손이 닿지 않도록 시트 뒤에 놓고 오른손으로 토너의 손목을 잡았다. 그는 왼손으로 토너의 손가락을 뒤편 위쪽으로 비틀었다. 처음에는 관절이 뻣뻣하게 지탱하다가 결국 버티지 못하면서 움찔했고, 곧 뼈가 부러져 헐거워졌다. 토너가 비명을 질렀다.

"그냥 말하면 좋잖아, 패치. 이럴 필요도 없고."

"아, 젠장!"

토너는 손을 당겨 빼려 했으나, 피건은 더 세게 쥐었고 토너는 다시 비명을 질렀다.

  부러진 곳에 열이 올랐다. 토너의 손은 벌써 부어올라 피건의 손아귀를 채웠다. 피건은 얇은 수술용 장갑을 통해 고문당한 자리의 맥박을 느낄 수 있었다.

  "경찰은 누구야?"

  피건이 다시 물었다.

  "제발, 제리. 오, 하느님, 제발."

  토너의 붉어진 볼에 눈물이 흘러내렸다.

  "말할 수 없어. 제발, 맥긴티가 날 죽일 거야. 제발, 제리. 이러지 마."

  피건은 토너의 약지를 잡았다.

  "경찰은 누구야?"

  "제리, 제발. 말 못 해."

  토너가 다시 비명을 지른 탓에 뼈가 부러지는 소리가 묻혔다. 피건은 한숨을 내쉬었다. 그는 토너에게 놀랐다. 지금까지 그를 약골로만 생각했기 때문이었다. 토너는 절대 약하지 않았다. 피건은 부러진 손가락의 뼈를 맞대어 비볐다.

  "경찰은 누구야?"

  토너의 비명 소리에 질문이 들리지 않자 그는 더 큰 소리로 다시 물었다.

  "경찰은 누구야?"

  "그만! 제발, 그만!"

  피건은 손가락을 놓고 토너의 손목을 잡았다. 토너의 손에서 흘러나오는 열기가 차를 채우는 듯했고, 땀과 방금 지린 오줌 냄새가 뒤따라 진하게 풍겼다. 헛구역질이 올라왔지만 피건은 참았다.

  "경찰은 누구야?"

"오, 이런… 맙소사…. 브라이언 앤더슨 경사. 심어둔 지 오래됐어. 80년대부터."

"그자가 널 위해 뭘 해주지?"

토너는 고통에 얼굴을 일그러뜨리며 코로 숨을 쉬었다.

"요즘은 별거 없어. 단속이 있으면 가끔 제보를 해줘. 맥긴티가 그자를 우리 편으로 유지하려고 매주 조금씩 돈을 줘."

피건은 손을 내려 토너의 손바닥을 마주 잡았다.

"요즘은 별거 없다고 했지. 그 전에는 뭘 해줬어?"

"정보. 다른 경찰에 대한 정보. 무슨 차를 타는지, 어디에 사는지, 어디에서 술을 마시는지, 자녀들 학교는 어딘지. 맥긴티한테 정보를 팔았어."

토너가 신음했다. 피건은 보안대원이 피건의 손에 들린 총을 보았을 때 지은 표정을 떠올렸다.

"그는 경찰이 된 지 한 달 만에 부상당했어."

토너는 헐떡이며 말을 이었다.

"순찰을 도는데 커피병 폭탄이 터져서 골반이 망가졌어. 23살에 장애인이 된 거야. 그때부터 사무직을 맡고 있어. 관리, 기록, 전화 응대 같은 거. 모진 놈이야. 자기 동료들을 팔기 시작했지. 돈은 항상 내가 줬어. 아, 제발. 제리. 맥긴티가 날 죽일 거야."

토너는 계속 훌쩍이며 빌었지만, 피건의 귀에는 들리지 않았다. 그는 귀를 닫고 옛 기억을 회상했다.

피건의 첫 번째 살인이었다. 스무 번째 생일이 지난 지 일주일도 되지 않았을 때였다. 그는 눈 속에 서서 초등학교에서 빠져나오는 아이들을 바라보았다. 보안대원이 탄 포드 그라나다는 보이지 않았다. 맥긴티는 그가 금요일마다 아들을 데리러 5분 일찍 온다고 알려주었다.

피건은 도로 맞은편을 보았다. 소년 하나가 다른 아이들과 떨어져 거리를 바라보고 있었다. 애가 볼 일은 없어. 애 아버지가 도착할 때면 애는 학교 안에 있을 거야. 맥긴티는 그렇게 말했었다. 맥긴티의 생각이 틀렸다. 그 보안대원은 늦었고, 아이는 모든 것을 목격했다.

세찬 눈보라가 거리를 갈라놓을 듯했다. 피건의 코는 동료들이 용기를 내라며 준 코카인 때문에 얼얼했다. 얼얼한 기운은 추위나 도망가고 싶은 충동을 덜어주지 못했다. 부모 몇은 우려의 표정으로 그를 쳐다보았다. 그들은 피건을 알아보지 못했다. 적어도 그들은 나중에 경찰에서 그렇게 증언했다. 그는 처음 보는 학부모일 뿐이었다. 어쩌면 피건은 조금 이상해 보였을 수도 있었다. 모자를 쓴 방식이나 이상하리만치 뻗친 머리카락이 그랬다. 피건이 자동차 백미러로 본 가발은 충분히 그럴듯해 보였다. 동료들은 피건을 골목에 내려주었고, 총알이 발사되는 소리를 기다리며 옆 도로에서 기다리고 있었다.

피건은 아이와 눈이 마주치자 숨을 멈추었다. 아이는 미간을 찌푸리며 그를 바라보았다. 피건은 시선을 돌릴 수 없었다. 아이의 턱에 힘이 빠지며 입이 벌어져 입김이 바람에 날려갔다.

아이는 알고 있었다.

자동차 소리가 나자 아이는 시선을 돌렸다. 포드 그라나다가 멈추기 위해 속도를 줄였다. 아이는 아버지에게 달려 나가며 피건이 있는 방향으로 팔을 흔들었다. 보안대원은 브레이크를 강하게 밟았고, 눈 위에서 미끄러졌다. 그는 혼란스러운 표정으로 아들을 쳐다보았다. 피건이 총을 겨누고 다가가자, 소년이 그를 가리켰다.

보안대원은 입을 떡 벌린 채 고개를 돌렸다. 자신의 죽음을 이해하지 못한다는 표정이었다. 그의 표정은 피건이 총을 들어 올리자마자 바뀌었다. 그는 볼 수 있었다. 그의 눈은 종말을 보았고, 피건은 방아쇠를 두 번 당겼다. 보안대원의 발이 페달을 떠나자 차는 요동을 친 후 멈췄다.

조용했다. 몇 초 전만 해도 학교에서 쏟아져 나오는 아이들의 소리, 자동차 경적 소리, 부모들이 부르는 소리가 들렸었다. 이제 피건의 귓속에서 울림만이 들릴 뿐이었다.

멍하니 서 있는 아이의 머리카락에 눈송이가 내려 반짝거렸다. 아이는 피건을 쳐다보았다. 아이의 자그마한 눈에는 죽음이 담겨 있었다. 얼굴에 창백한 블랙홀이 생겨났다.

비명이 시작되자 피건은 달렸다. 동료들이 도로 끝자락에 끼익 하며 차를 멈추었고, 그는 차 뒷좌석으로 뛰어들었다. 엔진이 으르렁거렸다. 동료들은 환호하고 함성을 지르며 그의 등을 두들겼다.

피건은 술집에서 바닥에 토악질을 할 때까지 술을 마신 뒤 눈물을 흘렸고 술을 더 마셨다. 마이클 맥케나는 그를 껴안아주었고 폴 맥긴티는 그와 악수했다. 사람들이 두들겨댄 덕에 등이 뻐근했고, 목과 코는 구토와 코카인으로 따끔거렸다. 검은색 택시를 타고 어머니의 집으로 가 겨우 안으로 들어갔다.

어두운 복도에 작은 여행 가방과 쓰레기봉투가 하나씩 놓여 있었다. 그는 가방 안을 보았다. 피건의 옷으로 가득했다. 어머니가 어둠 밖으로 나왔다. 어머니의 눈은 매섭게 이글거렸다.

"뉴스 봤다."

피건은 입을 닦았다. 어머니의 목소리가 갈라졌다.

"네가 한 짓을 봤어."

피건은 어머니에게 한 걸음 다가갔지만, 어머니는 한 손을 들어올렸다.

"나가서 다시 돌아오지 마."

어머니는 슬픈 목소리로 힘없이 말한 뒤 계단을 올라가기 시작했다. 피건의 시야에서 거의 사라질 때쯤, 어머니가 돌아서서 말했다.

"너 같은 애를 배에 품은 것이 부끄럽다. 아이 앞에서 아버지를 죽일 수 있는 사람을 기른 것이 부끄럽다. 너를 낳은 것을 신이 용서하시길."

세찬 바람에 재규어의 서스펜션이 들썩거렸고, 피건은 현실로 돌아왔다. 바깥의 하늘은 회색으로 변했고 커다란 빗방울이 앞유리에 떨어졌다. 유령들은 지켜보며 기다렸다.

"전화해."

피건이 말했다. 토너는 훌쩍거림을 멈췄다.

"누구한테?"

"경찰, 여기로 오라고 해."

"왜?"

피건은 토너의 손을 쥐었고, 비명이 잦아들길 기다렸다.

"그냥 해. 지금 와야 한다고 말해. 줄 게 있다고."

토너는 오른손을 재킷 주머니에 넣어 휴대전화를 꺼냈다. 그는 전화를 걸며 눈물이 그렁그렁한 눈으로 피건을 쳐다보았다.

"여보세요, 브라이언? …나야, 패치. 그래, 알아…. 중요한 일이야. 안 그러면 전화했겠어? …들어봐, 너한테 줄 게 있어…. 보너스…. 하지만 지금 와야 해…. 지금… 한 시간 안에… 그래…."

빗방울이 재규어의 천장을 때렸고, 토너는 경찰에게 길을 설명했다. 보안대원은 빗방울이 튀는 창문 너머로 피건을 쳐다보며 입꼬리를 올려 부드럽게 미소 지었다.

39

"여자의 차가 없는데."

코일이 말했다.

"눈썰미 좋은데, 셜록 홈즈."

캠벨은 밴의 문을 연 뒤 다친 허벅지를 조심하며 내렸다. 호텔 옆의 작은 집에서 한 여자가 내다보았다. 그는 미소를 짓고 고개를 까딱했다. 여자는 아무 반응하지 않았다.

코일은 밴 맞은편으로 돌아오며 호텔을 가리켰다.

"여기가 맞는 거지?"

"그런 거 같은데."

"이제 어떻게 하지?"

코일은 불안해 보였다.

"가능한 한 조용히 그들이 있는지부터 알아봐야지."

캠벨은 호텔 앞을 가로질러 절뚝이며 걸었다. 강 하구 맞은편 오래된 교회 너머로 해변이 길게 뻗어 있었고, 끝부분에는 바다로 내려가는 언덕이 보였다. 호텔 뒤편 언덕 쪽으로 해가 지고 있었다. 해는 잔디와 바위에 닿기 전에 모여드는 구름 사이로 사라질 듯했다. 호텔에서 더 멀리 떨어진 곳에는 지저분한 아파트 단지가 절벽면에 암초처럼 서 있었다. 추모비처럼 해변에 아무렇게나 서 있는 현무암 덩어리는 아파트 단지만큼이나 어울리지 않는 위치에 있었다.

"여기서 기다려. 들어가서 둘러보고 올게. 네 얼굴을 하고 들어가면 손님들이 바지에 오줌을 쌀지도 모르잖아."

"네 꼴도 별로 나을 건 없는데."

코일은 손수건으로 턱을 닦았다.

"하긴 그렇군. 그래도 어쨌든 기다려, 알았어?"

"피건이 있으면 어쩌려고?"

캠벨은 어깨를 으쓱했다.

"만약 총소리를 들으면 달려와. 아니면, 그냥 엉덩이 붙이고 있고. 알아들었어?"

코일은 한숨을 쉬고 밴에 기댔다. 그는 팔짱을 낀 채 캠벨을 노려보았다.

호텔에 들어간 캠벨은 큰 방을 발견했다. 식당이었던 것으로 보이는 방은 몇 년째 쓰지 않은 듯한 식탁과 의자로 가득했다. 다른 방으로 연결되는 문을 통해 타닥거리는 불소리와 나직한 대화 소리가 들렸다. 그는 타는 듯한 허벅지와 칼로 찌르듯 아픈 옆구리 때문에 미간을 찌푸리며 소리 나는 쪽으로 향했다.

문 안은 바였다. 한쪽 벽에는 커다란 벽난로가 위치했고, 반대쪽에는 손님 몇 명이 의자에 앉아 있었다. 그들은 모두 고개를 돌려 캠벨을 쳐다보았다. 캠벨이 그들을 향해 걸어가자 머리가 희끗하고 턱수염이 난 남자가 신문을 옆으로 밀쳐놓고 일어섰다. 캠벨은 그에게 몇 안 되는 손님으로부터 떨어져 술집 구석으로 오라는 시늉을 했다.

"주인 되십니까?"

캠벨이 물었다.

"그렇소. 셰이머스 홉커크요. 도움이 필요하시오?"

캠벨은 목소리를 낮추고 가까이 몸을 숙였다.

"오늘 아침에 신고하셨죠. 손님 관련해서."

그는 홉커크의 어깨너머를 힐끗 쳐다보았다. 홉커크가 눈을 찌푸렸다.

"경찰이시오?"

"그렇습니다."

홉커크는 그를 위아래로 훑어보았다.

"신분증 좀 보여주시겠소?"

"지금은 곤란합니다, 사장님. 아시다시피 매우 민감한 문제라 최대한 조용히 해결해야 합니다. 맥케나 양과 그 일행을 어디서 찾을 수 있는지 말씀해주신다면 방해하지 않겠습니다."

홉커크는 코로 숨을 내쉬었다.

"이봐, 젊은이. 날 무지렁이 취급하지 말게. 난 20년이 넘게 지역 의회에서 활동했고, 지난 3년간은 지역 자율방범대에서 일했어. 내가 아닌 것만큼이나 자네도 경찰은 아냐. 어쨌든 자네가 찾는 사람들이 여기 없다는 것만 알게. 그 이상이 궁금하다면 신분증과 자네 경찰서의 당직 경관 연락처를 갖고 와야 할 거야. 이제 실례하지, 손님이 있어서."

캠벨은 홉커크의 손목을 잡았다.

"짜증 내실 필요 없어요, 어르신. 필요한 것만 말씀해주시면 문제 일으키지 않는다니까요."

홉커크는 헛기침을 하고 캠벨의 손을 내려다보았다.

"손 치우게. 그들이 여기 없다는 말밖에 해줄 게 없어."

그는 손님들의 주의를 끌 만큼 큰소리로 말했다. 캠벨은 홉커크와 잠시 눈을 마주쳤다가 손님들을 쳐다보았다. 가장 가까이 있는 체구 큰 남자가 일어섰다.

"괜찮은 거야, 홉커크?"

"괜찮아, 앨버트. 이 젊은이가 곧 가려던 중이었어."

캠벨은 머리를 굴렸다. 이대로 물러나야 할지, 아니면 전부 묶어 놓고 노인네를 두들겨 패서 알아내야 할지. 그는 한숨을 쉬고 홉커크의 손목을 놓았다.

"도와주셔서 감사합니다."

그는 미소 지었다. 그리고 돌아서서 절뚝이며 술집을 나와 거세지는 빗속으로 걸어갔다.

"뭐래?"

코일은 밴 안에 숨어 있다가 캠벨이 나오는 모습을 보자 조수석 창문을 내렸다.

"여기 없대."

옆의 오두막 창문에 개가 한 마리 나타나 낯선 이들에게 맹렬히 짖었다. 캠벨은 운전석에 탔다.

"그 말 믿는 거야?"

"글쎄. 하지만 계속 있을 수는 없어. 내가 신경을 예민하게 만든 것 같아."

캠벨은 시동을 걸며 말했다. 코일의 멍투성이 얼굴이 걱정으로 더 어두워졌다.

"우리가 피건을 잡지 못하면 맥긴티가 아주 난리가 날 텐데."

"그렇겠지. 하지만 우리가 경찰에 잡히기라도 하는 날에는 더 큰 난리가 날 거야."

강 너머의 무언가가 코일의 눈길을 끌었다.

"저게 누구지?"

캠벨은 코일이 손가락으로 가리키는 방향을 따라 다리 반대편을 보았다.

"오, 여자와 아이잖아. 피건은 안 보이고."

"차를 타고 어디 갔나 보군."

"오늘 네 추리 능력 정말 죽여준다, 에디."

"헛소리 집어치워."

"꽉 잡아."

캠벨이 말했다. 그는 밴이 다리를 마주 보도록 후진 기어를 넣고 방향을 틀어 길에서 빠져나갔다. 엔진 소음 너머로 개가 짖는 소리가 들렸다. 밴은 굉음을 내며 급격하게 방향을 바꿔 다리로 향했고, 마리 맥케나와 딸은 그들의 접근을 알지 못한 채 다리를 걷고 있었다.

캠벨은 반대편에서 오는 차가 울리는 경적을 무시한 채 길 건너로 방향을 틀었다. 브레이크를 세게 밟자 마리는 놀란 눈으로 그를 쳐다보았다. 그녀는 도망갈 곳을 찾아 사방을 둘러보았지만, 캠벨은 그녀가 움직이기 전에 보도에 올라와 있었다. 작은 아이는 입을 벌린 채 그를 올려다보았다.

"소란 피우지 말자고, 마리."

캠벨은 옆구리를 움켜쥔 채 말했다.

"뭣 때문에 이러는 거야?"

그녀의 눈은 그를 샅샅이 살폈다.

"도망가지 마. 그러면 흉한 꼴 날 테니까."

마리의 눈에 눈물이 고였고 딸은 엄마의 허벅지를 껴안았다.

"괜찮을 거야. 그냥 밴에 타. 소란 피우지 말고."

"제발, 엘렌은 보내줘. 저쪽 집에 사람이 있어. 엘렌을 돌봐줄 거야."

그는 가까이 다가왔다.

"안 돼, 마리. 둘 다 밴에 타. 당장."

포트캐릭에서 남쪽으로 몇 킬로미터 떨어진 곳에 위치한 글레나리프 숲에 어스름이 내려앉고, 공기에는 쌀쌀함이 감돌았다. 나무 위 이파리 사이에 바람이 모여드는 소리와 세차게 떨어지는 빗소리, 그리고 마리 맥케나의 겁먹은 울음 소리만이 퍼져나갔다. 그녀는 밴 한 가운데에 앉아 딸을 꼭 껴안고 있었다. 에디 코일은 나무에 기댄 채 절뚝거리는 캠벨을 지켜보았다.

"전화 부탁드립니다, 꼭이오."

캠벨이 휴대전화에 대고 말했다. 신호가 잘 잡히지 않는 데다 울창한 가문비나무까지 방해가 되었다. 하지만 그들은 어떻게 할지 결정해야 했다. 맥긴티가 계획을 세워서 전화한다던 시간이 거의 30분이나 지나 있었다.

"난 애는 못 죽여."

코일은 나무 사이에 차를 댄 이후 다섯 번째 같은 말을 했다. 캠벨은 돌아서서 그를 마주 보았다.

"그 입 좀 안 닥칠래?"

"그냥 그렇다는 소리야."

캠벨은 가까이 다가가 코일과 정면으로 마주했다.

"그런 말 한다고 도움될 거 없어. 너 때문에 여자가 공황 상태에 빠지면 어떡하려고 그래. 그러니까 제발 닥치라고, 알았어?"

"너나 닥쳐."

코일이 말했다. 캠벨은 신물이 넘어오는 것을 느꼈다.

"이게 죽고 싶어 환장했네."

핏발이 선 코일의 눈은 분노와 두려움으로 번득였다. 캠벨이 한 방 먹이려던 순간, 전화벨이 울렸다.

"여보세요?"

맥긴티였다.

"자, 이렇게 할 거야. 미들타운 바로 옆 국경 근처에 오케인 형님 소유의 오래된 농장이 있어. 문이 닫히기 전까지 연료 정제 공장으로 사용했는데, 지금은 사육장이야. 알잖아, 개 키우시는 거. 낡은 창고에 투견장과 좌석까지 마련되어 있어."

"네."

캠벨이 말했다.

"늙은 시골 놈들이 어떤지 너도 알잖아. 피에 굶주린 놈들. 여자랑 아이를 그곳으로 데려오래. 나도 지금 갈 거야. 내가 최대한 노력해서 일을 망치지 않도록 하겠지만, 오케인은 격노한 상태야. 사촌인 쿨터 신부 사건 때문에 완전히 돌아 있어. 피건을 직접 볼 생각인 거야."

캠벨은 가슴에 아이를 부둥켜안고 있는 마리를 쳐다보았다.

"일이 끝나고 나면 여자와 아이는 어떡하죠?"

맥긴티의 숨결이 캠벨의 귀에 느껴지는 듯 했다.

"몰라. 그건 그때 가서 걱정하자고."

"그러죠. 미들타운까지 두 시간 정도 걸릴 겁니다. 도착하면 전화해서 길을 물어보겠습니다."

캠벨은 전화를 끊었다.

"뭐래?"

코일이 물었다. 캠벨은 주머니에 휴대전화를 도로 집어넣었다.

"오래 운전해야 돼. 소변 보고 정신 좀 차리고 올 테니까 여자와 아이를 감시해."

캠벨은 몸을 돌려 절뚝이며 나무 사이로 들어갔다. 그는 나뭇가지를 밀치며 숲속의 깊은 그림자 속으로 향했다. 코일이 듣지 못할 충분한 거리에 이르자 주머니에서 휴대전화를 다시 꺼냈다. 그는 잠시 망설이다가 중개자의 번호를 눌렀다.

"여보세요?"

"나야."

캠벨이 말했다.

"왜 그 전화로 건 거야?"

캠벨은 원을 그리며 돌았고, 코일이 따라오지 않았는지 나무 사이를 살폈다.

"어쩔 수 없어. 지금 통화해야 해."

"무슨 일인데?"

"여자와 아이를 잡았어. 피건은 벨파스트 어디에 있대. 정확한 위치는 모르고."

"뭐야, 여자를 인질로 잡은 거야?"

"맥긴티가 시켰어."

캠벨은 중개자에게 맥긴티의 계획을 전했다.

"젠장."

중개자가 말했다.

"그냥 따르는 척할 수밖에 없겠어. 피건이 처리되고 엉망이 된 일이 바로잡히기만 하면 돼. 상황을 악화시키지만 마."

"하지만 여자와 아이가 있잖아. 일이 끝나도 맥긴티가 놓아주지 않을 거야. 내가 알아. 맥긴티가 여자를 싫어하는 이유가 있어. 경찰과 붙어먹은 것 말고 다른 이유."

"여자와 아이는 상관없어. 내가 말했듯이, 맥긴티가 엉망이 된 상황을 바로잡기만 하면 돼."

캠벨은 눈을 감고 눅눅한 공기를 들이마셨다.

"다른 방법이 있어."

그가 말했다.

"뭔데?"

"생각해봐. 폴 맥긴티와 불 오케인이 같은 장소에서 인질을 잡고 있을 거야. 타이밍을 잘 잡아서 그들이 피건을 처리한 직후에 급습하면 그들을 살인 현장에서 잡을 수 있어. 만약 맥긴티가 혐의를 벗어난다 해도 경력은 완전히 끝날 거야. 지금까지 그가 엿 먹기를 바란 사람들이 얼마나 많았어. 하지만 항상 약삭빠르고 교활했지. 이번엔 할 수 있어. 잡을 수 있다고."

중개자는 한숨을 쉬었다.

"맙소사, 넌 상황을 정말 이해 못 하는군."

"무슨 소리야?"

"그래, 우리가 맥긴티와 그 노인네 오케인을 급습해서 종말을 맞게 한다고 치자. 그다음은? 당 지도부가 아무리 이 사건에서 거리를 두려고 해도 통합주의자들은 유유히 빠져나갈 거야. 중도파는 더 쉽게 그럴 거고. 스토몬트 정부는 서서히 멈추게 될 거야. 지금 상태를 되찾기 위해 협상을 2년이나 더할 여유는 없어. 정치, 돈, 노력… 전부 낭비되는 거야. 그건 안 돼. 높은 곳에서 내려온 명령이야. 아무리 큰 대가를 치르더라도 스토몬트는 계속 돌아가야 해. 그래, 나를 포함해 이 바닥의 많은 사람들이 맥긴티가 동요하는 모습을 무척 보고 싶어해. 하지만, 그럴 일은 없을 거야. 이제 충성스러운 요원답게 네 임무를 다하라고."

캠벨이 나무에 이마를 기대자 나무껍질이 살갗을 긁었다.

"알았어."

그는 전화를 끊었다. 그는 부글거리는 속으로 다리를 절뚝이며 나무 사이의 빈터로 돌아갔다. 살면서 더 심한 짓도 한 적이 있었다. 이 정도는 얼마든지 할 수 있는 일이었다. 밴의 빨간색 페인트가 나뭇가지 사이로 보일 무렵, 에디 코일의 가느다란 울음소리가 들렸다.

"캠벨! 캠벨!"

캠벨은 옆구리의 통증을 무시하고 뛰기 시작했다. 빈터에 도착하자 코일은 멍든 얼굴을 부여잡은 채 땅에 널브러진 상태였고, 밴 조수석은 열려 있었다.

"그년이 갑자기 공격했어."

코일은 재빨리 일어나며 말했다. 캠벨은 옅은 금발을 찾아 나무 사이를 살폈다. 아이를 안고 멀리 가지 못한 그녀가 앞에 보였다. 그는 맥긴티가 준 권총을 허리춤에서 뽑아 들고 그녀를 쫓아 숲 속으로 뛰어들었다. 코일은 끙끙대며 뒤따랐다.

다리가 뻐근히 아프고 숨 쉴 때 엄청난 고통이 느껴졌지만 캠벨은 마리를 따라잡고 있었다. 그녀가 공포에 질려 거칠게 숨 쉬는 소리를 들을 수 있었다. 그는 마리의 머리 위 1.5미터에 권총을 겨누고 방아쇠를 당겼다. 총성이 숲에 울려 퍼지자 그녀는 땅바닥에 엎드렸다.

캠벨은 여자에게 다가가며 속도를 늦췄다. 그제야 기를 쓰고 참았던 옆구리 통증에 비명을 내질렀다. 그는 한 손으로 갈비뼈를 움켜쥐고 다른 한 손으로 여자의 머리에 권총을 겨눈 채 나무에 기댔다. 마리는 바닥에서 아이를 부둥켜안고 있었다.

그녀는 절박한 눈빛으로 그를 올려보았다.

"제발 엘렌은 놔줘."

마리가 말했다.

"원한다면 날 데려가. 아이는 보내줘."

캠벨은 나무를 짚고 일어선 뒤 모녀 옆에 쪼그려 앉으며 얼굴을 찡그렸다. 통증 사이로 복부에 차갑고 무거운 압박이 느껴졌다.

"한 번 더 그러면 애를 네 앞에서 죽여버릴 거야."

"제발…."

"알아들었어? 네 앞에서 애를 죽일 거라고."

그는 총구를 아이의 노랑머리에 갖다 댔다. 아이는 권총을 피해 엄마의 품속으로 기어들었다. 마리의 목소리는 나뭇잎이 부딪치는 소리에 잘 들리지 않았지만, 눈빛은 증오로 가득했다.

"내 딸 건드리지 마."

"차에 타기나 해. 얼른."

캠벨은 눈을 휘둥그레 뜨고 있는 코일을 쳐다보았다. 네 사람은 침묵 속에 밴으로 돌아갔다. 여자와 아이가 차에 타자, 코일은 조수석 문을 닫고 캠벨 쪽으로 돌아섰다.

"정말 죽이려고 한 거야?"

캠벨은 운전석 쪽으로 절뚝거리며 가기 시작했다. 코일은 쫓아와서 그의 소매를 잡았다.

"진짜 죽일 거였냐고?"

캠벨은 코일과 눈을 마주쳤다.

"출발해야 해."

40

지나가는 헤드라이트가 재규어 실내를 비췄다. 토너는 부어 오른 손을 받친 채 김이 낀 유리에 기댔던 고개를 들었다.
"저 사람이야."
피건은 물방울이 서린 창문 너머로 폭스바겐 파사트를 겨우 확인할 수 있었다. 키가 크고 어깨가 넓은 남자가 차에서 내려 절름거리며 재규어로 왔다. 앤더슨이었다. 피건은 토너 뒷자리에 몸을 낮춘 뒤 토너의 얕은 숨소리를 들었다. 조수석이 열리자 차가운 공기가 차 안으로 들이쳐 땀에 젖은 피건의 눈썹을 차게 식혔다. 경찰이 차 안에 자리를 잡자 재규어의 서스펜션이 느릿느릿 출렁거렸다.
"젠장, 무슨 문제라도 있나?"
앤더슨이 물었다. 토너는 아무 대답 없이 두려움에 우는 소리를 냈다.
"이런, 꼴이 아주 개떡이군. 손은 왜 그래? 오줌 지렸나?"
"난… 난….'
"이봐, 패치. 도대체 무슨 일이야? 식당에 집사람을 두고 나왔단 말이야. 바가지 엄청 긁힐 거라고. 무슨 일인지 빨리…."
피건은 몸을 일으켜 발터 권총을 들어올렸다.
"젠장!"

앤더슨은 주머니에서 작은 리볼버를 꺼냈다. 피건은 이미 준비를 하고 있었다. 경찰은 호신용 무기를 항상 갖고 다니기 마련이었다. 앤더슨은 조수석 주변으로 팔을 휘둘렀고, 피건은 그의 손목을 잡아 총이 뒤 창문을 향하게 했다.

"오, 이런!"

토너는 몸을 공처럼 말아 두 팔로 머리를 감싸 안았다.

피건과 몸싸움하는 앤더슨의 눈썹에 땀방울이 맺혔다. 그는 권총을 다시 제대로 겨누려 애썼다. 좁은 공간에서 작은 권총이 발사됐고, 총알은 피건의 귀를 스쳤다.

총소리가 나자 토너는 몸을 움직여 차 문을 열었고, 땅바닥에 널브러졌다. 그는 떨어지면서 비명을 지르고 발을 허우적거렸다. 피건은 경찰의 얼굴에서 잠시 시선을 돌려 버려진 건물 사이로 도망가는 토너를 바라보았다.

피건은 앤더슨의 이마에 발터를 겨누었지만 그는 계속 저항했다. 리볼버가 다시 발사됐고, 피건의 등에 유리가 쏟아졌다. 그는 앤더슨의 손목을 잡은 팔에 체중을 실으며 재규어의 문에 발을 딛고 밀었다. 피건은 조수석 의자를 지렛대 받침점으로 삼아 온 힘을 다해 밀어붙였다. 이를 악물고 머리에 피가 쏠릴 때까지 용을 쓰는 순간 앤더슨의 어깨가 탁 하고 빠지는 소리가 났다. 리볼버는 조수석 뒤편 발밑으로 사라졌고, 앤더슨은 목소리가 갈라질 때까지 울부짖었다.

"가만히 있어."

피건이 말했다. 그 순간 앤더슨은 정신이 번쩍 들었다. 그는 재규어의 계기판을 발로 차며 꿈틀거렸다.

"가만히 있으라고 했어."

앤더슨은 쉰 목소리로 울부짖으며 조수석에서 몸을 돌려 피건을 마주 보았다.

"이런, 젠장. 원하는 게 뭐야?"

"너."

피건이 대답한 후 앤더슨의 팔을 놓자 그는 다시 비명을 질렀다. 그의 팔은 힘없이 좌석 사이에서 덜렁거렸다. 그는 다리를 비틀었고 빨간 얼굴은 자주색으로 변했다. 이내 그의 비명이 멈추었고 호흡도 가라앉았다.

"미안하다…. 때린 거 미안해. 패치가 시켰어. 맥긴티… 맥긴티의 명령이라면서."

피건은 앞유리로 들여다보는 보안대원을 바라보았다. 그의 눈은 야만적인 기쁨으로 번뜩였다. 자동차의 실내등 불빛에 앤더슨의 얼굴에 맺힌 땀과 악문 이가 반짝거렸다. 보안대원은 모든 것을 볼 수 있었다. 그의 아들이 모든 것을 목격했던 것처럼.

"네가 팔아먹은 보안대원 기억나지?"

"오, 맙소사…."

"기억하지?"

앤더슨은 고개를 저었다.

"난… 어떤 보안대원?"

"역시. 한둘이 아니었겠지. 그렇지? 얼마나 받고 팔았어?"

피건이 미소 지었다. 앤더슨은 입을 열었다 닫고 머리를 흔들었다. 눈에 땀이 흘러들었다. 피건은 좌석 사이에서 덜렁거리는 팔을 발로 찼다. 앤더슨의 비명이 잦아들자 피건이 다시 물었다.

"얼마 받았어?"

"누구인지에 따라… 달랐어."

"순경은? 그냥 평범한 경찰 말이야. 한 명 팔면 얼마 받았어?"

"오, 이런. 나도 몰라… 몇 천… 제발, 이러지 마…."

"생각해봐. 네가 1982년에 팔아먹었던 순경 기억해? 2월 초였을 거야. 눈이 왔지. 난 아들이 보는 앞에서 그를 죽였어."

앤더슨의 눈동자가 흔들리고 숨소리가 거칠어졌다.

"학교에서? 기억해. 그래, 기억해. 이름이 뭐더라? 오, 이런, 이름이 뭐였지?"

"상관없어."

피건이 말했다. 그는 다시 경찰의 이마에 발터를 댔다.

"그가 널 원해."

"뭐, 뭐가?"

"봐."

피건은 눈동자로 가리켰다.

"저기 밖에. 보고 있어. 모두가 보고 있어."

"무슨 소리야?"

"보라고."

피건은 앤더슨이 고개를 돌려 창문 밖을 보도록 발터 총구로 볼을 눌렀다.

"저기 있어. 그는 이 순간을 위해 오랫동안 기다렸어."

앤더슨은 울기 시작했다.

"아무도 없잖아."

"네가 한 짓의 대가를 치를 차례야."

앤더슨은 피건을 돌아보았다. 그의 볼에 눈물과 땀이 섞여 흘렀다.

"하지만 네가 죽였잖아. 내가 아니라."

피건은 눈을 깜빡였다.

"난 방아쇠를 당겼을 뿐이지. 그는 네가 팔아먹은 순간 죽은 거야."

앤더슨은 고개를 저었다.
"넌 미쳤어."
"알아. 하지만 매일 나아지고 있지."
피건은 방아쇠를 당겼다.

FIVE 41

 피, 땀, 술 냄새가 맨 위층 관객석까지 올라왔다. 창고 안에서 가장 높이 서 있는 키 큰 노인은 유로와 파운드 지폐를 흔들며 치켜 올려진 주먹들 사이로 모든 것을 볼 수 있었다. 그는 항상 가장 좋은 자리에 앉았다. 이곳은 그의 소유였으니까.
 관중의 함성도 아래에서 으르렁거리고 컹컹대는 소리를 묻을 수는 없었다. 개들은 서로 주변을 빙글빙글 돌다가 돌진해서 물어뜯고 으르렁댔다. 턱이 짤막하고 목이 두꺼운 두 마리 개는 우열이 가려지지 않았다. 건강하게 성장한 두 수캐는 싸움으로 단련되어 흉터투성이였다. 두 마리 개는 다리 사이로 불알을 덜렁거리며 투지의 기운을 발산했다. 고급 핏불 테리어로 우량한 품종이었다. 노인은 사람은 믿을 수 없다는 듯 충성스러운 동물을 좋아했다.
 싸움은 40분째 계속되고 있었다. 주둥이와 널찍한 가슴팍은 피범벅이었고, 방금 생긴 상처가 적나라한 조명 아래서 빛났다.
 한 마리는 볼이 뭉텅이로 떨어져나갔고, 다른 한 마리는 어깨가 찢어졌다. 하지만 조련사가 공격 명령을 내리자 두 마리 개는 지친 기색을 드러내지 않았다. 투견장을 둘러싸고 있는 나무판에는 긴 세월 동안 쌓인 핏자국이 흩뿌려져 있었다.

얼룩무늬 개와 붉은색 개는 상대를 노려보며 공격 태세에 돌입했다. 이번이 마지막 공격이 될 것 같은 느낌이 들자 노인은 강렬한 흥분을 느꼈다. 60명 정도 되는 관중의 함성은 웅성거림으로 잦아들었고, 모두가 그 순간만을 기다렸다.

오래 기다릴 필요는 없었다.

개들은 그야말로 순식간에 움직였다. 멍청하게 생긴 핏불 테리어가 이빨 달린 근육 덩어리에 불과해 보일지라도, 핏불 테리어에게 쫓기는 상상을 하면 오싹해지기 마련이다. 좋은 핏불 테리어는 빠르다. 힘이 센 것만으로는 충분하지 않다. 개들은 앞발을 뻗은 채 동시에 덤벼 서로를 죽이려 들었다. 개들은 이빨을 갈며 뒷다리를 불끈거렸다. 개들이 날뛰고 으르렁거리며 서로를 짓누르자 관중들의 함성이 높아졌다. 처음에는 붉은색이 얼룩무늬의 목덜미가 접히는 곳에 이빨을 박아 넣는 듯했으나 얼룩무늬는 체중을 아래로 옮겨 붉은색이 균형을 잃게 만들었다.

그리고는 끝이었다. 얼룩무늬의 억센 턱이 붉은색의 목을 물자 낡은 창고 안에 깽깽거리는 비명이 울렸다. 승리한 얼룩무늬는 붉은색의 주둥이를 땅에 박아 넣었고, 낮은 소리로 가슴을 울리며 으르렁거렸다. 붉은색은 발을 차보았지만 얼룩무늬의 힘에 휘둘릴 뿐이었다. 인정사정없는 얼룩무늬는 불끈거리는 턱 근육에 온 힘을 실었다. 훈련과 본능이 빚어낸 결과였다.

"좋아, 그만!"

불 오케인이 층층이 관람석을 걸어 내려오자 조립식 벤치가 삐걱거렸다. 조련사들은 개들을 떼어놓으려 투견장으로 뛰어 들어갔다.

"놔!"

얼룩무늬의 주인이 외쳤다. 얼룩무늬는 완전히 몰두한 채 턱 사이로 피를 뚝뚝 흘렸다.

"놓으라고!"

그는 개의 귀를 잡아당겼다. 다른 조련사는 훈련시킬 때 쓰는 금속 막대로 승리한 얼룩무늬의 턱을 비집어 열려고 했다.

"젠장, 이러다 죽이겠어."

얼룩무늬는 머리를 웅크리며 턱에 힘을 더 주었다.

"이런, 비켜봐."

오케인이 말했다. 그는 투견장으로 내려가 조련사들을 밀쳤다. 얼룩무늬의 불알은 뒷다리 사이에서 덜렁거리며 무방비로 노출되어 있었다. 오케인의 부츠는 찰진 소리를 내며 불알에 감겼고, 개는 깽깽거리긴 했지만 입을 벌리지 않았다.

"무식한 새끼."

오케인은 입가의 침을 닦으며 말했다. 그는 다시 한 번 다리를 뒤로 젖혔다가 얼룩무늬의 다리 사이에 박아 넣었다. 얼룩무늬는 옆으로 비틀거리며 뒷다리를 부들부들 떨었지만 가공할 턱의 힘은 늦추지 않았다.

"누가 이기나 해보자, 이놈아."

오케인은 70세에 가까웠지만, 아직 황소라 불리는 인물이었다. 그는 오른발에 모든 체중을 실었고, 개는 드디어 입을 열어 물결무늬 천장 쪽으로 주둥이를 들었다. 개는 살벌하게 으르렁거리며 자신을 괴롭힌 사람을 향해 돌아섰다. 오케인은 개와 눈을 마주쳤다.

"어디 덤벼봐."

개는 궁둥이를 낮추고 공격할 준비를 했다. 오케인은 두 발에 체중을 실었다. 얼룩무늬는 망설이지 않았다. 개는 이빨을 드러내고 눈을 까뒤집은 채 검은색 입술에 피로 얼룩진 침을 늘어뜨리며 달려들었다. 하지만 어림없었다.

오케인은 굳은살이 박인 손을 내밀며 개가 달려들도록 두었다. 개가 오케인의 오른쪽 주먹에 이빨을 박아 넣으려는 순간 그는 손가락을 개의 주둥이 뒤쪽에 찔러 넣고 왼팔로 억센 목을 감았다. 얼룩무늬는 턱을 여닫으며 물려고 했지만, 오케인은 손을 더 세게 집어넣어 두꺼운 손가락으로 개의 혀를 잡았다. 그는 목에 감았던 팔을 풀었고, 개가 앞발로 흙바닥을 긁어댈 때까지 미끄러운 분홍색 살점을 비틀어 올렸다. 개는 눈이 튀어 나올 때까지 기침과 구역질을 해댔다. 오케인은 팔을 내리기 전 몸을 뻗대는 개의 머리를 옆으로 비틀고 갈비뼈를 세게 찼다. 그는 조련사에게로 시선을 돌렸다.

"개를 통제할 수 없으면 내 투견장에 데리고 오지 마."

"네, 알겠습니다. 죄송합니다."

조련사는 눈을 내리깔았다.

"이놈 데리고 나가."

그는 낑낑대는 개의 혀를 놓았고, 조련사는 개의 목에 체인을 걸었다. 오케인은 코트에 손을 닦고 베팅을 관리하는 션을 올려다보며 미소 지었다. 션은 답례로 윙크를 한 뒤 모자를 고쳐 썼다. 관중 대부분은 붉은색에 돈을 걸었다. 지금까지는 훌륭한 밤이었다. 열린 창고 쪽에서 목소리가 들렸다.

"아버지!"

오케인은 돌아서서 아들 파드리그를 쳐다보았다. 키는 아버지만 하고 덩치는 두 배나 컸다.

"왜?"

"도착했어요."

오케인은 고개를 끄덕이고 투견장 밖으로 나와 아들을 지나쳤다.

아들은 몸을 돌려 농장 마당으로 따라갔다. 오래된 마구간에 갇힌 개들은 그들이 지나가자 요란하게 짖어댔고 오케인은 조용히 하라며 쉿 소리를 냈다. 반대편의 철사 우리에는 외부 투견들이 갇혀 있었다. 디젤 발전기 하나가 농가 옆에서 털털거리며 창고에 전기를 공급했다. 세관에서 급습하기 전까지 연료 정제 시설이 있던 곳이라 매캐한 화학약품 냄새가 났다. 투견은 연료만큼 돈이 되지는 않았지만 재미는 더 있었다. 나이 든 그는 즐거움을 찾을 수 있는 일이라면 뭐든 마다하지 않았다. 어차피 국경에 위치한 정제 디젤 생산 시설 여러 개가 모두 그의 소유였다.

농가 창문에 빗방울이 추적추적 흘러내렸고 안에서는 부드러운 불빛이 일렁였다. 오케인은 주방이었던 곳으로 통하는 문을 열었다.

"여기서 기다려."

그는 아들에게 말하고 문틀 아래로 고개를 숙이며 들어갔다.

방에는 남자 세 명이 있었다. 크로스마글렌 출신의 토미 다우니가 벽에 기대 있었다. 그는 마르고 억센 외모로, 머리를 뒤로 깔끔하게 넘겼다. 모나간 출신의 케빈 말로이는 다른 쪽 벽에 기대 있었고, 그는 오케인만큼 덩치가 컸지만 키가 30센티미터 정도 작았다. 다우니는 방 가운데에 앉아 있는 세 번째 남자를 가리켰다.

"데려왔습니다, 보스."

"그렇군."

오케인은 남자에게로 걸어갔다. 남자의 머리에 씌워 놓은 베갯잇이 호흡에 따라 오르내렸다. 그의 고급스런 정장에는 빨간 얼룩이 져 있었다.

"이게 뭐야? 조용히 데리고 온 게 아니야?"

"순순히 따라오질 않아서."

말로이가 말했다. 오케인은 혀를 찼다.

"안타깝군."

그는 손을 뻗어 머리에 씌워진 베갯잇을 벗겼다. 젊은 남자는 그를 올려다보았다. 코와 입에 피가 말라붙어 있었다.

"이런, 마틴. 땀을 뻘뻘 흘리고 있군그래."

마틴은 눈을 깜빡였다.

"자네가 내 말을 듣지 않다니 정말 안타깝군, 마틴. 이렇게까지 할 필요는 없었는데 말이야."

마틴의 눈은 그렁그렁했다.

"대체 왜 이러는 거죠?"

"내가 돈을 준다는데도 자네가 거절했잖아. 말도 안 되지 않나? 20만 달러를 주겠다는 내 손을 쳐내다니."

"제 변호사와 얘기하라고 했는데요."

오케인은 손을 저어 그의 말을 일축했다.

"빌어먹을, 변호사? 그들은 사기꾼 집단이야. 그냥 나와 거래하면 되는데 왜 그놈한테 돈을 내?"

어리석은 반항을 하는 마틴의 목소리가 떨렸다.

"그 땅은 50만 파운드가 넘는다는 거 잘 아실 텐데요."

오케인은 몸을 숙여 손을 무릎에 댔다.

"그런가?"

"부동산 중개인이 그랬어요."

오케인은 코웃음을 치고 똑바로 섰다.

"부동산 중개인? 참 내, 그들은 변호사보다 더한 사기꾼이야. 나와 거래하는 데 중개인은 필요 없어. 그런 놈들 전혀 필요 없다고. 그냥 침 한 번 탁 뱉고 악수하면 돼. 그게 내 방법이야."

젊은이는 흔들림 없는 눈빛으로 오케인의 눈을 바라보았다.
"좋아요. 땅을 팔겠어요. 그러나 적정 가격을 받겠습니다."
오케인은 미소를 짓고 그의 어깨를 두들겼다.
"강단 있는 청년이구만. 나에게 반항하는 자들은 많지 않지. 하지만 이제 내 말을 잘 듣게. 운을 너무 믿지 마. 자네는 나와 좋은 친구였던 자네 아버지 덕분에 개밥 신세가 되지 않은 거야. 그 때문에 자네 아버지가 농장을 그토록 오래 소유할 수 있었던 거라고. 넌 그럴싸한 학위를 따더니 잘난 직장에 들어간다고 잉글랜드로 도망갔었어. 이제 아버지가 죽으니 돈 냄새를 맡고 부리나케 돌아왔잖아."
"아버지가 제게 물려주신 농장입니다. 제 마음대로 할 수 있어요. 내가 팔고 싶은 대로…."
"나한테만 팔 수 있어. 그뿐이야. 사우스알마에서 내 허락 없이는 아무도 땅을 사고팔 수 없어. 네가 빨리 이해하는 만큼 이 일도 빨리 끝날 거야."
마틴은 고개를 빳빳이 쳐들었다.
"내 변호사와 얘기하세요."
오케인은 한숨을 쉬고 젊은이의 어깨에 손을 올려놓았다.
"제발, 마틴. 자네 아버지는 내 친구였어. 이러지 마."
"이젠 시대가 바뀌었어요. 더 이상 그런 방식이 통하지 않는다고요. 경찰에 신고할 겁니다."
마틴은 오케인을 올려다보았다. 마틴은 그의 아버지와 꼭 닮은 모습이었다. 오케인은 잠시 눈을 감고 고개를 저었다. 그는 몸을 돌려 문으로 다가가 뒤를 돌아보며 말했다.
"애들아, 좀 알아듣게끔 해줘라."
오케인은 어두운 바깥으로 나갔고, 목덜미에 비가 들이치지 않게 코트 깃을 세웠다. 파드리그는 그에게 담배 한 개비를 건네고 손으로 둘러쌌다. 성냥은 담배에 불을 붙일 만큼만 타올랐다. 오케인은 연기를 깊이 들이마시며 가슴 안의 거친 열기를 음미했다. 그는 60년째 담배를 피웠지만, 아침에 가래 한 번만 뱉으면 되었다. 빌어먹을 돌팔이 의사 놈들. 그는 생각했다.

"괜찮아요, 아버지?"

파드리그가 물었다. 어리벙벙한 그의 얼굴이 창고에서 새어 나오는 불빛에 비쳐 보였다.

"괜찮다, 아들아. 좀 피곤한 것뿐이야."

파드리그의 주머니에서 워키토키가 지글거렸다. 그는 기계를 꺼내 옆면의 버튼을 눌렀다.

"뭐야?"

잡음과 쉭쉭 하는 소리가 창고의 아우성과 으르렁거리는 소리와 섞였다. 뒤편의 농가에서 둔탁한 쿵 소리가 났고, 뒤이어 작은 신음이 들렸다.

"기다리고 있었어. 들여보내."

파드리그는 무전기를 주머니에 집어넣었다.

"맥긴티가 도착했대요."

창고 너머에서 도로에 접근하는 헤드라이트가 보였다.

"가서 개싸움 감시해. 션이 수상한 짓 하지 않는지 확인하고."

"네, 아버지."

오케인은 뒤뚱거리며 마당을 가로지르다가 녹슨 푸조를 향해 손을 흔들었다. 차가 정지하면서 축축한 콘크리트에 끼익 소리를 냈다. 조수석이 열리고 폴 맥긴티가 내렸다. 그는 손을 내밀었다.

"잘 지냈나, 맥긴티?"

오케인은 늘 그러듯이 맥긴티의 손가락을 세게 감싸 쥐었다.

"잘 지냈습니다."

맥긴티가 대답했다.

"멋쟁이 리무진은 어디에 두고 왔어?"

"눈에 띄고 싶지 않아서요."

맥긴티는 흰 이를 내보였다.

"그게 좋지."

오케인은 맥긴티의 손을 놓았다.

"준비는 다됐나?"

맥긴티는 비명 소리에 농가로 눈을 재빨리 돌렸다.

"무슨 소리죠?"

"동네 문제야. 걱정할 거 없어."

맥긴티는 재킷을 가다듬었다.

"준비됐습니다. 그들이 곧 이리로 올 겁니다. 마리가 피건의 전화번호를 알고 있으니 그때 전화하면 됩니다."

"그 여자."

오케인이 두꺼운 손가락으로 맥긴티의 가랑이를 가리켰다.

"자네 물건 때문에 일 망치지 마. 과거는 신경 쓰지 말고 중요한 일을 하란 말이야."

맥긴티는 머리를 옆으로 기울였다.

"내가 모를 줄 알았겠지?"

오케인은 배를 꿀렁거리며 웃었다.

"벨파스트에 있는 네 녀석들은 내가 소똥을 뒤집어쓴 채 아무것도 모르고 있다고 생각하지. 난 모든 걸 알고 있는데."

"이미 오래전 일입니다."

"좋아, 좋아. 하지만 말이야, 내가 또 아는 게 있거든. 자네가 모르는 걸."

맥긴티의 미간에 주름이 팼다.

"뭔데요?"

농가 안에서 커다랗고 긴 비명이 들렸다. 오케인은 어깨너머로 쳐다보았다가 맥긴티에게 눈을 돌렸다.

"네 똘마니 데이비 캠벨. 그놈이 숨기는 게 있어."

"뭘 숨기고 있다는 거죠?"

"그 녀석이 여기 오면 얘기를 좀 해봐야지."

토미 다우니가 농가의 주방문을 열고 나왔다. 오케인은 돌아서서 그를 마주보았다. 다우니가 말했다.

"마틴이 거래를 하겠답니다."

42

"젠장, 이번엔 또 뭐야?"

에드워드 하그리브스는 화장대 거울에 비친 이마의 꿈틀거리는 핏줄을 바라보았다.

"급한 일입니다, 부장관님."

경찰청장이 말했다.

"그렇지 않았다면 이렇게 늦게 전화드리지 않았을 겁니다."

"잠깐만."

하그리브스는 전화기를 가운 위 어깨에 댄 채 눈을 감고 한숨을 내쉬었다. 침실에는 서랍 안에 있던 물건이 나뒹굴었고 이불도 난장판이었다. 지갑이 있을 만한 곳은 죄다 뒤진 모양이었다. 개 같은 년. 교활하고 더러운 갈보 같으니라고. 그는 전화기를 다시 귀에 댔다.

"계속해."

"상황이 안 좋습니다."

그는 마음을 단단히 먹었다.

"젠장, 뭔데 그래."

"벨파스트 근처의 산업 단지에서 30분 전 경관 한 명이 죽은 채 발견됐습니다. 머리와 심장에 한 발씩 맞았습니다."

"피건 짓인가?"

"그런 것 같습니다, 부장관님. 하지만 더 나쁜 소식이 아직 남아 있습니다."

하그리브스는 침실에서 나와 이마 중앙을 손가락 관절로 문지르며 널찍한 라운지로 내려왔다. 장식용 은 다기가 있던 자리가 텅 비어 있었다.

"빌어먹을."

"경관이 발견된 차가 패트릭 콜럼버스 토너 소유입니다."

경찰청장이 말했다.

난롯가의 은촛대도 보이지 않았다. 그는 욕조에 고작 10분 있었다. 여자가 5분 후에 들어온다고 했고, 그는 너무 조급해 보이고 싶지 않아 5분을 더 기다렸다. *지갑! 맙소사, 지갑.*

"패트릭… 음… 이름이 뭐라고?"

"친구들은 패치 토너라고 부릅니다. 폴 맥긴티의 변호사이자 유명한 행동주의자입니다. 자신을 인권변호사라고 부르죠. 지금 수색팀이 그를 찾으려 현장을 뒤지고 있습니다."

하그리브스는 어느 한쪽에 집중할 수가 없었다. 여자가 지갑을 훔쳐가 버렸다. 수백 파운드의 현금뿐만 아니라 카드와 신분증, 하원 출입증까지 들어 있었다. 만일 타블로이드 신문사에 거금을 받고 팔기라도 한다면 그는 끝장이었다. 그리고 이 사건까지. 피투성이가 된 채 발견된 경찰, 맥긴티의 하수인, 그리고 그의 자동차.

"이해가 안 가는데."

필킹턴은 목을 가다듬었다.

"부장관님, 이 일이 불러올 파장을 당연히 아시리라 생각했는데요. 부장관님께서 장관님과 전략을 준비하실 수 있도록 곧바로 알려드리는 겁니다."

하그리브스는 먼지가 쌓인 커피 탁자 쪽으로 갔다. 피우다 만 몬테크리스토 넘버2 시가를 테이블 위 골동품 크리스털 재떨이에 두었었다. 당연히, 재떨이는 없고 시가만 남아 있었다.

"전략?"

"자세히 설명해야 합니까, 부장관님?"

"그렇게 해주게."

하그리브스는 시가를 이로 물고 까르티에 금 라이터를 찾아 방을 훑어보았다. 개년. 그는 눈을 감으며 생각했다. 여자의 눈이 높다는 것은 부정할 수 없었다. 필킹턴은 혼란스러운 목소리였다.

"부장관님, 상황이 매우 심각합니다. 저는 정치가가 아니지만 뉴스가 터지면 어떤 일이 일어날지 예상되는데요."

"자세히 말해봐."

하그리브스는 가죽 소파에 털썩 주저앉았다. 여자가 소파까지 들고 갈 수는 없었다.

"폴 맥긴티 동료의 차에서 경찰관이 처형된 모습으로 발견됐다? 당 행동주의자의 새 차에 가까운 재규어가 경찰의 뇌수로 범벅이 됐다? 안 그래도 지난 며칠간 일어난 사건으로 민감해져 있는 상황입니다. 범인이 피건이든, 패치 토너든, 산타할아버지든 상관없습니다. 통합주의 측은 득의양양할 겁니다. 반대편의 중도파도 피를 보자고 외쳐대겠죠. 솔직히 이 사건 이후 스토몬트 정부를 유지할 수 있다면 기적일 겁니다."

"기적이라."

하그리브스는 그 단어를 반복했다.

"제프, 난 부장관이야. 서류에 서명을 하고 공무원들과 논쟁을 하고 평의원들을 괴롭힐 뿐이지. 기적을 행하지는 않아."

"이제부터는 기적을 바라실 때가 된 것 같습니다, 부장관님. 지푸라기로 된 집을 물려받으신 것과 다름없으니 앞으로 며칠간 집이 무너지지 않도록 백방으로 노력하셔야 할 겁니다."

하그리브스는 바람에 날아가는 지푸라기를 상상했다. 그는 자신이 그 지푸라기를 쫓는 데 신경 쓸 수 있을지 궁금했다.

필킹턴은 말을 이었다.

"제가 이런 일에 조언을 드릴 처지인지는 모르겠지만, 직원들을 모아서 해결할 수 있는 게 무엇인지부터 알아보기 시작하셔야 한다고 생각합니다. 실례되는 표현입니다만, 변기가 넘치기 전에 말입니다."

"맞아. 자네는 그럴 처지가 못 돼, 제프."

그는 소파에 풀썩 누웠다. 뺨에 차가운 가죽이 닿았다.

"장관님과 내가 일하는 부서는 잔소리하는 게으름뱅이들과 책상머리 바보들로 가득해. 가방끈만 쓸데없이 길어서 세금 낭비나 하는 것들."

그는 한숨을 쉬었다.

"난 이 자리를 원한 적이 한 번도 없어."

"제 생각에는…."

"난 내각 자리를 원했어. 외무부장관이 좋았겠지. 여행도 많이 다니고. 아니면 무역투자부장관이나."

"그래도 우리는…."

"무역투자부는 일이 힘들어도 혜택이 좋아. 교육부도 비슷하지. 보람찬 일은 아니지만 피비린내 나는 북아일랜드보단 낫잖아. 그런데 자네는 거기서 일하겠다고 자원했지."

거의 들리지 않을 만큼 작은 소리로 한숨을 쉬는 소리가 하그리브스의 귀에 들렸다. 경찰청장은 곧 길고 거들먹거리는 콧방귀를 뀌었다.
"우리 중 일부는 험한 일에 소질이 있습니다, 부장관님. 힘든 일의 부담과 맞설 수 있죠. 그렇지 않은 사람들이 대부분이지만요."
하그리브스는 가죽 쿠션에서 머리를 치켜들었다.
"제프?"
"네, 부장관님?"
"난 자네가 맘에 안 들어."
"저도 마찬가집니다, 부장관님. 이제 방해하지 않겠습니다. 오늘 밤을 새셔야 할 것 같으니까요."
"개자식."
전화가 끊겼다. 하그리브스는 시간이 궁금했고, 시계를 어디에 두었는지 떠올렸다. 그래, 시계를 벽난로 위 선반에 올려놓았었지. 그는 일어나서 방을 가로질러 거울 아래의 텅 빈 선반을 하릴없이 두리번거렸다.
"개년."

43

캠벨이 마주 오는 차를 보내기 위해 밴을 길 옆으로 비켜 세우자 나뭇가지가 차를 긁었다. 낡고 진흙투성이에 여기저기 찌그러진 사륜구동차가 지나갔다. 농업용 차량과 커다란 견인 트레일러도 보였다. 몇은 운전하면서 술을 들이켰고, 지나가면서 운전대에서 검지를 들어올리기도 했다. 오래된 시골식 인사법이었다. *나는 이곳 사람이고, 이곳을 잘 안다. 당신은?*

캠벨은 손짓에 답한 뒤 계속 운전했다. 오르막 꼭대기의 창고에서 빛이 쏟아져 나왔다. 아이는 엄마의 품에서 꿈틀거렸다.

"당신들은 어떻게 그렇게 살 수가 있어?"

마리 맥케나가 물었다.

"닥쳐."

에디 코일이 말했다.

"어떻게 우리를 여기로 데려올 수가 있지? 여자와 아이에게 이런 짓을 하고도 스스로 남자라 할 수 있어?"

"조용히 해. 우리보다 심한 사람도 많아. 이제 곧 만나게 되겠지만."

캠벨이 말했다.

"난 당신이 무섭지 않아."

"거짓말 마."

"계속 자신을 강한 남자인 척하라고. 난…."

캠벨이 브레이크를 밟자 마리의 몸이 앞으로 쏠렸다. 그녀는 아이를 보호하려다 계기판에 팔뚝을 부딪쳤다. 아이는 꺅 하고 비명을 질렀다. 캠벨은 손을 뻗어 마리의 머리를 움켜쥐었다.

"이봐, 나도 진절머리 나. 알았어? 이런 짓 나도 질린다고. 나도 끝내고 싶단 말이야. 자꾸 주절거리면 너와 아이는 즉시 끝인 줄 알아. 이제 입 닥쳐."

코일은 손을 내밀어 캠벨의 손목을 잡았다.

"진정해, 데이비."

캠벨은 코일을 노려보았다. 코일은 시선을 떨구며 캠벨의 손목을 놓았다. 아이는 엄마의 가슴에 머리를 묻었고, 마리의 볼에는 눈물이 흘러내렸다.

"그냥 조용히만 하면 돼."

캠벨이 말했다. 그는 손가락 사이로 머리카락을 놓아주었다.

"조용히 하고 시키는 대로 하면 살아남을 수 있어."

그녀의 눈에 반대편에서 오는 차의 헤드라이트가 반사됐다. 캠벨은 자신을 쏘아보는 그녀가 싫었다. 그는 화끈거리는 눈으로 되쏘아보았다. 그러나 그녀가 싫어서 그러는 것이 아니었다. 그녀를 잘 알지도 못했다. 그의 심장 속에는 증오가 도사리고 있었다. 누구를 향한 증오일까?

그가 지금까지 알았던 가장 확실한 답이 떠오르자, 더 이상 마리와 눈을 마주칠 수 없었다. 그는 정면에 시선을 고정한 채 밴의 기어를 넣고 다시 언덕을 오르기 시작했다.

농장에 다다르자 평지가 되었다. 파인 웅덩이투성이 콘크리트 바닥 양 끝에는 창고와 농가가 서로 마주 보고 있었고, 그 사이는 나란히 늘어선 마구간으로 연결되어 있었다. 공터에는 빈 철사 우리가 나뒹굴었다. 여러 겹의 악취가 밤공기에 떠다녔다. 배설물의 역한 냄새가 매캐하게 톡 쏘는 화학물질의 강한 냄새와 범벅이 되어 있었다. 악취는 캠벨의 목구멍 뒤쪽에서 피와 두려움의 비릿한 악취와 뒤섞였다.

빈 창고의 문간에서 여섯 남자가 비를 피하고 있었다. 맥긴티와 그의 운전기사 데클란 퀴글리가 보였다. 캠벨이 모르는 남자가 둘이었고, 키가 크고 건장한 두 남자는 불 오케인과 그의 아들이 분명했다. 오케인의 육중한 몸집을 본 캠벨의 심장이 두근거렸다. 마리는 입을 다문 채 가만히 있었다. 그는 마리가 오케인을 알고 있을지 궁금했다. 오케인은 밴 앞에서 손으로 헤드라이트 불빛을 가리고 있었다. 엔진이 덜컹거리고 시동이 꺼졌다. 캠벨은 문을 열고 차에서 내렸다.

남자들 무리가 추적거리는 빗속으로 나왔다. 불 오케인이 맨 앞이었다.

"자네가 데이비 캠벨인가?"

"그렇습니다."

오케인은 앞으로 나와 손을 내밀었다.

"자네 얘길 들은 적 있네."

손가락은 거칠고 두꺼웠다. 캠벨은 노인의 손아귀 힘에 움찔하지 않으려 애썼다.

"암, 듣고말고. 자네의 모든 걸 알고 있지."

오케인은 삐딱하게 웃으며 말했다. 캠벨의 속이 뒤틀렸다.

"만나서 반갑습니다, 오케인 선생님."

"손님들은 어떤가?"

그는 캠벨의 손을 놓고 코일이 기다리고 있는 밴의 조수석으로 향했다. 오케인은 코일을 본 체도 안 하고 뒷좌석에 손을 뻗었다.

"나와, 예쁜이들. 괜찮아."

마리는 아이를 팔에 안고 차에서 나왔다. 오케인이 팔꿈치를 잡았으나 그녀는 뿌리치지 않았다. 맥긴티가 앞으로 다가섰고, 캠벨은 맥긴티와 마리의 시선이 마주치며 뭔가 냉랭한 기운이 흐르는 것을 감지했다.

오케인은 아이의 팔 아래에 손을 밀어 넣었다.

"넌 누구니?"

마리는 딸을 놓지 않았다.

"하지 말아요."

"이름이 뭐니?"

오케인은 엄마의 스웨터를 잡고 있는 아이를 떼어냈다.

"앤 엘렌이에요."

대답하는 마리의 목소리가 갈라졌다.

"아주 귀여운 꼬마구나, 그렇지?"

오케인은 엘렌을 안아들고 볼을 살짝 꼬집었다. 아이는 엄마에게 손을 뻗었지만, 오케인은 뒤로 한 걸음 물러섰다.

"멍멍이 좋아하니?"

엘렌은 눈을 비비고 입을 비쭉 내밀었다. 오케인은 아이를 꼭 안고 마구간 쪽으로 걸어갔다.

"어때? 멍멍이 좋아하지?"

엘렌은 고개를 끄덕였다. 마구간에서 벽을 긁고 낑낑대는 소리가 들렸다. 캠벨의 입이 말라붙었다.

"착한 멍멍이 보러 가자."

오케인은 절반으로 나뉜 마구간 문 위쪽의 빗장을 벗겨 활짝 열었다. 안에서 낮게 낑낑대는 소리가 흘러나왔다.

캠벨은 마리를 쳐다보았다. 그녀는 떨리는 손으로 입을 가리고 있었다. 아이에게 두려움을 숨기고 평정을 유지하기 위해 노력하고 있었다. 캠벨은 일종의 존경심이 들었고, 그녀를 어루만져주고 싶은 설명할 수 없는 절박한 충동이 들었다. 그는 머리를 흔들어 그런 생각을 떨쳐냈다.

나머지 여섯 명, 코일, 맥긴티, 운전기사, 오케인의 아들, 캠벨이 모르는 남자 둘은 모두 마구간 문을 바라보고 있었다.

맥긴티가 노인에게 한 걸음 다가갔다.

"형님."

오케인은 돌아서서 맥긴티를 마주 보았다.

"괜찮아. 이 녀석들은 사람한테는 순한 양이야. 내가 그렇게 훈련시켰거든."

창고에서 퀴퀴한 냄새가 났다. 아래쪽 문 위로 커다란 짐승 발이 보이고, 뒤이어 흙과 흉터로 뒤덮이고 각이 진 머리통이 드러났다. 축 늘어진 개의 혀에서 끈적거리는 침방울이 어둠 속으로 떨어졌다. 오케인은 손을 뻗어 핏불 테리어의 두꺼운 목덜미를 긁었다. 개는 거친 손가락이 주는 느낌에 눈을 게슴츠레하게 떴다.

"봤지? 착한 멍멍이라니까. 만져볼래?"

엘렌은 고개를 세차게 젓고는 뺨의 눈물을 훔쳐냈다.

"괜찮아. 착한 멍멍이야."

아이는 개를 내려다보며 소매로 코를 문지르고 훌쩍거렸다.

"착한 멍멍이라니까. 물지 않아."

그는 엘렌이 작은 손을 뻗어 개의 머리를 만질 수 있도록 자세를 낮췄다. 아이가 손가락으로 만지자 개는 눈썹을 부르르 떨었다. 마리는 개가 아이의 손끝을 핥자 눈을 꼭 감았다. 코일은 그녀를 진정시키기 위해 어깨에 손을 얹었다.

"봐, 착한 멍멍이랬지?"

아이가 손을 뻗어 개의 머리를 긁는 동안, 오케인은 아이를 팔에 안고 있었다. 그는 자애로운 미소를 머금은 얼굴로 마리를 쳐다보았다.

"얌전히 있을 거지, 아가씨?"

마리는 그를 노려보았다.

"당연히 그래야지."

오케인은 개의 머리를 밀어내고 마구간 윗문을 닫았다. 그는 마리에게 돌아오며 아이를 고쳐 안았다.

"엄마랑 얌전히 있을 거지, 그렇지?"

제발 끝나게 해줘. 캠벨은 생각했다. 갑작스런 휴대전화 소리에 캠벨은 심장이 철렁 내려앉았다. 맥긴티는 재킷 주머니에 손을 넣어 휴대전화를 꺼냈다.

"여보세요?"

캠벨은 맥긴티의 표정이 풀리는 모습을 바라보았다. 맥긴티는 전화기를 한쪽 귀에 대고 다른 귀는 손가락으로 막은 채 무리에서 멀어졌다.

"패치, 천천히 말해. 무슨 일이야?"

캠벨은 구석의 낡아빠진 의자에 앉아 맥긴티와 오케인이 방을 서성대는 모습을 지켜보았다. 그는 노련한 노병 오케인과 번지르르한 정치꾼 맥긴티 사이의 균형을 느끼며 입술을 깨물었다. 둘의 나이 차는 열 살 정도였지만, 훨씬 더 차이가 나 보였다.

"이러면 모든 것이 바뀝니다."

맥긴티가 말했다.

"아무것도 바뀌지 않아."

오케인이 말했다. 자체 발전기에 연결된 알전구가 곳곳이 벗겨진 벽지를 비췄다. 다우니는 반대편의 거실 벽에 기댄 채 가느다란 팔을 가슴에 포개고 있었다. 운전기사 퀴글리는 오케인의 아들 반대쪽에 있는 고물 소파에 다리를 꼬고 앉아 있었고, 코일은 벽에 구부정하게 기댄 채 캠벨을 가끔씩 쏘아보았다. 말로이는 마리와 엘렌을 윗방으로 안내했다. 천천히 내리는 비가 창문을 적셨고 물이 뚝뚝 떨어지는 소리가 온 곳에 가득했다. 곰팡이와 생쥐 냄새가 캠벨의 코에서 떠나지 않았다.

"형님, 이해 못 하시겠어요?"

맥긴티는 걸음을 멈추고 팔을 펼쳤다.

"이 얘기가 새 나가면 전 끝장입니다. 제 변호사의 차에 경찰 시체라니. 당에서 축출될 거란 말입니다. 정치 후원자도 다 잃을 거고요. 그래도 통합주의자들은 혐의를 받지 않겠죠. 그들은 마치 옳은 일을 한다는 듯이 스토몬트 정부를 실각시킬 겁니다. 제발, 당을 생각하세요. 얼마나 많은 압박을 받게 될지를요. 런던부터 더블린, 워싱턴까지 마찬가집니다."

맞는 말이야. 캠벨은 생각했다. 이제 세상은, 특히 미국은 스스로를 자유의 전사로 칭하면서도, 더 이상 테러리스트들의 의협심을 인정하지 않았다. 오케인은 콧방귀를 뀌었다.

"그놈들 도움 없이도 오랫동안 잘해 왔어. 꺼지라고 해."

"제발, 형님. 지금은 21세기예요. 더 이상 70년대가 아닙니다. 80년대도 아니고요. 지금 우리는 스토몬트가 필요합니다. 제게도, 형님께

도요. 당이 스토몬트를 유지하기 위해 통합주의자들과 영국인들에게 얼마나 많은 것을 양보해야 할지 생각해보세요. 형님은 당의 짐일 뿐입니다. 당은 저만큼이나 빨리 형님을 버릴 겁니다."

"다 헛소리. 아무도 우리에게 강요하지 못해. 영국은 30년 동안이나 애썼어도 우리를 깨트릴 수 없었어. 정장을 빼입은 너희들 무리가 월급과 용돈을 잃는 걸 두려워한다고 해서 내가 포기할 수는 없지."

오케인은 삽처럼 생긴 손으로 허공을 가르며 말했다.

"그런 게 아닙니다."

맥긴티는 허리춤에 양손을 받쳤다. 캠벨의 눈에 맥긴티의 다리가 부들거리는 모습이 들어왔다.

"아냐, 맞아. 넌 물렁해졌어, 폴. 벨파스트에 있는 너희 무리는 쉽게 살았어. 유럽 기금과 지역사회 보조금에 손을 담글 수 있잖아. 손만 넣었다 빼면 돈이 딸려 나온단 말이야. 너희들은 시골에 있는 우리를 잊고 있어. 우린 아직 중노동을 해야 돈을 얻을 수 있는데."

맥긴티는 화를 참고 있었고, 캠벨은 그것을 알 수 있었다.

"형님이 30년 동안 전쟁을 통해 이룬 것보다 우리가 10년간 정치로 이룬 것이 더 많습니다."

오케인은 짐짓 존경스럽다는 체하며 고개를 끄덕였다.

"아, 그래. 너희가 많은 걸 이루긴 했지."

그는 맥긴티의 옷깃에서 보풀을 떼는 시늉을 했다.

"네 주머니를 채우고 멋진 정장을 맞췄어. 커다란 리무진을 사고, 바다가 보이는 저택을 장만했지. 그래, 잘했어."

맥긴티의 얼굴이 상기됐다.

"형님도 마찬가지죠. 우린 늘 형님을 지켜드렸어요. 제 연락책이 형님께 급습이 있을 거라고 알려준 게 몇 번이죠? 당의 법률팀 덕분에 형님의 이름을 쓰지 않고도 얼마나 많은 땅을 사들였죠? 경비 초소도 우리가 핸드린 거예요. 형님이 연료 정제 공장을 운영할 수 있도록 사우스알마에 있는 영국군 주둔지를 해체하기로 교섭도 했고요. 전부 당이 한 겁니다. 잊지 마세요."

분위기에 긴장감이 감돌자 캠벨의 손이 저절로 꽉 쥐어졌다. 오케인은 맥긴티에게 다가갔다.

"그러니까, 이제 너도 다 컸다 이거지?"

맥긴티는 키가 컸지만, 오케인과 눈을 마주치려면 고개를 들어야 했다. 맥긴티는 침을 삼키고 혀로 마른 입술을 적셨다.

"아뇨, 그런 뜻이 아닙니다. 하지만 제발. 생각해보세요, 형님. 해결책은 단 하나뿐입니다."

"그게 뭔데?"

"피건을 경찰에 넘기는 거요. 패치 토너가 피건이 거기에 있었다고 증언할 수 있습니다. 사법 기관이 그를 처리하도록 두는 거예요. 우리는 경찰에 협조하는 것처럼 보이겠죠. 통합주의 측도 트집을 잡거나 스토몬트에서 나가겠다고 협박할 수 없고, 우리 혐의도 벗겨지는 거죠."

"피건은 네가 맥케나와 카폴라를 죽였다고 증언할 거야. 네가 저지른 짓이 다시 되돌아올 거라고."

피건이 증언할 건 그뿐만이 아닐 텐데. 캠벨은 생각했다. 그는 자유군 청년 둘의 존재를 비롯해 그들이 맥긴티에게 위협을 가하지 않았다는 사실도 증언할 테지. 그의 심장박동이 빨라졌다.

"이제 멈추기엔 너무 늦었어요. 게다가 경찰을 향한 언론이 그걸 덮을 겁니다. 평화협정 전부터 앤더슨이 우리에게 정보를 흘렸다고 밝히면 됩니다. 그러면 모든 관심이 우리가 아니라 그에게 향하겠죠."

 오케인은 숨을 멈춘 채 가만히 있었고, 캠벨이 속으로 다섯을 셌을 때 돌아섰다.

 "안 돼."

 오케인이 말했다. 맥긴티는 그를 쏘아보았다.

 "안 된다니, 무슨 뜻이죠?"

 "피건이 이번 일을 모면하게 두면 우리가 약해 보여. 내가 약해 보이는 거지. 그는 반역자니까 거기에 맞게 처리해야 해. 우리가 지금까지 했던 것처럼 그를 본보기로 삼는 거야."

 오케인은 손가락으로 허공을 찌르며 목소리를 높여 으르렁거렸다.

 "빌어먹을, 그놈은 내 사촌을 죽였어. 내가 피건을 처리하지 않으면 원한이 있는 놈들은 전부 나를 만만하게 볼 거야."

 맥긴티는 방을 가로질러 오케인에게 다가갔다.

 "제발요, 형님. 생각해보시라니까요. 우리가 무슨 대가를 치르게 될지."

 "안 돼."

 "제 말을 들어보세요. 미래를 생각하시라고요. 연합론자들이 퇴장한다고 칩시다. 스토몬트가 실각된다고 칩시다. 그러면 형님을 위해 기름칠을 할 정부 내 동료가 아무도 없어지는 겁니다. 저만큼이나 형님도 힘드실 거예요."

 "안 된다고 했어, 폴. 그만해."

 맥긴티는 오케인의 거대한 어깨를 잡았다.

 "제발 과거에서 빠져나오세요. 길거리 불량배처럼 굴지 마시라고요. 이제 그런 시절은 다 지났어요. 형님은 시대에 뒤떨어졌어요. 형님 때문에 제가…."

순간, 퍽 소리와 함께 맥긴티는 바닥에 나동그라졌다. 입술에서 피가 흐르고 있었다. 소리에 캠벨도 움찔할 정도였다. 코일은 가만히 보고 있었다. 운전기사 퀴글리가 일어서려고 했지만, 오케인이 두꺼운 손가락으로 그를 가리켰다.
"엉덩이 붙이고 있어."
퀴글리는 시키는 대로 했다. 캠벨은 재빨리 머리를 굴렸다. 퀴글리는 너무 약했고 코일은 너무 멍청했다. 캠벨은 이곳에서 유일한 맥긴티 편이었다. 하지만 피건은 죽어야만 했다. 그가 프랜시 델라니와 얼스터 자유군 청년 둘에 대한 정보를 알고 있기에 더욱 그랬다.
캠벨이 일어났다.
"선생님 말씀이 맞습니다."
빨갛게 물든 손수건을 들여다보던 맥긴티가 고개를 들었다.
"뭐라고?"
"피건은 위험합니다. 우리가 없애야 합니다."
오케인은 캠벨의 어깨를 두들겼다.
"똑똑한 친구구만."
맥긴티는 캠벨에게 시선을 고정한 채 일어나며 오케인에게 말했다.
"마음대로 하세요, 형님. 보스는 당신이니까."
"좋아."
오케인은 두 손을 마주 치고는 씩 웃었다.
"이제 여자와 아이를 내려보내."

44

피건은 창문 뒤에 서 있는 테일러 부인의 파란색 눈빛을 발견했으나, 그녀는 곧 덧문을 닫아 바깥의 어둠을 차단했다. 그가 손을 들어 인사하기 전에 이미 그녀는 사라졌다. 집 안 어딘가에서 개가 짖었고 호텔에는 불이 꺼져 있었다.

피건은 주차된 차를 빙 돌아 호텔 입구로 갔다. 문이 잠겨 있어 밀어도 꿈쩍하지 않았다. 피건은 무엇을 찾고 있었는지 잊어버린 사람처럼 원을 그리며 서성댔다. 달은 구름 뒤에 가려 어두웠고, 바닷가를 따라 줄지어 선 주황색 가로등이 강 하구에 반사되었지만 바다는 칠흑같이 캄캄했다. 공기 중의 강렬한 소금기와 파도 소리만이 바다의 유일한 흔적이었다.

피건은 식은땀이 마르면서 한기가 들고 다리가 떨렸다. 돌아오는 동안 떨리는 몸을 진정시키기 위해 차를 두 번이나 세워야 했다. 그는 혀로 입천장을 거칠게 쓸며 침을 삼켰다.

개 짖는 소리가 점차 사그라졌다. 이제는 바닷물이 모래에 부딪치는 소리만 들릴 뿐 고요했다. 피건은 문을 두들겨 정적을 깼다. 그는 뒤로 물러나 2층 창문을 올려다보았다. 아무런 반응이 없었다. 다시금 주먹을 들어 더 세게 두드려보았다. 살짝 걱정이 들기 시작했다.

왜 마리는 홉커크가 호텔을 잠그게 둔 것일까? 왜 그녀는 그를 기다리지 않았을까? 그는 손바닥이 따끔거리도록 나무 문을 두드린 뒤 물러나서 목을 길게 뺐다.

"제발."

가운데 창문에 흐릿한 불이 켜지고 뒤이어 그림자가 지나갔다. 피건은 주먹을 쥐었다 폈다 했다. 안에서 문이 열리고 닫히는 소리에 이어 불이 켜지며 현관 앞 잔디를 비췄다. 금속이 부딪치는 소리, 자물쇠가 탁 열리는 소리, 빗장을 당기는 소리가 연이어 들렸다. 문이 빼꼼 열리고는 안경 쓴 사람이 밖을 내다보았다.

"여기서 뭘 하는 건가? 원하는 게 뭐야?"

"들어가려고요. 마리를 봐야 해요."

"누구?"

"마리, 제 아내요."

홉커크는 눈썹을 찌푸렸다.

"당신과 있는 줄 알았는데."

"네?"

"여자와 아이는 아까 저녁에 산책을 나갔다가 돌아오지 않았어요. 당신과 떠났겠거니 했는데."

"가방은 어디 있죠?"

"글쎄, 나는…."

피건은 문에 손을 갖다 댔다.

"들여보내 주세요."

"아직 방에 있는지 모르겠소. 가서 보고 오겠소."

피건은 문을 더 세게 잡았다.

"들어가야 합니다."

홉커크는 그를 밀어냈다.

"오래 안 걸려요."

피건이 어깨로 밀치자 문이 열렸다. 홉커크는 비틀거리며 뒤로 물러나 먼지가 쌓인 식탁에 부딪쳤다.

"가보시오. 가서 보라고. 가방이 있으면 가지고 나가요. 돈은 필요 없으니까."

그는 두꺼운 안경 뒤의 눈을 흘기며 말했다. 피건은 방을 가로질렀다.

"마리는 어디로 간 거죠?"

"몰라. 7시쯤에 아이를 데리고 뭘 먹으러 간다며 나갔다가 돌아오지 않았소."

"다른 사람은 없었나요?"

홉커크는 시선을 내려뜨렸다.

"없었소."

"거짓말하시는군요."

홉커크는 잠시 숨을 크게 쉬었다.

"어떤 남자가 왔어. 경찰이라고 했지. 하지만 못 믿겠더군."

"어떻게 생겼죠?"

피건은 그의 팔을 잡았다. 홉커크는 피건의 손가락을 밀어내려고 했다.

"당신처럼 키가 크고 말랐지만 더 젊었소. 머리카락은 적갈색이고, 턱수염이 듬성듬성 나고. 한바탕 싸우고 온 사람처럼 보였소. 다리를 절뚝거렸고."

"캠벨. 캠벨이 왔었군."

홉커크는 피건의 손을 뿌리치고 뒷걸음쳤다.

"이름은 말하지 않았소."

"뭐라고 하던가요?"

"당신이 어디 있는지 물었을 뿐이오."

홉커크는 식탁 뒤로 물러나 피건과 자신 사이에 장벽을 쳤다.

"그래서요?"

"사실대로 말해줬지. 모른다고."

"이런. 오, 이런."

그는 불안감을 억누르려 손바닥을 관자놀이에 댔다. 홉커크는 계속 뒤로 물러났다.

"어서 짐 챙겨 떠나시오. 당신을 위해 더 해줄 게 없으니까."

어두운 구석의 계단으로 가기 위해 바로 통하는 문을 지나쳐 걷는 피건의 걸음이 느릿해졌다. 그는 고개를 푹 숙인 채 휘청거리며 2층으로 올라갔다. 방은 복도 맨 끝에 있었다. 문 앞에 도착해서야 열쇠가 없다는 사실을 깨달았지만 상관없었다. 그는 문손잡이 바로 아래를 세게 걷어찼다.

"열쇠 여기 있어! 그만해!"

홉커크가 계단에서 외쳤다. 피건은 그 말을 못 들은 체하고 다시 찼다. 나무 쪼개지는 소리와 함께 문이 안으로 열렸다. 그는 방 안으로 들어가 불을 켰다. 가방은 오후에 둔 그대로였다. 피건의 짐은 지퍼가 닫힌 채 여전히 침대 발치에 있었다. 가방을 확인하려 했으나, 홉커크가 문간에 나타났다.

"나가세요."

피건이 말했다.

홉커크는 복도의 어둠 속으로 물러나 사라졌다. 피건은 가방을 침대에 올려 급히 열었다. 익숙한 지폐의 잉크 냄새가 느껴졌다. 지폐 뭉치와 얼마 안 되는 옷을 옆으로 밀치고 필요한 물건이 아직 있는지 확인했다. 9밀리미터 총알 몇 발이 가방 바닥에서 여전히 굴러다녔다. 캠벨에게서 빼앗은 글록에 총알이 부딪쳐 짤랑거리는 소리도 들렸다. 피건은 어깨너머를 흘깃 훑어본 뒤 오른쪽 주머니에서 권총을 꺼내 가방에 던져 넣었다. 가슴 포켓의 휴대전화가 진동하는 바람에 그는 손에 든 가방을 놓칠 뻔했다. 피건은 전화를 꺼내 화면을 보았다.

심장이 요동쳤다. 그는 엄지손가락으로 초록색 버튼을 누르고 전화기를 귀에 댔다.

"마리?"

낮게 치직거리는 잡음과 마룻바닥을 걸어 다니는 소리, 초조하게 흐느끼는 소리가 들렸다.

"마리?"

날카롭고 희미한 남자 목소리가 피건이 알아들을 수 없는 말을 속삭였다. 그의 간절한 갈망보다 더 강한 무언가가 목구멍을 메웠다.

"마리?"

"제리?"

피건은 눈을 감았다.

"엘렌과 함께 잡혀 있어요…."

45

"오고 있어."

캠벨이 말했다. 비를 피해 들어온 창고 안은 이제 어두웠고, 그는 투견장에서 올라오는 악취에 구역질하지 않으려 애썼다.

"그다음엔?"

중개자가 물었다.

"그다음에 어떻게 되냐고? 피건은 죽은 목숨이야. 여기 도착하자마자 죽을 거라고."

"무슨 일이 있었는지 그들이 모르나?"

"토너의 차에서 경찰이 발견됐잖아. 알고 있어."

중개자는 잠시 침묵했다.

"그럼 계획이 바뀌었어야 하는데. 만약 그들이 피건을 당국에 넘기지 않으면 연합주의 세력은 그들에게 경찰의 죽음을 덮어씌울 거야. 맥긴티의 고삐를 잡고 좌지우지할 거라고. 연합주의 세력은 이걸로 스토몬트를 끌어내릴 수 있어."

"내가 맥긴티한테 그렇게 말했는데, 듣질 않아."

캠벨은 거짓말을 했다.

"맥긴티가 순순히 당하지는 않을 거야. 그는 항상 영리하게 행동해

왔으니까."

"그들은 피건을 죽이기를 원해. 그뿐이야."

"이런."

중개자가 말했다. 캠벨은 그의 숨소리를 들었다.

"젠장, 막을 길이 없나?"

"없어."

캠벨이 말했다.

"네가 시도해봐. 이러면 정치 상황이 몇 년쯤 퇴보하게 돼. 네가 할 수 있는…."

창고 문 너머의 콘크리트 바닥을 비추는 빛줄기가 끊겼다.

"가야 해."

캠벨은 전화를 끊었다.

그의 귀에 두 사람이 천천히 걷는 소리가 들렸다. 한 사람은 다리를 끌며 휘청거렸다. 캠벨은 창고의 그림자 안쪽으로 숨었다.

"기회가 있을 때 떠났어야지. 그랬으면 이런 곤경에 처하지 않았을 거 아냐."

맥긴티였다.

"들여보내 줘. 제발, 엘렌과 있게 해줘."

마리가 말했다.

"아이는 코일이 봐주고 있으니 괜찮아. 왜 가지 않았어? 내가 쉽게 떠날 수 있도록 준비해줬잖아."

"가기 싫었으니까. 갈 필요 없었으니까. 세상은 바뀌는 거야. 맙소사, 폴. 너무나 오래된 일이잖아."

"난 그렇게 느껴지지 않아. 지금도 그 생각 하면 가슴이 아파."

마리는 갑자기 웃음을 터뜨렸고, 건조하면서도 증오로 가득 찬 목소리가 어둠 속에 퍼졌다.

"가슴이 아프다고? 당신은 찔러도 피 한 방울 안 나올 사람이야."

"그렇지 않아. 사람들은 내가 냉혹한 줄 알지만 나도 감정이란 게 있어. 네가 레논이란 경찰과 놀아나는 모습을 본 내 기분이 어땠는지 알아?"

"난 더 이상 그렇게 살 수 없었어. 모르겠어? 난 당신이 결혼한 사람이 아니라고 혼자 상상했어. 또… 다른 건 중요하지 않다고, 당신이 무슨 짓을 했건 상관없다고 혼자 억지를 썼어."

"난 아무 짓도 하지….""

"당신이 다 조종한 거잖아. 책임 전가는 그만해, 폴."

맥긴티의 목소리가 굳어졌다.

"그때 널 죽이고 싶어 하는 사람들도 있었어."

"내가 그걸 몰랐을 거 같아? 내가 얼마나 무서웠는지 당신은 몰랐어?"

캠벨은 농가에서 희미하게 흘러나오는 불빛에 둘의 모습을 좀 더 가까이서 확인하기 위해 창고 문에 다가갔다.

"그들이 너와 경찰을 죽이도록 내버려둬야 했어."

맥긴티가 말했다. 캠벨은 마리의 손바닥이 맥긴티의 뺨을 쳐 마당을 울리는 소리에 움찔했다. 그리고는 맥긴티가 마리를 되받아치는 소리에 다시 한 번 움찔했다. 마리는 축축한 콘크리트 바닥에 쓰러진 뒤 고개를 들어 맥긴티를 노려보았다.

"피건과는 뭘 어쩌자는 거지?"

맥긴티가 물었다.

"지옥에나 떨어져."

"대답해."

마리는 그에게 침을 뱉었다.

맥긴티는 쪼그려 앉았다.

"젠장, 마리. 그놈은 미쳤어. 정신이 나갔단 말이야."

"정신이 나갔다고? 당신이나, 아니면 저 깡패 오케인보다도 더 정신이 나갔어?"

그녀는 농가를 가리켰다.

"그놈이 한 짓을 몰라? 피건은 몇 시간 전에 벨파스트에서 경찰을 죽였어. 빈시 카폴라와 쿨터 신부도 죽였어."

그는 고개를 흔드는 마리의 어깨에 손을 올려놓았다.

"네 삼촌 마이클도 죽였어."

"아냐. 거짓말이야. 경찰이 빈시 카폴라를 죽인 거라고 당신이 그랬잖아. 이번에도 당신답게 현실을 왜곡하고 있군."

그녀가 말했다.

맥긴티는 그녀의 이마에 흘러내려온 머리카락을 쓸어 넘겼다.

"사실이야, 마리. 네가 아무리 다른 사람들에게 거짓말을 해도 난 널 알아. 네 말과는 달리 넌 네 삼촌을 닮았어. 돌처럼 차가운 면이 있지. 이제 넌 제리 피건에게 달라붙었어. 그를 어디에 이용해먹으려는 거지? 그 경찰 놈과 같은 거겠지? 나에게 복수하려고."

그는 한숨을 내쉬었다.

"넌 항상 사람을 잘못 선택해, 안 그래?"

그녀는 시선을 떨궜다.

"날 들여보내 줘."

"알았어. 들어가."

맥긴티는 일어서서 마리를 일으켜주었다. 마리는 농가로 들어가며 눈가를 훔쳤다. 그녀가 들어가며 문이 약 1초간 열렸다. 새어나온 빛이 캠벨을 비추기에 충분했다. 그는 창고 안으로 고개를 숙여 넣었다.
"데이비?"
맥긴티가 불렀다.
"데이비, 자넨가?"
캠벨은 눈을 꼭 감고 숨죽여 욕을 내뱉었다. 그는 마당으로 나왔다.
"네, 접니다. 의원님."
맥긴티는 천천히 한 걸음 다가왔다.
"거기서 뭐 하는 거야?"
"집에 악취가 심해서요. 바람 좀 쐬러 나왔습니다."
"창고에서?"
"무슨 소리가 들려서요. 방해받고 싶지 않으실 거라 생각했습니다."
맥긴티는 한 걸음 더 다가왔다.
"뭘 들었지?"
"아무것도요. 목소리만 들렸습니다. 무슨 말인지는 안 들렸어요."
마당에 다시 빛이 새어 나왔고, 불 오케인의 거대한 덩치가 드러났다. 그는 묵직한 발로 바닥을 두들기며 콘크리트 마당을 가로질러 성큼성큼 걸어왔다.
"다들 들어와."
맥긴티는 잠시 가만히 있다가 고개를 천천히 끄덕였다.
"갑니다. 데이비와 얘기를 나누고 싶다고 하지 않으셨나요?"
"그랬지."
농사꾼처럼 불그레한 오케인의 얼굴에 미소가 어렸다. 캠벨은 옆으로 한 걸음 비켜섰다.
"무슨 얘기요?"

덩치에 비해 믿기지 않을 만큼 재빠른 오케인은 캠벨이 움직이기도 전에 그의 팔뚝을 움켜잡았다.

"한마디면 돼."

맥긴티도 캠벨의 옆으로 왔다.

"들어가자고, 데이비."

캠벨은 허리춤에 꽂아 둔 총을 향해 필사적으로 손을 뻗었으나 맥긴티가 그의 손목을 먼저 잡았다.

"이러지 마, 데이비."

맥긴티의 목소리는 내리는 비처럼 부드럽고 매끄러웠다.

"넌 늘 상황을 악화시키기만 한다니까."

46

 불 오케인은 방 안을 천천히 돌며 사람들을 차례로 쳐다보았다. 그는 담배를 빨아들이며 목구멍의 뜨거운 연기를 음미했다. 파드리그는 낡은 소파의 거의 절반을 차지했고, 얼간이 코일은 반대쪽 끄트머리에 앉아 한쪽 입이 처진 미소를 짓고 있었다. 맥긴티는 반대쪽에 서서 창틀에 기대 담배를 피웠다. 퀴글리는 코일과 교대하여 여자와 아이를 감시했다.
 오케인은 정치꾼 맥긴티의 표정을 읽을 수 없었다. 맥긴티는 항상 계산하고 머리를 굴리는 교활한 인간이었다. 오케인은 한 순간도 그를 믿지 않았지만 그가 영리하다는 것은 부정하지 않았다. 다만 맥긴티는 너무 영리해진 데다 사람들 앞에서 자신과 언쟁할 만큼 배짱까지 두둑해졌다.
 다우니와 말로이는 도로에 나가 피건을 기다렸다. 대부분의 부하들은 집으로 돌려보낸 뒤였다. 이번 일은 극비였기 때문에 꼭 필요한 사람들만 남아 있었다.
 블랙워치 연대의 변절자이자 아일랜드를 위해 싸우는 스코틀랜드인인 데이비 캠벨은 방 가운데에 홀로 서 있었다. 오케인은 캠벨이 어떻게 이처럼 오랫동안 들키지 않을 수 있었는지 의문스러웠다. 캠벨에게서는 배신자의 악취가 났다. 그의 땀에서조차 그 냄새를 맡을 수 있었다. 그 누구라도 알 수 있었다.

"우리에게 할 말이 있을 텐데, 데이비?"

오케인은 마룻바닥에 담배를 버리고 뒤꿈치로 비벼 껐다. 캠벨의 목소리는 태연했지만 눈빛은 흔들렸다.

"무슨 말씀이시죠?"

오케인은 계속 방 안을 돌며 캠벨에게 시선을 고정했다.

"말 그대로야. 우리에게 할 말이 있나? 마음에 두고 있는 게?"

"무슨 뜻인지 모르겠습니다."

오케인은 그의 오금을 발로 찼고, 캠벨이 바닥에 무릎을 부딪치며 세게 넘어지는 바람에 나무 바닥에 금이 갔다. 그는 빨개진 얼굴로 비명을 지르며 옆구리를 움켜잡았다.

"농담하는 거 아냐, 데이비. 장난하지 마."

오케인은 캠벨에게 진실을 말하면 살려주겠다고 말할 수도 있었지만, 캠벨은 그간의 거짓말을 실토한다면 자신이 죽은 목숨임을 알 것이고 자기 말을 믿게끔 어떻게든 말을 짜내려 들 것이 분명했다. 오케인은 사실을 정확히 알고 있었다. 북아일랜드 담당부의 거만한 영국인 기회주의자는 이번 정보를 제공한 대가로 훨씬 많은 퇴직금 보장과 함께 알가르브의 별장까지 챙겼다. 북아일랜드 담당부 직원들은 어떤 경우에도 불 오케인에게 거짓말을 해서는 안 된다는 사실을 알고 있었으므로, 정보는 확실했다. 이제 오케인은 자세한 것을 알아야 했다.

"진실을 말해. 헛소리를 안 한다면 쉬울 거야. 네 중개자 밑에서 일하는 자가 누군지 불면 더 쉬워질 수도 있어. 이 정도면 충분히 공평하지."

바닥을 내려다보던 캠벨은 고개를 들었다.

"무슨 말인지 모르….”

오케인의 부츠가 캠벨의 갈비뼈에 박히며 크게 쿵 소리가 났다. 캠벨은 극심한 고통에 몸을 떨며 입을 크게 벌려 소리없는 비명을 질렀다. 솟구쳐 나오는 눈물을 지켜보며 오케인은 달콤한 만족을 만끽했다. 강한 남자가 눈물을 흘리게 하는 일은 쉽지 않은 일이지만, 오케인에게는 어려운 일이 아니었다. 그는 코일을 쳐다보았다.

"네가 해볼래?"

"물론이죠."

코일은 앞으로 나섰고, 엉망이 된 얼굴을 비틀어 통증이 섞인 비웃음을 지었다. 오케인은 뒤로 물러났다.

"해봐. 하지만 멈추라고 하면 그만해. 알았지?"

코일은 아래로 손을 뻗어 캠벨의 머리카락을 한 움큼 쥐어 위로 홱 잡아당겼다.

"신나게 즐겨주마, 이 더러운 놈아."

캠벨은 그의 발밑에 무릎을 꿇었다.

"죽어버려."

그가 으르렁댔다. 코일은 캠벨의 가랑이를 발로 찼다. 캠벨은 긴 신음을 내뱉은 뒤 아래로 허물어졌으나 코일이 그의 머리카락을 꽉 잡고 있었다.

"죽어버리라고?"

코일은 야비하게 웃으며 몸을 숙여 캠벨의 귀에 대고 말했다.

"죽으라고 했냐? 뒈질 놈은 너 같은데, 데이비."

코일은 주먹을 쥔 오른손을 뒤로 당겨 캠벨의 턱을 갈겼다. 커다란 소리에 맥긴티는 눈을 찌푸렸다. 코일이 손가락 관절의 통증으로 얼굴을 찡그리는 모습을 본 오케인은 웃음을 참아야 했다. 캠벨의 몸이 축 늘어졌으나, 코일은 그가 바닥에 쓰러지지 않도록 머리카락을 잡고 있었다. 코일은 캠벨의 뺨을 때렸다.

"일어나, 개자식아. 날 보라고."

캠벨이 작은 소리로 뭔가 속삭였다. 오케인은 불안한 예감이 들었지만 잠자코 지켜보았다. 코일은 다시 그의 뺨을 때렸다.

"뭐라 그랬어?"

캠벨은 눈을 들어 작은 소리로 웅얼거렸다. 코일은 몸을 기울여 캠벨의 입에 귀를 갖다 댔다.

"뭐라고?"

캠벨이 잽싸게 이빨로 코일의 귀를 꽉 물자 오케인이 혀를 차며 말했다.

"이런 멍청한 놈 같으니라고. 됐어, 그 정도면. 맙소사."

오케인은 코일의 비명에 한숨을 쉬며 머리를 흔들었다. 캠벨은 부상당한 갈비뼈를 한 번 더 얻어맞은 후에야 몸을 비틀며 바닥에 널브러졌다. 그의 입에서 코일의 피가 뚝뚝 떨어졌다. 코일은 그의 옆에 쓰러져 귀를 손으로 누른 채 비명을 질렀다.

"젠장."

오케인은 맥긴티에게 말했다.

"어디서 이런 멍청이를 데려왔어? 수퇘지 젖통만큼이나 쓸모없는 놈이잖아."

맥긴티는 창문틀에 꽁초를 쑤셔 넣으며 머리를 흔들었다.

"자, 깨끗한 거야. 귀에 대고 있어. 파드리그, 이 멍청한 놈 좀 도와줘라."

오케인은 주머니에서 손수건을 꺼내 바닥에 던졌다.

"네, 아버지."

파드리그는 소파에서 몸을 일으켜 코일에게 다가갔다. 그는 손수건을 집어 들어 공처럼 말아 코일의 귀에 댔다.

"자, 이제 괜찮을 거야."

코일은 간신히 일어나 캠벨의 머리를 차려 했다. 파드리그는 그를 제지했다.

"제가 죽일 겁니다. 다 끝나면 제가 죽이게 해주세요."

코일은 우느라 말도 제대로 못 했다.

"데리고 나가. 창고에 가면 개한테 쓰는 붕대 같은 게 있어. 클로로포름 병도 있을 거야. 탈지면도 같이 가져와."

오케인이 말했다.

"네, 아버지."

파드리그는 질질 짜는 코일을 데리고 주방으로 나갔다. 바깥 문이 열리고 밤하늘이 보였다. 개 짖는 소리가 흘러들었다가 문이 닫히자 다시 끊겼다. 오케인은 처참하게 널브러진 캠벨을 내려다보았다.

"너도 알 거야, 데이비. 빠져나갈 방법은 없어. 넌 오늘 밤에 죽을 거라고."

쪼그려 앉아 시계를 보는 오케인의 무릎에서 뚝 소리가 났다.

"아니, 아침에 죽겠군. 넌 죽는다. 그뿐이지. 이제 얼마나 고통스러울지만 걱정하면 돼. 내 말 들리나, 데이비?"

그는 땀과 비로 젖은 캠벨의 머리카락을 쓰다듬었다.

"대답해, 데이비."

캠벨은 갈라지는 목소리로 속삭였다.

"원하시는 게 뭔지 모르겠습니다."

"진실만 말하면 돼."

캠벨은 고개를 돌려 핏발이 선 눈을 오케인에게 고정했다.

"제가 무슨 짓을 했다고 이러시는 건지 모른다니까요. 말해주세요."

오케인은 한숨을 내쉬었다.

"넌 첩자야, 데이비."

"아닙니다."

"거짓말 마. 소용없어. 물어본 게 아니야. 사실인 걸 내가 알고 있어. 네가 여지껏 일해준 놈들이 널 팔아먹은 거라고."

캠벨은 바닥에 이마를 댔다.

"북아일랜드 담당부에서 직접 얻은 정보야. 거만한 얼간이 놈이 알려줬지. 여왕의 사촌쯤 되는 것처럼 지껄이더군. 요 며칠 전 알마에서 너와 함께 차 안에 앉아 우리의 동료 제리 피건이 무슨 꿍꿍이인지 얘기했다고 했어."

캠벨은 주먹을 쥐었다.

"네가 90년대부터 14첩보 중대에서 일했다는 말도 했어. 자네가 최고로 실력이 좋다고 하더군. 하지만 그렇게 뛰어났던 건 아니지. 그렇지, 데이비?"

"젠장."

캠벨이 말했다.

"이제 내 말 들어, 데이비. 편하게 죽든지, 아니면 고통스럽게 죽는 거야."

오케인은 캠벨의 입을 조심하며 몸을 기울였다.

"네가 들어본 적도, 훈련받은 적도, 악몽을 꿔본 적도 없을 만큼 고통스러울 거야."

"안 돼."

캠벨이 말했다.

"이제 내가 널 아프게 할 건데, 살면서 결코 생각해본 적 없을 만큼 아플 거야."

캠벨은 눈을 감았다. 그는 바보가 아니었다. 오케인이 자신과 같은 첩자를 어떻게 처리했는지 들은 적이 있었다.

"만약 입을 열지 않는다면 마구간으로 갈 거야. 저 개들은 보통 사람을 공격하지 않지만, 피 냄새를 맡으면…."

오케인은 캠벨의 등을 두드리며 웃었다.

"젠장, 데이비. 개들이 네 창자를 물어뜯는 광경을 보게 되겠군. 하지만 혹시 모르지. 그중 한 마리가 목을 먼저 노릴지도. 물론 운이 좋아야 하지만."

"제발."

캠벨이 말했다. 오케인은 일어섰다.

"자, 시작해볼까."

그는 손을 뻗어 캠벨의 왼쪽 손목을 잡아 올렸다. 그는 첩자의 다친 옆구리에 발을 올리고 몸무게를 실으며 손목을 당겼다. 캠벨은 비명을 지르고 숨을 헐떡거리고, 다시 비명을 지르고 헐떡거렸다. 오케인은 발을 떼고 팔을 살짝 낮췄다. 그는 캠벨의 갈비뼈를 한 번 찬 뒤 캠벨의 몸부림과 격렬한 흐느낌이 멈출 때까지 기다렸다.

"진실을 말해. 네 중개자가 관리하는 첩자가 또 누군지."

피가 섞인 침 줄기가 캠벨의 입에서 바닥으로 늘어졌다.

"맹세하건대 모릅…."

"젠장."

오케인은 캠벨의 옆구리에 다시 몸무게를 싣고 팔을 잡아당겼다. 발밑에서 갈비뼈가 구부러졌다. 캠벨의 비명은 높은 신음으로 바뀌었다. 오케인은 발을 뗀 뒤 캠벨의 옆구리에 다시 발을 강하게 차 넣었다. 이번에는 뭔가 부러져 움직이며 갈리는 것 같았다.

캠벨은 비명을 지를 힘조차도 잃은 듯했다. 그는 입을 크게 벌린 채 눈을 꼭 감고 헐떡거렸다. 볼은 눈물로 번들거렸다.

"젠장. 그냥 말하면 되는 거야, 데이비."

"몰라…."

오케인은 뒤꿈치로 캠벨의 옆구리를 밟았다. 캠벨은 기침을 하며 입에서 피를 토했다.

"말해."

"패치… 토너…."

"젠장."

맥긴티가 말했다. 오케인은 조용히 하라는 뜻으로 한 손을 들었다.

"패치 토너가 뭐?"

캠벨은 땔감자루처럼 오케인의 손에 매달렸다.

"연락책이에요…. 그가… 날 들어오게 했어요."

오케인은 캠벨의 팔을 바닥에 놓고 그 옆에 쪼그려 앉았다.

"숨 쉬어, 찬찬히. 그리고 또?"

"그가 모든 걸… 그들에게 알립니다…. 언론에도… 맥긴티가… 말하기도 전에. 그들은… 맥긴티가… 행동을 취하기 전에… 모든 걸… 다 알고 있습니다."

오케인은 캠벨의 볼을 쓰다듬었다.

"착하군. 다른 사람은?"

캠벨은 고개를 흔들었다.

"어허, 어리석게 굴지 말라니까."

"토너… 토너뿐입니다."

파드리그는 커다란 갈색 병과 탈지면 봉지를 양손에 들고 들어왔다.

"클로로포름 가져왔어요, 아버지."

"잘했다."

오케인이 말했다. 오케인은 일어서서 아들로부터 봉지를 건네받았다. 그는 두꺼운 손가락으로 봉지에서 흰색 탈지면을 꺼냈다.

"뚜껑 열어."

파드리그는 갈색 클로로포름 병의 뚜껑을 돌려 열고 아버지에게 건넸다. 오케인은 팔을 쭉 뻗은 뒤 병을 뒤집어 탈지면을 적셨다. 지독한 냄새에 머리가 어지러울 정도였다. 그는 맥긴티에게 몸을 돌렸다.

"도저히 나을 수 없을 만큼 심하게 다친 개를 안락사시킬 때 쓰는 거야. 피건이 뭐라고 하는지 볼 때까지 일단 기절시켜두겠어. 그 뒤에 물어볼 게 있을지도 모르니까."

오케인은 쪼그려 앉아 푹 젖은 탈지면을 캠벨의 입과 코에 댔다.

"그래. 천천히, 깊게 숨 쉬어."

캠벨은 탈지면을 힘없이 밀어내며 몸을 뺐다.

"맥긴티…."

"뭐라고?"

그는 입술에 희미한 미소를 띠고 오케인을 쳐다보았다.

"맥긴티… 짓입니다…. 그가 꾸민 짓이에요…. 피건은 혼자 일하는 게 아닙니다…. 맥긴티예요."

벽에 기대 있던 맥긴티가 몸을 일으켰다.

"거짓말입니다."

오케인은 캠벨의 머리카락을 잡고 그의 얼굴을 탈지면에 들이밀었다.

"맙소사, 형님. 거짓말하는 거라고요."

캠벨은 오케인의 손아귀에서 빠져나오려고 애썼다. 손목에 손톱을 박아 넣었지만 오케인은 그 정도 따끔함은 아랑곳하지 않았다. 곧 캠벨의 눈꺼풀이 처지기 시작했고 몸은 축 늘어지면서 몸부림이 멈췄다.

오케인은 캠벨의 머리를 바닥에 내려놓았다. 캠벨의 입에서 탈지면을 떼어내자 빨갛게 물든 침 줄기가 늘어졌다. 그는 일어나 돌아서서 맥긴티를 마주 보았다.

"거짓말이에요, 형님."

알전구 아래 맥긴티의 얼굴은 창백하게 보였다.

"우리에게 복수하려고 저러는 겁니다. 우리가 서로를 공격하고 등을 돌리게 하려고요. 아시죠?"

오케인은 정치꾼의 핏줄이 불룩해지고 셔츠 옷깃 위로 목젖이 올라오는 모습을 쳐다보았다.

"이따 피건이 오고 나면 얘기하지."

"제발요, 형님. 거짓말이라는 거…."

맥긴티는 갑작스런 잡음에 멈칫했다. 고개를 돌린 오케인의 눈에 아들이 워키토키를 귀에 대는 모습이 보였다. 치직거리며 찌그러진 목소리가 소리가 짧게 끊기며 터져 나왔다. 파드리그는 엄지손가락으로 버튼을 눌렀다.

"알았어."

그는 무전기를 든 손을 내렸다.

"피건이 오고 있대요."

47

 20미터쯤 앞에서 손전등이 양옆으로 움직였다. 피건은 클리오의 속도를 줄이며 움직이는 불빛에 접근했다. 울타리로 둘러싸인 시골 길은 차 두 대가 지나가지 못할 정도로 좁았다. 피건은 어두운 오르막길을 올랐다. 키가 작고 다부진 남자가 길로 나와 손을 들었다. 털모자를 쓰고 녹색 전투복 상의를 입고 있었다. 피건은 차를 멈췄다. 남자는 운전석 창문으로 와 손전등으로 창문을 내리라는 신호를 했다. 피건은 시키는 대로 했다.
 "당신이 피건이오?"
 피건은 불빛에 눈을 찡그리며 말했다.
 "그렇소."
 키가 크고 마른 남자가 이연발 엽총을 들고 울타리 뒤에서 나타나 앞유리 너머로 피건에게 총을 겨눴다. 다부진 남자는 차의 어두운 구석과 앞좌석 발밑, 뒷좌석에 불을 비췄다.
 "내려."
 그는 피건이 내리도록 뒤로 물러났다.
 "머리에 손 올려."
 엽총을 든 남자가 말했다. 피건은 시키는 대로 했고, 다부진 남자는 그의 주머니를 뒤지기 시작했다.

"무기는 없어."

피건이 말했다. 다부진 남자는 그를 한 번 쳐다보았다.

"너도 내 입장이었으면 뒤졌을 거야."

피건은 눈을 감고 미지근한 빗방울이 눈꺼풀을 적시는 동안 가만히 서 있었다. 그림자들의 시선이 느껴졌다. 관자놀이가 고동치며 복부에 냉기가 스며들었다.

"아무것도 없다니까."

피건은 눈을 뜨며 말했다. 다부진 남자는 계속 수색하며 시선을 들어 그를 보았다.

"닥쳐."

그는 충분히 확인한 뒤 말했다.

"트렁크 열어."

그들은 차 뒤쪽으로 갔다. 피건이 트렁크를 열자 끼익 소리를 내며 뚜껑이 위로 올라갔다. 다부진 남자는 손전등을 구석구석 비추었다. 그는 가방을 가리켰다.

"저거 꺼내."

피건은 손을 뻗어 가방을 들어올렸다. 그는 가방을 트렁크 난간에 놓고 지퍼를 열었다. 다부진 남자는 거리를 유지하며 안을 들여다본 뒤 몸을 앞으로 숙였다. 그가 가방에 손을 넣어 옷을 옆으로 밀어내자 반들반들한 지폐가 드러났다.

"젠장, 얼마야?"

피건은 어깨를 으쓱했다.

"몰라."

엽총을 든 남자가 앞으로 나왔다.

"뭔데?"

"이거 봐봐."

다부진 남자는 손가락으로 가리키며 말했다.

"이런."

두 남자는 서로를 쳐다보았다. 수십 가지의 시나리오가 스쳐 지나갔지만, 둘은 결국 고개를 저었다.

"가자. 기다리고 계셔."

다부진 남자가 가방을 챙기며 말했다. 엽총을 든 남자는 피건의 뒤통수에 총구를 겨눴고 옆좌석에는 다부진 남자가 앉았다. 피건은 무릎에 가방을 올린 채 마지막 수백 미터를 운전했다. 클리오의 헤드라이트는 좁아지는 오르막길을 비추었고 길은 낡은 농가 안마당으로 향했다. 열린 창고 문 사이로 밝은 빛이 흘러나왔다.

에디 코일이 피에 젖은 붕대를 머리에 감고 서서 차가 오는 방향을 노려보고 있었다. 차가 부르르 떨리며 시동이 꺼졌다. 개가 짖으며 발톱으로 문을 긁는 소리 사이로 발전기 소리가 들렸다. 두렵고 고통스러운 죽음의 냄새가 나는 곳이었다. 열린 창문 사이로도 죽음의 악취가 새어들었다. 그림자들은 무언가를 찾아 헤매는 듯 방향을 바꿔가며 마당을 가로질렀다.

불 오케인과 폴 맥긴티는 비가 내리는 밖으로 나왔다. 오케인은 차 쪽으로 가 허리를 숙여 차 안을 들여다보았다.

"집 안으로 들어와, 제리."

피건은 문을 열고 나왔다. 다른 남자들도 내렸다. 오케인은 손으로 남자들을 가리켰다.

"이 친구들 아나?"

"모릅니다."

피건이 말했다.

"토미 다우니와 케빈 말로이야. 수상한 행동의 낌새가 보이는 순간 자네를 갈기갈기 찢어버릴 친구들이지. 날 엿 먹이면 자네 여자한테 애들을 풀어버릴 거야, 알겠어?"

"알겠습니다."

오케인이 미소 지었다.

"그래야지. 오랜만이군, 제리."

"27년 만이죠."

"세상에, 벌써?"

오케인은 웃었다.

"자네를 봐서 반갑다고 말하고 싶어. 하지만 난 자네에게 실망했지. 나와 폴 모두. 자, 이제 들어와."

"마리는 어디 있죠?"

"걱정 마, 곧 만나게 될 테니."

오케인은 몸을 돌려 농가를 향했다. 누군가 피건의 허리를 밀었다. 맥긴티는 걸어가는 피건을 입을 꾹 다문 채 쏘아보고 있었다. 축축한 냉기가 버려진 농가를 가득 채웠다. 피건은 오케인을 따라 주방을 지나며 냉기에 몸을 내맡겼다. 다우니는 피건의 어깻죽지 사이에 엽총을 들이민 채 따라갔고 맥긴티와 코일이 뒤를 이었다.

그들은 캠벨이 정신을 잃은 채로 낡은 소파에 누워 있는 방으로 들어갔다. 달달한 화학약품 냄새가 습기와 곰팡이 냄새를 밀어내고 있었다. 오케인만 한 키에 덩치는 더 큰 젊은이가 방 가운데에 나무 의자를 놓았다. 피건은 그가 오케인의 아들 파드리그일 거라 추측했다.

"앉아."

오케인이 말했다. 피건은 시키는 대로 했고 맥긴티와 다우니가 방 안으로 들어왔다. 맥긴티는 무표정한 얼굴로 담배에 불을 붙였다. 다른 사람들은 주방에서 기다렸다.

"마리와 엘렌을 보고 싶습니다."

피건이 말했다. 손은 떨리지 않았으나 입은 타들어갔다.

"좋아."

오케인은 파드리그를 쳐다보며 다른 쪽 문간으로 고개를 까딱했다. 파드리그는 아무 말 없이 그리로 나가 사라졌다.

오케인은 피건을 한참 쳐다보았고, 몇 시간처럼 느껴지는 침묵이 흐른 뒤 다시 입을 열었다.

"자. 이제 어떡할까, 제리?"

"마리와 엘렌을 놓아주세요."

피건이 말했다.

"그리고 날 죽이면 됩니다."

오케인은 미소 지었다.

"너무 앞서 나가지 마. 먼저 확인하고 싶은 게 있으니까."

"뭘요?"

"이유를 말해보게, 제리."

피건은 퀴글리가 엘렌을 안은 마리를 데리고 들어오자 문 쪽을 쳐다보았다. 뒤따라온 파드리그가 들어오며 문을 닫았다. 그는 마리를 구석으로 안내했다. 엘렌은 엄마의 품속에서 꼼지락거렸다.

"제리 아저씨다."

엘렌이 말했다.

"그래. 가만히 있어, 엘렌."

마리가 차분하고 단조로운 목소리로 말했다. 엘렌은 계속 꿈틀거렸고, 결국 엄마의 품에서 미끄러져 나와 바닥에 가볍게 내려섰다.

아이는 피건에게로 뛰어갔다.

"우릴 데리러 왔어요?"

아이는 피건의 무릎에 기어오르며 말했다. 아이는 깃털처럼 가벼웠다.

"응."

"엄마가 무섭대요."

"알아. 하지만 무서워할 필요 없어. 너도 마찬가지야. 괜찮을 거야. 약속할게."

"언제 집에 갈 수 있어요?"

피건은 아이의 얼굴을 손으로 감쌌다.

"금방. 엄마랑 같이 있으렴."

엘렌은 피건의 무릎에서 내려와 엄마에게로 갔다. 마리는 쪼그려 앉아서 딸을 팔로 감쌌다. 피건은 그녀에게 미소를 지어 보였고, 마리는 고개를 끄덕인 후 바닥으로 시선을 떨구었다.

오케인은 두 사람 사이를 오가며 피건의 시야를 가렸다.

"대답을 안 했잖나, 제리. 왜 이런 짓을 했는지 알고 싶다니까. 말해 봐."

피건은 그의 붉은 얼굴을 올려다보았다.

"해야만 했으니까요."

"해야만 했다니. 그게 무슨 뜻이지?"

"할 수밖에 없었다고요. 유일한 방법이었어요."

"뭐에 대한 유일한 방법?"

"그들이 날 내버려두게 할 방법."

"그들이 누군데?"

피건은 바닥을 내려다보았다.

"누가 자네를 내버려두게 한다는 거지?"

오케인은 쪼그려 앉아 피건의 턱 아래에 손가락을 댔다. 그는 고개를 돌려 오케인의 눈을 보았다.

"누가 시킨 거야, 제리? 영국 놈? 다른 놈? 아니면 우리가 아는 누구? 괜찮아, 다 끝났어. 말해도 돼."

"아닙니다."

피건이 말함과 동시에 복부에 냉기가 도달했다. 시야 가장자리에서 짙어지기 시작한 그림자는 곧 맥긴티와 캠벨 사이를 오갔다. 그림자의 형태가 뚜렷해지고 명확해졌다. 피건은 그들을 밀어내려 했지만 그럴 수 없었다. 그들의 불타는 눈이 피건에게 꽂혀 있었다.

"말해봐."

오케인이 말했다. 그는 거대한 한쪽 손으로 피건의 얼굴을 잡았다.

"말해보라니까."

"저들."

피건은 맥긴티를 끊임없이 처형하는 여자와 아기, 정육점 주인을 가리켰다. 이어서 캠벨 너머에 서 있는 자유군 청년 두 명을 가리켰다.

"그리고 저들."

맥긴티는 담배를 얼굴 앞에 멈춘 채 피건과 오케인을 번갈아 쳐다보았다. 오케인은 맥긴티를 바라보았다.

"폴 말인가? 폴이 시켰나?"

맥긴티는 담배를 떨어뜨렸다.

"맙소사, 형님. 저놈은 미쳤어요. 자기가 무슨 말을 하는지도 모릅니다."

오케인은 피건에게로 돌아섰다.

"폴 맥긴티와 데이비 캠벨이 시킨 짓인가?"

"아니, 그들이 아닙니다."
피건이 말했다.
"그럼 대체 누굴 가리키는 거야?"
"저들이오. 내가 죽인 사람들."
피건은 손가락으로 유령들을 하나씩 가리켰다.

48

 캠벨은 방 안에 있는 사람들 위에 둥둥 뜬 채 천장에서 그들을 내려다보았다. 그들의 모습은 그림자와 빛으로 보였고, 목소리는 메아리와 옛 기억으로 들렸다. 그는 아래에 있는 자신의 몸도 볼 수 있었다. 그곳에 고통이 있었다. 통증은 그를 거의 끝장낼 뻔했지만, 이제 그 고통은 사라지고 없었다. 고통은 소파에 누워 있는 육체에 갇혀 있었다.
 낯선, 차가운 달콤함이 그를 덮어 마치 설탕물에 빠진 것 같았다. 정신을 차리려 했지만, 공중에 둥둥 떠다니며 의식을 찾기란 어려웠다. 벼락을 맞은 듯한 뜨거운 통증이 있었다. 그러고 나서, 누군가가 달고 시원한 액체를 코와 입에 부은 것처럼 기쁨과 쾌감에 휩싸였다.
 그리고 이제 허공에 떠 있었다.
 다른 것도 있었다. 정신이 몸을 떠나기 바로 직전, 무언지 모를 생각이 그의 마음을 꿰뚫었다. 그는 부옇게 조각난 자기 자신을 자세히 보려고 애썼다. 무엇 때문이었을까?
 아래에서 분노에 가득 찬 목소리가 들려 왔다. 누군가 얻어맞는 소리와 아이의 울음소리도 났다.
 아, 그랬지.

이제 그는 자신만이 알고 있던 비밀을 떠올렸다. 가혹하고 껄끄러운 비밀이 그의 발목에 매달려 기다리고 있었다.

49

오케인은 따끔거리는 손바닥을 문지른 뒤 울고 있는 아이와 마리에게 돌아섰다.
"아이를 조용히 시키지 않으면 내가 직접 할 거야."
마리는 아이를 가까이 안고 머리카락을 쓰다듬으며 달랬다. 아이는 엄마의 가슴에 얼굴을 묻은 채 비명을 질렀고, 오케인은 귀를 찌르는 아이의 울음소리에 눈살을 찌푸렸다. 그는 아이를 좋아했지만 우는 아이는 용납하지 않았다. 만약 그의 일곱 명의 아들딸들이 그렇게 울었다면 벌써 얻어맞고 입을 다물고도 남았을 터였다. 그는 바닥에 쓰러진 피건을 내려다보았다.
"일어나."
피건은 다시 의자에 앉았다.
"모든 짓을 머릿속의 사람들이 시켜서 했단 소린가?"
피건은 계속 바닥을 바라보았다. 오케인은 광인의 눈을 보기 위해 손을 뻗어 피건의 머리카락을 잡아 들어올렸다. 오케인의 온몸에 분노가 일었다. 그는 피건의 어리석음과 그가 저지른 짓에 화가 났다. 그는 마리와 아이를 힐끗 쳐다본 뒤 다시 피건에게 눈을 돌렸다.
"대답해, 저들의 목을 따버리기 전에."

"맞습니다."

피건이 말했다.

"이런 세상에."

오케인은 그의 머리를 놓고 뒤로 두 걸음 물러났다. 그는 피건의 대답을 곱씹으며 도대체 그게 가능한 일인지 잠시 생각했다. 당연히, 말도 안 되는 소리였다. 그는 피건의 무표정한 얼굴을 응시했다.

"그럼 왜 이렇게 오랜 시간이 지난 후에야 저지른 거지? 이유가 뭐야?"

"그의 어머니."

피건이 말했다.

"누구 어머니?"

"소년. 내가 마이클을 대신해 죽였던 소년. 소년의 어머니가 묘지에서 내게 다가왔습니다. 내가 누군지, 무슨 짓을 했는지 알고 있다고 하더군요. 아이를 어디 묻었냐고 물었어요."

오케인과 맥긴티의 시선이 잠시 마주쳤다.

"그래서 말해줬나?"

피건은 고개를 끄덕였다.

"그래서 경찰들이 던개년의 습지를 파 뒤집고 있는 거군. 그게 무슨 소용이 있을 거라 생각했나?"

"소년이 날 내버려둘 거라 생각했어요. 하지만 그러지 않았어요. 그 애는 더 원했습니다. 마이클을 원했죠."

"젠장."

오케인은 그의 광기를 이해해보려 애썼다.

"그 애 어머니가 말해준 게 있습니다."

"뭔데?"

고개를 들어 오케인을 쳐다보는 피건의 눈에 갑작스런 두려움이 번쩍였다. 오케인이나 이곳에 있는 사람 때문이 아니었다. 무언가 멀리 있는 것에 대한 두려움이었다.

"누구나 대가를 치른다."

피건이 말했다.

"그녀는 언젠가는 누구나 대가를 치른다고 했어요."

오케인은 고개를 흔들었다.

"그럼 자네가 이 모든 걸 저지르고 일을 망친 이유가 묘지에서 어떤 여자가 한 말 때문이란 얘기인가?"

그는 마리 쪽으로 몸을 돌렸다.

"그리고 넌 이놈을 도왔지."

딸을 내려다보고 있던 그녀는 고개를 들었다.

"뭐라고요?"

"이놈이 내 사촌을 죽인 후 네가 도와줬잖아."

마리는 고개를 저었다.

"자기 짓이 아니라고 했어요."

"네 삼촌을 죽인 놈이잖아, 세상에."

그녀는 피건을 쳐다보았다.

"자기 짓이 아니라고 맹세했어요. 내 딸의 목숨을 걸고 맹세했다고요."

두 사람 사이에 뭔가 간극이 있음을 알게 된 오케인은 피건에게로 시선을 돌렸다.

"제리, 내 딸의 영혼을 걸고 맹세했잖아요."

피건은 눈을 감았다.

"미안합니다."

마리는 아이의 머리카락에 얼굴을 묻고 흐느끼기 시작했다. 오케인은 소름 끼치는 미소를 슬쩍 지었다. 그는 피건에게로 돌아가 허리를 숙이고 무릎에 양손을 댔다.

"둘이 서로에게 솔직하지 않았던 것 같군. 마리도 자초지종을 말하지 않았겠지?"

그는 마리를 곁눈질했다.

"응? 마리가 자기와 그 정치가 친구에 대해서 얘기하던가?"

"하지 말아요."

마리가 말했다. 오케인은 못 들은 체했다. 그는 피건의 주름진 얼굴을 쳐다보며 말을 이었다.

"아는 사람 몇 명 없는 비밀이지. 네 친구 마리 맥케나가 폴 맥긴티와 아주 가까웠거든. 아주 가까웠다고. 폴이 이미 유부남이 아니었더라면 비밀로 부칠 일도 없었을 거야."

그는 마리에게 돌아섰다.

"얼마나 만났었지?"

"그만해요."

마리가 말했다.

"이삼 년 정도였지? 하지만 맥긴티가 부인과 헤어지길 기다리는 게 신물이 난 마리가 먼저 정리해버렸어. 그리고 복수한다고 경찰과 붙어먹은 거야. 어떻게 생각하나, 제리?"

피건의 얼굴은 오른쪽 볼의 희미한 경련을 제외하고는 아무것도 드러내지 않았다.

"마리는 이 일과 상관없습니다. 놓아주세요."

오케인은 똑바로 서며 허리의 통증을 느꼈다.

"그건 자네에게 달렸겠지? 애먹이지 않고 말 잘 들으면 여자가 아이를 데리고 집으로 돌아갈 수 있어. 됐지?"

마리를 쳐다보던 피건은 오케인에게 시선을 돌렸다. 그는 고개를 끄덕였다.

"좋습니다."

"좋아."

오케인은 손목시계를 보았다.

"일을 정리할 때가 된 것 같군."

오케인은 주방으로 가서 안에 있는 코일을 손짓해 부르고 캠벨을 가리켰다.

"창고로 데려가. 파드리그, 이 친구 도와줘."

그리고 다우니에게 말했다.

"제리도 데리고 나가. 수상한 낌새가 보이면 어떻게 하는지 알겠지."

다우니는 피건의 머리에 엽총을 겨누었다. 피건은 일어섰다. 그는 키가 컸지만 오케인만큼은 아니었다.

"명심해, 제리. 시키는 대로 하면 여자가 집에 갈 수 있어. 어리석은 짓 하지 않는다면…. 잘 알아듣겠지?"

피건은 고개를 끄덕이고 문으로 걸어갔다. 코일과 파드리그가 축 늘어진 캠벨을 데리고 나가려 씨름하는 동안, 그는 마리를 바라보았다.

"미안합니다. 모든 것이 다 미안합니다."

피건의 등에 엽총을 들이민 다우니는 피건의 시야 사각지대에서 따라왔다.

"잠깐."

마리가 피건을 불렀다. 그녀는 그를 따라가려 했지만 퀴글리가 그녀의 팔꿈치를 잡았다.

"네가 그를 위해 해줄 수 있는 건 아무것도 없어."

오케인이 말했다. 마리의 눈에 눈물이 고였다.

"제발 피건을 해치지 마세요."

"네가 왜 신경 써?"

오케인은 그녀에게 다가갔다.

"그놈은 미쳤어. 위험하다고. 네 삼촌을 죽였잖아."

마리는 딸을 껴안고 눈물을 줄줄 흘렸다.

"하지만 죽일 것까진 없잖아요."

오케인은 한숨을 내쉬었다.

"이런, 누구는 죽여도 되나?"

그는 아래로 손을 뻗어 마리의 팔뚝을 잡았다. 마리는 강했으나 충분하지 않았다. 마리가 애를 써봤지만 오케인은 아이를 쉽게 떼어냈다. 그는 아이를 퀴글리의 품에 넘겼다. 아이는 울어서 얼굴이 빨개진 엄마를 쳐다보았다.

핏자국이 남은 탈지면은 소파 옆 바닥에 떨어진 채였다. 오케인은 탈지면을 집어 들었다. 그는 창턱에 둔 갈색 병을 열어 달콤한 냄새가 나는 액체를 탈지면에 부었다. 마리는 구석으로 물러서며 피했다.

"안 돼."

"걱정 마. 아프지 않으니까."

오케인은 마리에게로 천천히 다가갔다. 그녀는 그의 얼굴을 할퀴고 정강이를 걷어차며 저항했으나, 단 몇 초 동안만 그럴 수 있을 뿐이었다. 무릎을 올려 그의 가랑이를 걷어차려 생각했을 때쯤, 그녀는 기운이 모두 빠져 전혀 힘을 쓸 수 없었다. 오케인은 축 늘어지는 그녀를 바닥에 눕혔다. 그는 비명을 지르는 아이를 쳐다보았다.

"괜찮아, 아가야. 보렴, 잠든 것뿐이란다."

아이의 울음소리가 그를 찌르는 듯했다. 그는 아이에게 탈지면을 보여주었다.

"너도 자고 싶니? 일어나면 집에 갈 수 있는데."

맥긴티는 울음을 멈추고 덜덜 떨고 있는 아이를 퀴글리에게서 받아 안았다.

"됐어요. 그 정도면 충분해요."

오케인은 일어서서 맥긴티를 내려다보았다. 맥긴티는 저항의 눈빛으로 노려보았다. 오케인은 고개를 끄덕였다.

"좋아. 위층으로 데려가. 네가 지키고 있어."

그는 거친 손으로 아이의 부드러운 금발머리를 쓰다듬었다.

"얌전하게 있을 거지? 맥긴티 삼촌이 잠시 돌봐줄 거야."

맥긴티는 아이를 안고 한 걸음 물러섰다.

"피건은 어떡할 거죠?"

"걱정 마. 내가 알아서 할 거야. 넌 그냥 여기서 기다려. 끝나면 할 얘기가 있으니까."

오케인은 주방 문으로 눈을 돌렸다.

"케빈!"

케빈 말로이가 권총을 겨눈 채 들어왔다.

"손님들이 어디 못 가게 감시해."

오케인은 주방으로 걸어갔다.

"금방 돌아올 거야."

50

 캠벨은 고통이 기다리고 있는 육체로 다시 끌려갔다. 소리를 질렀지만 숨을 들이마시지 못해 소리가 나오지 않았다. 그리고 다시 자유로워졌다. 허공에 뜬 그는 흐릿한 형체가 자신의 육체를 끌고 비가 오는 어둠 속으로 나가는 모습을 볼 수 있었다. 허공에서조차도 이곳의 악취는 피할 수 없었다.

 그들의 행렬은 잿빛 바다를 건너 불타는 태양으로 향했다. 그들을 맞이하기 위해 창고의 불이 켜져 있었다. 캠벨은 그 의미를 잘 알았다. 이곳은 개들이 목숨을 걸고 싸우던 장소였다.

 투견들.

 캠벨은 소용돌이치는 의식 속에서 자신의 몸을 보며 침 흘리는 투견들의 모습을 상상했다. 그는 알았다.

 이제 곧 죽는다, 이제 곧 개들이 달려든다.

 안 돼. 이렇게는 안 돼. 여기서는 안 돼.

 깨어나. 아무리 육체의 고통이 극심하더라도, 아무리 아프더라도, 깨어나야 해.

51

피건은 마당을 지나며 마구간 지붕 너머로 희미하게 떠오르는 새벽 하늘을 바라보았다. 코일과 파드리그는 축 늘어진 캠벨을 들어 창고 입구로 갔다. 투견장 바닥에 캠벨을 내려놓자 그는 숨을 헐떡거리며 신음을 내뱉었다. 다우니는 피건의 허리에 엽총 총구를 계속 겨누고 있었다.

밝아지는 빛 속에서 다섯 개의 형체가 따라왔다. 그들은 더 이상 그림자가 아니었다.

오케인은 어두운 구석에서 비닐 시트 두루마리를 가져왔다. 그는 시트를 피와 배설물로 얼룩진 투견장 흙바닥에 깔았다. 파드리그가 그를 도왔다. 역겨운 냄새가 피건의 목구멍에 달라붙었고 그는 애써 구역질을 참았다. 죽더라도 여기에서 죽고 싶지는 않았다.

"미안해."

그는 유령들에게 말했다. 자유군 청년들은 정신을 잃은 캠벨로부터 시선을 돌려 그를 쳐다보았다. 여자와 정육점 주인은 피건의 옆에 서 있었다.

"할 수 없었어. 노력했지만, 할 수 없었어. 미안해."

오케인은 투견장에서 고개를 들었다.

"친구들한테 말하는 건가, 제리? 그 머릿속 친구?"

피건은 고개를 끄덕였다. 오케인은 그에게 손짓했다.

"이리 와."

피건은 투견장 바닥으로 내려왔다. 다우니가 따라오며 그를 앞으로 밀었다.

"마리와 엘렌을 놓아줄 거죠?"

"그러겠다고 했잖나?"

오케인이 말했다.

"이런, 어쩌다 이렇게 된 건가? 그 위대한 제리 피건이. 우리가 마지막으로 만났던 때 기억하지? 얼마나 됐다고 했지, 25년 전?"

"27년입니다. 제가 열여덟 살 때였죠."

오케인은 다른 사람들을 둘러보며 말했다.

"제리는 어린애에 불과했지만 이미 명성이 높았어. 나에게 대들고도 살아남아 전설이 됐지. 그때가 우리가 처음 만난 때였어. 그다음 만난 게 1980년이었던가, 힘든 시기였지. 우린 처리해야 할 변절자가 있었어. 미들타운 출신의 어떤 여자가 영국인이랑 붙어먹었거든. 그 여자는 벨파스트에서 보트를 타고 도망가려다가 부두에서 맥긴티의 동료들에게 잡혔어. 맥긴티와 제리가 이곳에 있던 내게 여자를 데려왔어. 그렇지, 제리?"

피건은 기억했다.

"그랬죠."

"맥긴티가 제리의 손에 총을 쥐여주면서 '자, 제리. 처음은 쉽지 않을 거야.'라고 했지."

오케인은 잠시 멈추고 캠벨을 가리켰다.

"이리 데려와."

파드리그는 코일을 도와 캠벨을 투견장 바닥으로 밀어 넣었다. 캠벨은 비닐 시트 위에 눕혀지면서 정신을 잃은 와중에도 고통으로 얼굴을 일그러뜨렸다. 코일은 허리춤에서 권총을 꺼내 캠벨의 머리에 겨누었다.

"어떡할 거야?"

오케인이 물었다.

"제가 끝내고 싶습니다."

코일이 말했다.

"좋아. 하지만 내가 시키면 그때 해. 그 전엔 안 돼."

코일은 성마른 한숨을 내쉬고는 총을 다시 허리춤에 집어넣었다. 파드리그는 아버지 쪽으로 위치를 옮겼다. 오케인이 말을 이었다.

"여기 있는 제리가 총을 받아들더니 우리를 쳐다보는 거야. 폴이 왜 그러냐고 물으니까, 제리는 '안 돼요. 할 수 없어요.' 하는 거야."

"어린 소녀였어요."

피건이 말했다.

"나보다도 어렸어요. 그 애는 겁에 질려 있었고요. 게다가 임신한 상태였고."

오케인은 좀 더 가까이 다가왔다.

"그래, 임신했었지. 영국 놈의 사생아를 품고 있었어. 그래서 뭐? 변절자잖아. 그뿐인 거야. 그리고 넌 배짱이 없었어. 내가 대신 처리해야 했지."

피건은 겁에 질려 애원하는 그녀의 눈빛을 기억했다. 그의 볼에 뜨거운 눈물이 흘러내렸다.

"도와줄 수 없었죠, 막을 수도 없었고요."

"맞아. 넌 지켜볼 배짱도 없어서 도망갔지. 넌 약했어. 그녀는 변절자였어. 이 땅 위를 걷는 것들 중 가장 더러운 존재지. 같은 민족을 배신하는 종자 말이야. 제리, 너처럼. 변절자에게 자비란 없어."

그는 손을 뻗어 피건의 볼에 흐른 눈물을 닦았다.

"자비란 없어, 제리. 그때도, 지금도."

여자가 차갑고 부드러운 손가락으로 피건의 손을 잡았다. 그는 고개를 돌려 여자를 바라보았다. 여자는 피건을 보며 슬픈 눈빛으로 미소를 지었고, 아기는 그녀의 팔 안에 얌전히 안겨 있었다.

"미안해요."

그가 말했다. 여자는 고개를 끄덕였다. 오케인은 한 걸음 물러섰다.

"시간이 됐군, 제리."

피건의 뒤통수에 총구 두 개가 닿는 것이 느껴졌다.

그는 눈을 감았고, 여자의 손가락이 미끄러져 나갔다.

52

정신 차려.

캠벨은 마지막 의지 한 조각까지 쥐어짜 한 곳에, 하나의 과제에 집중했다. 발목에 붙여둔 칼을 잡는다. 칼날을 편다. 묶인 발로 가져간다. 이 간단한 작업을 할 수 있다면 살 수 있다. 하지만 통증이 문제였다.

그들이 캠벨을 비닐에 눕힐 때 마지막 충격이 그를 의식 속으로 끌어당겼다. 이제 그의 정신은 의식과 무의식의 경계선에서 불안하게 줄타기를 했고, 오직 통증만이 그가 안개 속으로 빨려 들어가는 것을 막고 있었다. 그는 움직이면 옆구리가 타는 것처럼 참을 수 없는 고통이 찾아오리라는 것을 알고 있었다. 하지만 참아야 했다. 일을 끝내기 전에 비명을 지른다면 살아남을 수 없다.

눈이 앞에 어른거리는 흐릿한 형체를 감지하려고 애쓰자 뇌가 두개골 안에서 요동쳤다. 몇 명일까? 확실히 알 수 없었다. 시력이 거기까지 닿지 않았다. 하지만 그의 얼굴 앞에서 다리를 끌며 걷는 하나는 알아볼 수 있었다. 코일이었다.

캠벨은 머리는 고정시킨 채 눈을 치켜떠서 코일의 종아리 뒤쪽, 허벅지 위, 그리고 허리춤을 올려다보았다. 권총이 보였다. 작지만 그 정도면 충분했다.

그런데 권총으로 뭘 어떻게 하지?

생각해.

생각해.

다시 떨어진다.

내 머리를 손가락으로 가리키며 서 있는 사람들은 누구지?

다시 어둠 속으로 떨어진다. 안 돼, 돌아와!

그는 숨을 들이마시고, 폭발하는 통증이 안개를 걷어가도록 내버려둔 채 숨을 멈췄다.

지금 해야 한다. 고통은 엿이나 먹으라고 하고.

그는 이를 악물었다.

지금이야.

53

 발악적인 비명이 창고의 서까래를 때렸고, 피건은 뒤통수에 닿아 있던 엽총의 총구가 사라지는 것을 느꼈다. 그는 눈을 떴다. 캠벨이 한 손에 작은 권총을 든 채 다른 손으로는 코일의 목에 칼을 들이대고 있었다. 두 사람은 절뚝거리며 천천히 움직였고 캠벨은 중력과 싸우는 듯 보였다. 그는 인사불성이 된 술꾼처럼 초점이 없는 눈을 이리저리 굴렸다. 코일은 입을 헤벌리고 있었다. 방금 전의 비명은 코일의 입에서 나온 것이 아니었다. 캠벨은 때로는 허공을, 때로는 그림자를, 때로는 사람을 오가며 닥치는 대로 겨누었다.
 "물러서!"
 캠벨이 소리쳤다. 다우니는 피건 앞으로 나와 어기적거리는 두 사람에게 엽총을 조준했다. 오케인은 두 손을 들어올렸다.
 "바보짓하지 마, 데이비."
 캠벨은 목소리가 나는 쪽으로 총을 겨누었으나, 눈은 먼 산을 보는 것 같았다.
 "물러서지 않으면 이놈 목을 따버릴 거야."
 파드리그가 캠벨의 옆구리를 공격하려고 움직였으나 캠벨은 옆으로 돌아섰다.

"물러서."

오케인이 한 걸음 더 다가왔다.

"왜 이래, 데이비. 자네 지금 이럴 몸 상태가 아닐 텐데? 상황만 더 나빠질 뿐이야."

캠벨은 오케인과 그의 아들을 번갈아서 겨누었다.

"물러서지 않으면 쏴버리겠어."

"그러면 안 돼, 데이비. 이런, 제대로 서 있지도 못하잖아."

"물러서라니까."

파드리그가 캠벨의 왼쪽으로 한 걸음 더 다가서자 캠벨은 방아쇠를 한 번, 두 번, 세 번 연이어 당겼다. 첫 번째 총알은 허공만 갈랐지만, 두 번째는 파드리그의 어깨에, 세 번째는 목에 박혔다. 파드리그는 놀라 입을 벌린 채 잠시 그대로 멈추었고, 그의 넓은 몸에서 뿜어 나온 피가 비닐 위에 후드득 떨어졌다.

"아버지?"

그는 부글거리는 쉰 소리를 낸 뒤, 비틀거리며 두 걸음 물러나 투견장 가장자리에 털썩 주저앉았다. 피건은 오케인을 쳐다보았다. 노인의 얼굴은 돌 조각 같았고 눈은 시뻘겠다.

"개밥으로 던져주지, 데이비. 산 채로 먹히는 모습을 지켜보겠어."

"움직이지 마."

캠벨이 말했다. 파드리그는 흙바닥에 누운 채 부글거리는 소리를 내며 숨을 헐떡였다. 뭔가 말하려 했으나 목구멍 밖으로 내보내지 못했다.

"엽총 이리 줘, 토미."

오케인은 다우니에게 슬금슬금 다가가며 말했다. 다우니는 총을 넘겨주었다. 오케인은 엽총을 어깨까지 들어올려 캠벨을 겨누었다.

코일은 캠벨의 팔 안에서 꿈틀거렸다.

"제발, 쏘지 마세요! 안 돼!"

캠벨은 눈을 힘껏 깜빡이고 머리를 흔들었다. 그는 권총을 코일의 관자놀이에 갖다 댔다.

"맹세코 죽여버릴 거야."

오케인은 엽총의 공이를 당겼다.

"내가 그런 거 신경 쓸 것 같나?"

발사음은 천둥처럼 창고를 울렸고, 피건은 시간이 멈춘 듯 느껴졌다. 코일의 가슴이 폭발하고, 캠벨은 뒤로 밀려 투견장의 낮은 벽에 부딪쳤다. 캠벨의 총구가 번쩍이면서 그와 코일은 투견장 가장자리에 넘어졌고, 무언가가 피건 옆 허공을 갈랐다.

다우니는 재킷 안에 손을 뻗었다. 코일의 몸이 캠벨에게서 떨어져 굴렀고 캠벨은 권총을 한 번 더 발사했다. 오케인이 뒤로 한 걸음 물러나 엽총을 발사하자 천둥소리가 났다. 피건은 캠벨의 배에서 빨간 태양이 터져 나오는 광경에 온몸이 굳어졌다. 캠벨이 몸을 비틀며 방아쇠를 계속 당기는 모습을 보며 피건은 바닥의 비닐 위로 쓰러졌다.

피건은 손으로 머리를 감쌌다. 분노의 총성이 멈추자 방아쇠만 딸깍거리는 소리가 들렸다. 두 사람이 바닥에 쓰러지며 하나가 다른 하나보다 더 둔탁한 소리를 냈다.

숨소리, 울음소리가 들렸다. 그리곤 땅 속 깊은 곳에서 나오는 듯한 거친 울부짖음이 들렸다. 마당 너머의 개들이 그 소리에 답했다. 겁에 질린 개들이 낑낑거리며 마구간 문을 미친 듯이 긁어대는 소리가 새벽 공기를 갈랐다. 매끄러운 비닐 표면에서 고개를 든 피건의 눈에 경련하는 다우니의 몸이 보였다. 그의 떨리는 손에 리볼버가 쥐여 있었다. 진한 붉은색 웅덩이가 그의 몸 아래로 퍼졌다.

피건은 오른쪽으로 고개를 돌렸다. 오케인은 살아 있었지만 옆으로 누워 가쁘게 숨을 쉬고 있었다. 분홍빛 얼굴은 땀으로 번들거렸다. 무릎 바로 위와 복부에 피투성이 구멍이 하나씩 있었다. 그는 피건을 쳐다보았다.

"젠장, 제리. 저놈이 날 쐈어."

피건은 손을 짚고 다리를 부들거리며 일어섰다. 매캐한 연기가 목을 찔러 기침을 내뱉으며 다우니 쪽으로 갔다. 그는 다우니의 옆에 놓인 리볼버를 집어 들었다. 오케인은 날카로운 웃음소리와 함께 말했다.

"저 새끼가 날 쐈다고."

피건은 캠벨을 쳐다보았다. 캠벨은 숨을 짧게 헐떡이며 가슴을 들썩거렸다. 배가 찢어져 있었다. 피건은 걸쭉한 피와 살점을 보지 않으려 노력했다. 자유군 청년들은 얼굴에 야만스런 미소를 띤 채 캠벨 근처에서 어슬렁거렸다.

"당신도 캠벨을 쐈어."

피건은 오케인에게 다가갔다. 노인은 목을 빼고 피건과 눈을 마주쳤다. 꽉 다문 잇새로 거친 숨을 짧게 몰아쉬었다. 그는 피건의 손에 들린 총을 보았다.

"원하는 건 뭐든지 줄게. 뭐든지, 얼마든. 말만 해."

오케인이 말했다.

"필요 없어."

"날 여기서 데리고 나가줘. 병원에 데려다달라고. 100만, 100만 파운드 줄게."

그는 손을 뻗어 피건의 발목을 잡았다.

"여자와 아이를 데리고 원하는 곳으로 가. 200만, 200만을 줄게. 생각해봐, 제리. 200만 파운드라니까."

"돈은 필요 없어."

피건은 다리를 빼내며 오케인의 손을 뿌리쳤다. 그는 오케인의 이마에 리볼버를 겨누었다. 오케인의 눈에서 솟은 눈물이 비닐에 떨어졌다.

"뭘 원하는데? 원하는 걸 말해봐. 뭐든 준다니까."

피건은 쪼그려 앉았다. 오케인의 땀 냄새가 풍겼다.

"당신을 죽이지 않을 거야. 당신이 여기서 나가더라도 쫓아가지 않을 거야. 하지만 약속할 게 있어."

"오, 세상에. 무슨 약속이든 할게."

"여기 일이 끝나면 나를 쫓지 마. 마리도. 우릴 내버려두라는 말이야. 난 이제 캠벨을 죽이고, 맥긴티를 처리하러 갈 거야. 그러고 나서 내가 떠나면 당신은 내 소식 들을 일 없어. 날 찾지도 말고, 현상금을 걸지도 마. 이걸 약속하면 살려주겠어."

"파드리그…."

"그는 이미 늦었어. 나와 마리를 내버려둔다고 맹세해."

오케인은 고개를 끄덕였다.

"약속하지, 하느님께 맹세해."

"네 자식들의 목숨을 걸고 맹세해."

"맹세할게."

"좋아."

그는 일어서서 투견장을 가로질렀다. 투견장 가장자리에 널브러진 캠벨은 숨이 넘어가기 직전이었다. 그는 허공의 무언가에 시선을 고정한 채 조용히 입술만 움직였다. 자유군 청년들은 얼굴에서 야수적인 쾌감을 내뿜으며 뒤로 물러섰다.

54

"데이비."

캠벨은 피투성이 얼굴들 사이에서 자기 이름을 찾아 헤맸다. 피투성이 얼굴들은 그를 향해 손을 뻗어 붙잡고 아래로 잡아당기려 했다.

누가 내 이름을 부른 걸까? 대머리에 문신을 한 자들? 아니지, 그들은 수년 전에 차가운 콘크리트 방에서 산산조각 나 죽었는데. 왜 지금 여기서 나를 원하는 거지? 그들의 얼굴은 기쁨으로 환하게 빛나고 있었다.

원하는 게 뭐야? 그는 입술을 움직일 수 있었지만, 소리는 나오지 않았다. 뭔가가 그의 발을 쿡 찔렀다.

"자, 데이비."

캠벨은 일어나려 했으나, 몸이 두 개로 나뉘어져 버렸다. 몸을 움직이려 하자 내장이 쏟아져 나왔다. 아 맞아, 엽총. 엽총이 배를 찢어놓았지. 내장이 있던 곳에 차가운 공기가 스며들었다. 그는 목에 모든 힘을 집중시켜 목소리가 들리는 쪽으로 고개를 들었다. 귀에서 폭풍이 일었고 살갗은 불타는 듯했다. 불길 속에서 키 크고 마른 사람이 나타났다. 제리 피건이었다. 그의 손에 반짝거리는, 아름다운 물건이 들려 있었다.

"그들이 널 원해, 데이비."

"누가?"

캠벨은 들릴 듯 말 듯한 가느다란 목소리로 헐떡였다. 피건은 문신을 한 남자들을 가리켰다. 그들은 캠벨을 보며 씩 웃었다. 캠벨은 비명을 지르려 했으나 내보낼 공기가 없었다.

"네가 속인 자유군 청년들."

피건이 말했다.

"네 뒤처리를 위해 내가 죽이도록 한 청년들. 이제 값을 치를 때야, 데이비."

불길은 얼음으로 변했고 캠벨의 복부에서 떨림이 퍼져나갔다. 그는 피건의 손에서 번쩍이는 물건의 정체를 알아차렸다. 딸깍, 공이 당기는 소리가 들렸다.

"헛소리 집어치워."

캠벨이 말했다.

"모두가 대가를 치러야 해. 언젠가는, 모두가 대가를 치러야 한다고."

피건은 리볼버의 총구를 캠벨의 눈에 겨누며 말했다. 캠벨의 심장은 분노로 갈기갈기 찢겼다. 그는 피건의 피를 맛보고 손가락으로 살점을 뜯고 싶었지만, 어둠이 몰려들었다.

자유군 청년들이 증오 가득한 얼굴로 씩 웃으며 몸 가까이 다가왔다. 죽어서 썩어가는 얼굴과 몸, 사지였다. 가장 가까이 다가오는 형상 중 하나는 이마에 너덜너덜한 구멍이 났고, 견장에는 병장 계급장을 그대로 달고 있었다.

헨드리 병장?

오래전에 죽은 헨드리 병장은 캠벨의 살갗에 이빨을 박아 넣어 남아 있는 살점을 갈기갈기 찢었다. 피건은 그들 모두를 내려다보고 있었다.

"꺼져!"

캠벨이 소리 질렀다.

"죽여! 지금 당장. 방아쇠를 당겨, 얼른 당기라고. 날 쏘란 말이야. 방아쇠를···."

THREE 55

 리볼버 총성에 개 짖는 소리가 잠시 멈췄다. 피건은 아기를 안은 검은머리 여자와 정육점 주인에게 몸을 돌렸다. 여자는 희미하게 슬픈 미소를 지었다.
 피건은 고개를 끄덕인 뒤, 계속 바닥만 바라보고 있는 불 오케인을 지나쳐 걸어갔다. 그는 농가 마당으로 나갔다. 나가기 직전 멈춰서서 몸을 내밀어 밖을 내다보았다. 세상은 이른 새벽의 기묘한 푸른 빛을 띠고 있었고, 마당은 약해진 빗줄기 속에 칙칙하게 빛나고 있었다. 마구간에서 낮게 으르렁대며 낑낑거리는 소리가 들려왔다.
 피건은 지독한 냄새가 나는 공기를 잠시 들이마시며 분명하고 확실한 기운과 더 이상 떨리지 않는 손을 느꼈다. 그의 감각은 죽음의 악취 속에서 살아 움직였다. 몸 안의 냉기는 환한 빛이 되어 가슴속에서 눈부시게 빛났다. 피건은 창문 안에 뭔가 움직이는 물체가 있는지 살폈다. 맥긴티와 다른 자들은 총소리는 몰라도 총격전까지는 예상하지 못했을 것이다. 피건은 그들이 어디선가 지켜보고 있으리라 추측했다.
 클리오는 마당 한가운데에 주차한 그대로 세워져 있었다. 피건은 차에서 조수석 아래에 테이프로 붙여둔 비닐봉지를 가져와야 했다.

그는 창문과 문을 다시 살핀 뒤 몸을 숙여 달리기 시작했다.

주방 문이 안쪽으로 열렸고, 피건은 차에 닿기 직전 몸을 황급히 낮추었다. 문간에서 총소리가 남과 동시에 뭔가가 머리 위 허공을 갈랐다. 개들은 다시 울부짖으며 문을 긁기 시작했다.

말로이였다. 클리오 차창 너머로 다부진 말로이의 모습이 보였다. 피건은 콘크리트를 밟는 발소리에 귀를 기울였다. 개들이 내는 소리 때문에 확실히 들을 수가 없었다. 그는 비에 젖은 차가운 콘크리트 위를 손과 무릎으로 기어 차로 향했다.

한 번 더 총소리가 들렸다. 총알이 창고의 주름진 금속 외피를 뚫는 소리가 들렸다. 문간에서 발사된 것 같았다. 말로이는 아직 안에 있었다. 피건은 클리오 운전석 뒷문에 손을 뻗고 차창에 조금씩 다가갔다. 주방 문 틈새 어둠 속으로 혼란스러운 모습이 보였다.

피건은 고개를 숙인 채 머리를 굴렸다. 말로이를 죽이고 싶지는 않았지만 그를 통과해야 했다. 피건은 차창에 기대 들여다보았다. 어둠 속에서 손이 하나 나타났다. 권총을 들고 있었다. 총이 발사되며 유리가 깨져 쏟아지자 피건은 머리를 감쌌다.

"널 죽이고 싶지 않다."

기다렸다. 대답은 없었다.

"난 맥긴티면 된다. 가고 싶으면 가라. 해치지 않겠다."

"넌 죽은 목숨이야, 피건."

두려움이 섞인 냉담한 목소리가 마당에 퍼졌다. 피건은 클리오의 차창을 통해 재빨리 앞을 훑었고, 말로이가 문간 틈으로 내다보고 있는 모습이 보이자 고개를 숙였다.

"맥긴티와 같이 죽을 필요는 없어. 지금 떠나면 된다."

또 한 번의 총성과 함께 클리오 차체 반대쪽 어딘가에 총알이 박혔다.

"제발!"

피건이 외쳤다.

"널 죽이고 싶지 않다."

"죽어버려!"

피건은 한숨을 내쉰 뒤 눈을 감고 중얼거렸다.

"어쩔 수 없군."

클리오 뒤쪽에 있던 그는 머리를 바짝 숙인 채 차체를 따라 기어서 앞쪽으로 갔다. 문간에서 보이지 않는 자세로 차 앞을 돌았다. 위를 올려다보고는 자기 몸이 농가 2층 앞쪽에 노출되어 있다는 사실을 깨달았다. 그는 얼룩진 레이스 커튼 사이로 움직임이 있는지 살폈다. 몇 센티미터만 더 가면 문간이 시야에 들어오는 위치였다. 말로이가 여전히 문을 아주 조금만 열어둔 상태라면 피건은 나무에 가려 잘 보이지 않을 터였다. 그는 초록색 페인트가 벗겨진 문이 보일 때까지 앞으로 기어갔다. 말로이의 권총이 나타났고 클리오 뒷부분에 총알이 박혔다.

내가 아직 차 뒤에 있다고 생각하는군.

피건은 몸을 일으켜 클리오 후드에 팔을 받치고 나무 문으로 네 발을 발사했다. 연기가 뿜어져 나오는 리볼버 총구를 계속 겨눈 채 귀를 기울였다.

일이 초 뒤, 힘없는 비명과 함께 몸이 축축한 벽에 미끄러져 내려 바닥을 때리는 소리가 들렸다. 피건은 치밀어 오르는 분노 때문에 욕을 내뱉었다.

그는 차 뒤로 다시 숨어 운전석 쪽으로 돌아갔다. 운전석 문은 잠기지 않은 상태였다. 문이 끼익 소리를 내며 열리자 유리 조각이 쏟아져 내렸다. 피건은 운전석 쪽에 납작하게 누워 발밑 공간에 리볼버를 던져 넣고 조수석 아래로 손을 뻗었다. 시선은 깨진 창문 너머로 농가에 고정했다. 그는 차갑고 단단한 내용물이 담긴 비닐봉지를 찾아 테이프를 잡아 뜯었다. 봉지가 찢기면서 9밀리미터 총알이 손가락 사이로 바닥에 쏟아졌고, 바닥에 총들이 떨어지며 둔탁한 소리가 났다.

피건은 개들이 미친 듯 짖고 긁어대는 소리 너머로 집 안에서 희미하게 들려오는 목소리를 감지했다. 그는 발터 권총과 캠벨의 글록을 꺼내며 창문을 살폈다. 농가 위쪽의 창문 뒤로 누군가 지나가면서 레이스 커튼이 흔들렸다. 피건이 양손에 총을 들고 몸을 뒤로 던지자마자 자동차 천장에 구멍이 뚫렸고, 방금 머리를 기댔던 좌석에 총알이 박혔다. 개들이 울부짖는 소리가 한층 높아졌고, 피건의 귀에서는 피가 몰려 천둥소리가 났다. 하지만 그런 소란 속에서 더 날카롭고 소름 돋는 소리가 들렸다. 겁에 질린 고음의 울음소리였다.

"엘렌."

"물러서, 피건!"

맥긴티가 쉰 목소리로 크게 소리쳤다.

"물러서지 않으면 둘 다 죽여버릴 거야!"

피건은 차 옆에 바짝 붙은 채 아이의 울음소리에 귀를 기울였다. 심장이 갈비뼈 안에서 요동치고 위장이 뒤틀렸다.

"엘렌."

56

 피건은 자기를 지켜보는 유령들을 쳐다보았다. 여자는 한쪽 팔에 아기를 안고 다른 팔로는 농가를 가리켰다. 그녀의 눈은 지금 하라고 명령했다. 달려, 그들 모두가 말했다.
 지금 달려.
 "젠장."
 피건은 허리춤에 캠벨의 글록을 찔러 넣고 차체를 따라 앞으로 기어갔다. 개들이 두들겨대는 마구간 문이 문틀 안에서 덜거덕거렸다. 그는 2층 창문을 한 번 더 쳐다보고 나서 농가로 몸을 던졌다. 총성이 울렸고, 뭔가가 왼쪽 어깨를 스쳤다.
 피건은 문에 세게 부딪친 뒤 말로이의 뻗은 다리에 걸려 넘어졌다. 벽에 충돌하면서 회반죽이 썩은 곳의 타일이 떨어졌다. 타일은 바닥에 떨어져 깨졌고 타일 조각 사이로 붉은 점들이 후드득 떨어졌다. 왼쪽 손목에 돌이 묶여 있는 것처럼 팔이 무거웠다. 그는 목을 쭉 빼서 왼쪽 어깨를 돌아보았다. 총알이 스쳤을 뿐이었다.
 그는 엎어져 있는 말로이를 돌아보았다. 그의 다부진 가슴은 불규칙한 박자로 오르내렸고, 멀건 눈으로 멀리 있는 무언가를 보고 있었다. 유령들이 들어와 말로이 주변에서 고개를 기울인 채 그를 살펴보왔다. 그때 재빠른 걸음으로 천장을 가로지르는 소리가 들렸다.

"제리?"

맥긴티의 목소리가 나무와 회반죽 사이로 희미하게 들렸다.

"올라오지 마. 경고하는 거야. 올라오지 말라고. 난… 난… 정말 죽일 거야."

엘렌이 울고 있다.

여자는 피건 옆에 서서 옆방으로 향하는 문을 가리켰다. 마리와 엘렌을 마지막으로 본 방이었다. 정육점 주인도 여자를 거들었다.

"알았어."

피건은 발터를 앞으로 겨눈 채 문으로 향했다. 벽 쪽의 다 망가진 소파는 습기와 피에 흠뻑 젖어 있었다. 이른 아침의 희미한 빛줄기가 때 묻은 창문을 뚫고 들어왔다. 한때 정원이었으나 수년간 방치된 마당은 잡초가 빽빽했다.

저건 뭐지?

그는 걸음을 멈추고 귀를 기울였다. 두려움에 거칠고 빠른 숨소리가 맞은편 문 안에서 들려왔다. 마리와 엘렌이 조금 전에 나간 문이었다. 얼마나 됐더라? 15분? 30분? 한 시간?

여자와 정육점 주인은 피건의 양옆에 섰다. 그들은 고개를 기울인 채 귀를 쫑긋 세우고 있었다. 아기는 엄마 품 안에 아주 얌전히 안겨 있었다.

여자는 피건에게 몸을 돌려 미소를 지어 보였다. 그녀는 손을 뻗어 그의 볼을 쓰다듬고는 고개를 끄덕였다. 피건은 몸을 돌려 문과 그 너머 어둠을 바라보았다. 호흡 소리는 점점 더 가까워지고 급박해졌다. 그는 소리가 나는 쪽으로 조용히 걸음을 옮겼고, 발터는 그와 어둠 사이를 겨누었다. 계단이 삐걱거렸다. 숨소리는 잠시 불안정해지

다가 전보다 더 빨라졌다. 벽지에 옷감이 스치는 소리가 났다. 누군가 벽을 따라 미끄러지듯 이동하고 있었다.

침착해.

남자의 높은 비음 섞인 신음이 들렸다. 겁에 질린 소리였다. 피건은 오래된 마룻바닥 위에 체중을 천천히 옮기며 가까이 다가갔다. 낮은 위치에서 공격해올 가능성에 대비해 발터를 허리 높이로 유지했다. 이제 손을 뻗으면 문틀에 닿을 수 있는 거리였다. 숨소리는 점점 빨라지고 거칠어졌다.

멈췄다.

퀴글리가 작은 권총 하나를 양손으로 들고 어둠 속에서 튀어나왔다. 눈알이 붉어진 채 얼굴은 새빨갛고 손마디는 창백했다. 심장에 겨눠진 피건의 발터를 발견하고 비명을 질렀으나 총은 발사하지 않았다. 그는 숨을 멈춘 채 앞만 응시하며 얼어붙어 있었다. 피건은 그에게서 두려움, 극심한 공포를 보고 느낄 수 있었다. 퀴글리는 사람을 죽일 배짱이 없었다.

"숨 쉬어."

피건이 말했다. 퀴글리는 계속 노려보았다. 이마와 관자놀이 핏줄이 튀어나온 채 떨리는 손으로 .22 타깃 권총을 들고 있었다. 장난감에 불과한 총이었다.

"숨 안 쉬면 기절할 텐데."

퀴글리는 절박하게 씩씩거리며 숨을 내뱉었다. 그리고는 벌벌 떨며 가쁜 숨을 들이쉬고 낮은 신음과 함께 다시 내뱉었다. 위에서 맥긴티의 목소리가 들렸다.

"쏴버려, 퀴글리!"

엘렌이 울고 있다.

"죽고 싶지 않겠지."

피건이 말했다.

"당장 쏘라니까!"

맥긴티가 다시 소리쳤다.

"넌 죽을 필요 없어."

피건이 말했다.

퀴글리는 총을 한 방향으로 겨누지조차 못했다. 손에 쥔 총이 이리저리 춤을 추었다. 맥긴티는 갈라진 목소리로 외쳤다.

"젠장, 쏴버리라니까!"

"네 선택이야."

피건이 말했다.

"넌 원한다면 살 수 있어."

피건은 납덩이처럼 무거운 빈 왼손을 내밀었다. 퀴글리는 여전히 노려보며 피건의 얼굴을 살폈다.

"넌 원한다면 살 수 있어. 말로이와 오케인은 많이 다쳤어. 나머지는 죽었고. 맥긴티도 곧 죽을 거야. 같이 죽을 필요는 없어, 선택해."

퀴글리는 어깨를 힘없이 낮추며 시선을 떨어뜨렸다.

"퀴글리?"

맥긴티의 목소리가 가라앉아 있었다.

"퀴글리, 무슨 일이야?"

퀴글리는 바닥에 시선을 고정한 채 피건이 내민 손에 총을 올려놓았다.

"가."

피건은 총을 재킷 주머니에 넣으며 말했다.

"고맙습니다."

퀴글리는 눈을 내리깐 채 서둘러 주방 문으로 향했다.

피건은 퀴글리가 튀어나온 어둠을 향해 돌아섰다. 복도 맞은편에 문이 살짝 열려 있었다. 어디선가 아침 햇살이 스며들었다. 피건은 집 뒤의 모습을 떠올렸다. 2층 중앙에 창문이 하나 있었다.

"계단 꼭대기에 있는 게 분명해."

여자는 어둠 속으로 한 걸음 다가서서 올라가라는 손짓을 했다. 피건은 문에 조금씩 다가갔다.

"퀴글리?"

"갔어."

피건이 말했다.

"개자식! 빌어먹을!"

멀리서 들리는 소리가 아니었다. 바로 계단 꼭대기인 것 같았다. 맥긴티의 목소리가 좁은 복도에 울려 퍼졌다. 피건은 맞은편 문을 눈여겨보았다.

"올라오지 마, 제리. 경고했어."

피건은 숨을 한 번 들이쉰 뒤 몸을 돌려 왼쪽 어깨를 복도 맞은편 문으로 향한 채 달렸다. 계단 위 창문에 맥긴티의 그림자가 언뜻 비쳤다. 왼쪽 팔에는 몸부림치는 엘렌이, 오른손에는 리볼버가 들려 있었다. 피건의 부상당한 왼쪽 어깨가 문에 닿는 순간 좁은 복도에 총성이 울렸다. 총알은 피건 머리 위 허공을 갈랐다. 문이 안으로 열렸고 피건은 방 안으로 굴러 넘어지며 통증에 비명을 질렀다. 그는 나무 의자 더미에 쓰러졌고 의자는 바닥에 무너져 내렸다.

"멈춰, 제리. 여자와 아이를 다치게 하지 마."

엘렌은 악을 쓰며 울었다. 피건은 재빨리 일어나며 머리를 굴려 총알 수를 세어보았다. *리볼버, 여섯 발.*

"세 발을 쐈어."

여자는 그를 보며 고개를 끄덕였다. 피건은 여자의 갈망하는 시선을 바라보았다.

"이제 세 발 남았군."

여자는 꿈틀대는 아이를 한 손에 안은 채 뒷걸음질로 복도로 나가서 다른 손을 위쪽으로 뻗었다. 그녀는 손가락으로 권총 모양을 만들었다. 정육점 주인도 여자 옆에 서서 똑같이 따라했다. 그들은 뒤틀린 입에 이를 드러낸 채, 동시에 폴 맥긴티를 겨누어 쏘고 또 쏘았다.

"알아."

피건이 말했다. 왼쪽 팔에 따끈한 액체가 한 줄기 흘러내렸다. 지칠 대로 지친 그의 정신이 점차 혼미해지고 있었다.

"나도 알고 있어."

57

 피건은 맥긴티의 거친 숨소리와 엘렌의 연약한 울음소리에 귀를 기울였다. 세 발이 남았다. 물론 총알이 더 없다는 가정하에서였다. 도박을 할 수밖에 없었다. 맥긴티가 총알을 낭비하게 해야 했다. 계단 아래 1층은 어두웠다. 유일한 빛은 맥긴티 뒤에 있는 창문에서 흘러나왔고, 그마저도 이른 새벽의 희미한 여명이었다.
 맥긴티는 사격 실력이 좋지 못한 피건이 엘렌을 맞출 염려 때문에 자기를 쏘지 못할 것임을 잘 알고 있었다. 하지만 한편으로 피건이 무모한 시도를 할 만큼 미친놈이라는 생각도 하지 않을 수 없었다.
 피건은 방 안을 둘러보았다. 바닥에 어지럽게 흐트러져 있는 의자 너머에 낡은 커튼 천이 쌓여 있었다. 그는 의자 하나를 세워 짙은 색의 두꺼운 벨벳 천으로 덮었다. 천은 무거웠지만 성한 오른팔 하나로도 충분했다. 그는 문으로 조용히 다가가 의자를 어깨 높이로 올렸다. 여자와 정육점 주인은 뒤로 물러서서 그의 길을 열어주었다.
 그는 팔을 뻗어 커튼을 씌운 의자 등받이를 어두운 복도로 내밀었다. 의자를 비스듬하게 맥긴티 쪽으로 아주 조금씩 옮기며 겹겹이 쌓인 어둠 속에서 그가 속아 넘어가기를 기대하는 순간, 복도에 총성이 울렸다. 피건이 놓친 의자는 요란한 소리와 함께 바닥에 나동그라졌다. 찢어진 커튼도 펄럭이며 떨어졌다.

　몇 초간의 침묵 후 엘렌의 비명이 들렸고, 맥긴티는 으르렁대며 욕을 내뱉었다. 총알 하나를 더 낭비한 셈이었다.

　"이제 두 발밖에 안 남았어, 폴."

　피건이 말했다.

　"여자와 아이한테 한 발씩 쓸 거야, 제리. 그 꼴은 보고 싶지 않겠지. 내가 그렇게 하게 만들지 마. 올라오지 말라고."

　"어쩔 수 없어, 폴."

　"안 돼! 아니면 내가… 내가….."

　"내가 뭐?"

　"젠장."

　맥킨티가 말했다.

　"살인은 쉬운 게 아냐, 폴. 게다가 직접 방아쇠를 당기는 입장에서는 더 그렇지."

　"죽일 거야, 정말이야. 죽일 거라고."

　피건은 문에서 물러났다. 계단을 따라 내려오는 새벽빛이 벽에 맥긴티의 그림자를 드리웠다.

　"당신에게 직접 할 용기 따윈 애초부터 없었어, 폴. 항상 나 같은 사람들의 몫이었지. 당신이 증오심을 가득 심어준 자들 말이야. 정작 당신 손에는 피 한 방울 안 묻혔어."

　맥긴티가 엘렌을 꼭 잡은 채 위층에서 이리저리 오가는 대로 그림자도 따라 움직였다.

　"날 자극하지 마, 제리."

　"당신은 나 같은 사람들을 이용했어. 우리에겐 미래가 없다면서 싸워서 얻어내야 한다고 했어. 우리 손에 총을 쥐여 내보내고, 살인을 저지르게 했지."

"넌 자원한 거야, 제리. 우리 모두가 그랬듯이. 아무도 네게 강요한 적 없어."

"당신은 거짓말했어."

"아무도 네가 방아쇠를 당기게끔 만든 적 없어, 제리. 아무도 네게 폭탄을…."

"내게 거짓말을 했어."

벽에 기댄 피건의 이마에 축축한 냉기가 와 닿았다.

"당신은 정육점 위층에서 로열리스트 회의가 있다고 했어. 얼스터 의용군과 방위군이 모두 와 있다고 했지. 타이머를 5분으로 맞췄다고 했어. 사람들을 내보낼 시간이 있도록 말이야."

"전쟁이었잖아. 가끔은 무고한 사람들이 다치기도 하는 거야."

피건은 소리 내어 웃었다.

"가끔이라. 죄가 있는 사람은 절대 죽지 않고. 그렇지? 하지만 누구나 대가는 치르는 거야. 오늘이 무슨 요일이지?"

"뭐라고?"

"일요일이지? 일주일 전이었나? 지난주 일요일에 어떤 노부인이 내게 다가와 누구나 대가를 치르게 된다고 말하더군. 내가 죽인 아이의 엄마였어. 마이클 맥케나는 대가를 치른 거야. 이제 당신 차례야. 세 사람이 죽었어. 정육점 주인, 아기. 맙소사, 엄마와 아기가."

피건은 벽에서 이마를 들어 복도를 돌아보았다. 맥긴티의 그림자가 여전히 보였다.

"그냥 가, 제리. 그냥 여기서 나가라고. 아무도 다칠 필요 없어."

"여자가 여기 있어, 폴."

"누구?"

"아기 엄마, 그리고 아기. 젠장, 이름은 몰라. 여자가 여기 있고 당신을 원해. 여자와 정육점 주인이. 폭탄이 어떻게 터졌는지 기억하지? 그때 뉴스에도 나왔잖아. 정육점 주인이 누가 장본 물건을 놓고 간 줄 알고 집어 들었어. 여자가 가장 가까이 있었지."

"그만해, 제리."

"그래서 얻은 게 뭐지?"

"나도 너처럼 얘기를 전해 들은 거야. 정육점 위층에 로열리스트 회의가 있다고."

"거짓말. 가게 위층은 창고뿐이라는 걸 알고 있었잖아. 뭘 위한 거였지? 여자가 무엇 때문에 죽은 건지 그녀에게 직접 말해봐."

맥긴티의 그림자는 몸을 비틀며 고통스러워했다. 엘렌은 그의 팔 안에서 빠져나오려고 몸부림쳤다.

"여자와 아기에게 죽은 이유가 뭔지 말하란 말이야, 폴. 그녀는 알 자격이 있어."

"아무도 없잖아, 제리. 이해 못 하겠어? 여자는 네 머릿속에 있는 거라니까."

"그녀에게 말해, 폴."

맥긴티의 한숨이 계단 벽을 타고 미끄러져 내려왔다.

"내가 성공하기 위해서."

피건은 화끈거리는 왼쪽 어깨에 오른손을 댔다. 손끝에 피가 주르륵 흘러내렸다.

"성공하기 위해서라."

"그래. 지도부가 날 알아보게 만들고 싶었어. 난 너무 오랫동안 주변을 맴돌았지. 그들이 원하는 헤드라인을 만들 큰 건이 필요했어."

"뉴스 때문에 내가 폭탄을 놓아 그 사람들을 죽이게 했다고? 당신이름을 알리기 위해서?"

"그럴 수밖에 없었어, 제리. 그리고 효과가 있었잖아. 난 그때 이미 일이 어떻게 돌아가는지 알고 있었어. 정치, 선거, 다. 그때 앞서나가지 못했다면 평생 기회가 없었을 거야. 너나 에디 코일처럼 보병이 됐겠지."

피건은 여자와 아기를, 정육점 주인의 빨갛고 둥근 얼굴을 바라보았다.

"이름을 알리기 위해서. 그들은 당신의 이름을 알리기 위해 죽었군."

"하지만 난 잘해왔잖아, 제리. 생각해봐. 난 평화 구축을 도왔어. 거리의 불량배들도 정비했고. 내가 한 거야, 제리. 내가 없었으면 다 망가졌을 거야. 하지만 네가 모든 걸 위태롭게 만들었어. 내 말 알아들어? 수많은 목숨, 노력, 비통함, 세월…. 네가 모두 헛된 것으로 만들어버릴 수 있어. 뭐 때문이지? 너의 그 헛된 환상 때문에?"

맥긴티의 목소리에는 여느 때처럼 정치가의 번지르르함과 왜곡된 설득이 들어 있었다. 피건은 발터 권총을 쥔 채 손마디로 눈을 비볐다.

"그녀 목숨의 가치는 얼마였지?"

"그만해, 제리."

"아기의 목숨은?"

"이런, 자네도 알…."

"정육점 주인. 그의 목숨은 가치가 있었나? 그들 중 한 명이라도 당신에게 어떤 가치가 있었냐고, 폴?"

"너였어, 제리. 네가 죽였다고. 그 누구도 아닌 네가."

피건은 피투성이 손을 관자놀이에 댔다. 차가운 발터가 두피에 닿았다.

"알아."

맥긴티의 목소리가 강경해졌다.

"그렇게 얻은 권력이 싫었다고 말하지 말란 말이야."

"닥쳐."

"넌 엄청난 명성을 얻었어. 어딜 가나 사람들이 우러러봤지. 위대한 제리 피건! 그런데 네가 다 망친 거야. 지금 넌 뭐야?"

"닥쳐."

맥긴티는 소리 내어 웃었다.

"머리가 돈 주정뱅이일 뿐이지. 동지를 배신하고 다시금 거물이 되고 싶은 거야. 그렇지, 제리? 이 모든 게 그런 이유 때문이지? 넌 총으로 누군가를 겨누지 않으면 아무것도 아닌, 그저 외톨이 주정뱅이일 뿐이야."

피건은 눈을 꽉 감았다.

"입 닥쳐!"

"다 끝나면 어떻게 할 거지, 응? 그땐 어쩔 거야? 뭐가 될 거냐고, 제리?"

피건은 몸을 낮추고 머리를 숙인 채 발터를 위로 겨누고 복도로 달려 나갔다. 맥긴티의 리볼버가 번쩍했고 피건은 총알을 맞고 깨진 나무 조각과 석고 먼지를 얼굴에 뒤집어썼다. 그는 목을 파고드는 먼지에 기침을 하며 방으로 물러나 소매로 눈 주위를 닦아냈다.

한 발 남았다.

그는 고개를 들어 옆에 있는 여자와 아기, 정육점 주인을 보았다. 아기가 꼬물거렸고, 여자와 정육점 주인은 손을 들어 맥긴티를 가리켰다. 피건은 맥긴티를 따라 움직이는 벽의 그림자를 바라보았다. 엘렌은 훌쩍거리고 있었다. 이제 악을 쓰며 울기에는 지친 것 같았다.

"질문에 대답하지 않았잖아, 제리."

피건은 일어서며 왼쪽 어깨의 욱신거리는 통증에 얼굴을 찌푸렸다. 피로 때문에 체력이 바닥나면서 팔은 더욱 무거워졌고 다리까지 부들부들 떨렸다. 빨리 끝내야 했다.

"이제 한 발밖에 안 남았어."

피건이 말했다.

"한 발이면 충분해."

맥긴티가 말했다.

"날 쓰러뜨리지 못한다면 소용없어."

"네가 아니라 마리한테 쏠 거야."

피건은 그림자를 바라보았다. 빛이 강해지면서 그림자의 형태가 또렷해지고 있었다. 그는 엘렌을 꼭 안은 채 쪼그려 앉아 있는 맥긴티의 모습을 알아볼 수 있었다. 총은 어디 있는 거지? 피건은 여자를 쳐다보았다.

"젠장, 총은 어디 있는 거야?"

여자는 그저 손가락으로 맥긴티를 가리킬 뿐이었다. 맥긴티의 그림자가 벽에서 움직였다.

"와서 직접 보면 되잖아, 제리."

58

 피건은 문간으로 슬금슬금 나와 천천히 몸을 내밀어 계단 꼭대기의 창문을 살폈다. 맥긴티는 엘렌을 앞에 안은 채 창문 아래에 몸을 쭈그리고 있었고, 리볼버는 아이가 볼 수 없는 뒤통수를 겨누고 있었다.
 "제리 아저씨, 집에 가고 싶어요."
 "금방 갈 거란다, 엘렌. 너랑, 엄마랑, 아저씨랑. 다 함께 집에 가자. 약속할게."
 맥긴티는 높은 소리로 피식 웃었다.
 "내 질문에 대답하지 않았잖아, 제리. 다음은 뭐냐니까?"
 피건은 발터를 옆으로 내린 채 복도로 나섰다. 그는 엘렌이 볼 수 없도록 총을 몸 뒤로 숨겼다.
 "글쎄."
 "집으로 돌아가 마리 맥케나와 행복한 가정이라도 꾸릴 것 같나? 이 아이의 아버지라도 되어줄 셈이냐고? 네가 저지른 짓을 알게 된 지금도 마리가 너와 엮이고 싶어 할 것 같아?"
 여자와 정육점 주인은 계단 아래쪽으로 이동하는 피건을 위해 비켜주었다.
 "몰라."

맥긴티의 손이 떨렸다. 리볼버 총신에 희미한 새벽빛이 반사됐다.
"넌 몰라. 넌 모르는 게 많지."
미소 짓는 그의 인중이 땀으로 번들거렸다.
"경찰이 바람피운다는 사실을 알게 되자 마리가 내게 전화했다는 사실을 넌 모르지. 그날 밤 내가 찾아갔을 때 마리는 날 침대로 끌어들였어. 경찰에게 복수하려고 그런 거야. 나에게 복수하려고 널 이용한 것처럼."
피건은 두 계단 올라갔다. 맥긴티는 엘렌의 머리카락에 입술을 갖다 댔다.
"마리는 엘렌이 내 아이인지 아닌지도 말해준 적 없어. 거기서 멈춰."
피건은 피투성이 손을 계단 난간에 놓고 오른발을 두 계단 위에 올린 채 발터를 허벅지에 대고 가만히 있었다. 맥긴티의 시선이 먼 곳을 향했다.
"물어봤지만 말해주지 않았지."
피건은 왼발을 오른발 옆에 디뎠다. 피에 젖은 손가락이 매끈한 난간에 미끄러졌다.
"마리에게 이런 흉한 꼴 보이고 싶지 않아. 당신도 마찬가지겠지."
"날 그냥 보내줘, 제리."
"그럴 수 없어. 마리는 어디 있지?"
맥긴티는 피건의 시야 너머 어딘가로 고개를 까딱했다.
"저기. 오케인이 기절시켰지. 날 그냥 보내달라니까, 제리."
피건은 한 계단 더 올라갔다.
"마리는 괜찮은 거야?"
"괜찮아. 자고 있을 뿐이야. 날 보내줘, 제발."

한 계단 더.

"아니, 폴. 그럴 수 없어. 엘렌과 마리를 놓아줘."

"아이는 내가 데려갈 거야."

한 계단 더.

"아니, 안 돼."

맥긴티는 숨을 내쉬며 어깨를 떨었다.

"맙소사. 제발, 제리. 날 보내줘. 이렇게 애원하잖아. 내가 나쁜 짓을… 저지르게 하지 마."

한 계단 더.

"아이를 해치지 마. 마리에게 보내줘."

맥긴티의 파란 눈이 번쩍이고 있었다. 피건은 맥긴티의 눈에 시선을 고정한 채 한 걸음 더 내밀었다. 가늘고 날카롭게 끙끙거리는 맥긴티의 숨소리가 들려왔다. 그는 흐르는 땀에 눈을 깜빡였다. 그의 입술이 떨렸다.

피건이 앞으로 달려 나갔다.

59

 엘렌이 피건의 품에 세게 안기는 바람에 그는 뒤로 휘청했다. 계단에서 굴러 떨어지지 않기 위해 왼손으로 계단 난간을 잡았고 부상당한 어깨에 힘이 들어가자 타는 듯한 통증이 느껴졌다. 성한 팔로 엘렌을 안는 동안 맥긴티는 위층의 어둠 속으로 사라졌다.
 엘렌은 균형을 잡는 피건의 가슴으로 기어올라 목에 팔을 두르고 허리를 다리로 감았다.
 "제리 아저씨."
 아이가 흐느꼈다.
 "집에 데려다줘."
 "이제 괜찮아. 아저씨가 같이 있잖아."
 아이는 피건의 어깨에 얼굴을 묻었다. 아이의 머리카락에서 나는 달콤한 냄새가 머리와 가슴을 채웠다.
 "아저씨 다쳤네."
 "괜찮아. 엄마는 어디 있니?"
 "아파요?"
 "아니, 안 아파."
 피건은 맥긴티를 삼켜버린 어둠에 시선을 고정한 채 남은 계단을 마저 올라갔다.

"엄마는 어디 있니?"

아이는 피건의 왼쪽에 있는 문을 쳐다보았다. 맥긴티가 도망친 방향의 반대쪽이었다. 그는 문을 연 뒤 그림자들을 힐끗 돌아보고 안으로 들어가 문을 닫았다. 얼룩진 매트리스 하나가 방 가운데에 놓여 있었다. 마리 맥케나는 입을 벌린 채 그 위에 누워 감긴 눈꺼풀 뒤로 눈동자를 굴리고 있었다. 피건은 엘렌을 매트리스로 데려가 엄마 옆에 놓았다. 마리는 떨리는 눈꺼풀을 떴다. 초점 없는 농공이 확장되어 있었다.

"제리?"

피건은 그녀 옆에 무릎을 꿇었다.

"괜찮아요. 이제 안전합니다."

"아, 그렇군요."

그녀는 미소를 한 번 짓고는 눈꺼풀을 파르르하며 눈을 감았다. 피건이 엘렌의 머리를 쓰다듬자 아이의 머리카락이 붉은빛으로 물들었다.

"아저씨가 데리리 올 때까지 여기서 엄마랑 기다리고 있어, 알았지?"

엘렌이 피건의 옷깃을 붙잡았다.

"가지 마세요!"

"금방 올 거야, 약속할게. 엄마랑 같이 있어. 무슨 소리가 들리더라도 바깥으로 나오지 마, 알았지?"

아이는 고개를 끄덕이고 그의 재킷을 놓았다.

"착하구나."

피건은 아이의 볼을 어루만졌고, 아이는 엄마의 가슴을 베고 누웠다. 그는 일어서서 문 쪽으로 향하다가 아이를 돌아보며 말했다.

"꼭 기억해. 무슨 소리가 들려도 엄마랑 함께 있어야 한다."

피건은 조금 열린 틈으로 내다보며 문을 조심스럽게 열었다. 복도는 비어 있었다. 그는 문을 완전히 열고 밖으로 나와 다시 닫았다. 문은 두 개가 더 있었는데, 계단 너머의 하나는 집 뒤쪽으로 났고, 복도 끝의 다른 하나는 피건과 마주 보는 방향이었다. 문은 모두 닫혀 있었다.

피건은 발터 권총을 앞으로 향한 채 호흡을 늦추었다. 그리고 귀를 기울이며 앞으로 서서히 나아갔다. 유령들은 그 뒤를 바짝 따라왔다. 계단까지 두 걸음, 계단 너머의 문까지 추가로 세 걸음이 필요할 것 같았다. 그는 문에 귀를 대보았다. 물이 새는 소리밖에 들리지 않았다. 피가 묻어 미끄러운 왼손으로 문고리를 돌렸다. 기운이 빠진 손가락을 서툴게 움직여 황동 손잡이를 간신히 잡았다. 그는 문고리를 돌려 세게 민 뒤 발터를 위로 겨누었다.

경첩에 매달린 문이 홱 열리며 벽에 부딪쳤다. 피건은 타일이 깨져 바닥에 쏟아지는 소리에 눈을 찌푸렸다. 안에는 변기와 세면대, 낡은 욕조가 있었다. 리놀륨 바닥에 물이 고여 있었고, 피건의 코와 입에 깊고 눅눅한 냄새가 들어왔다.

맥긴티는 없었다. 그는 다른 쪽 문을 쳐다보았다. 그 너머에서 바스락거리는 소리가 매우 희미하게 들려 왔다. 피건은 소리를 향해 천천히, 조용히 걸어갔다. 바스락거리는 소리가 멈췄다. 그는 총을 겨눈 채 문고리에 손을 뻗으며 숨을 가슴속으로 꾹 눌러 참았다.

피건은 재빨리 손잡이를 돌려 민 뒤 무릎을 꿇고 총을 겨누었다. 총알이 문틀을 때렸고, 썩은 나뭇조각이 무너져 내렸다. 그는 뒤로 넘어지며 부상당한 어깨를 부딪쳤다. 그는 통증을 꾹 참고 간신히 쪼그려 앉았다. 방 안은 어둠에 휩싸여 있었지만, 안쪽에서 총구의 섬광을 볼 수 있었다.

여자와 정육점 주인이 앞으로 나섰다. 그들은 모두 피건을 바라보며 손가락으로 방을 가리켰다. 맥긴티는 방 안의 짙은 어둠 속에 숨어 있었다.

"이제 맥긴티는 총알이 없어."

피건이 말했다. 여자는 아기를 달래며 미소 띤 얼굴로 고개를 끄덕였다.

피건은 똑바로 서서 문을 향해 천천히 나아갔다. 눈으로 어둠 속을 훑었지만 회색과 검은색의 그림자밖에 보이지 않았다. 오른손으로 발터를 들어 올린 뒤 움직이지 않게 받치려 했으나 왼손은 너무나도 무거웠다. 왼쪽 어깨가 지독한 통증으로 욱신거렸고 옆구리에 따뜻한 액체가 흘러내렸다.

피건의 눈이 어둠에 익숙해지자 거무스름한 형체가 드러났다. 탁자, 의자, 선반, 화장대 등 오래된 가구가 쌓여 있었다. 맥긴티는 그중 가구 안이나 밑에 숨어 있을 가능성이 컸다. 피건이 천천히 문지방을 넘자 마룻널이 발밑에서 삐거거렸다. 콧구멍에 먼지가 들어오는 바람에 목구멍 뒤가 간질거렸다. 재채기를 참으려 애쓰는 순간, 벼락이 피건의 머리에 내리꽂히고, 방이 빙글 돌았다. 벽에 부딪치며 놓친 발터는 마룻널을 미끄러져 가로질러 어둠 속으로 사라졌다. 맥긴티가 고함을 지르며 리볼버를 다시 휘둘렀지만 피건은 팔을 제때 들어 막아냈다. 피건이 팔로 밀치자 맥긴티는 발을 헛디디며 뒤집어진 탁자에 부딪쳤다. 피건은 맥긴티에게 달려들었으나 그가 옆으로 몸을 피하는 바람에 거꾸로 뒤집힌 탁자 다리에 떨어졌다. 나무 다리에 배와 갈비뼈를 찔린 피건은 비명을 내질렀다.

맥긴티는 다시 권총 옆면으로 피건의 관자놀이를 강타하려 했고,

거의 성공할 뻔했으나 피건이 머리를 뒤로 빼는 바람에 허공을 갈랐다. 맥긴티가 균형을 잃는 틈을 타 피건은 몸을 돌려 그의 관자놀이에 주먹을 박아 넣었다.

맥긴티가 세게 넘어지며 큰 소리와 함께 마룻바닥에 턱을 부딪쳤고, 피건은 맥긴티가 자세를 바로잡기 전에 그의 등 위에 올라탔다. 피건은 오른팔을 맥긴티의 목에 두르고 팔꿈치 안쪽으로 턱 아래를 조였다. 맥긴티는 들썩거리며 온몸을 비틀어댔다. 등에 피건의 체중이 실린 상태에서 반항은 계속되었다. 그는 피건의 손을 할퀴었지만 목을 조이는 압력은 더욱 강해지기만 했다. 피건은 왼손으로 주머니에서 퀴글리가 가지고 있던 .22구경 권총을 꺼내려 했다. 하지만 그의 둔한 손가락은 굼뜨게도 옷감만 더듬을 뿐이었다. 그러는 사이 맥긴티는 이리저리 몸부림쳤다. 피건은 다치지 않은 팔에 온힘을 쏟아 더 세게 조였다.

맥긴티의 몸부림이 점점 더 필사적이 되면서 피건의 얼굴을 향해 손을 뻗었다. 피건은 할퀴고 움켜잡는 손을 묵살했고, 맥긴티의 몸은 서서히 축 늘어졌다.

"누구나 대가를 치르는 거야, 폴."

그는 이를 악문 채 말했다.

"언젠가는 반드시. 그 여자가 내게 그랬어."

맥긴티의 몸부림이 잦아들면서 손이 떨어져 나갔다. 피건은 살기 위해 부들거리는 맥긴티의 목에 계속 힘을 가했다.

"모두가 대가를 치르는 거야."

피건은 다시 말했다.

"모두가. 당신도 마찬가지야."

맥긴티는 숨을 거두며 마지막으로 한 번 부르르 떨었다. 피건은 수

백 년처럼 느껴지는 시간 동안 맥긴티의 등 위에 누워 있었다. 맥긴티의 몸은 미동도 없었고, 피건의 몸은 아드레날린과 통증으로 경련이 일었다. 심장박동이 안정을 되찾자 피건은 고개를 들어 방 안의 어둠을 바라보았다. 그는 맥긴티의 목을 조였던 팔을 풀고 죽은 자의 머리를 가만히 바닥에 내려놓았다. 바닥을 딛고 일어설 때 끊임없이 욱신거리는 어깨에 새로운 통증이 더해졌다. 그는 오로지 혼자뿐인, 아무도 없는 그곳에서 원을 그리며 서성거렸다. 그때, 여자가 무표정한 얼굴로 손을 뻗은 채 어둠 밖으로 나왔다. 그녀는 안을 아기가 없어져 비어 있는 자신의 손가락과 팔을 내려다보았다. 입을 벌리고 눈이 동그랗게 빛나고 있었다. 그녀는 빈손을 피건에게 보여주려는 듯이 앞으로 내밀었다.

 비어 있다. 완전히.

 피건은 고개를 저었다.

 "이해가 안 되는데."

 여자의 표정이 굳어졌다. 그녀는 더 가까이 다가와 오른손을 총 모양으로 만들었다. 그녀는 매서운 눈을 피건의 눈과 마주치며 손을 뻗어 피건의 이마에 갖다 댔다. 그를 처형하는 여자의 손가락이 얼음처럼 차가웠다.

ONE 60

"안 돼."

피건이 말했다.

그녀는 손끝으로 그의 이마를 더 세게 눌렀다. 그녀는 방아쇠를 당기며 입으로 낮은 파열음을 내고 이글거리는 눈빛으로 피건의 눈을 노려보았다. 피건은 한 걸음 물러났다.

"안 돼. 당신이 원하는 대로 했잖아."

여자는 권총 모양의 손을 그의 머리에 겨눈 채 뒤를 따랐다.

"다 했잖아. 당신들을 위해 모두 죽였어. 당신들이 떠날 수 있도록 말이야. 당신들이 원하는 대로 했다고. 제발. 날 놓아줘."

힘 빠진 그의 다리는 부들부들 떨렸고 그는 벽을 짚고 몸을 가누어야 했다. 여자는 돌아서서 문으로 걸어가는 그의 뒤를 따랐다. 피건은 뒤통수에 총알이 박히는 느낌이 들었다.

"제발."

여자는 손끝으로 관자놀이를 겨눈 채 그와 발을 맞추어 걸었다. 그는 절뚝이며 화장실로 걸어 들어갔다. 바닥에 고인 물이 철벅거렸다. 세면대 위에 깨진 거울이 걸려 있었다. 그는 자신의 퀭한 얼굴을 들여다보았다. 눈 밑에 어둠이 걸려 있었다.

"내가 원한 건 단지 잠시의 평온함뿐이야."

그가 말했다.

"잠을 자고 싶었어. 그게 다라고."

피건은 손가락으로 자신을 겨누고 있는 거울 속 여자를 바라보았다. 여자는 거울 속 피건을 뚫어지게 쳐다보고 있었다.

"왜 나부터 죽이지 않은 거야? 왜 이렇게까지 한 거냐고?"

수도를 틀자 웅웅거리는 파이프 소리에 오래된 집이 울렸다. 그는 손을 적시는 갈색 물로 피를 닦아냈다. 맑은 물이 나오자 손에 물을 받아 얼굴에 끼얹었다. 까칠하게 자란 수염이 만져졌다. 손에 다시 물을 받아 입으로 가져가 비릿한 쇠맛이 나는 물을 삼켰다.

"오, 이런."

그는 물을 잠그고 눈가를 닦았다.

터벅터벅 걸어가 욕조 가장자리에 앉았다. 몸이 너무 무거워서 더 이상 버틸 수 없었다. 허리 뒤쪽에 무언가 눌리는 것이 느껴졌다. 캠벨의 글록이었다.

"제발."

그는 고개를 들어 여자를 쳐다보았다.

"난 이제 제대로 살 수 있어."

여자는 앞으로 다가와 손가락으로 다시 이마를 겨누었다. 피건은 팔을 뻗어 그녀의 손을 잡았다. 그녀를 만진 적이 한 번도 없었다는 생각이 문득 들었다. 여자는 피건을 만진 적이 있었지만, 그는 처음이었다. 그는 손가락으로 그녀의 손가락을 감쌌다. 그리고는 고개를 들어 여자의 냉정한 눈을 바라보았다.

"난 제대로 살 수 있어. 진정한, 사람다운 사람 말이야. 마리와 엘렌이 나와 함께할 수 없다는 건 알아. 하지만 깨끗해질 수 있어. 제발 내가 살 수 있게 해줘."

여자의 눈이 흔들리며, 눈빛에 부드러운 기운이 꿈틀거렸다.

"자비."

피건이 목 메인 소리로 말했다. 그는 뼈가 앙상한 여자의 손을 꼭 쥐었다.

"자비를 베풀어줘."

여자의 얼굴에 아주 잠시 무언가가 스쳤다가 이내 무표정으로 변했다. 여자는 손을 빼내 총 모양으로 만든 뒤 그의 이마 한가운데를 겨누었다. 여자의 주름진 얼굴에 이제 분노와 증오는 사라지고, 단지 슬픔만이 남아 있었다.

피건은 눈을 감고 허리 뒤로 손을 뻗어 글록 손잡이를 찾았다. 손에 잡힌 권총이 옷감 스치는 소리와 함께 빠져나왔고 그 자리에 차가운 기운만이 남았다. 무거운 권총이 욕조 옆면에 부딪치며 철커덕 소리를 냈다. 그는 눈을 떴다.

"이제 가도 돼요?"

엘렌이 문간에서 물었다. 아이의 금발머리가 아침 햇살에 눈부시게 빛났다. 아이는 바닥에 잔물결을 일으키며 그에게 걸어왔다.

"이제 금방 갈 거야."

그는 아이의 예쁜 눈에 보이지 않도록 총을 욕조 안에 내려트렸다.

"왜 울어요?"

"응, 그냥."

아이는 그의 무릎 사이로 비집고 들어와 떨리는 허벅지에 올라앉았다. 아이는 부드럽고 따뜻한 손가락으로 그의 눈물을 닦고 턱의 까칠한 수염을 어루만졌다. 아이는 가까이 기대 속삭였다.

"아기는 어디 있어요?"

피건은 눈을 깜빡였다.

"뭐?"

"안 보이는 아줌마요. 그 아줌마 아기는 어디 갔어요?"

피건은 침을 삼켰다.

"하늘나라에."

엘렌은 미소를 지으며 그의 가슴에 머리를 기댔다. 피건의 왼팔은 아이를 감싸 안기는커녕 들어 올릴 수도 없을 정도로 무거웠다.

여자는 빈득이는 눈을 빠르게 굴렸다. 여자는 입술을 떨며 무릎을 꿇어 손끝으로 엘렌의 흐트러진 머리카락을 가지런하게 빗었다. 여자는 피건의 눈을 쳐다보며 부드럽고 슬픈 미소를 희미하게 지어 보였다. 그리고는 일어서서 문으로 천천히, 단아하게 걸어갔다.

그녀는 문간 너머의 아침 햇살 속으로 사라지며 고개를 돌려 피건을 다시 한 번 쳐다보았다.

"자비."

그녀가 말했다.

61

 중국 선원 둘이 클리오 보닛 위에 놓인 100파운드짜리 지폐를 세며 아웅다웅했다. 주위에는 배에서 막 내린 거대한 강철 컨테이너가 쌓여 있었다. 이른 아침의 던도크 항구 창고는 춥고 눅눅했으나 선원들은 기분이 좋은 게 분명했다. 비쩍 마른 남자 한 명을 밀항시켜주는 대가로 3,000파운드를 받는다면 그 누구라도 미소를 짓지 않을까? 그들은 자동차의 깨진 창문이나 차체의 구멍은 신경 쓰지 않았다. 산전수전 다 겪은 그들은 피건 같은 사람을 무서워하지도, 궁금해하지도 않았다.
 피건은 재킷 어깨를 바로잡으며 얼굴을 찡그렸다. 왼쪽 팔은 몸 옆에 무겁게 늘어져 있었다. 선원들은 1,000파운드를 더 내면 배의 의료 요원이 부상을 치료해줄 거라고 엉터리 영어로 약속했다. 그들은 그 돈이 어디서 난 건지 묻지 않았고 그저 헤벌쭉 웃으며 돈을 받았다.
 엘렌은 어린이용 카시트에서 평온히 자고 있었다. 마리는 조수석 문에 몸을 기대서서 아이의 머리를 쓰다듬었다. 클로로포름 기운 때문에 머리가 아직 아프고 멍한 상태였다.
 "좀 자요. 여기서는 아무도 방해할 사람 없어요. 일어나면 난 사라져 있을 테니 경찰에 신고하도록 해요."

피건이 말했다. 마리가 고개를 들었다.

"경찰에는 뭐라고 하죠?"

"사실대로. 그게 꼭 중요한 건 아니지만."

피건이 재킷을 꼭 쥐고 있는 엘렌과 함께 마리를 차에 데려다 놓았을 무렵 오케인과 말로이는 사라져 있었다. 퀴글리가 데려간 것이 분명했다. 피건은 그들이 국경을 넘어 남쪽으로 갔을 거라 생각했다. 던도크 항구까지는 삼사십 분밖에 걸리지 않았지만 선원을 찾아 배로 밀항시켜 달라고 설득하는 데 한 시간이 더 걸렸다. 아일랜드공화국 경찰관들이 병원이나 다른 어딘가에서 이미 퀴글리를 조사하고 있을지도 모를 일이었다. 피건은 그가 입을 열지는 알 수 없었으나, 오케인의 농장에서 시체들이 발견되는 것은 시간문제였다.

그러고 나면?

정치가와 언론이 대소동을 일으키며 고소와 비난이 난무하고 맞대응하는 자는 협박을 당할 것이다. 스토몬트 정부가 다시 붕괴하거나, 어쩌면 영국과 아일랜드 정부가 의회를 유지하기 위해 더 많은 양보를 할 수도 있을 것이다. 유럽연합이 지역 사회 지원금을 더 쏟아부어 벨파스트 거리를 진정시킬 수도 있을 것이다. 혹은 영국이 반정부 진영에 비난의 화살을 돌릴 수도 있을 것이다. 그들은 어차피 친구가 없는 부류이니까.

피건은 알 수 없었다. 그가 아는 것은 이곳에 더 이상 전쟁에 대한 갈증이 없다는 사실이었다. 그런 갈증은 이미 오래전에 사라졌다. 피건과 같은 자는 더 이상 이곳에 존재하지 않았다. 극도의 피로가 육중한 회색 파도처럼 밀려들었다.

마리의 얼굴은 돌로 된 가면 같았고, 눈에는 아무런 감정도 들어 있지 않았다.

"어디로 갈 건가요?"

그녀가 물었다.

"글쎄요."

갈 곳이 어딘지 알더라도 마리에게 말하지 않을 참이었다.

"아주 먼 곳이겠죠. 영원히 돌아올 수 없을 겁니다."

마리는 고개를 끄덕였고, 순간 그녀의 가면이 살짝 벗겨졌다. 그녀는 몸을 앞으로 기울여 피건의 입술에 입을 맞췄다. 온기는 잠시 맴돈 뒤 이내 사라졌다. 그녀는 차 반대편으로 돌아가 운전석 문을 열었다.

"당신을 다시 만나게 된다면,"

그녀가 말했다.

"당신을 고발하겠어요. 망설이지 않을 거예요, 단 1초도."

피건은 자고 있는 엘렌을 바라보았다. 그는 자신이 아이와 마리를 위험에 빠뜨릴 수 있음을 알고 있었다.

"압니다. 하지만 한 가지는 기억하세요."

"뭘요?"

그는 주머니에서 아직도 피로 끈적거리는 휴대전화를 꺼내 마리에게 들어보였다.

"만일 누군가에게 공격당하거나 위협을 받아 두려운 상황에 처하게 된다면, 그때는 나를 찾을 수 있을 겁니다."

마리는 입가에 보일까 말까 한 미소와 함께 고개를 끄덕였다. 피건 역시 그녀가 미소를 지은 건지 아닌지 알 수 없었다. 중국인들이 돈을 챙긴 뒤 클리오를 지나 걸어오며 피건에게 따라오라는 손짓을 했다. 그는 주머니에 휴대전화를 집어넣고 마리를 돌아보았다. 그녀는 피건의 눈을 피하며 차에 탔다.

"가요! 갑시다!"

선원 중 하나가 그를 불렀다.

"지금 가야 해요. 시간이 됐어요."

엘렌은 차 문이 닫히는 소리에 잠에서 깼다. 아이는 눈을 비비고 얼굴을 찡그린 채 피건을 바라보았다. 그는 오른손을 들어 흔들었다. 아이도 손을 흔들었다. 그는 몸을 구부려 가방을 들고 배를 향해 돌아섰다. 부두를 떠날 때 갈매기들이 앞다투어 배 주위를 날았다. 때마침 내리는 비가 그의 피부를 씻고 차갑게 식혀주었다.

오직 피건 자신의 그림자만이 그의 뒤를 따랐다.

끝

옮긴이의 말

《벨파스트의 망령들》은 한마디로, 죄책감에 관한 이야기다. 사실 죄책감이란 이 책의 주인공인 제럴드 피건뿐만 아니라 우리 모두가 경험하는 일이다. 다만 피건은 현실에서 극단적인 방법으로 이를 해소하는 반면, 우리는 대개 생각에만 머물거나 꿈에 나타난다는 점이 다를 뿐이다. 누구나 과거에 잘못한 일 때문에 꿈속에서 가위눌리는 것처럼 말이다.

제리 피건은 북아일랜드 분쟁이 최고조에 달하던 당시, 영국으로부터 독립을 주장하는 북아일랜드 공화당의 행동대원으로서 여러 건의 살인을 저지른다. 그의 행동은 살인이라기보다 전쟁 중에 벌어지는 전투와 같은 것이었으나, 정치범으로 12년을 복역하고 출소한 뒤 그는 자기가 죽인 사람들의 환영과 환청에 시달리고 이를 떨쳐내기 위해 술에 의지한다. 젊은 시절을 송두리째 바쳐 추구한 삶이었지만, 오랜 세월이 지난 뒤 자신의 행동에 대한 죄책감을 이기지 못하는 것이다. 결국 자신의 살인에 연루된 주변 사람을 하나씩 죽이기에 이르고, 이와 함께 그의 주변을 맴돌던 유령들 또한 하나씩 사라진다.

소설 속에서 작가는 '신은 모든 병사를 용서한다'라는 문장을 통해 피건과 그 주변인물의 행동에 대한 판단을 독자에게 맡긴다. 신의 눈으로 볼 때 아군, 적군은 존재하지 않으며, 인간은 내 편인 좋은 편과 상대편인 나쁜 편으로 갈려, 신의 잣대는 인간의 그것과는 다르다고 맹렬하게 말한다. 이념은 누군가가 이상적으로 여기는 생각 또는 견해일 뿐 모두에게 절대적인 것은 아니라는 것이다. 우리는 살아가면서 풀 수 없는 모순과 갈등의 상황 속에 놓이곤 한다. 그 정도가 심할 때 환영이나 환청으로 나타나기도 하고 비합리적인 방식으로 해결하기도 한다. 이는 옳고 그름을 따져 논할 수 없고 정의 실현과도 관계가 없는 일이다. 지금도 전 세계적으로 수많은 정치범이 복역하고 있고, 우리나라의 미전향장기수도 짧게는 15년 길게는 43년을 복역하여 평균 복역 기간이 31년이라고 한다. 과연 이념은 인생을, 혹은 목숨을 바칠 가치가 있는 것인가? 《벨파스트의 망령들》에는 이 질문 또한 담겨 있다.

북아일랜드는 역사. 지리. 정치적으로 매우 난해한 나라다. 1801년 영국이 아일랜드를 합병한 이래 끊임없이 독립투쟁을 벌여온 아일랜드는 1922년 아일랜드 자유국 수립에 이어 1948년 헌법 개정을 통해 마침내 영연방에서 탈퇴, 완전 독립을 이루었다. 그러나 영국계 신교도가 다수를 차지하는 얼스터 지방(현재의 북아일랜드)은 아일랜드가 아닌 영국의 일부로 잔류하며 분쟁의 씨앗을 남겼다. 북아일랜드 분쟁은 중세까지 거슬러 올라가는 영국과 아일랜드 간의 갈등에 더해 북아일랜드 내에서 영국 잔류를 주장하는 신교도 연합주의자들, 북아일랜드와 아일랜드의 통일을 주장(IRA가 주도)하는 구교도 민족주의자들 간의 대립이 얽히고설킨, 무장투쟁과 잔인한 유혈 테러도 불사하는 격렬한 싸움의 연속이었다. 20세기 후반 들어 여러 차례의 정치적 시도를 통한 평화협정에도 불구하고 북아일랜드의 완전한 평화 정착은 여전히 난망한 과제다.

북아일랜드의 작가 스튜어트 네빌은 그의 데뷔작《벨파스트의 망령들》에서, 이러한 분쟁 한가운데서 자신의 이념을 위해 열정적으로 젊은 시절을 보낸 뒤 죄책감에 시달리는 제럴드 피건의 자책과 방황을 치밀하고 박진감 넘치게 그렸다. 이 작품은 〈LA 타임스〉 도서 상의 미스터리/스릴러 부분을 수상했고, 〈뉴욕 타임스〉와 〈LA 타임스〉의 '올해의 책'에 선정되었으며 다수의 저명한 상 최종 후보에 오르고 수상했다.

번역을 위해 두툼한 원서를 앞에 놓을 때면 늘 기대와 중압감이 교차한다. 곧 만나게 될 흥미진진한 스토리에 대한 기대감과 더불어, 원작의 의도를 충실하게 독자에게 전해야 한다는 부담이 자리하고 있기 때문이다. 하지만 이 작품은 열두 유령이 하나씩 사라져 결국 모두 사라졌을 때, 유령이 몇 더 있으면 좋겠다(!)라는 꽤 허무맹랑한 생각이 들었을 만큼 시간 가는 줄 모르게 작업했다. 아마도 이 책을 읽는 독자들 대부분이 그런 생각이 들 거라 믿는다.

여담 하나….

이 책을 번역하면서 유령을 세는 단위가 마땅치 않았다. 분명 사람이 아니니 한 명, 두 명, 이렇게 셀 수는 없고, 그렇다고 동물이나 일반 사물 세듯이 할 수도 없고. 결국 서수를 앞에 붙여 세 유령, 열두 유령… 이렇게 표현했는데, 어느 현명하신 독자께 더 좋은 의견이 있다면 다음 책을 위해 명쾌한 답을 주었으면 하는 바람을 가져본다.

그리고 이 책의 마지막 줄에서 이미 속편이 이어질 것임을 간파한 독자들도 있겠지만 한 줄 스포를 날리자면, 후속작인《Collusion》,《Stolen Souls》,《The Final Silence》에는《벨파스트의 망령들》에서 이름만 잠깐 비친 잭 레논이 주인공으로 등장하며, 그의 아슬아슬하면서 스릴 넘치는 활약 속에서 제리 피건, 마리 맥케나, 불 오케인 등 인상 깊은 캐릭터의 인물들을 다시 만날 수 있다. '벨파스트 누아르'라 불리는 이 책들에서, 우리는 독자로 하여금 중간에 책을 덮지 못하게 만드는 작가의 능력에 또 다시 놀라고 감탄하게 된다.

끝으로, 작업하면서 어딘가 마음에 들지 않아 "이 부분 괜찮은가?"라고 물을 때마다 함께 고민해주고 늘 힘이 되어준 아내와 두 딸에게 고맙고 사랑한다는 말을 전한다.

2020년 봄
옮긴이 이훈

GHOSTS OF Belfast

벨파스트의 망령들
The Ghosts of Belfast

1판 1쇄 발행 2020년 7월 6일
1판 1쇄 인쇄 2020년 7월 8일

지은이 스튜어트 네빌
옮긴이 이훈

발행인 김태환
편집 신진
표지 및 본문 디자인 Miso

펴낸곳 네버모어
출판등록 2016년 1월 7일 제385-2016-000002호
주소 경기도 안양시 동안구 귀인로 258, 108동 305호
전화 070-4151-5777
팩스 031-8010-1087
이메일 nevermore-books@naver.com
SNS https://twitter.com/nevermore_books

ISBN 979-11-90784-04-7

※ 이 책은 네버모어가 저자와의 계약에 따라 발행한 것이므로
　본사의 서면 허락 없이는 어떠한 형태나 수단으로도 이 책의 내용을 이용하지 못합니다.
※ 잘못된 책은 구입처에서 교환해 드립니다.
※ 책값은 뒤표지에 있습니다.

이 도서의 국립중앙도서관 출판예정도서목록(CIP)은 서지정보유통지원시스템 홈페이지(http://seoji.nl.go.kr)와
국가자료공동목록시스템(http://www.nl.go.kr/kolisnet)에서 이용하실 수 있습니다.
(CIP제어번호 : CIP2020024762)